SERIE

Cabana

AQUEL ÚLTIMO VERANO

un sello de
V&R Editoras

‣ **Dirección editorial:** Marcela Aguilar
‣ **Edición:** Melisa Corbetto y Stefany Pereyra Bravo
› **Coordinación de Diseño:** Leticia Lepera
‣ **Coordinación de Arte:** Valeria Brudny
‣ **Diseño de interior**: Florencia Amenedo
‣ **Arte de Tapa:** Miki Amemiya

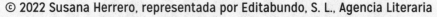

SUSANNA HERRERO

SERIE
Cabana
AQUEL ÚLTIMO VERANO

VR
YA

Para Vanessa. Por nuestros veranos en el Mediterráneo.
Por nuestras escapadas diarias para hacer esnórquel.
Por los paseos y el Peñón. Por las conversaciones.
Por el apoyo. Por estar siempre a mi lado.
Por ser tú.

Prólogo

Y los meses fueron mudando; se sucedieron los unos a los otros y el verano llegó. El verano que no tuvo color. Ni canciones.

Lo único que marchaba bien en la vida de Priscila Cabana era el trabajo, que, a pesar de un comienzo desastroso, mejoró con rapidez. Poder esconderse del mundo a través del humor, del ingenio y de la risa fácil le había salvado la mitad de la vida. Y lo había hecho en más de un sentido, no solo en el laboral.

Celebró su nuevo contrato con Jaime, con el que había entablado una buena amistad, una amistad cada día más sólida que le había salvado la otra mitad de la vida.

Y así había sobrevivido.

No obstante, la mente de Priscila se derrumbaba cada vez que recordaba lo que había sucedido. Por eso dejó de recordar. Dejó de recordar aquel último verano.

Al otro lado del océano, en un pueblo alicantino, Alexander St. Claire vivía el final del verano de otra manera. Vestido con un bañador de rayas blanco y azul y una camiseta clara, sentado en los maderos del muelle, a la orilla del mar, clavaba la vista en el vaivén de las olas mientras la rabia y el odio lo dominaban y se lo llevaban todo: el sentido común, la tranquilidad, el amor y los buenos recuerdos.

Sobre todo, los buenos recuerdos.

Los recuerdos de aquellos veranos que habían decidido su destino. Los enterró, los ahogó en el agua, junto con la imagen de ella. Ella, a la que odiaba por encima de todo. Priscila.

La odiaba por lo que le había arrebatado. Por no dejarle nada.

Los buenos momentos, los felices, se borraron de su mente. Y se juró que la odiaría durante el resto de su vida.

Y aquello sería todo lo que recordaría. Solo lo malo, solo aquel último verano.

Verano de 1995

En un pueblo alicantino…

Alex y Priscila se conocieron en el verano de 1995. Un verano en el que sonaban canciones como *Scatman's world*, de Scatman John; *Wonderwall*, de Oasis, o *Boombastic*, de Shaggy, aunque las que más le gustaban a ella eran las que retumbaban en la radio de la cocina cuando la escuchaba su madre y no sus hermanos: *Back for good*, de Take That, o *Ironic*, de Alanis Morissette.

Aquel verano, el abuelo materno de Alexander St. Claire cedió la dirección del diario más leído de toda la Costa Blanca a su yerno, y el matrimonio y sus hijos se trasladaron desde Londres, donde habían vivido hasta ese momento.

El diario había empezado siendo un humilde periódico local y, con el transcurso de los años, se había convertido en un noticiero de referencia en la zona. Pero, para orgullo de los lugareños, el corazón del negocio seguía arraigado en el pueblo.

La abuela de Alex no quería que su hija viviera a tantísima distancia (para ella, Londres era muy muy lejos) y persuadió a su marido de tomar la decisión. Determinaron darle el puesto al padre del muchacho, y no a la madre, porque consideraban que así ella dispondría de más tiempo para criar a sus hijos y disfrutar de ellos. Sin embargo, el amor de esta por el trabajo era más fuerte que el amor por sus hijos, por lo que no sirvió de mucho. No hubo cambios en la vida de Alex en ese sentido.

Priscila tan solo tenía cinco años –el treinta y uno de diciembre cumpliría los seis–, pero algo le palpitó en el pecho, algo a lo que jamás sabría ponerle nombre, cuando descubrió a su nuevo vecino.

La niña vivía en una urbanización privada compuesta por veinte viviendas unifamiliares y varias zonas comunes para todos los vecinos; entre ellas, la piscina. Aquella mañana de julio, despejada como casi todas, Priscila jugaba en de la piscina infantil con sus cuatro hermanos: River, Marcos, Hugo y Adrián, de mayor a menor. De pronto escucharon el sonido inconfundible de una furgoneta aproximándose; varias, en realidad.

Ellos cinco eran los únicos usuarios de la zona común; a las diez de la mañana pocos bañistas se acercaban por allí, pero los padres de los cinco hermanos se habían rendido tiempo atrás: sus hijos eran acuáticos, así lloviera, tronara o nevara.

Salieron del agua dejando un reguero a su paso y se asomaron por un hueco entre los tablones verticales que separaban el área de la piscina de las viviendas; el ruido procedía de esa parte.

River, de pie, metió la cabeza por el agujero, y sus hermanos lo imitaron, cada uno más abajo que el anterior. Para cuando le llegó el turno a Priscila, esta tuvo que ponerse de rodillas porque apenas había espacio. Se empujaron los unos a los otros hasta que encontraron una posición cómoda para todos. Priscila se estremeció ante el contacto con la piel fría de Adrián, y su nariz se impregnó del olor a madera y cloro al apoyarla en uno de los tablones.

—Son los vecinos nuevos —anunció el mayor, que, con trece años, estaba al corriente de las novedades de la urbanización. Puede que contara con información de primera mano porque su *medionovia* había vivido antes en esa casa, la que quedaba enfrente de la suya.

—Parece que tienen dos hijos; no veo a ninguna chica —afirmó el segundo, de once años.

—¡Vamos! —gritaron los cuatro hermanos mayores, al unísono.

Priscila estaba bastante harta de hombres, como los llamaba ella a su tierna edad, pero el chiquillo de pelo castaño despeinado y aspecto desgarbado que estaba al otro lado de la carretera le pareció un ángel. Y eso que ella siempre había creído que los ángeles eran rubios.

El corazón le hizo bum. Sonrió, aunque tampoco supo el motivo.

Alex, a sus ocho años, estaba acostumbrado a hacerse el interesante e ir de creído por la vida (en realidad, no era más que una coraza); la excusa era que lo había aprendido de su hermano John, que le sacaba diez años. Así que, cuando las miradas de ambos se encontraron por primera vez (no era fácil para cinco cabezas pasar desapercibidas), observó a Priscila por encima del hombro, sin devolverle la sonrisa, y adoptó una pose engreída. Si algo había aprendido era a pavonearse delante de los chicos y, más aún, de las chicas. Quizá por eso, tardaron un año entero en cruzar una segunda mirada, a pesar de ser vecinos y de estudiar en el mismo colegio.

Sin embargo, el de 1995 fue el primer verano que Priscila vio de colores. Aquel fue verde. Qué curioso. Igual que la camiseta de Alex.

El regreso al pueblo

En la actualidad. Verano de 2016. En el mismo pueblo alicantino.

Tras pagarle el viaje al conductor, abro la portezuela del viejo y destartalado taxi que hemos tomado a la salida del aeropuerto y enfilo hacia Cala Medusa, hacia mi cala, sin molestarme en sacar las maletas ni en decir adiós. El ansia me puede. Han pasado casi cuatro años desde que me fui para no volver.

Y aquí estoy.

Atravieso el camino de tierra rodeado de árboles de colores y abundantes matas desordenadas. El movimiento de mis pies al andar es ligero, ágil, y para cuando llego a mi destino, me he desprendido de casi cada prenda que llevaba encima; han ido cayendo a la tierra, primero, y a la arena, después, dejando una estela de ropa que marca la ruta para que Jaime me encuentre una vez haya puesto a salvo nuestro equipaje.

En cuanto apoyo las plantas de los pies en la arena húmeda de la orilla, cierro los ojos e inhalo con fuerza: huele a salitre, a clorofila, a calor y a… hogar.

Necesitaba venir aquí primero, antes que a ningún otro sitio. Antes que a casa de mis padres. Si hubieran venido a buscarnos al aeropuerto, no habría sido posible, por eso los he disuadido y he quedado aquí con mi hermano Adrián. Mi Adrián.

—Bienvenida a casa, Priscila —pronuncio en voz baja. Muy baja.

Sin pensarlo, echo a correr y me lanzo de cabeza contra la primera ola que me recibe. Había olvidado lo calientes que son estas aguas y la extraordinaria sensación de verme las manos debajo de ellas, reflejadas por el sol de junio; de agarrar la arena a puñados y soltarla poco a poco; de sentir el sabor del mar en los labios y en cada célula de mi ser. Y el silencio.

Había olvidado tantas cosas...

Pero aquí dentro me siento como si nunca me hubiera marchado, como si no hubiese pasado el tiempo. En realidad, mis manos son idénticas con veintiséis años a como eran con veintidós, y las aguas cristalinas y el propio sol también son los mismos. Entonces, ¿qué ha significado este lapso de cuatro años?

—¡Pris! ¿Qué diablos haces ahí dentro? —Escucho la voz de mi compañero de trabajo, de piso y mejor amigo cuando emerjo en busca de aliento.

Me giro y lo saludo con la mano.

—¡Vamos, Jaime! ¡Métete!

Jaime es de Valladolid, pero lleva años viviendo en Estados Unidos. Y mentiría si dijera que no se me hace extrañísimo estar aquí con él. Es como si mis dos mundos se alinearan de repente. Como si estuvieran a punto de fusionarse. Mi pasado y mi presente.

—¿Estás loca? ¡Estamos en tu pueblo, y no parece muy grande! ¡No es como bañarse en pelotas en el lago Tahoe!

—¡Aquí casi nunca viene nadie! ¡Hay muchas medusas!

Por algo se llama Cala Medusa, aunque ese no es su nombre oficial.

Tan solo el que le pusimos mi familia, nuestra vecina de la casa de al lado y yo, y que luego adoptó... él.

Automáticamente, desecho la imagen que, muy valiente, se proponía atravesar el muro de contención que levanté para todo lo relacionado con el verano de 2012. Continúo disfrutando de mi cala sin pensar en nada más.

—¿Medusas? Demonios, ahora sí que no me meto ni en broma.

Abandono la quietud y el sosiego del agua y me acerco a Jaime para obligarlo a bañarse conmigo; necesito compartir esto con él. Sin embargo, en cuanto intuye mis intenciones, sale corriendo en dirección contraria. Voy detrás; siento la ropa interior pegada al cuerpo y cómo la arena se adhiere a mis pies mojados. Por suerte para mí, Jaime tropieza con un leño y logro alcanzarlo. Tardo un minuto en dejarlo en bóxer y convencerlo para que me acompañe a la orilla. Y un minuto más en empujarlo y empaparlo de pies a cabeza.

—¡Diablos! Está buenísima —me dice, con asombro.

—Lo sé.

—¿Y las medusas?

—No te preocupes por ellas, enseguida las veo venir; conozco esta cala como la palma de mi mano. Además, son pequeñas y tampoco hacen mucho daño. Yo te protejo, chico de interior.

Reímos y jugamos a sumergir la cabeza del otro mientras el sol de las dos del mediodía nos abrasa la espalda y nos obliga a permanecer dentro del agua. Hasta que...

—¡Eh! ¡Ustedes dos! ¡¡Eh!! ¡¡Salgan del agua de inmediato!!

El pulso se me detiene al instante. ¡Oh, madre mía! Esa voz... es su voz. A pesar del tiempo transcurrido, la reconocería entre miles de sonidos. ¡Es él!

Mi corazón comienza a latir tan deprisa que temo no poder controlarlo. Y los temblores que lo acompañan son aún peores, ya que saltan a la vista. Podría disimular y culpar al baño, pero no caería; hace demasiado calor como para estremecerse de frío.

Me vuelvo hacia el grito. Pese a estar segura de que es él, coloco una mano en mi frente para tapar los reflejos del sol y, así, poder distinguir la figura que nos habla desde la orilla, megáfono en mano. No puedo creer que tenga tanta mala suerte. De los casi diez mil habitantes del pueblo, tenía que ser precisamente él el primero al que me encuentro. Pero ¡si acabo de llegar! ¡Apenas llevo aquí cinco malditos minutos!

—¿Quién es ese? —me pregunta Jaime, con la frente arrugada y el pelo chorreando—. ¿Nos grita a nosotros?

—Sí. ¡Escóndete!

—¿Qué? ¿Dónde?

Empujo su cabeza hacia las profundidades. Quedamos de rodillas dentro del agua, y me llevo el dedo índice a la boca, indicándole que guarde silencio y que contenga la respiración y no salga. Me concentro en controlar los temblores y el movimiento frenético de mi corazón, sin éxito. Los ojos me escuecen a causa de la sal y veo a Jaime borroso, a pesar de lo cristalino que es este mar. Intuyo que él me mira como si estuviera chiflada, con cara de: "No sé cuánto tiempo pretendes estar aquí abajo, pero mi capacidad pulmonar es una mierda, no voy a aguantar ni un minuto".

Yo resisto más, bastante más, y todo gracias al chico que espera impaciente en la orilla. No obstante, cuando mi amigo sale a la superficie, me veo obligada a hacerlo con él.

—¡He dicho que salgan del agua! —Es obvio que mi plan de escondernos no ha dado resultado, porque el del megáfono continúa gritándonos—. ¡No me obliguen a entrar a por ustedes! ¡Está prohibido bañarse aquí!

—Parece un socorrista… —comenta mi amigo.

Sí que lo parece. No sabía que ahora se dedicaba a esto. Lo de que está prohibido el baño… sí, quizá yo haya atenuado el riesgo de las medusas…, pero es algo que nunca me ha frenado. Y tampoco a él. Al socorrista.

Reacia, acompaño a Jaime a la orilla. Capto el momento, el preciso momento, en que nuestro visitante me reconoce: la expresión de su rostro muda de enfadado e indiferente a… atónito, incrédulo. Afectado. Aunque lo disimula bien; siempre ha sido hábil en el arte de esconder sus emociones.

—Disculpa —le dice Jaime, ignorando el torrente de sentimientos que nos envuelve al del bañador rojo y a mí—, no sabíamos que estaba prohibido bañarse aquí.

—Ella —el otro me señala indolente con el megáfono y adopta una de sus posturas más arrogantes— sí lo sabía. Me consta.

—Ya, verás —comienza a explicar Jaime—, mi amiga no venía por aquí desde hace años y…

—Cuatro —lo interrumpe, cortante, con voz fría. Como todo él.

Yo no puedo dejar de estudiarlo al detalle. Mi cerebro registra, palmo a palmo, los cambios que se han producido en su apariencia. El cabello castaño, algo más largo; una cicatriz a la altura de la ceja derecha, justo encima de otra que sí conozco; la manera en que me mira, que no es, ni de lejos, la misma que cuatro años atrás. Mi cerebro también reconoce las semejanzas: los ojos oscuros, casi negros, brillantes y expresivos; el bronceado de su piel, los músculos definidos de su cuerpo, el pelo alborotado y desordenado.

—Eh, sí…, creo que sí —responde mi amigo, confundido, justo después de mirarme en plan: "¿Qué mierda…?".

—¿Y qué te ha traído de vuelta?

Se dirige a mí por primera vez y, cuando nuestros ojos se encuentran…, cuando lo hacen, esos cuatro años desaparecen. Los mismos sentimientos que experimenté la última vez que lo vi me arrasan: dolor, decepción, miedo, furia. Y yo pensando que los había enterrado en lo más profundo, que me encontraría segura al regresar, que ya no siento nada, que no recuerdo nada.

Como remate, acuden también a mi memoria otras sensaciones, aquellas que me embargaban antes de que llegara el tormento y todo lo demás. Por suerte –o por práctica, no lo tengo claro–, reacciono a tiempo y las mantengo a raya, tal y como llevo haciendo tanto tiempo.

Y me doy cuenta de que estoy en ropa interior, mojada de pies a cabeza, expuesta ante él. Me cubro los pechos con las manos, por inercia, en el mismo instante en que Jaime se sitúa delante de mí, en un intento de protegerme con su figura.

–No te molestes –le dice el socorrista, con sorna–; no hay nada que no haya visto infinidad de veces.

–¿Qué? –me pregunta mi amigo, girándose hacia mí.

–¿Es cosa mía o las tienes más pequeñas? –El otro no me da tregua–. Las tetas, digo.

No tengo ocasión de contestar, casi ni de reaccionar a su comentario: antes de que se me ocurra una respuesta ingeniosa, se aleja por el camino al bosque.

–Bienvenida a casa, Reina del Desierto. ¡Y no vuelvan a meterse en el agua! –grita desde la distancia, sin darse la vuelta.

Me quedo ensimismada contemplando cómo se marcha. Buscando esa réplica que ansío, pero me temo que ya está demasiado lejos como para escucharme. Desisto.

En mi cabeza, este encuentro no sucedía así. He fantaseado durante meses con la posibilidad de que no nos tropezáramos nunca, pero el hecho de que fuéramos a vivir en la misma localidad durante trece semanas y media —como en la película de Kim Basinger— me hizo recapacitar y prepararme mentalmente para cuando sucediera.

Aún hoy, subida en el avión, tenía dudas sobre mi proceder; no sabía si me mostraría indignada, impasible o si me escondería, una vez más, bajo el manto protector del chiste fácil, para el que entreno a diario en mi trabajo y que he aprendido a utilizar en mi vida privada. Pensé que dispondría de varios días para decidirme, o incluso semanas, pero no ha sido así, y como me ha tomado por sorpresa, no he hecho ni lo uno ni lo otro: solo me he quedado ahí parada, recibiendo sus disparos cargados de veneno, sin rechistar.

Parecía enfadado. Enfadado conmigo. No lo entiendo. Después de lo que sucedió, ¿es él el que está molesto? Debería ser al revés.

—Ey —Jaime me frota los brazos con cariño—, estás temblando. ¿Tienes frío?

—Sí —miento. O tal vez no es una mentira absoluta, porque estoy helada, aunque no tenga nada que ver con la temperatura de mi cuerpo. Al menos, el martilleo del corazón se ha relajado una vez que él se ha ido—. Vámonos.

Todavía bufo por la sorpresa y la indignación para cuando alcanzamos el linde del bosque, donde se encuentran nuestras maletas, tiradas de cualquier manera en la arena. Me siento en una de ellas y me visto, a la espera de que mi hermano venga a buscarnos.

—Hummm…, el socorrista de infarto y tú se conocen, ¿no? —me pregunta Jaime. Demasiado estaba tardando.

—Algo. —Suspiro y me sujeto el pelo con la liga negra que llevo en la muñeca—. Es un asunto del pasado.

No quiero entrar en detalles.

–Hummm…

Pero él sí quiere entrar en detalles.

–Fue mi primer beso sin lengua, a los siete años –confieso. Me cruzo de brazos; se me ha empapado la ropa nada más ponérmela, pero hace tanto calor que incluso lo agradezco.

–Hummm…

¿Más detalles?

–Y mi primer beso con lengua, a los doce.

–¿Hummm? –insiste.

–¡Está bien! –acepto, elevando las manos al cielo–. ¡También fue mi primera vez y mi primer novio!

–¡Hasta que lo sueltas! –dice, imitando mi gesto de elevar las manos–. Era imposible que conociera el tamaño de tus tetas por unos simples besos.

"Depende de los besos". Estoy a punto de rebatirlo, pero nuestra conversación se ve interrumpida por un crujido de hojas y ramas caídas: alguien se acerca por el bosque.

–¡Adrián! –Me levanto y voy corriendo a recibir a mi hermano.

–Hola, hermanita.

Me acoge con los brazos abiertos, y yo oculto la cabeza en su cuello en cuanto los cierne sobre mí. Lo que más he echado en falta desde que me mudé es a él, a pesar de que ha venido a visitarme siempre que ha podido; la última vez, hace poco menos de un mes. Estar ahora aquí, con Adrián, es como regresar al pasado. A un pasado dichoso, a cuando no éramos más que unos niños.

Fui una niña feliz, tuve una buena infancia rodeada de mis cuatro hermanos, pero, sobre todo, de Adrián; solo nos llevamos trescientos sesenta y cuatro días, y siempre hemos ido juntos a todas partes, incluso a clase, desde los dos años hasta la universidad, donde nos separamos. Hoy en día, él es mi mayor apoyo.

—Ejem. —Mi amigo imita un carraspeo—. ¿A mí no me dices hola, rubio?

Adrián y yo nos desenredamos y dejo que ellos se saluden.

—Hacía muchísimo tiempo que no coincidían. —Los señalo.

—Unos tres años —confirma Adrián, ofreciéndole la mano a mi amigo, que se la estrecha.

Mi hermano y Jaime convivieron durante varias semanas cuando yo me mudé al apartamento del segundo, pero desde entonces no habían vuelto a verse. Siempre que mi familia ha viajado a Boston a pasar las navidades conmigo, Jaime estaba en Valladolid con la suya. Y en alguna otra ocasión en que Adrián ha venido a visitarme fuera de esas fechas, por azares de la vida —o por compromisos laborales de Jaime fuera de la ciudad— no se han encontrado.

—Tres años y ocho meses, día arriba, día abajo —especifica Jaime—. Imposible no llevar la cuenta del tiempo que hace que no veo esa cara tan bonita.

Mi hermano lo mira inmutable y emprende el camino hacia su coche con un par de maletas en la mano, instándonos a que lo sigamos. Siempre ha sido bastante inmune a lo que los demás opinan de él, tanto lo malo como lo bueno. De hecho, su lema es: "Bésame el culo"; vamos, que le importa un bledo todo.

Una vez montados en el coche, de camino a casa de mis progenitores, Jaime continúa con el tema:

—Vamos, tu hermano está más bueno que el pan. No lo recordaba tan bien como yo creía. Hasta hace daño a la vista. El resto de su estirpe no lo es tanto.

Me giro en el asiento del copiloto para quedar frente a él.

—Todos mis hermanos son guapos —declaro con seguridad. Y no lo digo porque sean mi familia: es la verdad. Los cuatro son rubios, unos más que otros. Adrián, por ejemplo, tiene el pelo muy muy claro, pero a River, con el transcurso de los años, se le ha oscurecido hasta convertirse en un castaño claro con reflejos rubios. Hugo tira más a rubiales, como Adrián. Y Marcos lo tiene un poco más oscuro, como River.

—Este los supera, Pris. Y, además, tiene esa pinta de protagonista de película de acción de Hollywood que lo hace aún más atractivo.

—¡Maldición, que los estoy escuchando! ¡Estamos dentro de un coche!

El grito de mi hermano nos corta la conversación. Todos tenemos un límite.

Charlo con Jaime y le proporciono mil datos acerca del paisaje que vamos viendo por las ventanillas. Entonces, comienza a sonar una canción en la radio, *Here comes the sun*, de los Beatles, y yo empiezo a moverme al ritmo de los acordes de guitarra de los primeros compases. Adrián se mueve conmigo; los dos nos la sabemos de memoria, somos chicos Beatles total. Cantamos al unísono y tarareamos la famosa melodía, imitación del movimiento de guitarra posterior incluida.

—Parecen sacados de un documental de: "Visite nuestro pueblo y recuerde los veranos de su infancia" —nos dice Jaime.

Subimos el volumen de nuestras voces, ignorando su comentario.

—El colmo… De modo que así es como se comportan los pueblerinos…

—Y todavía no has visto nada —le digo yo.

Apoyo el brazo en la ventanilla del Peugeot 308 descapotable y disfruto del viento que me revuelve el cabello y me lo seca a la vez. Me deleito en el momento y me estremezco con el paisaje, con los recuerdos y la familiaridad. Contemplo el cielo y recuerdo la última vez que lo vi:

era igual de azul, igual de extraordinario, pero yo lo veía negro, triste y decepcionante. Es increíble cuánto puede cambiar la percepción de una misma imagen, o una misma idea, según nuestro estado de ánimo.

Veinte minutos después, subimos la estrecha cuesta que nos conduce a la urbanización de mis padres, donde hemos vivido siempre. Y poco más tarde:

—Ya hemos llegado —le anuncio a Jaime. Salgo del coche, extasiada, y le abro la puerta.

—Así que aquí es donde se crió mi pequeña Pris —me dice él, observándolo todo con atención.

—Aquí es.

Con una sonrisa en la boca, contempla la vivienda unifamiliar del color del sol. Y yo hago lo mismo. Siempre me ha gustado mi casa: es bonita y acogedora, aunque reconozco que en ocasiones se quedaba pequeña para un matrimonio con cinco hijos muy revoltosos y con tendencia a guardar trastos como si fueran tesoros.

Mis padres y mis otros tres hermanos salen a recibirnos por la puerta principal que da al pequeño jardín delantero, han debido de oír el motor del coche. Nos abrazamos todos con todos y nos damos besos. Muchos besos. Así somos los Cabana: besucones y empalagosos. No los veía desde las navidades pasadas, sin embargo, mantener contacto diario por Skype y demás lo ha hecho un poquito menos doloroso.

A mis padres y a mis tres hermanos mayores siempre les ha gustado Jaime (a Adrián, cómo no, no le interesa ni un poco); tuvieron un flechazo mutuo al conocerlo en su primera visita a Boston, poco después de que yo aterrizara allí y empezase como becaria en el periódico con el que sigo colaborando en la actualidad.

Me encanta mi trabajo: soy la creadora de Pristy, la ardilla protagonista de la tira cómica más leída de la ciudad y parte de los alrededores. Se publica cada semana, y Jaime es el dibujante estrella, además de colaborador en varias secciones más del periódico. Yo ideo las viñetas y él les da vida sobre el papel. Formamos un equipo que encajó desde el primer minuto. En cuestión de meses, pasé de ser la becaria graciosa a ser la responsable de una de las secciones más demandadas por los lectores. Con el paso del tiempo, comencé también a redactar artículos de actualidad, y con ambas facetas me da para vivir.

Para poder venir a España durante todo el verano, Jaime y yo hemos acordado mandarle a nuestro jefe, "sin demora y con puntualidad", valga la redundancia, las tiras cómicas desde aquí. Nada de artículos, por lo que tendremos que tirar de ahorros para sobrevivir estos tres meses.

En cuanto cruzamos el umbral de mi casa, el olor a café invade mis sentidos. Mi madre ha desarrollado una especie de obsesión por él, por lo que crecí con su esencia en la cocina, en el salón y hasta en el jardín.

Jaime y yo subimos las anchas escaleras de madera oscura con las maletas a pulso; mientras, mis padres y mis hermanos terminan de preparar el aperitivo de bienvenida. En mi familia somos muy de aperitivos para todo.

Cuando entramos a mi habitación, mi amigo ahoga un grito. Sigo su mirada y enseguida descubro qué lo ha sobresaltado. Ah, los dibujos de las paredes. Los había olvidado.

—¡Vaya! ¡Esta mierda es increíble!

Vaya lengua tiene. No me canso de recriminarlo por cada palabrota que suelta, pero, al parecer, él tampoco de escuchar mis quejas, porque sigue haciéndolo.

Dejamos el equipaje en el suelo y observamos las pinturas que decoran los tres muros de mi dormitorio, todos menos el del ventanal. Fue un trabajo excelente, de muchos meses de duro esfuerzo, pero mereció la pena.

Aún recuerdo el olor a pintura con el que tuve que convivir durante semanas hasta que estuvo terminado. Los dibujos representan las zonas del pueblo que más me gustan: la cala, el Peñón y las vistas de la casa de enfrente desde mi ventana.

—¿Quién lo ha pintado? —me pregunta Jaime.

—Adrián. Cuando yo tenía diecisiete años.

Mi hermano estaba pasando un bache, una persona muy especial para él acababa de marcharse y se desquitó con las paredes. Pero eso mejor no se lo cuento a Jaime porque va a querer muchos más detalles y… Siento que traiciono a mi hermano si hablo de ella. Siento que lo traiciono solo por pensar en ella.

—¡No me jodas! ¿En serio?

—Ajá.

—No me habías dicho que pintaba.

—Estudió Bellas Artes en la universidad y el dibujo es su gran pasión.

—Mierda…, no tenía ni idea. ¿Esa eres tú?

Jaime se acerca a la pintura de la cala y toca con las yemas de los dedos la figura de una niña en bañador que se parece bastante a mí. El pelo largo, de un rubio oscuro, y el lazo gigante que lo adorna dan demasiadas pistas.

—Sí.

A continuación, roza la silueta masculina que está a mi lado, de pelo oscuro y bañador amarillo.

—¿Y este quién es?

—El vecino de la casa de enfrente —respondo, y siento que se me revuelve todo por dentro. Señalo el dibujo de la casa en la otra pared.

—¿El vecino de la casa de enfrente?

—¿Cómo van por aquí? El vermú de bienvenida ya está preparado. —Mi padre asoma la cabeza por la puerta y me evita tener que contestar.

En cuanto ve las manos de mi amigo sobre la cabeza del vecino me formula la gran pregunta. Como siempre durante los últimos cuatro años.

—¿Has hablado con tu marido?

La última palabra retumba en mis oídos y me provoca un estremecimiento, uno de los intensos. De los muy intensos. Suspiro e intento restarle importancia con la postura relajada de mi cuerpo y la mueca de indiferencia de mi rostro. No sé si lo consigo.

—La verdad es que sí. —Por primera vez en cuatro años, contesto afirmativamente a la pregunta.

—¿¿Perdona?? ¿Tu qué? —grita Jaime, desconcertado, con el dedo aún suspendido sobre la pintura.

—Mi marido. —Apunto con el índice al dibujo que él acariciaba unos segundos atrás—. El vecino de la casa de enfrente.

—Los esperamos abajo —nos comunica mi padre, con cara de preocupación y ofreciéndome una disculpa con los ojos. Ha debido de suponer que a estas alturas yo se lo habría contado todo a Jaime, pero no. Mi vida de antes de llegar a Estados Unidos ha permanecido en el más absoluto secreto para mi mejor amigo, y podría decirse que incluso para mí.

Entre suspiros, me siento en la cama de mi infancia. En cuanto escuchamos el clic de la puerta al cerrarse, comienza el interrogatorio.

—¡Mierda! ¿¿Estás casada?? ¿No es una de sus bromas Cabana?

Jaime ha sido testigo durante los últimos años de las llamadas semanales de mis hermanos, de las horas que solemos pasar al teléfono y de lo bromistas que nos gusta ponernos en ocasiones (sobre todo a River y a Marcos, que no tienen límite), pero esto, ahora, no, no es una broma. Niego con la cabeza como respuesta.

—¿Y este es tu marido? —me pregunta, señalándolo una vez más.

Asiento con la cabeza como respuesta.

—¿Y vive en la casa de enfrente?

Asiento con la cabeza como respuesta.

—¿Y puede saberse en qué momento lo hemos visto?

—¿Te acuerdas de cuando te he dicho que el chico de la cala, ese que iba vestido de socorrista con un bañador rojo y un megáfono, había sido mi primer beso sin lengua, mi primer beso con lengua, mi primera vez y mi primer novio?

—Sí.

—Pues también es mi marido.

"Mmmm, hogar, dulce hogar. ¡Por fin! Así que ese era el famoso marido... Está como un tren, eso lo habías omitido en tus pensamientos, ¿eh, Priscilita? Por cierto, ¿por qué nos odia? ¿Qué le has hecho, rubia? Tengo la sensación de que este va a ser un verano interesante.

Ah, y otra cosa, ya que lo has mencionado: en la película de Kim Basinger, las semanas son nueve, no trece".

Pristy, la ardilla. Regreso al pueblo natal de la jefa.

Verano de 1996

Colegio Inglés. A treinta kilómetros del pueblo alicantino.

Priscila jugaba y se divertía con sus amigas y su hermano Adrián en uno de los columpios del patio del colegio cuando llegó la noticia: "¡¡Alex St. Claire se ha abierto la cabeza!!". Supo al instante que se trataba de su vecino, a pesar de que nunca se habían presentado de manera formal.

Alex y Priscila no habían compartido ninguna palabra todavía. Solían cruzarse por la urbanización, en el patio del colegio, en la parada de autobús, en el pueblo o en la feria…, pero nunca se producía entre ellos gesto alguno que diera la impresión de que se conocían, y mucho menos un saludo.

El único momento en que ambos permanecían juntos más de un minuto seguido, dentro de un radio de menos de cuatro metros, era cuando coincidían en la piscina comunitaria de la urbanización.

A Alex le encantaba sumergirse en el agua y nadar; era toda su vida. Su vida a los nueve años. Pasaba horas y horas haciendo largos, sin descanso y sin darse cuenta del tiempo transcurrido. Priscila había comenzado a contarlos un día de junio cubierto de nubes y ya no pudo dejar de hacerlo. Se sentaba con las piernas cruzadas en cualquiera de las hamacas desplegadas bajo las sombrillas y empezaba: "Uno, dos, tres, cuatro…", hasta donde sabía, claro. Entonces preguntaba a su hermano River:

—River, ¿qué número va detrás del veintinueve?

—El treinta —contestaba él.

—¿Y después del treinta?

—El treinta y uno.

—¿Y después del treinta y uno?

El hermano, que hasta entonces apenas había prestado atención y respondía por inercia —se encontraba demasiado ocupado observando a la vecina de dos casas más allá, la cual había aparecido por la piscina con un bikini amarillo que le quedaba francamente bien—, levantaba las cejas, suspicaz. ¿A qué venía aquel repentino interés de su hermana pequeña por los números? Suponía que no sería más que la mera curiosidad propia de su edad.

Priscila había aprendido a contar hasta cien gracias a su vecino.

Alex permanecía ajeno a todo eso; se olvidaba del mundo al zambullirse en el agua, y solo se detenía cuando no daba más de sí o cuando su hermano mayor iba a buscarlo para llevarlo a casa. Y por descontado que sus cinco escandalosos vecinos le importaban bastante poco. Si estaban, bien, y si no, mejor.

Hasta que en el colegio tuvo lugar aquel episodio que marcaría de por vida la ceja derecha de Alexander St. Claire: una brecha.

Alex caminaba distraído al salir del polideportivo, después de una clase de gimnasia especialmente severa. Era el último día de curso antes de las vacaciones de verano; iba charlando con dos de sus compañeros y se estrelló contra una de las puertas de acceso, con tan mala suerte que fue justo la que tenía una barra metálica a la altura de los ojos. El golpe fue bastante aparatoso, de los que hacen sangrar —como casi todos los que se producen en el rostro— y obligan a más de uno a cerrar los ojos o retirar la mirada ante la herida abierta. Aquel día, varios alumnos del colegio tuvieron el mismo pensamiento: "Medicina, descartada".

Al muchacho, hasta las lágrimas se le escapaban, a pesar de que intentaba contenerlas con todas sus fuerzas; los niños no lloran, o eso le había dicho su hermano mayor. Pero era imposible: no recordaba haber sentido un dolor tan lacerante.

El rumor sobre el acontecimiento comenzó a circular por el colegio a la velocidad de la luz, hasta llegar a oídos de los hermanos Cabana, especialmente a los de Priscila, que, en cuanto escuchó "Alex St. Claire" y "se ha abierto la cabeza" en la misma frase, se bajó del columpio a toda prisa y empezó a preguntar por el suceso a cuantos la rodeaban.

Casi sin aire en los pulmones, llegó a la enfermería, que era a donde habían trasladado a su vecino. Se conocía el camino de memoria: ventajas de tener cuatro hermanos salvajes y propensos a los accidentes y a la sangre. Cuando se detuvo en el umbral, jadeando, no sabía qué era lo que la había impulsado a ir en esa dirección, pero el caso es que allí estaba.

Se sentó en una de las sillitas azules de la sala de espera, apoyó las manos en las rodillas y... esperó. También escuchó algún grito que otro, pero jamás diría nada. Además, estaba más pendiente de la música que sonaba por el altavoz de la pared: eran canciones que había escuchado infinidad de veces en los últimos meses, como *Lovefool,* de The Cardigans; *La flaca,* de Jarabe de Palo, o *Wannabe,* el *hit* de las famosas del momento, las Spice Girls.

Dentro de la enfermería, el médico del colegio intentaba contactar con los padres de Alex, pero fue imposible; en su casa nadie respondía al teléfono, y en la redacción del periódico le comunicaron que los

St. Claire no se encontraban en las oficinas en ese momento, pero que les transmitirían el mensaje.

Alex, que se sentía bastante mejor —lo peor había sido la desinfección—, se examinó la herida en el espejo, pero no pudo ver nada: una llamativa gasa lo cubría todo. Y al salir, se encontró a Priscila de frente. Ahí fue cuando cruzaron la segunda mirada de sus vidas, justo en el instante en que Alex más necesitaba un abrazo o unas palabras de consuelo. Justo en el instante en que se fijó en Priscila de verdad.

Bum, hizo de nuevo el corazón de la niña.

—Hola, Priscila —la saludó el médico, con una sonrisa sincera—, ¿tus hermanos están bien?

—Sí. Lo estaba esperando a él —explicó ella, señalando al vecino.

Vecino que la miraba como si se le hubiera presentado un ángel (exactamente lo mismo que él le había parecido a ella la primera vez que lo había visto) de zapatos estrafalarios: eran de color azul marino, como los del resto del cuerpo estudiantil, pero decorados con dos pompones enormes y mucha purpurina. Alex pensó que era el calzado más feo que había visto en mucho tiempo, pero también que a Priscila le quedaban bien; le pegaba.

—Ah, muy bien, pues acompáñalo a clase. Se ha dado un buen golpe, pero se ha portado como un campeón.

Los dos niños se situaron el uno al lado del otro y caminaron en silencio. Fue Priscila quien lo rompió:

—¿Te han dado puntos? —preguntó con curiosidad. No entendía muy bien el significado de aquella expresión, pero cuando sus hermanos se golpeaban o se caían, "puntos" era una palabra que escuchaba con frecuencia.

—No, pero por poco, ¿eh?

—¿Sí?

—Sí. Casi tienen que darme cuarenta o cincuenta, creo.

El niño no era exagerado ni nada.

—¿Cuarenta o cincuenta?

A esas alturas, Priscila sabía lo que implicaban esas cifras: un rato muy muy largo viendo a su vecino nadar de un lado para otro de la piscina.

—Sí. Y salía un montón de sangre, ha sido una locura.

Hacerse el interesante y el bravucón formaba parte de su naturaleza. Le salía solo.

—¿De verdad? ¿Cuánta? Déjame ver.

Priscila se acercó al chico y, al instante, la embargó el olor a desinfectante, pero, detrás de eso, también le llegó la esencia de Alex. Olía muy bien; no sabía describirlo, pero parecía una mezcla entre flores, hierba y vainilla. Si le hubiera preguntado a su vecino por aquel olor, habría recibido una mala contestación, ya que era la colonia con la que su madre lo embadurnaba cada día, Bvlgari *Petits et Mamans*, y no le gustaba nada. Él quería usar la de su hermano mayor, pero no había manera de conseguirlo.

—Se han formado charcos en el suelo y ha caído a chorros por las alcantarillas —contestó Alex, con Priscila a escasos centímetros de su rostro.

La niña tenía muchas peculiaridades, pero "aprensiva" no era una de ellas. Se separó de él, lo observó con admiración y continuó preguntando:

—¿Tanta?

—Sí, pero estoy bien.

Y no mentía, porque, inexplicablemente, se sentía bien.

Priscila acompañó a clase al vecino de la casa de enfrente y se despidieron con un simpático "adiós".

Alex se quedó pensativo una vez que ella se marchó. Priscila era una contradicción; tenía aspecto de princesa de cuento: suave, guapa, delicada, perfecta y con unos zapatos horrendos, pero su carácter contrastaba con su apariencia. Siempre la había visto comportarse como un chico, jugando con sus hermanos a cosas que –él consideraba– eran de chicos. Los cinco se hacían notar por toda la urbanización con sus carreras desbocadas en bicicleta y con sus partidos de fútbol o de baloncesto. Pero Priscila no era un chico.

A partir de ese momento, no pudo evitar fijarse en los zapatos de las demás niñas, y no, no había otros como los de Priscila. Ella se salía de lo habitual. También comenzó a fijarse, sin poder evitarlo, en los de ella cuando se cruzaban por el pueblo, y en los lazos y diademas que se ponía en la cabeza. Un día, en la piscina, incluso dejó escapar una sonrisa cuando vio la cantidad de flores que adornaban sus sandalias; jamás había visto una cosa igual, pero tuvo claro que si había alguien capaz de encontrar unas sandalias tan horrendas, esa era su vecina de la casa de enfrente. Aun así, nada en su relación cambió. No hasta el verano siguiente.

Aquel verano, el de 1996, fue de color morado para Priscila. Quizá como la herida de Alex.

(Re)conociendo el pueblo
y a los pueblerinos

–**Está bien. Está bien. Espera. Aclaremos bien las cosas, por favor.**
¿A qué te refieres exactamente con "marido"? –me pregunta Jaime, situándose delante de mí con los brazos en jarras.

–Al sentido más preciso de la palabra: hombre. Casado. Conmigo.
–Enumero con los dedos de la mano derecha–. Pero solo ante la ley, así que no te refieras a él como mi marido.

¿Cómo va a ser mi marido si estuvimos casados solo tres meses y llevamos separados casi cuatro años? ¿Cómo va a ser mi marido después de lo que hizo? ¿Cómo va a ser mi marido alguien que no me respeta y no me quiere con locura? ¿Alguien capaz de dañarme hasta forzarme a huir al otro lado del mundo, lejos de mi familia y de toda mi gente?

–¿Solo ante la ley? Creo que esa frase cae por su propio peso, Pris.

–¿Sabes qué otra cosa cae por su propio peso?

–¿Qué?

¿"Qué"? ¿Cómo que "qué"? ¡Y yo qué sé! Solo quería rebatirlo.

–Se supone que no tenías que seguirme la corriente –indico–. Ahora no se me ocurre una respuesta ingeniosa. Y tampoco una no ingeniosa, ya que estamos.

—A mí no me despistas con tus juegos de palabras —me advierte, señalándome con el dedo—. Soy inmune. ¿Desde cuándo?

No es necesario que siga, sé a lo que se refiere con esa pregunta.

—Desde el verano de 2012.

—Pero… —se detiene unos segundos para pensar— tú llegaste a Boston ese octubre.

—A finales de septiembre, en realidad. —Coloco las manos por debajo de mi trasero y me escondo en la indiferencia. La necesito para seguir hablando de este tema sin derrumbarme.

—Espera: desde que te conozco, tú no has vuelto a este pueblo; eso significa que… ¡llevan cuatro años sin verse! —Asiento con la cabeza—. ¿No están divorciados?

—Hummm… Creo que no.

—¿Cómo que crees que no? ¿Qué mierda significa eso?

—Bueno, cuando sucedió… lo que sucedió, yo estaba muy afectada y no tenía la cabeza para papeleos; me habían roto el corazón de la peor manera posible y… —Suspiro—. En fin, el tiempo fue pasando, él no hizo nada, yo tampoco… y hasta hoy.

—¿Y qué fue lo que sucedió?

—Eso, mejor lo dejamos para otro momento, ¿sí? Acabamos de llegar, dame un poco de tregua. —Le ruego con los ojos que no insista.

—Está bien —acepta—. Y tus padres y hermanos, ¿qué dicen?

—Es un tema un tanto… peliagudo en la familia, algo difícil de abordar. Yo he estado muy cerrada desde que me marché y no he querido hablar de ello, a pesar de la insistencia de mis padres y hermanos.

—¿Ellos mantienen el contacto con él?

–¿La verdad? No tengo ni idea, pero deduzco que no. Cuando te digo que es un "tema un tanto peliagudo en la familia", me refiero a que les prohibí mencionarlo en mi presencia. El único que hace caso omiso es mi padre, como has podido comprobar.

–¿Cómo se llama?

–¿Quién? –Me hago la despistada. No quiero escuchar su nombre ni en mi cabeza.

Jaime arquea una ceja. Arggg... ¡Está bien!

–Alexander.

–¿Alexander?

–Sí, bueno, Alex. Todo el mundo lo llama Alex.

–Okey, ¿Alex qué más?

–St. Claire.

Ahí está. Alex St. Claire. El Alex St. Claire que ha hecho que mi corazón latiera desde muy pequeña, a día de hoy aún no lo comprendo –no era más que una niña de cinco años–, pero así fue. Ni siquiera sé la razón por la que Alex me resultó tan atrayente desde el primer momento. Quizá fue porque tenía una cara bonita, una cara preciosa, o quizá fue por otra razón. Lo ignoro, solo sé que mi corazón siempre ha hecho bum por él, y a pesar de que la mayoría de las veces se mostraba distante, misterioso y prepotente –para qué negarlo–, me ponía nerviosa estar a su lado: un remolino de sentimientos me recorría por dentro y me palpitaba todo. Todo todo. Lo recuerdo como una sensación... bonita. Como una sensación agradable. Me gustaba lo que me hacía sentir, y me gustaba que mi cuerpo entero gritara: "Ahí está el vecino".

–¿St. Claire? Me suena de algo. ¿De dónde es?

Cierro la puerta a los recuerdos. No me cabe duda del motivo por el que le suena a Jaime: Alex tuvo su momento de gloria y apareció en casi cada periódico del mundo entero durante años, pero no se lo esclarezco. No quiero ahondar tanto en el pasado. Desde luego, no hoy. Acabo de llegar a casa.

–De aquí. O, bueno, de allí, porque Alex nació en Londres; su padre es británico, pero su madre es española y se vinieron al pueblo hace como mil años.

–Entonces eres la señora St. Claire. Priscila St. Claire. Ay, suena fatal.

–Eso aquí no se lleva. Soy Priscila Cabana. Ahora y siempre.

–Y una adúltera, por cierto. Supongo que los dos lo son; no creo que el muchacho haya estado cuatro años sin sexo.

No, yo tampoco lo creo, teniendo en cuenta que ni siquiera dejó de tenerlo con otras cuando se casó conmigo. Hago caso omiso del puñal que se me acaba de clavar en el corazón. No debería estar ahí. Lo tengo superado. Alexander St. Claire es mi ex. Punto. Ya no lo odio, no lo quiero, no siento nada porque durante cuatro años he adormecido mis sentimientos por él, todos mis sentimientos: los buenos y los malos. Los buenos, porque me negué a olvidarlos por completo y los malos, porque se negaban a salir de mí. Y así debe seguir siendo.

–Mierda, me he acostado con una mujer casada.

–¡Shhh! –Me levanto de la cama y le cubro la boca con las manos–. ¡Calla! No quiero que mi familia sepa que tú y yo tuvimos sexo en el sofá de casa. Además, solo fue una vez.

–Dos. Y gracias por recordarme que fue en el sofá de casa. Sin ese dato, no sé qué hubiera hecho –me dice, burlándose de mí.

Yo lo ignoro y me preparo para bajar al salón. Me pongo una camiseta de tirantes limpia y unas sandalias.

–Son muy tradicionales en lo que al matrimonio se refiere y no lo aprobarían –le explico mientras tanto.

—¿En serio piensan que no has mantenido relaciones sexuales con otras personas en todo este tiempo?

—No lo sé, pero es mejor no darles pistas. No quiero sermones. Y que tampoco se enteren mis hermanos.

Abro la puerta de mi habitación, echo un último vistazo a mi pasado y le pido a Jaime con la mano que me siga.

—¿Y nos van a dejar dormir juntos? —pregunta.

—¡Ni locos!

—¿Y si les decimos que soy homosexual?

—Tampoco. Te toca dormir en la habitación de River. Y no te quejes, que es la que tiene mejores vistas al mar.

—Está bien. Por cierto —dice mientras bajamos las escaleras—, ahora que lo pienso, has mentido al periódico. Eso está muy mal, señorita Cabana. Diablos, espera, que señorita tampoco eres.

—¡Deja ya el temita! —exclamo en voz baja y le doy un golpe en el brazo—. ¿Y cuándo he mentido yo al periódico?

—En tu ficha personal consta que estás soltera.

Me detengo en medio de las escaleras.

—¿Tú cómo sabes eso?

—Me colé en el despacho de Jackson y espié tus datos.

—¡No serías capaz!

—Pues sí.

—¡¿Entraste en el despacho del jefazo para fisgonear mis datos?!

—Oye, entiéndeme —reanuda la marcha—, cuando te conocí, parecías una sintecho. Tenía que asegurarme de que ibas a pagarme el alquiler.

—Te dije que iba a pagarte.

—¿Y?

—¿Cómo que "y"? Te di mi palabra.

—Pris, a veces pienso que vives en otro mundo, o en este, pero en otra época; la palabra de la gente no vale una mierda. Dios, eres demasiado confiada.

Sí, tiene razón. Y es posible que mi absurda forma de ser llevara a Alex a hacer lo que hizo, pero es la manera en la que me han criado, y no pienso negarme a mí misma.

Mis padres son los propietarios de unos grandes almacenes situados en medio de la cuesta más infernal y conocida del pueblo. Dan mucho trabajo, pero, desde que yo era muy pequeña, cuentan con varios trabajadores que los ayudan. De ese modo, mi madre ha pasado todo el tiempo posible con nosotros, y mi padre siempre ha vuelto temprano a casa. Mis cuatro hermanos y yo nos hemos criado con ellos, y gracias a eso han podido inculcarnos sus valores y su modo de entender la vida. Nos han educado a su imagen y semejanza, intentando evitar lo menos bueno y realzando lo mejor, poniendo todo su empeño en criar a buenas personas. No conozco muy bien la mentira, el engaño o las envidias. No crecí rodeada de ellos, al menos hasta que tuve veintidós años.

—Prefiero pecar de confiada que vivir engañando a los demás.

—Ya lo sé, y yo te quiero tal cual, pero por tu bien tengo que enseñarte que hay personas malas en el mundo.

—No soy idiota, sé que hay gente mala.

Lo he visto en primera fila.

—Paz y amor, hermana.

Después del aperitivo, y de comer con mis padres y mis hermanos en la espaciosa mesa de madera que hay en la parte trasera del jardín, convenzo a Jaime para dar una vuelta por el pueblo. Sé que está exhausto por el viaje —yo también lo estoy— y que deberíamos echar una siesta, sobre todo teniendo en cuenta que esta noche hemos quedado con mi familia para celebrar las hogueras, pero no me aguanto las ganas de enseñárselo todo. Soy así de impulsiva, siempre lo he sido.

Bajamos la kilométrica cuesta que nos lleva al centro del pueblo, yo en mi bicicleta rosa y blanca, con cestita para los recados incluida, y Jaime en una que le ha prestado mi hermano Hugo. Otra cosa no habrá en esta casa, pero bicis, balones de fútbol, y palas de playa y colchonetas... a patadas.

De camino, le explico a Jaime, para que empiece a orientarse, que para llegar a mi casa solo hay que seguir la línea de baldosas verdes que comienza al final del paseo de la playa y termina en la enorme rotonda con tres palmeras que acabamos de ver al salir de la urbanización.

—Y, cada vez que iban al centro del pueblo de pequeños, ¿tenían que bajar y subir por aquí? —pregunta tras mi explicación.

—Sí.

—¡Qué paliza!

—No tanta. Lo peor es subir. Bajar es rápido; siempre lo hacíamos en monopatín o con las bicis. De hecho, creo que bajábamos demasiado deprisa.

—¿Cómo de deprisa?

—Así de deprisa. —Le muestro la cicatriz de mi brazo derecho.

Cuando llegamos al centro, dejamos las bicicletas en uno de los aparcamientos junto a la playa y nos dirigimos a pie a la calle principal.

Cada dos pasos, tenemos que detenernos a saludar a alguien. No es que sea un pueblo pequeño; pero, excluyendo a los extranjeros que han elegido jubilarse aquí, al calor del Mediterráneo, nos conocemos la mayoría. Al menos, la mayoría que ronda mi edad o la de mis hermanos. Los Cabana somos bastante famosos por aquí.

—Esa es otra ex de mi hermano —le digo a Jaime al oído en cuanto nos despedimos de la última chica.

—Pero ¿con cuántas chicas han salido tus hermanos? Desde que hemos salido de casa, esa es la única frase que he escuchado salir de tu boca.

—Recuerda que son cuatro.

—Aun así, vamos.

Seguimos paseando, recorriendo la cuesta infame que nos lleva a mi *pub* favorito, jadeando por el calor y el esfuerzo. Casi hasta agradecemos las pausas que nos obligan a realizar los viandantes que me reconocen.

—Con ella anduvieron River y Marcos —le susurro a mi amigo, instantes después de que la chica en cuestión se aleje carretera abajo. Qué suerte, ella baja. Sí que estoy desentrenada, porque hacer este trayecto a pie nunca me había costado tanto.

—Oye, River y Marcos están en casi todas. Bueno, y Adrián. El más formalito es Hugo.

—Hummm.

Cuando saludamos a la undécima chica, la paciencia finita de mi amigo se esfuma. Entre eso y lo indiscreto que es, sucede lo inimaginable.

—Y esta es…

—No me lo digas —me interrumpe—. Otra que se revolcó con tu hermano River.

Mierda. En ocasiones, Jaime no tiene filtro, y esta ha sido una de ellas. Razón no le falta. Realmente es "otra que se revolcó con mi hermano River", pero es que, además…

—Soy su mujer —lo corrige mi cuñada, altiva, desafiante. Los rayos láser que despiden sus ojos se dividen entre mi compañero y yo.

—¿Va en serio? —me pregunta Jaime, con una mueca de alucine total en el rostro.

—Jaime, te presento a Catalina, la mujer de mi hermano River, que no de Marcos, el que se ha metido con medio pueblo. —Recalco cada fonema como si fuera un niño de tres años que necesita que le hablen despacio para comprender. También le ruego con la mirada que me siga la corriente, pero no sirve de nada.

—No te molestes, Priscila, que nos conocemos —dice mi cuñada con ironía.

Mi amigo se acerca a darle un par de besos, que ella acepta con el gesto torcido. Yo sé de uno que esta noche tiene lío en casa... Y de otra servidora que se va a llevar el regaño del siglo por ello.

—No has estado en la comida de hoy —le dice Jaime.

Y el otro sigue que sigue metiendo el dedo en la llaga.

—Ya. Tendría que haber nacido con sangre Cabana en las venas para poder participar en todos sus encuentros. A los más exclusivos no me invitan, y parece que el regreso de la princesa de la casa era algo demasiado íntimo.

Sin respirar lo ha dicho la muchacha. Ignoro el motivo por el que Cata no ha venido a celebrar con nosotros mi regreso, pero sé que no es porque mi familia la haya excluido. Mis padres la tratan como a una hija más y la quieren de verdad. Algo han logrado ver en ella que los demás no.

Desprendiéndome del hacha imaginaria que mi cuñada me ha clavado en la espalda, nos despedimos de ella y nos disponemos a proseguir nuestro camino. Los dos tomamos aire, en parte por la cuesta, que nos mira con expresión burlona, en parte por el encuentro con Catalina.

—¿Por qué no me has parado? —me pregunta Jaime cuando echamos a andar de nuevo.

—¿En qué momento? ¡¡Has ido lanzado!! ¡Zum! ¡¡Como un Sputnik!! —Hago un movimiento con la mano que simula un cohete recién despegado.

—Rayos… ¿Qué tal te llevas con tu cuñada? Porque no parecía contenta.

—Hummm…

—¿Y eso qué significa?

—Significa que nos llevamos fatal, Jaime. "No te molestes, Priscila, que nos conocemos" —la parafraseo—. ¡Y acabo de llegar!

—¿River lo sabe?

—Pues claro que lo sabe. Deberías haber presenciado las navidades de 2011… Fueron épicas. Más de uno aún las recuerda con escalofríos. Entre lo de River, lo de Hugo y lo mío…

—¿Lo de River, lo de Hugo y lo tuyo? En esa frase hay demasiada información y demasiada codificación a la vez.

—Nada —le resto importancia—, ya te lo contaré en otro momento. No entiendo el motivo, pero a veces pienso que River se casó con ella solo por fastidiar.

—Pues claro, como todo el mundo, ¿no?

—¡Ya me entiendes!

—Sí, pero me gusta reírme de ti, ya lo sabes. Entonces, la tal Catalina, ¿no se lleva bien con ninguno de los hermanos Cabana?

—No.

—¿Ni con Hugo, que es un trozo de pan?

Yo no definiría a Hugo como un trozo de pan; si acaso, una corteza dura. Que conste que lo quiero con locura, pero es el más antipático de mis hermanos. Yo creo que Jaime lo ha mezclado con otro…

—Con Hugo es con el que peor se lleva, de largo —le aclaro—. Solo hace migas con mis padres. Y con River, a ratos.

–Diablos. Oye, Pris, ¿falta mucho para llegar al dichoso bar al que quieres llevarme?

–No. Y no es un bar. Es un *pub*.

–Mierda, en este pueblo no hay más que cuestas.

–Te acostumbrarás.

–Lo dudo.

Cuando por fin entramos en la única taberna irlandesa del pueblo, nos sentamos en las primeras sillas libres con las que tropezamos. El corazón me late a toda velocidad y las piernas me queman; me digo que es por el esfuerzo físico. De momento, como no me apetece saludar a nadie, me escondo detrás de la carta de cervezas.

Enseguida se me pasan los espasmos causados por la caminata y comienzo a disfrutar del lugar, del olor a lúpulo y madera, de la luz tenue y la frescura que siempre han caracterizado a este sitio. Me encantaba venir aquí: la cerveza negra es de lo mejor, y también venden helados. Sí, helado y cerveza. Cosas de pueblos.

Jaime se acerca a la barra y pide un par de conos, de fresa para él (puaj) y de nata para mí (ñam).

Mientras los saboreamos, y una vez que he recuperado el ritmo normal de la respiración, hago un escáner visual por el local. Entonces la veo. Se me debe de poner tal rictus que hasta Jaime se da cuenta por mucho que yo intente disimularlo.

–¿Quién es esa? –me pregunta, señalando con la cabeza a la chica pelirroja y alta (envidiablemente alta) que juega al billar con varias amigas. Todas me suenan del pasado.

–¿Quién?

–La pelirroja del fondo, a la que miras como si fuera el diablo en persona.

—Aquella —respondo, remarcando la palabra— es la chica que se acostaba con mi marido mientras estábamos casados. O quizá desde mucho antes, la verdad es que no lo sé.

Jaime me mira con sorpresa. Le hablo con los ojos: "Sí, amigo mío, Alex me era infiel. Y me está costando un mundo decirlo en voz alta, así que no me obligues a seguir, por favor".

—¿Con esa? —pregunta a continuación, desconcertado.

—Sí, ¿por qué te extraña?

—¿Cuántos años tiene el vecino socorrista?

—Los mismos que tú.

—¿Veintinueve?

—Sí. ¿Por qué?

—Porque esa tipa nos saca por lo menos diez.

—Sí. ¿Y qué?

—Nada. Me ha extrañado, sin más. Hace cuatro años estaría fuera de la liga de tu marido, ¿no? Él sería un maldito niño para ella.

—Alex estaba bastante bien a los veinticinco.

Las cosas como son.

—Sí, puedo imaginármelo.

—Era la novia de su hermano mayor.

—¿Cómo?

—La pelirroja. Era la novia de toda la vida de John, el hermano mayor de Alex. Los dos se llevan diez años. Qué ojo tienes.

—Espera, rebobinemos, que no había caído en algo: ¿veinticinco años? ¿Con cuántos años te casaste?

—Con casi veintitrés.

—Mierda, ¡¿con veintidós?! ¿Te quedaste embarazada?

—No, idiota.

En ese momento, la susodicha mira hacia la puerta, hacia el lugar exacto donde nos encontramos nosotros –poderes del Inframundo, supongo–, y cruzamos miradas, pero no nos saludamos. Sin embargo, ella sí da la bienvenida al nuevo cliente que cruza el umbral.

—¡Alex! ¡Aquí!

Me ahogo con el helado. ¡¿Alex?! No hace falta girar para averiguar de qué Alex se trata. Ay, mi madre. ¿¿SIGUEN JUNTOS?? Oh, no puedo mirar. Siento el corazón en los oídos, en la sien, en cualquier parte menos donde debería estar. Me toco el pecho para asegurarme de que sigue ahí. Okey, lo hace. Ahora sí puedo mirar. Porque lo tengo superado. Admito que mi cabeza, en estos años, los ha separado de mil maneras, imaginando rupturas dolorosas y cada una más exagerada. Me hacía sentir mejor.

Levanto la mirada en el instante en que Alex pasa por nuestro lado, sin dignarse ni a mirarnos de reojo. Lo sigo con la vista, que se clava en el movimiento de sus piernas, embutidas en unos vaqueros oscuros. Siguen tan delgadas y kilométricas como las recordaba. ¿Por qué no puedo dejar de analizarlo de arriba abajo? ¿Por qué necesito descubrir sus cambios o, por el contrario, comprobar qué es lo que no ha cambiado?

Se detiene enfrente de su amante y le da dos besos afectuosos en las mejillas, a modo de saludo. Mierda. ¿Por qué no me he pedido una cerveza? ¿O veinte? Aunque quizá sea mejor así; se me está revolviendo el estómago, la bilis navega a sus anchas por él y siento un pálpito muy feo en el corazón. Y eso que no me afecta. ¿Y a qué viene el beso en la mejilla?

—Oh, pero míralos, qué recatados los muy… hijos del Inframundo.

—Eso es, no te reprimas, Cabana.

En Estados Unidos es frecuente llamarse por el apellido, y Jaime lo hace a menudo conmigo. Le encantan las costumbres de los estadounidenses. No todas, pero casi.

–¿Qué? –le pregunto, sin entender a qué se refiere.

–Me gusta cuando escondes a la princesa y sacas al señor Hyde. No pasa mucho, pero, cuando sucede, lo disfruto. Aunque con ello sitúes erróneamente al demonio en el Inframundo y otras cosas por el estilo.

–¿Cuándo he hecho yo eso?

–¿Sacar al señor Hyde o situar erróneamente al demonio en el Inframundo? Bah, no me contestes –me frena cuando abro la boca para hablar–, al fin y al cabo, va todo unido. Acabas de llamar "hijos del Inframundo" a tu marido y a la pelirroja.

–¿Lo he dicho en alto?

–Sí. –Sonríe.

–Y no es mi marido.

–Lo que tú digas.

Recompongo una sonrisa e intento con todas mis fuerzas que no se me note la amargura que siento por verlos juntos después de tanto tiempo. Bueno, al menos era amor verdadero. Mierda, no sé qué duele más, que se metiera con ella por pura lujuria o que lo hiciera por amor.

–Yo no insulto a la gente –expreso con pesar–. No me gusta. Tengo que controlarme.

–¿Por qué?

Ignoro su pregunta y sigo recreándome en el aspecto de Alex. No puedo dejar de mirarlo; es involuntario.

–Deja de mirarlo tanto –me dice Jaime.

–Cuando salíamos juntos, no estaba así.

–¿Cuando salían juntos? Por Dios, Priscila, que es tu marido. Creo que hacían algo más que salir juntos.

Lo fulmino con la mirada.

–No es mi marido –repito, con vehemencia.

—Okey. ¿A qué te refieres con que no estaba así? ¿Así, cómo?

—No sé, con esa pose. Era un chico normal. Muy guapo pero normal. Es cierto que fingía ser algo que no era, que no se mostraba en su totalidad ante cualquiera, que iba de creído por la vida cuando por dentro era todo lo contrario, pero... no tenía esa pose.

Se me encoge el corazón al pensar que aquel chico del que me enamoré como una tonta ha desaparecido. Sé que no tiene sentido, que es irracional, pero siento nostalgia de mi anterior vida. Supongo que regresar a mi pueblo natal implica demasiadas emociones a la vez. Ojalá no hubiera pasado nada de todo aquello; lo he deseado tantas veces... Ojalá pudiera mirar a Alex con los mismos ojos que antes. Ojalá siguiera siendo mi Alex. Ojalá.

—¿No tenía esa pose?

Sacudo la cabeza y repito la pregunta de Jaime en mi mente.

—No. Con veinticinco años no tenía esa pinta de bravucón.

—Y aun así te casaste con él.

Segunda mirada matadora que le dedico en un lapso de dos minutos.

—¿¿Pris??

Me vuelvo hacia la barra y veo a Marcos saliendo del reservado que hay detrás.

—¿Marcos? —me pregunta Jaime, anonadado—. ¿Cuándo carajo ha llegado tu hermano? Estaba en casa de tus padres antes de irnos. Que, por cierto, ¿no tendría que pasar más tiempo con su novia? Se supone que los prometidos están todo el día juntos y yo aún no he visto a la suya.

Prometidos. He ahí el motivo de mi regreso al pueblo. Mi hermano Marcos se casa al final del verano con la que ha sido su novia los últimos tres años. Alicia es de mi edad, pero tampoco teníamos mucha relación, nos cruzábamos en fiestas y cosas así, pero poco más. Mi vida y mis pensamientos más íntimos los he dejado siempre para mí y para mis hermanos, y después, para Jaime.

No obstante, reconozco que Adrián fue el único con el que traté más en profundidad mis emociones en lo que concierne a Alex. Confío mucho en mis hermanos y me considero una persona extrovertida —es lo que conlleva criarse rodeada de testosterona y no estar nunca sola, no tener que jugar sin compañía y compartirlo todo—, pero hablar de chicos con el resto de los Cabana resultaba embarazoso, más que nada porque les encantaba reírse de mí. Aprendí a ignorar todo eso, y estoy hecha de piedra gracias a ello. Al menos, en lo que no se refiere a Alex, porque él ha sido, es y será siempre mi talón de Aquiles.

—En cuanto a la novia de mi hermano, no creo que los prometidos tengan que estar todo el día juntos. —Aunque es cierto que Alex y yo sí lo estábamos siempre que podíamos, pero eso me lo callo—. Y en cuanto a que mi hermano esté aquí, habrá venido en coche.

—¿¿Se podía venir en coche?? —me pregunta, con los ojos fuera de sí.

—¿Es que acaso no has visto la carretera? —contesto, con sorna—. Normalmente hay una entre acera y acera.

—¡Estaba ocupado respirando!

Voy a replicar, pero, gracias al grito de Marcos, el dueño del bar se ha dado cuenta de que yo soy yo y comienza a vociferar desde la barra.

—¿Priscila? ¿¿Priscila Cabana?? ¿Eres tú de verdad? ¡Estás igual que siempre! ¡Alex! —exclama, dirigiendo la mirada a la rinconera donde descansa el susodicho—, ¿has visto a tu mujer? Diablos, esperen.

La música comienza a sonar por los altavoces del local antes de que nos dé tiempo a reaccionar. Alex mira a Pedro como si quisiera acabar con su vida de una manera muy lenta —Pedro ni se ha inmutado—, y yo me froto los ojos con los dedos mientras juro por lo bajo.

–¿Qué mierda es eso y por qué todos los miran a tu marido y a ti mientras cantan y sonríen? –me pregunta Jaime.

–¡*Chas! y aparezco a tu lado*, de Álex y Christina.

–¿Álex y Christina? ¡No bromees! Este pueblo es increíble. –Comienza a desternillarse. Bien, ha captado a la primera el juego de palabras entre Álex y Christina, Alex y Priscila.

–El camarero es muy amigo de Marcos –le explico–. Me conoce desde que era una niña. No te creas que esto es normal, es solo su forma de darme la bienvenida.

Me pregunto qué pensará la gente de Alex y de mí. Qué creerán que sucedió entre nosotros. Queda claro que no se montó el gran drama por mi marcha, porque, en tal caso, la reacción del amigo de mi hermano habría sido otra. Digo yo.

–Pues viene hacia aquí.

Pedro sale de detrás de la barra para darme un abrazo. Me levanta de la silla y me alza en el aire, dándome vueltas.

–Ya me había comentado un pajarito que venías –dice, al bajarme–. ¡Estás superrubia!

Me puse mechas rubias al poco tiempo de llegar a Boston. Formaba parte de todo aquello de "vida nueva, imagen nueva", y las he mantenido con el tiempo. Me gustan.

–¡Tú! ¡Deja de coquetear con mi hermana! –Marcos se acerca a nuestra mesa y me quita un trozo de helado de un mordisco–. No sabía que venían aquí, los habría traído en coche.

–Habría sido un detalle… –le dice Jaime, mirándome con resentimiento.

Tanto Pedro como mi hermano se quedan cerca de nuestra mesa, charlando entre ellos.

—Oye, Pris, pss pss. —Jaime me indica con la mano que me incline hacia él—. No es por nada, pero tu marido te mira fatal. Lo estoy viendo por el rabillo del ojo.

—No es mi marido.

—Ajá, pero te mira fatal. Y viene hacia aquí.

—Mierda.

¿A qué se debe esa mirada de odio? ¿Tanto daño le hice a su orgullo cuando me marché? ¿Y por qué duele tanto que me mire de esa manera?

Antes, en la cala, me tomó desprevenida; había debatido tanto conmigo misma sobre poner las cartas al descubierto o no ponerlas, sobre enfrentarme a lo que sucedió con él o no hacerlo, y cómo iba a actuar cuando nos viéramos, que al final no me dio tiempo a pensar en nada. Y él se ha mostrado frío y desagradable, mucho más frío y desagradable de lo previsto.

Mentiría si dijera que esperaba un encuentro cordial, cálido, aunque... no sé... Bueno, atendiendo a la verdad verdadera, no tenía ni idea de lo que me esperaba, pero, desde luego, no lo que me he encontrado: un Alex que me odia.

Me ha sorprendido. Debería ser yo la que lo odiara a él, pero ha pasado tanto tiempo que ni ese sentimiento pervive en mi interior. Y no sé si alguna vez estuvo ahí. No sé si tengo la capacidad de odiar, aunque en aquella época sí lo pensé. Pero ya no lo hago. Ahora solo hay una espinita clavada en mi corazón por su engaño, por haber hecho las cosas tan mal. Incluso puede que algo de rabia, quizá, pero no odio; esa fase la superé mucho tiempo atrás. Y ahora toca mirar hacia delante.

Y para mí, mirar hacia delante significa mantener una relación cordial con Alex; poder permanecer en la misma habitación sin discutir y ser capaces de actuar como personas adultas y civilizadas. Además, apenas voy a quedarme tres meses en el pueblo. Después regresaré a Boston, a mi vida plena de Boston, a mi buena vida de Boston. No quiero perder el tiempo peleándome con Alex, no nos lo merecemos.

A pesar de que todo se fue a la mierda, en su día fuimos felices. Y solo por ese vago recuerdo, por esos momentos, creo que merece la pena que intentemos llevarnos bien; no como amigos, eso resultaría imposible, pero sí podríamos tratarnos con educación. Aunque supongo que eso significa comportarnos como dos conocidos, sin más, y ahí radica la cuestión principal: Alex y yo nunca seremos dos simples conocidos. Dos personas que han vivido tanto no pueden ser simples vecinos, simples habitantes de un mismo pueblo que se saludan con un movimiento de barbilla y una sonrisa.

Y Alex cada vez está más cerca de nosotros. Necesito... necesito un escudo. Un escudo que me resguarde del exterior y que cubra mis emociones. Recurro al humor, claro, a lo fácil. Me coloco la carta de cervezas en la cara a modo de parapeto. Escudo físico y emocional.

—Pero ¿qué diablos haces? —indaga Jaime.

—Protegernos de los dardos envenenados que nos lanza Alex por los ojos.

Jaime se desarma de la risa. La parejita formada por la pelirroja (altiva) y mi marido (enfadado, y único conocedor del motivo) llega a nuestra mesa.

—Hola, cuñado. —Alex saluda a mi hermano, colocando un codo en su hombro—. ¿Vamos a jugar la partida?

¿¿Perdona?? Pero ¿qué diablos...? Marcos y Alex no son amigos. Marcos y Alex no se caen bien. ¿Por qué Marcos y Alex querrían jugar juntos una partida de... lo que sea? Miro a mi hermano sin entender nada. Encuentro su mirada, pero solo dura unos instantes; enseguida la retira.

—Eh… –titubea, en respuesta.

—Hola, Reina del Desierto –me dice Alex a mí. ¿Reina del Desierto, otra vez? Odio que me llamen así. Y él lo sabe. A la mierda toda mi reflexión. No pienso quedarme callada.

—Hola, cretino.

—¡Vaya! –exclama, sorprendido por mi inusual arrebato–. Ya veo que has venido de Boston con menos educación y más malhumor.

—Alex… –le advierte mi hermano.

—Tranquilo, está todo controlado –le asegura este. Entonces, cruzan una mirada cómplice. Y digo yo, ¿desde cuándo se llevan tan bien estos dos? De verdad, no entiendo nada.

—¿Qué diablos haces con la carta en la cara, Pris? –me pregunta Marcos.

—¡¿Tú qué crees?! –le suelto, fastidiada–. ¡Es bastante obvio! ¡Me estoy protegiendo de sus dardos invisibles –señalo a Alex con el dedo– porque no quiero quedarme ciega!

Y ahí está el chiste fácil otra vez, salvándome la vida, salvándome de echarme a llorar aquí mismo. Marcos y Pedro dejan escapar una sonrisa. Alex bufa y niega con la cabeza. A la pelirroja ni la miro.

—Sé por qué estás aquí y te… –comienza Alex.

—¿Aquí, en el bar? –lo interrumpo–. Pues tomando un helado. Es bastante evidente.

—No, aquí, en el pueblo. Sé a lo que has venido y solo espero que no tengamos que cruzarnos más veces de las…

Recuerdo su pregunta en Cala Medusa y vuelvo a interrumpirlo:

—¿Y por qué me has preguntado antes qué me había traído de vuelta?

Alex medita la respuesta durante unos segundos.

—Para ver si respondías otra cosa.

—¿Y qué iba a responder, aparte de la verdad?

Nuestros ojos tropiezan y se quedan enganchados. Los suyos me miran diferente, no con el odio que llevan destilando todo el día, pero no sé definir qué es. Entonces, los retira. No sin que antes pueda vislumbrar la aversión una vez más.

—Contigo nunca se sabe, pero queda claro que has venido para asistir a la boda de Marc y Ali.

—Vaya. Así que mi hermano y mi amiga se casan y ese es el motivo por el que vengo al pueblo. No te recordaba tan perspicaz —le digo, en broma. Necesito rebajar la intensidad de esta conversación. Además, es obvio que estoy aquí por la boda de mi hermano, ¿no? Y, por cierto, ¿Marc y Ali? ¿En serio? ¿Desde cuándo?

Alex me estudia de arriba abajo con pose de indiferencia, la misma que siempre lo he visto adoptar con el resto del mundo, pero no conmigo.

—Vaya. Yo no te recordaba —responde con frialdad. Y, sí, ha dolido. Mucho—. Respecto a lo otro, Marc me contó hace tiempo que regresabas para asistir a su boda.

—¿Y desde cuándo mi hermano es Marc para ti? —Pone cara de no entender, así que se lo aclaro—: Siempre ha sido Marcos. Jamás han cruzado más de dos frases seguidas ni han intimado.

—Te has perdido alguna que otra cosa en los últimos años, me temo. Por cierto, ya que te has dignado a venir, aprovecharé para entregarte los papeles.

—¿Qué papeles?

—Los del divorcio.

—Genial, pásaselos a mi abogado. —Señalo a Jaime con el dedo.

Siempre he querido pronunciar esa frase, aunque se me haya atragantado y Jaime no sea abogado. Y aunque me duela como nada, más incluso que verlo con la pelirroja. Mientras permaneciéramos casados, siempre he sentido que, en el fondo, nos tendríamos el uno al otro, que nadie nos podría arrebatar eso; pese a que nos detestáramos y viviéramos a cinco mil ochocientos kilómetros de distancia.

Mierda. Ni yo me entiendo.

—Lo haré, no lo dudes —responde.

Me fijo en Jaime, que sigue nuestra conversación como si de un partido de tenis se tratara. Y lo mismo se aplica a Marcos, Pedro y la pelirroja; cada uno nos mira de una forma distinta. Con pena, alucine y satisfacción, respectivamente. Y, en serio, no sé qué pinta aquí la pelirroja del Inframundo si ni ha abierto la boca.

—Hazlo —le respondo a Alex—. Y anda que no has tenido ocasiones para hacérmelos llegar a través de mi familia. Somos vecinos.

—Éramos vecinos —puntualiza—. Esperaba que me los mandaras tú, teniendo en cuenta que fuiste la que se largó sin más.

No fue "sin más", pero se aleja antes de que pueda contestar. Comienza a ser algo rutinario entre nosotros. Él se va todo digno, habiendo dicho la última palabra, y yo me quedo con cara de tonta, pensando en una respuesta apropiada. No obstante, en esta ocasión me levanto para seguirlo; necesito preguntarle algo.

—¡Alex! Espera.

—¿Qué? —Se detiene, pero no se gira.

—¿Dónde está Dark?

Dark es nuestro perro. El perro que Alex y yo encontramos en la calle y adoptamos cuando no éramos más que unos niños. Al que también abandoné cuando me fui.

—Se lo regalé a otra familia. Pero no te preocupes, Reina del Desierto, es un perro feliz.

—¿Qué?

Se marcha sin dar más explicaciones. Me quedo de pie en medio del local, anonadada. No me lo esperaba para nada e intento asimilarlo. Mi móvil vibra en el bolsillo.

River Phoenix:
¿Quién de los cuatro me metió en problemas con Cata?

Ay, mierda. Me había olvidado del encuentro con mi cuñada. Le mando un emoji de una chica rubia levantando la mano. Esa soy yo.

Priscila:
Culpable de todos los cargos; bueno, en realidad
ha sido Jaime. ¡Lo sentimos!

River Phoenix:
De puta madre.

Marquitos:
¿Has tenido lío?

Marcos se acerca a mí después de mandar el mensaje y me pasa el brazo por el hombro. Se lo aparto sin contemplaciones.

River Phoenix:
Bastante.

Adri:
Hoy duermes en el sofá.

River Phoenix:
Mierda.

Hugoeslaestrella:
Otra vez.

River Phoenix:
Mierda.

Marquitos:
Justo eso, me temo que no.

Hugoeslaestrella:
Eres un idiota.

Marquitos:
¿Quién?

Adri:
¿Quién?

                                                    Priscila:
                                                    ¿Quién?

Hugoeslaestrella:
Dios, dame paciencia.

River Phoenix:

No me apetece discutir. Bastante tengo ya.

Adri:

Solo una palabra: divorcio.

Marquitos:

No te referías a mí, ¿eh, Hug?

¿Hug?

Pues ya somos dos. River y yo siempre vamos a la par en lo que a asuntos matrimoniales se refiere. Nos casamos casi a la vez, y ahora la palabra "divorcio" nos sobrevuela al mismo tiempo.

"Madre mía, ¡y acabamos de llegar! Me estoy dando cuenta de que nuestra vida en Boston era bastante... tranquilita".

Pristy, la ardilla. En el *pub* del helado y la cerveza.

Verano de 1997

Piscina comunitaria. Priscila tiene siete años (casi ocho, como le gusta decir a ella) y Alex, diez.

Como en cada verano, Alex nadaba en la piscina de su urbanización arriba y abajo, arriba y abajo. Ya era miembro, desde hacía dos años, del club de natación San Vicente, uno de los más importantes de la zona —o el único—, y su entrenador le llenaba los oídos explicándole que, si trabajaba duro y ponía empeño, podría llegar muy lejos. A Alex no se le subía a la cabeza; solo le animaba a entrenar más y más. Y lo hacía con gusto porque le encantaba. Alternaba los largos con prácticas de apnea para trabajar la respiración debajo del agua y aumentar la capacidad pulmonar.

Priscila lo observaba sin entender qué hacía; lo veía sumergirse cerca de la escalerilla y desaparecer durante largos periodos de tiempo. Cuando la curiosidad pudo con ella, se acercó y se zambulló; abrió los ojos debajo del agua, pero apenas podía distinguir alguna sombra. Salió y se puso sus gafas de buceo moradas, con el tubo a juego. Se hundió de nuevo, y entonces sí lo vio: Alex estaba de rodillas en el suelo de mosaico azulado, agarrado con una mano a la barra de las escaleras; tenía los ojos cerrados y parecía relajado.

Cuando los abrió para salir a la superficie, se encontró de frente con Priscila. Sacaron la cabeza del agua los dos juntos y se quedaron asidos a la escalera.

—¿Qué hacías ahí abajo? —preguntó ella.

—Suspender la respiración.

Se quedó igual de confusa, pero se dio cuenta de que su vecino parecía tener la habilidad de hacer de todo. Seguro que también podía desenvolverse sin problemas en aquello sobre lo que tanto murmuraban sus amigas en el patio del colegio. Y sus hermanos. De mayor a menor. Todos hablaban de ello:

De los besos.

Fue una palabra muy recurrente durante aquel verano, en el que se escuchaba *Don't Speak*, de No Doubt; *Torn*, de Natalie Imbruglia, o *Solo se vive una vez*, de Azúcar Moreno. Y Priscila sentía curiosidad, así que se afianzó a la barra de metal y se lanzó.

—¿Tú sabes dar besos de novios? ¿Besos de verdad?

A Alex lo sorprendió la pregunta, pero enseguida reaccionó. Tenía una mente ágil.

—Pues claro.

—¿Cómo se hace?

—Hay que cerrar los ojos y juntar los labios.

—Eso he visto hacer a mi hermano River, con muchas chicas, y es asqueroso.

—¿River es el del ordenador?

Siempre que Alex veía a ese vecino en concreto, este se encontraba en medio de la urbanización, sentado en el suelo, enredado en las tripas de un ordenador viejo u observando alguna que otra ventana del vecindario.

—Sí. Quiere ser informático cuando sea mayor.

—Pues no siempre mira las tripas del ordenador…, que lo sepas.

—¿Qué?

—Nada, te decía que hay que limpiarse la boca después de besarse para quitarse las babas del otro.

Ya sabía ella que el vecino era un entendido, a pesar de su hermetismo. Era bastante reservado; observaba y no hablaba demasiado. River solía decir: "Cuando sea mayor, las matará callando", pero Priscila no entendía lo que significaba.

—¿Tú te has dado besos con alguien? —le preguntó con curiosidad.

—Muchos. —Y no mentía. Era un chico muy guapo, así que llevaba recibiendo besos en la boca desde los cinco años—. ¿Y tú?

—No. Con nadie.

—¿Nunca?

—No.

Alex jamás llegaría a entender de dónde salieron sus siguientes palabras, pero lo cierto es que salieron. También es verdad que Priscila le llamaba la atención.

—¿Quieres probar?

—¿Contigo?

—Claro —afirmó con socarronería.

—Okey.

Acercaron sus rostros sin pensárselo ni un instante, ambos bien sujetos a la barra y cubiertos por el agua de cuello para abajo, y se dieron un suave beso en los labios que duró, más o menos, cinco segundos. Y que conste que para ellos fue largo, largo. "Largo que te mueres", como había empezado a decir Alex.

También fue frío y caliente al mismo tiempo. Frío, por la temperatura de sus cuerpos mojados; caliente, por motivos que tampoco entendían.

Se debía al contacto humano, al calor que emiten las personas cuando se tocan, cuando revelan emociones a través del roce. Como cuando se produce una conexión entre dos partes de un circuito eléctrico. Sin embargo, el pensamiento de Alex fue: "Pues no he sentido nada nuevo, ha sido un beso más".

Cuando todo terminó y establecieron distancia, se sumergieron en el agua sin dejar de mirarse a los ojos. Priscila, tapándose la nariz. Alex, no. Al fin y al cabo, era un profesional.

Durante el resto del verano, aquel verano de color azul piscina para Priscila, volvieron a verse varias veces en aquellas profundidades que habían sido testigos de su primer beso, y que presenciaron cómo ambos suspendían sus respiraciones, mirándose a la cara muy cerca el uno del otro. Pero no hubo más besos.

El pastel para la boda...
y los martinis

Abandono mi cervecería favorita del mundo entero pasmada y atónita por el descubrimiento de que Alex y Marcos —o Marc— son amigos, y decepcionada con la noticia de que Alex haya regalado a Dark.

A pesar de que Jaime viene detrás de mí, bajamos en silencio la cuesta infernal que nos lleva de nuevo a la playa y regresamos a casa en las bicicletas.

Yo no sé qué tienen los enfados, que se cuecen a fuego lento. La sorpresa y la decepción que me he llevado a causa de ambas noticias pronto se transforman en otra emoción mucho más fuerte e intensa, en algo más inestable: irritación. Cólera.

Al llegar a la urbanización, advierto que el deportivo rojo de Marcos está aparcado fuera y que la luz de la cocina está encendida. Se supone que no hay nadie en casa: es la noche de San Juan y nuestra familia al completo está en la gran hoguera de la playa, esperándonos. Le mando un mensaje rápido a mi madre, porque me da que no hay San Juan para mí esta noche. No tengo ganas.

Entro en la vivienda y voy directa a la cocina, donde mi hermano ya me espera. Jaime me da un beso de despedida en las escaleras, con la premisa de que lo que tenemos que tratar Marcos y yo es un asunto familiar. También me dice que grite si necesito su ayuda.

La discusión la inicio yo desde el instante en que piso las baldosas rústicas de la cocina de mis padres. Pero no hay duda de que él me estaba esperando. Va a ser un enfrentamiento duro. Uno de esos que, intuyes, va a tornarse trascendental casi desde antes de que ocurra; uno de esos que solo suceden una vez cada diez años.

Un tú a tú sin mundo a nuestro alrededor.

—¿Por qué? —le pregunto, a quemarropa.

—¿Por qué, qué?

—¿Por qué Alex? Tienes cientos de amigos en el pueblo. ¿Por qué tuviste que elegirlo de entre todos los demás? ¡Ni siquiera se llevaban bien cuando él y yo estábamos juntos!

—Eso no es cierto. Todos aceptamos a Alex casi desde el principio.

—¡¿Desde el principio?! ¿En serio? ¡Primera noticia!

—No es así, Priscila, y lo sabes. En el fondo sabías que nos agradaba.

—No, yo no sabía nada. Y, de todas formas, de agradar a ser íntimos amigos... Me parece que me he perdido unos cuantos capítulos de la historia.

—Eso no te lo voy a rebatir. Te has perdido un puñado de capítulos. Y ¿sabes por qué? Porque vetaste el nombre de Alexander St. Claire en esta familia hace cuatro años.

—Me parece a mí que no ha estado tan vetado. Aunque supongo que sí lo suficiente como para que me ocultaras tu amistad con él durante años. ¡Años!

—Bienvenida al club.

–¿A qué club?

–¡Al de los hermanos a los que no se les cuentan las cosas! –me grita, de pronto.

–Marcos... –lo advierto.

–Tú te echaste novio, Priscila –continúa, sin darme tregua–, te comprometiste con él, nosotros lo aceptamos y te casaste. Empezábamos a hacernos amigos del nuevo miembro de la familia, pero, entonces, te largaste. Para ti, ahí acabó todo; no quisiste saber más. Para el resto no fue tan sencillo porque, además de ser tu marido y nuestro amigo, ¡ERA EL PUTO VECINO DE ENFRENTE! –grita una vez más, apuntando con el dedo a través de la ventana–. Un día discutes con él, vienes a casa a comer con nosotros, agobiada por la pelea, y cuando sales de aquí, te vas directa al aeropuerto. ¡Y han pasado cuatro años! ¡Cuatro años, Priscila!

–¡No me fui directa al aeropuerto!

–¿Qué? ¿Cómo que no? ¿Y a dónde fuiste?

–Eso ahora da igual.

–¡No, no da igual! Entiendo que eras una niña, ¡porque eras una maldita niña, Pris!, pero si fuiste tan madura como para casarte a los veintidós con el vecino –me dice, señalando con el dedo la casa, una vez más–, debiste haberlo sido también para afrontar los problemas de pareja y no huir a la primera de cambio.

–¡No tienes ni idea de lo que ocurrió!

–¡Pues no! ¡No tengo ni maldita idea! Nunca nos contaste nada, no nos explicaste qué fue aquello tan grave que se supone que te hizo Alex. ¡Solo lo vetaste en la familia y punto!

–¿"Se supone"? –repito, alucinada.

–¡Sí! ¡Se supone! Yo jamás he visto ni oído nada; lo único que vi fue a Alex destrozado. Totalmente destrozado, física y moralmente. Y pensé que, si recogía los pedazos del marido de mi hermana, con el que en apariencia llevaba una vida idílica, algún día ella me lo agradecería. Algún día de las siguientes semanas, o a lo sumo meses, cuando regresara.

—Pero no regresé.

—No, no lo hiciste.

—Y para cuando te diste cuenta de que no iba a hacerlo, era tarde. Alex ya era tu amigo del alma. ¿Fue así como ocurrió?

—No tienes una maldita idea de cómo ocurrió.

—No. No la tengo. No la tengo porque tú no me lo has contado.

—¿Que yo no te lo he contado? ¡¿¿Que yo no te lo he contado??! —repite, indignado—. ¡¿Cómo tienes el valor de decirme algo así después de tu secretismo de los últimos años?! ¿Cómo crees que me he sentido yo todo este tiempo? ¿Eh? ¿Cómo crees que nos hemos sentido todos? ¿Y ahora tienes el valor de recriminarme que yo te oculté algo?

—¿Por eso te has puesto de su lado? —le pregunto, con dolor.

—No, Pris. Jamás me he puesto de su lado. Siempre he estado en el tuyo, a pesar de no tener ni maldita idea de lo que pasaba. Sin embargo, eso no quita que él se haya convertido, con el tiempo, en un hermano para nosotros.

¿Nosotros?

—Cuando dices "nosotros"…

—Me refiero a Hugo y River, sí.

—¿Y Adrián?

—No, Adrián, no. A Adrián le importa una mierda Alex. Supongo que no te sorprende.

—No.

Adrián sabe lo que pasó. Es el único.

—Pris, mira…

—No teníamos una relación tan idílica —lo interrumpo, recordando su comentario de antes.

—¿Qué?

—Antes has dicho que Alex y yo teníamos una relación idílica. No es cierto. Solo quería dejarlo claro.

—Lo siento —dice, sin creerme—, pero no lo creo, Priscila. Sí la tenían. Yo lo vi. Alex y tú eran transparentes. Los dos.

—Teníamos nuestros problemas, Marcos.

—¿Cuáles?

—Eso no importa ahora. ¿Por qué me odia?

—¿Qué?

—Alex. ¿Por qué me odia tanto?

Es algo que me ronda la cabeza. Demasiado. Puedo entender que se enfadara porque me marché y crucé el océano Atlántico sin dar explicaciones, aunque fuera por culpa suya, pero... ¿odiarme de esa manera tan visceral? ¿De dónde viene? ¿Qué he hecho yo que fuera tan terrible? ¿Huir de un marido que dejó de quererme?

—Alex... Yo... yo no...

—Tú lo sabes, Marcos, sé que estás al tanto. Te conozco demasiado.

Mi hermano lanza un sonoro suspiro antes de hablar de nuevo.

—Sí, lo sé.

—Pero no me lo vas a contar.

—No. Tienen que arreglar sus asuntos ustedes solos.

El caso es que no creo que haya nada que arreglar. Cuatro años separados es mucho tiempo, ya no somos las mismas personas. No fue fácil para mí odiar a Alex durante aquellas primeras semanas, después de que ocurriera todo. Tuve que hacerlo de la noche a la mañana, y las cosas, normalmente, suceden de manera paulatina. Como cuando llega el invierno, que no te levantas un día y la temperatura ha descendido veinte grados. En cambio, yo sí me levanté un día, o, más bien, me desperté en un avión, a miles de kilómetros de distancia de mi hogar, teniendo que odiar a mi marido cuando, hasta horas antes, lo amaba con locura.

Me pregunto si lo de Alex conmigo fue paulatino o le vino de repente.

—Alex no tiene motivos para sentir ese rechazo hacia mí, Marcos —le explico—. Yo, sin embargo, sí los tengo. Él sabe por qué me fui, debe hacerlo, y si no lo sabe, si no lo intuyó una vez que sucedió, es porque es más imbécil de lo que pensaba.

—Está bien, escúchame. —Marcos se acerca a mí—. Yo solo conozco su versión, una versión que he vivido en primera línea de fuego. Y si tuviera que ponerme en su lugar…, si tuviera que pasar por lo que pasó él cuando te largaste, yo también te maldeciría. Si no lo hago es porque eres mi hermana, y una de las personas a las que más quiero y respeto en la vida. Pero si no lo fueras, Priscila, si no fueras mi hermana…

—Si no fuera tu hermana, ¿qué?

Marcos bufa.

—No puedo seguir con esto. —Levanta las manos en señal de rendición—. No mientras no pongamos el resto de las cartas sobre la mesa. ¿Estás dispuesta a hacerlo?

—No, así no. Ahora no.

—Pues me largo. Paso de todo. Paso mucho, Priscila.

Abandona la cocina sin decir nada más y me deja con la palabra en la boca. Siempre ha sido su manera de resolver las discusiones. De golpe y porrazo.

Derrotada, subo a mi dormitorio y me planto en medio de la estancia a observarla, por fin, de verdad. Reparando en cada detalle. Antes, con Jaime aquí, no lo hice; entré en ella como si fuera un trámite más.

Está tal y como la dejé el día que me marché, y como la había dejado meses antes, al casarme. La misma cama nido de noventa, con cajoneras y empotrada contra una de las paredes; los mismos muebles de madera blanca; el mismo edredón azul cielo con estrellas amarillas; la misma lamparita de noche; los banderines de colores colgados en el techo; la amplia mesa de estudio junto a la ventana. Y el olor. Y los recuerdos. Me acerco a la ventana y observo la de Alex. Sí, los recuerdos siguen todos aquí.

Me pongo el pijama, enciendo el pequeño televisor frente a mi cama y me tumbo en ella a descansar, con tan solo la luz de la mesita encendida. Me siento en casa de nuevo, pero, al mismo tiempo, estoy rara. Como una pieza que no termina de encajar en el cubo de formas geométricas. Parece que ese es su lugar, pero no casa del todo.

Diez minutos son los que tarda Marcos en venir a mi habitación a hacer las paces.

—Hola —me saluda, desde el umbral.

—Hola.

—¿Puedo pasar?

—Siempre.

Con su sonrisa más entrañable, se sienta en la cama junto a mí y apoya la espalda en el cabecero. Nos quedamos unos momentos en silencio, tan solo escuchando los murmullos que proceden de la televisión.

—Creo que no debí marcharme —me atrevo a confesar, ante la penetrante mirada de sus ojos verdes—. Que no debí marcharme así. Pero tenía veintidós años, Marcos, y estaba asustada, muy asustada. El mundo se me había caído encima, todo mi mundo, y no supe hacerlo de otra manera. No supe gestionarlo. Lo siento.

—Ven aquí, pequeñita. —Nos abrazamos con fuerza y me echo a llorar en su cuello–. Yo también lo siento. Estoy… estresado y lo he pagado contigo. Hoy eras una diana demasiado fácil. Y no me gusta que seas una diana; yo lo que siempre he querido es sujetarte el mundo, Priscila.

—Me siento rara, Marcos.

—Pasará. Confía en mí. Y ahora vamos a dormir un poco, ¿de acuerdo? Ha sido un día muy largo.

Asiento con la cabeza y nos tumbamos uno junto al otro. Marcos estira el brazo y apaga la luz. Es inevitable que los recuerdos de las escenas vividas durante el día acudan a mi cabeza. Es inevitable pensar en ellas. Y no dejo de darle vueltas a algo. A Alex y la pelirroja. No me ha dado la sensación de que… estuvieran juntos. Juntos como pareja, me refiero.

—¿Puedo hacerte una pregunta sobre Alex sin que te enfades? –le digo a mi hermano.

—Dispara.

—¿Alex tiene novia?

—No –responde, tajante–. Alex tiene una mujer.

Chasqueo la lengua.

—Te lo estoy preguntando en serio. Me refiero a si sale con alguien.

—No, Pris, no sale con nadie. No ha salido con nadie desde que te fuiste.

—¿Pretendes hacerme creer que no ha estado con nadie en todos estos años?

—Yo no he dicho eso.

Okey.

—Marcos.

—¿Sí?

Tomo aire y dejo salir las cuatro palabras que tanto me han atormentado en el pasado.

—Alex dejó de quererme.

—Pris, después de lo que pasó...

—No —lo interrumpo—, dejó de quererme antes de que me fuera. Por eso me marché. Verlo con mis propios ojos fue... Me impactó demasiado.

Marcos se revuelve en la cama y busca mis ojos en la oscuridad.

—Eso no es verdad. Alex te quería con locura.

—Puede que en algún momento de su vida lo hiciera, pero no en nuestros últimos momentos juntos. Esos pedazos de Alex de los que hablas... No fui yo.

—¿Cómo lo sabes?

—Porque yo no hice nada malo.

El movimiento de las cortinas de mi habitación, al ritmo de la agradable brisa matutina, me retiene en la cama; tengo los ojos entreabiertos y la mirada perdida en ese balanceo.

Siempre dejo la ventana abierta; en verano, porque hace mucho calor, y en invierno, porque... porque lo hago desde que tenía diecinueve años; desde que descubrí la escalera fabricada con cuerdas que va desde el suelo hasta la ventana del vecino de la casa de enfrente; desde que trepé por ella por primera vez y descubrí el motivo por el cual estaba allí. Quería que Alex supiera que mi ventana siempre estaría abierta para él, por si la necesitaba.

Los ronquiditos livianos pero continuos del bulto a mi lado consiguen sacarme de mis recuerdos. Ladeo la cabeza: Marcos duerme a pierna suelta, tan a pierna suelta que me tiene arrinconada al borde de la cama. Recuerdo la disputa que mantuvimos ayer.

La relación con mis hermanos no es perfecta. Sí es afable, bonita y divertida. Pero también es humana. Nos queremos como se debe querer, como nos han enseñado nuestros padres a querer; nos protegemos como se debe proteger, por instinto, como una leona protege a su cría; y, sobre todo, nos respetamos como se debe respetar, sin excusas, aunque en algunas ocasiones no estemos de acuerdo con las decisiones que tomamos de manera unilateral. Y también aunque en otras ocasiones no comprendamos bien el resultado final del experimento. Ni River, ni Hugo, ni Marcos conocen los componentes de la fórmula magistral que me obligó a dejar el pueblo, y estaba claro que esa reacción química nos explotaría en la cara más pronto que tarde. Demasiado la habíamos contenido ya.

Fuimos Marcos y yo quienes hicimos trizas el vaso de precipitados.

Me levanto con cuidado de la cama; he escuchado la voz cantarina de mi futura cuñada en el piso de abajo. Me calzo unas deportivas de andar por casa —tipo bailarinas, con un voluminoso pompón: me encantan los zapatos estrambóticos, y cuantos más colores, lazos y pompones tengan, mejor—, y bajo corriendo las escaleras para reunirme con ella.

Hace un calor horrible. Deben de ser las doce del mediodía, por lo menos, porque, a pesar de llevar puesto un pijama ligero de pantalón corto y camiseta de tirantes, estoy sudando.

Entro en la cocina y me encuentro a Alicia revolucionando todo a su paso. Mis padres y Jaime la observan divertidos.

—Buenos días —saludo a todos.

—¡Pris! ¡Bienvenida a casa! Siento no haber estado ayer aquí para recibirte; tuve un día de locos. —Me envuelve entre sus brazos. Desde que me marché, hemos mantenido el contacto a través del teléfono y del correo, así que no me resulta extraña su presencia. La abrazo con fuerza y pienso que he echado en falta a mi gente más de lo que pensaba—. ¿Te das cuenta de que es la primera vez que nos vemos en persona desde que soy la novia de Marcos?

Es cierto. Me enteré de su noviazgo hace años, mediante una videollamada en la que hubo llanto, felicitaciones y un poco de todo. Y me enteré de su próxima boda hace meses, en otra videollamada en la que también hubo llanto, felicitaciones y un poco de todo. Marcos nunca la trajo a Boston, solía decirnos que eran viajes para estar en familia… ahora que lo pienso, es raro. Pero es Marcos, nunca se sabe por dónde saldrá.

Recuerdo que el asunto de la boda me pareció muy precipitado, pero no pude emitir palabra porque, a pesar de sonreír a través de la pantalla y seguir el hilo de la conversación, lo único en lo que podía pensar era en que me reencontraría con Alex. Y, además, ¿voy a hablar yo de bodas precipitadas? Me parece que no.

Mi madre me saca de mi ensimismamiento: me indica que me siente a la mesa y me coloca delante un café y un par de tostadas con mermelada de melocotón, mi favorita.

—¿Qué tal has dormido tu primera noche, cariño? —me pregunta.

—Fenomenal. Como una marmota.

Increíble pero cierto.

—Eso está bien. No he querido despertarte antes para que descansaras.

—¿Y tú cómo lo llevas? —le pregunto a Alicia mientras desayuno.

—Estoy atacada, Pris.

—Lo está —me confirma Jaime, sentándose a mi lado.

—Ayer estuve al borde del colapso, literalmente. Ya sabes que casi toda mi familia viene de afuera —comienza a explicarme—, así que hace meses reservamos catorce habitaciones en el hotel ese que siempre me ha gustado tanto, el que queda frente al mar. Ayer me llama mi tía para decirme que mis primos, los que no podían venir a la boda, ahora sí vienen.

Llamamos al hotel para reservar una habitación más y… ¡adivina! Mi madre había reservado las habitaciones por teléfono y lo hizo ¡en otro hotel! ¡En otro hotel, Priscila! Se llaman igual, pero uno está aquí y el otro, en Málaga. ¡En Málaga! Y como la boda se celebra en temporada alta, ya no disponen de tantas habitaciones libres. Así que ahora mismo me veo con un montón de parientes que no tienen dónde dormir. ¿Qué te parece?

—No te preocupes —dice mi madre después de toda la retahíla—, les encontraremos un lugar.

—Anda, siéntate a respirar. Y si puedo ayudarte en algo, me avisas —me ofrezco.

—¿Ayudarme en algo? ¡Puedes ayudarme con mil cosas!

—Pues empieza a pedir por esa boquita.

—Dios, Priscila, eres la mejor. —Me da un abrazo y, a continuación, saca una pequeña libreta del bolsillo de su pantalón. Comienza a pasar hojas y hojas en las que hay cientos de notas garabateadas—. Bien, por prioridades… Okey, sí, necesito que me ayudes a elegir el pastel.

—¿Quieres que te acompañe a probar pasteles? —le pregunto, confundida, mientras me tomo el café.

—No, yo no puedo ir; estoy a tope con lo del hotel y otras cosas más.

—¿Y entonces?

—¿Pueden ir ustedes —nos señala a Jaime y a mí— a El Obrador de Manuela a elegir el pastel para la boda, por favor, por favor? Había quedado hoy con ella, pero presiento que no voy a tener tiempo en toda la mañana. Y, claro, a Marcos le da igual todo. Por cierto, ¿dónde está?

—En la cama —respondo, a la vez que me meto una tostada en la boca.

—Voy a buscarlo. ¡Hoy no se libra! ¿Te ocuparás del pastel? Dime que sí, por favor.

—Claro, no hay problema.

—¡Ay, gracias, gracias! –grita, antes de darme un beso en la mejilla.

—Oye, ¿y si no te gusta mi elección? –le pregunto, con la boca llena de otro trozo de tostada.

—¡Confío en ti!

La escucho trotar por las escaleras y le aviso del paradero de su novio antes de que lo busque en su dormitorio en vano:

—¡En mi cama!

—¡De acuerdo!

Más de una hora después, Jaime y yo nos encontramos en El Obrador de Manuela, la pastelería de más de cien años de antigüedad, sentados en sendos taburetes frente a la barra y probando quince porciones de pasteles diferentes a la vez.

—A mí me saben todos igual –dice Jaime tras el séptimo trozo.

—Es que llevamos media hora comiéndolos.

—Esto nos va a provocar una indigestión, te lo digo yo.

—Creo que el problema es que están secas. Necesitamos que Manuela las moje con algo, quizá con…

—¿Alcohol? –me sugiere.

—No podemos mojar la tarta con alcohol, habrá niños y abuelos en la boda. Abuelos de noventa años, Jaime. No querrás emborracharlos.

—¿De noventa?

—En mi familia somos muy longevos.

—Okey, pero no me refería al pastel, sino a nosotros. Necesitamos pasar esto por el esófago, pero aquí no se ve ni una sola gota de licor. –Echa un vistazo, pesaroso, a cada rincón del establecimiento.

—¿Qué hora es? –pregunto. No suelo llevar reloj.

—Más de la una.

—Yo creo que es la hora del vermú –afirmo con rotundidad.

—Estoy de acuerdo, pero esta Manuela solo tiene helado artesano de mil sabores diferentes y horchata.

—Espera y verás.

Me bajo del taburete y me asomo por la puerta. Llamo por su nombre al camarero del bar de enfrente, que me conoce de toda la vida y me devuelve el saludo con una mueca de reconocimiento, una sonrisa y un alzamiento de mano. Le hago un pedido.

—¡Dos martinis, por favor!

—¡Marchando! –responde, desde la lejanía.

Pocos minutos después, nos los traen en una bandeja. Jaime alucina.

—Diablos, me encanta este pueblo.

—Bueno, ahora sí, danos más pasteles –le pido a Manuela.

En una hora, acabamos con todos ellos y elegimos la ganadora jugando al azar; pero sin que nos descubra Manuela. La verdad, no nos acordamos de los sabores.

Nos despedimos de la buena mujer, contentos por haber logrado nuestro objetivo, y acercamos al bar los vasos vacíos de nuestras consumiciones. Y, ya que estamos aquí, nos tomamos un par de martinis más.

—Oye, Pris –dice Jaime cuando elegimos una mesa de la terraza.

—¿Qué?

—¿Esto que hemos hecho no es asunto de los novios? ¿No es como muy personal?

—¿Elegir el pastel? –Jaime asiente con la cabeza–. Pues supongo que sí, pero ya has visto que Alicia no podía, y Marcos es de los que esquivan este tipo de cosas.

—Qué típico. Los hombres y sus evasivas. Por cierto, hablando de hombres, esta mañana he visto a tu marido —comenta, entonces, como quien no quiere la cosa.

—No es mi marido. ¿Dónde lo has visto?

—En la casa de enfrente. Llevaba una camiseta de tirantes y unos pantaloncitos negros muy cortos.

—Pues sí que te has fijado.

—Ya sabes que sí. Por cierto, el vecinito está muy potente. No sabía que te gustaban así; nunca te has involucrado con un tipo musculoso, más bien los repelías como a la peste. Pensé que odiabas a los chicos de gimnasio, pero quizá ahora empiece a entenderlo mejor...

—No dejes volar tu imaginación. Alex no es un tipo de gimnasio, tiene músculo y cuerpazo porque es deportista; es... era —me corrijo—, era nadador.

—¿Nadador?

—Sí. Nadador profesional.

—¿Cómo de profesional?

—De los que hacen historia. —¿Por qué, a pesar de todo, sigo sintiendo este orgullo en el pecho al recordar la hazaña de Alex en el pasado?

—¡No bromees!

—Pues sí.

—Espera. Oh, diablos, espera, espera...

—¿Qué?

—Alex St. Claire. ¡Mierda! ¡Alexander St. Claire, el nadador! ¡De eso me sonaba! ¿Estás casada con Alexander St. Claire?

—Claro. Te lo dije ayer.

—Me refiero a que..., mierda, sé quién es. Tenía por delante una carrera impresionante como nadador, ¿no?

—Sí —afirmo—. Ganó un diploma olímpico siendo muy joven, fue toda una revelación, y más tarde se llevó su primera medalla en los Juegos.

—Lo recuerdo. Era toda una promesa, pero le pasó algo, ¿no? ¿Se lesionó?

—Sufrió un accidente y dejó de competir —le explico—. Tenía veinticinco años.

—Es verdad, sí, se hizo mierda mientras esquiaba. Diablos, tuvo que ser horrible para él, lo pasaría fatal.

—No lo sé, yo no estaba ahí.

—¿Ya se habían separado?

—Sí.

—¿Qué pasó, Pris?

—Se arriesgó demasiado al esquiar fuera de pista y chocó con unas rocas.

—No me refiero a eso. ¿Qué pasó entre ustedes hace cuatro años? Ya no puedes ponerme la excusa de que acabamos de llegar.

—Aún acabamos de llegar.

—Está bien —acepta, a regañadientes—, sigues ganando de momento. Solo confírmame una cosa: fue por él, ¿verdad?

—¿El qué?

—Fue por St. Claire por lo que Adrián y tú aparecieron en la puerta de mi casa con pinta de indigentes.

—No parecíamos indigentes.

—Llevaban una mochila asquerosa como único equipaje y tenían cara de no haber dormido ni comido en semanas.

—Pero estábamos limpios.

—En Boston hay muchas fuentes.

—Veníamos de un hotel de tres estrellas.

—Parecían indigentes. Estuve a punto de ofrecerles comida.

—Eres un amor y… ¡suficiente del pasado de Priscila por hoy! ¡Chin chin! —Me tomo la bebida de un trago y deposito el vaso de cristal sobre la mesa–. ¡Otro!

Dos rondas más tarde…, continuamos en el mismo lugar y en la misma postura. Quizá con las mejillas un poco más sonrosadas por el sol. O por los martinis.

—Adrián nunca me ha dicho que Marcos, River y Hugo fueran íntimos de Alex —le confieso a mi amigo, con fastidio.

—Mujer, si les tienes prohibido hasta "pensar su nombre"…

—Sí, pero con Adrián es diferente.

—Ay, Dios, qué complicada eres.

—¿Tú de qué parte estás?

—¡De la tuya!

Otras dos rondas más tarde…, decidimos volver a casa, pero por el camino nos topamos con algún inconveniente que otro.

—Pris, creo que en este país es ilegal circular en bicicleta estando borracho.

—Si vamos por la acera, no –le digo, convencida–. Eso es solo si circulamos por la carretera.

Pedaleamos por el paseo de la playa esquivando a los transeúntes, tambaleándonos de vez en cuando y chocando con más de una papelera.

—¿Estás segura?

—Claro.

—Por si acaso, pregúntale a tu hermano. No quiero acabar en la cárcel. Nunca he estado en la cárcel, ¿sabes? Me infunde cierto respeto el asunto.

—¿A mi hermano?

—Tu hermano es poli, ¿no? Marcos —aclara.

—Es parte del Grupo Especial de Operaciones de la policía.

—¿Es geo? ¿No es poli?

—Es poli. Es geo.

—Mierda, ¿en serio? Hemos hablado millones de veces de él y solo me decías que era poli.

—Porque es poli.

—Es geo. —Okey, creo que hemos entrado en bucle—. No es lo mismo. Me estoy dando cuenta de que no tengo ni mínima idea de tu vida de antes de Boston. ¡Ni siquiera sabía que Adrián es pintor! Cuando te preguntaba por él, siempre me decías que iba a lo suyo.

—Porque va a lo suyo.

—Pero es pintor.

—Sí, eso también.

Fue a propósito. Jaime sabe de mí desde el instante en que llegué a Boston, del resto, sabe lo justo.

—¿Tienes algo más que revelarme?

—Creo que no.

—¿Qué me dices de River?

—Es informático. Ya lo sabes. Solo informático. Trabaja en una empresa en Alicante.

—¿Trabaja en una empresa de informáticos?

—No, de informático en una empresa.

—Eso ya lo has dicho.

—Pues eso.

—¿Y Hugo? ¿Es solo veterinario?

—Sí, veterinario de animales, Jaime.

—Ya sé lo que es un veterinario.

—Por si acaso.

—Tiene pinta de ser un buen veterinario.

—¿Quién?

—¿Cómo que quién? ¿Mi abuela? Pues Hugo.

—Pero ¡si no lo has visto nunca con un animal!

—No hace falta. Esas cosas se intuyen, Pris. Y, además, he visto cómo maneja a Marcos y River.

—Ahí tengo que darte la razón.

—Estoy mareado, Pris —se queja, un rato después, cuando, inexplicablemente, llegamos sanos y salvos al pie de la cuesta de kilómetro y medio que nos lleva a casa.

Se apea de la bicicleta, le pone la traba —increíble— y se tumba en el suelo, boca arriba.

—Vuelve a la bici —lo apremio—. Les he prometido a mis padres que comeríamos con ellos y creo que llegamos tarde.

—Imposible, Cabana. No puedo moverme. Acéptalo y túmbate conmigo. El suelo está muy calentito. Podríamos echarnos una siesta.

Ni hablar. Hemos quedado con mis padres. Y aunque no lo hubiéramos hecho, no pienso tumbarme a dormir en plena calle. En este pueblo me conoce muchísima gente.

Me bajo de mi bici, le pongo la traba —al quinto intento— y ayudo a Jaime a subir a la suya de nuevo. Reanudamos el camino, pero no avanzamos ni veinte metros: tropezamos entre nosotros y caemos al suelo sin remedio.

—¡Auch! ¡Me he hecho daño! —me lamento. Mi bicicleta ha quedado encima de mi cuerpo, y mi cuerpo, encima de la de Jaime y de su cuerpo.

—¡Maldición, y yo! ¡Mierda, que buen golpe nos hemos dado! ¡Apártate de encima, Cabana! ¡Voy a morir aplastado!

—No puedo moverme.

En serio. No puedo. La bici pesa demasiado y yo, aún más. Es como si de repente hubiera duplicado mi peso.

—Creo que es mejor que las bicis se queden aquí y subamos andando —señala Jaime, como puede—. O arrastrándonos.

—No, creo que podemos subirlas —insisto. No podemos dejarlas aquí tiradas.

—Pris, sé razonable.

Piii piii. Piii piii.

Mierda. ¿Qué es ese ruido? Lo ignoro. Insisto un poco más:

—Podemos llevarlas en…

Piii piii. Piii piii.

—¿Quién está pitando? —Miro hacia los lados, pero, dado que sigo tumbada encima de Jaime y de su bici, solo veo el cielo azul y poco más.

—Creo que nos pitan a nosotros.

—¡Eh! ¡Eh!

Hummm…, esa voz de ultratumba… me suena. Me suena demasiado. Me incorporo; creo que vislumbro a Alex frente a mí. Y digo "creo" porque no estoy segura del todo de que sea él: solo aprecio dos cabezas borrosas que se superponen.

—¿Sí? —contesto a las dos cabezas.

—¿Qué hacen tirados en medio de la calle? ¿Jugando al Twister con las bicicletas? Están obstaculizando el camino, por si no se han dado cuenta.

Bien. Es él.

—¿Qué camino? —pregunto. Dios, casi no sé ni dónde estoy.

—¿Eres tonta? —Chasquea los dedos delante de mi cara.

—No. —Intento aparentar seguridad, pero no sé bien lo que sale.

Alex me mira fijamente a los ojos, entrecerrando los suyos. Después, le dedica otro escrutinio similar a Jaime.

—¿Están borrachos a las —comprueba el reloj— cinco de la tarde?

—¿Son las cinco de la tarde? ¡Llegamos tardísimo a comer! —Reacciono al instante y me levanto del suelo de un salto, retirando la bici a mi paso. Oye, pues no pesaba tanto.

¡Mis padres van a matarme!

Jaime se levanta detrás de mí.

—Ya decía yo que tenía hambre —nos dice—. Las aceitunas del martini no llenan una mierda.

—Tu familia te está buscando —me advierte Alex.

—¿A mí? .

—Sí. A ti. Te has ido al mediodía a probar pasteles, son las cinco de la tarde y no respondes el teléfono.

Pues sí que está informado. Saco el móvil del bolsillo y veo treinta llamadas perdidas.

—¡Mierda, mis padres nos han llamado treinta veces! —le digo a mi amigo.

—Es por la falta de costumbre de tener que dar explicaciones de nuestros horarios, Pris.

—Sí, será eso, Pris. Hay que complicarse… —susurra Alex, entre dientes. A continuación, se da la vuelta. Y creo que el "Pris" ha sonado con retintín.

—¿A dónde vas? —le pregunta Jaime.

—A casa —responde, sin volverse. Se aproxima al coche que está parado en la carretera.

—La nuestra te queda de camino. ¿Nos acercas?

—Me parece que no.

—Tranquilo, Jaime, no es necesario que Alex nos lleve. Voy a llamar a Marcos.

—Está trabajando —me explica Alex, con media sonrisa de sabelotodo. Ahora sí, se ha vuelto para mirarme.

—Pero si hoy es sábado —replica Jaime.

—No existen los días de la semana para los geos cuando surge una emergencia.

—¿Ves? Geo. No poli —enfatiza mi amigo. Pongo los ojos en blanco.

—Entonces llamaré a Adrián.

—Está en la galería. No sé qué de unas goteras… —comenta Alex.

—Demonios. Bueno, seguro que River…

—Lo han llamado de su trabajo por no sé qué problema informático en el edificio; al parecer se han caído los servidores y no podían esperar hasta el lunes.

—Hugo siempre puede…

—Urgencia veterinaria. Y para que no gastes saliva, Reina del Desierto, te diré que tus padres andan por ahí, en coche, buscándote por el pueblo.

Okey. Nos hemos quedado sin posibilidades.

—No puedes dejar que subamos esta cuesta infernal en este estado —le indica mi amigo—. Nos hemos tomado ocho martinis cada uno. No vamos a llegar nunca.

—Ignoraba que ese fuera mi problema.

—No puedes dejar desamparada a tu mujer —insiste Jaime.

—No es mi mujer.

—No sería la primera vez —expreso yo, en voz baja. Aunque no lo bastante baja, porque Alex me escucha y se acerca a mí furioso.

—¿Cuándo mierda te he dejado yo desamparada? ¿Mientras volabas a Boston o mientras aprendías a aguantar el alcohol a base de borracheras? Me parece increíble que no hayas caído redonda con tus cincuenta kilos de peso y ocho martinis en el cuerpo.

—Ahora.

—¿Qué?

—Ahora me estás dejando desamparada.

—Ahora no tengo ninguna obligación contigo. Que tengan buena subida, parejita de dos.

¿Parejita de dos? ¿Y de qué si no? Se da la vuelta por última vez y se mete en el coche, cerrando de un portazo.

—Es… es… ¡un imbécil! —grita Jaime mientras Alex se aleja de nosotros.

El "imbécil" nos hace un gesto grosero por la ventanilla y desaparece tras la primera curva. Más de una hora después, exhaustos y al borde del desmayo, Jaime y yo llegamos a casa. Una casa donde todos, TO-DOS, nos esperan en la cocina, sentados a la mesa tomando el postre y el café. Cuñadas incluidas. Mi mirada se desliza a cámara lenta por mis hermanos y por mis padres, por cada uno de ellos, que no parecen haberse movido de ahí en horas.

—¿Dónde estaban? —nos pregunta mi madre, con tono reprobatorio—. Llevamos horas esperándolos para comer. No contestabas al teléfono y hemos tenido que empezar.

—Será hijo de puta el vecino… —exclama Jaime, sin censura.

—Yo lo mato. —Doy media vuelta y abandono la cocina, jurando en ocho idiomas diferentes.

—¿Pris? ¿A dónde vas?

—¡Priscila!

Salgo a la calle, no sin antes dar un fuerte portazo. La rabia y la impotencia dominan cada célula de mi ser; jamás he querido llegar a estos extremos con Alex, pero ha empezado él y acaba de cruzar la línea.

Con el coraje que me infunden los martinis, abro la portezuela de madera, que sé que siempre está abierta, y entro en su propiedad, en su jardín. Recojo del suelo un montón de las piedrecitas que adornan el camino de entrada, reteniéndolas en mi puño. Me sitúo bajo la ventana de la habitación de Alex y comienzo a lanzarlas sin ton ni son, de tres en tres. Algunas se quedan por el camino, pero otras alcanzan la fachada.

–¡Sé que estás ahí, Alexander St. Claire! ¡Y eres un imbécil! ¡Entérate!

En cuanto me quedo sin munición, me agacho a recoger más piedras y las lanzo todas a la vez. ¡A lo loco!

–Si quieres guerra, ¡tendremos guerra! ¡Y el divorcio! –La última palabra me deja un sabor amargo en la boca. Y me provoca una especie de pellizco en el corazón. Yo venía en son de paz, pero Alex no me lo está poniendo fácil–. ¡Sal aquí y da la cara!

–¿Priscila?

Giro la cabeza, sobresaltada, y me encuentro con los padres de Alex. Cierro los ojos con la esperanza de que no sea más que una alucinación perversa producida por el alcohol, pero no. Son de carne y hueso y están aquí. Genial.

–Hola –los saludo, con un puñado de guijarros en la mano. Estos no los suelto ni loca.

–Señores St. Claire –una mujer de unos cincuenta años, a la que no conozco, sale apresurada de la casa con un trapo en la mano–, esta chica está tirando piedras a la ventana de John; las he sentido mientras pasaba la aspiradora. He bajado corriendo; estaba a punto de llamar a la policía cuando he visto que ustedes venían, pero A...

–¿Qué? –la interrumpo–. ¡Eso no es verdad! ¡Las lanzaba a la ventana de Alex!

¿Será posible que no haya acertado ni una sola? La ventana de John se encuentra a bastante distancia de la de Alex. Como a cuatro metros a la izquierda. ¡Cuatro metros!

—Tranquila, Remedios —le dice mi suegro, con aire conciliador–, es la mujer de Alex. Lo tenemos controlado.

—¡No es mi mujer! –grita alguien desde el interior de la vivienda.

—¡Ajá! –chillo, fuera de mí, mirando hacia la puerta principal, que se ha quedado abierta–. ¡Sabía que estabas ahí! ¡Idiota! ¡Pareja de... uno!

—¡Priscila!

El grito de mi madre me hace girarme de nuevo. Toda mi familia forma una fila perfectamente alineada y me contempla atónita, menos Jaime y Adrián, que sonríen con orgullo en uno de los extremos. Jaime susurra algo al oído de Hugo. Están muy arrimados. Hugo arquea una ceja en respuesta. Seguro que Jaime me está disculpando con él.

Cata, al lado de Hugo, me observa con censura mientras niega con la cabeza. River tiene la frente arrugada, aunque no estoy segura de si es por mí o por su mujer. Alicia me mira sin acabar de creerse que se trate de mí. Marcos tiene el móvil en la mano y me apunta con él.

Es cuando tomo consciencia de lo que he hecho. Bajo la cabeza y, con las manos juntas, voy directa hacia Marcos, que se encuentra en última posición, junto a mis padres y justo se guarda el teléfono en el bolsillo.

—Espósame –le digo con pesar–. He lanzado piedras contra la ventana del vecino.

—Primero tira las que llevas en la mano –responde él, con los brazos cruzados en el pecho y la mirada en mi puño.

—¡Priscila! –grita, de nuevo, mi madre.

Lo sé. ¡Lo sé! Yo no soy así. Yo no me comporto de esta manera tan enajenada y poco respetuosa, nunca, jamás; no me reconozco. El señor Hyde me ha dominado por completo. El alcohol, el torbellino de emociones que me ha recorrido el cuerpo durante los últimos días, el cansancio, la frustración y la rabia han hecho que pierda el control.

Yo soy de las que ceden su asiento a jubilados y embarazadas en el tren y en el autobús, nunca traspaso los límites de velocidad y siempre doy los buenos días a todo el mundo con una sonrisa, incluso a los que me caen regular porque son unos cretinos. Soy una ciudadana ejemplar. ¡Si incluso me detengo con la bicicleta en los semáforos cuando se ponen en rojo! ¿Quién hace eso?

Ay, Dios, la bici.

—También he circulado borracha en la bici —confieso, en última instancia.

—¡Priscila!

Un rato después, mi móvil empieza a vibrar:

Marquitos:
IMAGEN

Dejo esto por aquí.

Para la posteridad.

Veo lo que ha mandado mi hermano. Es una foto mía lanzando piedras a la ventana de los vecinos. Ahogo un grito. ¡No me lo puedo creer!

Adri:
Ya te pasaste.

Hugoeslaestrella:
De verdad, Dios, mándame esa paciencia.

River Phoenix:
Grande, Marc.

River Phoenix:
Y esa puntería hay que mejorarla, Pris.

Adri:
¿Qué sabrás tú de puntería?

River Phoenix:
Solo era una apreciación.

"¡Vaya con los Cabana! Me están dando material de sobra para un año. Y, por cierto, si quieres mi opinión, Pris, te diré que Jaime y Hugo no hablaban de ti. River y Cata han tenido una pelea de las grandes. Alicia y Marcos parecen ya un matrimonio viejo, y Adrián esconde algo".

Pristy, la ardilla. Momento "Priscila lanzando piedras a la ventana de su ~~marido~~ cuñado".

Verano de 2002

La preadolescencia.

Después de aquel verano, el del 97, Alex y Priscila apenas volvieron a tener contacto.

Pris fue cumpliendo años: nueve, diez, once, doce... Unas sensaciones extrañas, singulares, que hasta el momento no había experimentado, comenzaron a asediarla. Eran vergüenzas; turbaciones causadas por el pudor que le provocaban algunos actos. Sobre todo, los que tenían que ver con Alex. No entendía cómo había sido capaz de besar a su vecino, y mucho menos de espiarlo mientras nadaba. Y todavía menos meterse debajo del agua y aguantar la respiración junto a él. Así que dejó de hacerlo. Así de simple.

Alex tampoco mostró interés. En aquellos años, en los que cumplió once, doce, trece, catorce y quince, prefirió estar con chicos y no tanto con chicas. Se dedicó a sus pocos amigos o, mejor dicho, conocidos del colegio y del club, porque nunca llegaba a nada profundo.

No se molestó en buscar a Priscila en la piscina; la veía de vez en cuando, pero apenas reparaba en ella.

Además, tenía asuntos bastante más importantes de los que ocuparse; había tomado una decisión importante: dedicar su vida al agua. Quería ser nadador profesional y nada ni nadie podría impedírselo. O eso pensaba él.

Seguía formando parte del mismo club en el que se había iniciado en la natación, como prebenjamín, a los ocho años. Desde ese momento, se había especializado en estilo mariposa y acudía a cada competición regional que disputaban con otros clubs.

Aquel fue el tercer año que asistió a un campeonato nacional en categoría júnior, y el primero que ganó, consiguiendo la marca necesaria para poder participar en el Mundial, del que regresó a casa con su ansiada medalla de oro. Fue la confirmación de que tenía potencial para dedicarse a la natación.

Pero el verano de 2002 llegó y, con él, los quince años de Alex, las hormonas y las chicas que revoloteaban por su cabeza y su cuerpo.

Priscila contaba doce años, casi trece, cuando, aquel verano, sus padres la dejaron salir con sus hermanos por primera vez a la fiesta que se celebraba en la playa el día de San Juan, el más largo del año. Era un pueblo tranquilo y Priscila iba a estar vigilada, así que los progenitores Cabana no pusieron demasiada resistencia cuando los cuatro chicos hicieron la petición, por deferencia a su querida hermana pequeña. A la que, todo sea dicho, adoraban y malcriaban entre los cuatro. Era la princesa de la casa.

Se internaron en la playa, que aquella noche relucía más que nunca bajo el fuego de la gigantesca hoguera. A cada paso que daban, dejando grupos de gente y aparatos de música atrás, las canciones cambiaban; escucharon desde *No sé qué me das*, de Fangoria, hasta el *Aserejé*, de Las Ketchup, pasando por *By the way*, de Red Hot Chili Peppers, y *A Dios le pido*, de Juanes; entre otras.

Los dos hermanos menores, Adrián y Priscila, alternaron entre los amigos de los mayores hasta que consiguieron escabullirse para reunirse con su propia pandilla, que era la misma para los dos. O más bien, Priscila pensó que se estaban escabullendo, pero no vio la mirada que cruzaron River y Adrián cuando abandonaron el grupo. El último protegería a la pequeña de los Cabana con su vida. Sí, con su vida. Pensamientos suyos. Tenía trece años y sabía lo que se hacía.

Encontraron a sus amigos en uno de los tantísimos corrillos que se habían formado junto a la gran hoguera. Les hicieron hueco y se sentaron a charlar y escuchar música con ellos hasta que…

—¡Eh! ¡Adrián! ¡Adrián! ¡Hola! —se escuchó.

—Adrián, te llaman —dijeron sus amigas mientras reían entre sí.

El chico giró la cabeza hacia la voz y descubrió la procedencia de los gritos. Venían del círculo contiguo; varios jóvenes lo llamaban y le indicaban con las manos que se acercara.

Resulta que una de las muchachas de aquel grupo estaba loquita hasta los huesos por el pequeño de los Cabana; era tan guapo y reservado… que levantaba pasiones. Y aunque "reservado" no era la palabra que mejor lo describía, ellas lo veían así. La realidad era muy diferente: Adrián se concentraba en lo suyo y le daba igual la gente (menos su familia). Vamos, que todo le daba igual desde los trece años.

Como entre sus amigos tampoco sucedía nada reseñable, decidió acudir a la llamada; Adrián era curioso por naturaleza, y a aquellas chicas las había visto por el colegio alguna que otra vez. Iban un par de cursos por delante del suyo y del de su hermana.

Interesante, pensó.

Priscila, por supuesto, lo acompañó; a donde iba uno, iba el otro. Y entonces lo vio, sentado cerca del fuego: su vecino.

—Ven a jugar con nosotros —le propuso a Adrián una de las chicas, la que estaba loquita hasta los huesos.

—¿A qué juegan? —preguntó él con indolencia; era su tono habitual.

—A beso, verdad o atrevimiento.

A Adrián no le disgustaba la idea. Lo había probado alguna vez en el colegio y, desde luego, era más sugerente que quedarse en el grupo con sus amigos hablando de tonterías. Además, no hacían nada malo, sopesó, mirando a su hermana, que lo observaba con una mezcla extraña entre "vámonos ya" y "sentémonos, por favor, por favor". No entendía a qué se debía esa contradicción en Priscila, pero más tarde le preguntaría por ello. La miró fijamente y descubrió en su rostro que ganaba el "sentémonos".

—Ella viene conmigo. —Señaló a Priscila.

—Es tu hermana, ¿verdad? —le preguntó una de las chicas.

—Sí.

—Está bien —aceptaron las cinco, animadas.

Y Priscila y Adrián se sentaron, ante la atónita mirada de Alex, que no entendía nada.

¿En qué momento su vecina se había puesto tan guapa? "Está buenísima" —fue su primer pensamiento— "con ese pelo cobrizo tan largo y esos ojazos color caramelo; incluso con esos malditos zapatos con lazos enormes". Se le escapó una sonrisa que no pudo disimular y sintió ganas de besarla. Hacía tiempo que no la veía, o más bien, que no se fijaba en ella, pero aquella noche… le gustó.

Los hermanos se posicionaron el uno al lado del otro y se integraron con facilidad en la dinámica del juego. Adrián eligió "verdad" en cuatro ocasiones, "atrevimiento" en dos y "beso" en ninguna. Priscila había seguido un patrón parecido al de su hermano, pero eso estaba a punto de cambiar.

–Alex, es tu turno. ¿Beso, verdad o consecuencia?

–Beso –afirmó él, con seguridad.

–¿Con quién? –preguntaron sus amigos.

–Con ella. –Señaló a Priscila con el dedo.

El corazón de Priscila hizo bum bum; aquella vez, por duplicado. Había perdido la cuenta de las veces que le había sucedido eso con su vecino de enfrente, que, por cierto, estaba para comérselo. Se había dejado el pelo más largo de lo habitual y estaba muy bronceado, o eso le parecía a ella a la luz del fuego. Sus ojos negros brillaban como nunca, y los hoyuelos se marcaban en sus mejillas igual que pisadas en la arena. No obstante, no le caía demasiado bien; desde que formaba parte de la élite de la natación española, se pavoneaba por las calles del pueblo como si fuera el rey del mundo. Sopesó ambas cualidades: lindo contra imbécil. Ganó la primera.

–Bien –aceptó.

Cruzó una mirada con Adrián; no se lo veía muy contento, pero Priscila sabía que respetaría su decisión.

Alex gateó por la arena y se acercó a ella con lentitud. Con demasiada lentitud. Entonces llegó a su altura y la besó. Sin esperas. Sin preliminares.

Aquel sí fue un beso de verdad. Nada que ver con el que habían compartido cuando eran unos niños. Alex metió la lengua en la boca de Priscila y esta tuvo que sujetarse al cuello de él para no desplomarse. Habría necesitado las manos para aplacar los latidos de su corazón, pero estas se habían aferrado a la piel y a las puntas del suave pelo del chico y se negaban a alejarse de ellas. Los sonidos desaparecieron; solo permaneció el crepitar del fuego y sus propias respiraciones aceleradas.

Adrián tuvo que retirarse: la pareja estaba muy cerca de él y no le entusiasmaba la panorámica. Su expresión se transformó en incomodidad sin poder evitarlo, pero no hizo nada. Era decisión de Pris, y tan solo era un beso.

Alex había besado a cientos de chicas, pero aquel beso fue diferente, le supo diferente: a verano, a pompones, a purpurina y a caramelo. Le encantó, y le hubiera gustado seguir besándose con ella, pero eso se salía de lo políticamente correcto, y él nunca se salía de lo políticamente correcto. Priscila era muy diferente a las demás, delicada, pero fuerte a la vez, igual que su beso, que había comenzado con timidez pero con brío, como si deseara comerlo entero tanto como él a ella. A partir de aquel día, Alex se hizo esclavo de sus besos, aunque no se lo diría.

Cuando se separaron, ambos se quedaron con ganas de más, pero daba lo mismo, no podían hacer nada. Las normas eran las normas.

Antes de que el vecino regresara a su sitio, una canción comenzó a sonar desde algún aparato de música. Una de las chicas silbaba una melodía que ni Alex ni Priscila habían escuchado antes y se partía de risa mientras explicaba al grupo:

—¡Son Alex y Priscila! Como aquel grupo musical de los ochenta, Álex y Christina —explicó, sin dejar de reír. Todos se sumaron. Todos, excepto Alex, Priscila y Adrián.

Pris no lo entendió hasta que más tarde buscó en internet información sobre el grupo. Y tampoco le veía la gracia. El beso había sido asombroso, su segundo primer beso, pero ninguno de los dos quiso reconocerlo y cada uno siguió por su camino.

De regreso a casa, los hermanos, separados ligeramente del resto de los Cabana, comentaban la jugada entre susurros; sobre todo Adrián, que no dejaba de interrogar a su hermana sobre el vecino de la casa de enfrente. Y Priscila se lo contó. Sin tapujos. Al fin y al cabo, Adrián no era solo su hermano, también era su mejor amigo.

Pasó la mayor parte del verano del color de la hoguera, naranja, escuchando canciones de Álex y Christina y tocándose los labios mientras lo hacía. Le gustaban las letras, aunque la mayoría de ellas no las entendía.

Alex pasó el verano nadando, preparándose para las competiciones, pero también buscando a Priscila; ya no la perdía de vista. Salía a la calle y rastreaba entre los rostros del pueblo; cuando encontraba el suyo, se acercaba a ella con la única intención de meterle la lengua. Pero, claro, eso tampoco era políticamente correcto, así que no lo hacía.

Ay, la medusa. La culpa es de la medusa

Me despierto a las seis de la mañana con un dolor de cabeza espantoso. Tan lacerante es que incluso tengo que levantarme de la cama. Y eso que lo peor de la resaca de los martinis (malditos) lo pasé ayer a la hora de la cena, pero continúan sin darme tregua.

Como a la opción de volver a dormirme no le veo futuro, decido ir a correr un rato en la playa. A estas horas no suele haber mucha gente y a mí la playa me lo cura casi todo.

Me humedezco la cara y las manos, me visto con ropa cómoda y bajo hasta el pueblo dando un paseo. A cada paso que doy, el cielo se vuelve más y más naranja, o rosa; creo que hoy es una mezcla entre ambos colores. Me detengo de golpe en medio de la acera de baldosas verdes con la vista clavada en el amanecer: ha pasado mucho tiempo desde la última vez que lo contemplé aquí. En Boston es de otro color.

Llego a la playa y corro durante más de una hora, sola, acompañada únicamente por el ronroneo de las olas al morir en la orilla y los "buenos días" discordantes y nada melodiosos de las gaviotas que graznan a mi paso. Estoy a punto de quitarme las deportivas –las de cordones azules con purpurina– y de sentarme en la arena a descansar y recuperar fuerzas cuando algo pequeño se acerca corriendo a mí.

En el instante en que lo reconozco, entro en *shock*. El animal me tira al suelo y comienza a lamerme la cara. Podría ser que, casualidad, se tratase de un perro parecido a él, pero no. Es él. Es Dark, mi perro. Bueno, el de los dos.

–Hola, chiquitín –le digo. Me tumbo en la arena y lo sujeto con las manos para llenarlo de besos. No me puedo creer que sea él–. Te he echado mucho de menos. ¿Y tú a mí?

Dark me ladra de pura alegría (lo interpreto como un "sí, te he echado de menos") mientras mueve la colita a toda velocidad. Estoy segura de que, si yo tuviera colita, la movería igual.

–¡Dark! ¡Dark, ven aquí! –El perro hace caso omiso al grito de Alex, pero yo sí me giro para mirarlo. Se encuentra a pocos metros de nosotros, con el gesto torcido.

Retiro al perro con suavidad y me levanto para enfrentarme a su dueño, que ha vuelto a mentirme. ¿Cómo fue capaz de decirme que lo había regalado?

–Eres... eres... –Lo apunto con el dedo sin que me salgan las palabras. Mientras, el perro, feliz, corretea y ladra alrededor de nosotros, trazando círculos y marcando sus huellas en la arena virgen que aún no ha pisado nadie después de que pasaran las máquinas de limpieza a primera hora de la mañana.

–Oh, vamos –me dice Alex con desdén, un desdén que no reconozco en su persona–, no te hagas la ofendida, Reina del Desierto. Llevas cuatro años sin preocuparte por el maldito perro.

–No lo llames así.

—Lo llamo como se me da la maldita gana.

No soporto que la gente hable de esa manera tan brusca, y en Alex es tan inusual, o al menos lo era en el pasado, que el golpe de efecto es doble. Aun así, solo dura unos segundos. Enseguida me salen las palabras.

—Eres un imbécil, Alex. Y mezquino.

—Bueno, así tienes motivos.

—¿Motivos para qué?

—Para dar media vuelta y desaparecer de mi vista.

Clavo mis ojos en los suyos, negros, oscuros, salvajes, y lo miro con tristeza. Tristeza por él, porque su mirada nunca ha desprendido esos matices, y tristeza por mí, porque no tengo ni idea de quién es la persona de la que me enamoré cuando no era más que una niña. Hago lo que me dice y doy media vuelta, pero con una advertencia:

—Quiero pasar tiempo con Dark de vez en cuando y no vas a poder impedírmelo.

—Por encima de mi cadáver.

—Que así sea. Y, por cierto —señalo con la mano su entrepierna—, se te marca el paquete con ese bañador.

Pero ¿por qué siempre se me tiene que ir la olla en estos momentos? Es cierto que el bañador amarillo no deja nada a la imaginación, y menos aún, con lo empapado que está —ha debido de darse un baño—, pero aun así...

—Crece de una maldita vez, Priscila —me dice con aversión, alzando al perro en brazos—. ¿Y esa faceta tuya de la que tanto presumes en tu trabajo? No existe. No eres graciosa, eres una inmadura. Desde la más absoluta franqueza, me asombra que te paguen dinero por ello.

Giro sobre mis talones y me alejo de la orilla sin responderle. Enfilo el camino de madera que conduce al paseo haciendo un esfuerzo titánico para que sus palabras no penetren en mi corazón.

—¡Y olvídate de ver al perro, Priscila! —me grita—. ¡Perdiste tu oportunidad cuando lo abandonaste como si fuera un trozo de mierda!

Lo ignoro todo. Sus gritos. Sus amenazas. Los ladridos de protesta de Dark. Las lágrimas que se agolpan en mis ojos. El temblor de mis piernas. Los latidos del corazón. Y hasta la culpabilidad que siento en el pecho.

Cuando entro por la puerta de mi casa, me encuentro con otra sorpresa matutina: mi suegra. O exsuegra. O la vecina de la casa de enfrente. Dios, no sé ni cómo llamarla. Con la madre de Alex. Mi madre y ella cuchichean en medio de la cocina sobre alguna fatalidad relacionada con unos lazos que en lugar de ser de color azul claro son de un azul muy oscuro. Lo más probable es que se trate de algún asunto relacionado con la boda.

Estoy a punto de escabullirme de puntillas escaleras arriba, pero cuando los susurros cesan, sé que me han visto.

—Eh… Hola —saludo, acercándome.

—Hola, Priscila —me saluda la madre de Alex. Está sentada a la mesa con una taza grande de café y un montón de papeles, fotografías y lazos alrededor.

—¿Qué tal va la resaca? —me pregunta mi señora progenitora con cierto tono de reproche en la voz.

—Hummm, no va mal; tampoco tengo mucha, como no mezclé… —Trato de restarle importancia y salir del paso.

—Jaime sigue en la cama.

—Ahora lo despierto.

—Bien. —Mi madre me mira con las cejas levantadas, como los padres miran a los hijos cuando pretenden que hagan algo, o que arreglen otro algo que han hecho mal. No hay que ser muy lista para saber lo que quiere de mí: que me disculpe por el altercado de ayer.

La primera vez en mi vida que me da por cometer un delito (bueno, dos, contando el de la bici), y tenía que ser precisamente en la casa de los St. Claire. Respondo a mi madre con un "ya voy" en la mirada. Como si no me bastara yo sola para fustigarme por lo que hice.

—Lo siento —le digo, distraída, a la madre de Alex mientras les doy la espalda a ambas y lleno un vaso de agua del grifo. Tengo la garganta y la boca secas.

—Lo sientes —contesta ella, con voz monótona.

—Sí.

—¿Qué es exactamente lo que sientes, Priscila? ¿Tirar piedras a la ventana de John?

¡*No apuntaba a la ventana de John!*; menos mal que me muerdo la lengua en el último segundo. O, para ser más exactos, menos mal que me bebo el agua y no puedo contestar. Apoyo el vaso en la encimera y carraspeo. Cierro los ojos un instante y los abro antes de darme la vuelta.

—No.

—Entonces, ¿qué sientes?

¿Qué siento? Siento tantas cosas que no sé ni por dónde empezar a hablar. Siento haberme ido del pueblo de la manera en que lo hice, y siento lo que le sucedió después a la familia St. Claire. Siento lo que le pasó a Alex. Porque, por muy mal que se comportara conmigo, no se lo merecía. No, eso jamás. Amaba la natación de verdad; con todo su corazón. El destino suele ser bastante cruel. Eso, o a nosotros nos han tocado las peores cartas de la baraja.

Dicen que el tiempo lo cura todo, pero, demonios, a veces lo que cuesta. Aun así, es cierto. Realmente, lo cura todo. O casi todo.

Cuando me mudé a Boston, el dolor que sentía por lo ocurrido fue disminuyendo con el paso de los meses, y lo que pensé en un primer momento (que me destruiría, que jamás me repondría ni volvería a sonreír, que no podría dejar de pensar en ello) no sucedió. Ese malestar en el cuerpo, ese querer morirme –literalmente–, fue desapareciendo. De forma muy paulatina, pero fue desapareciendo.

Puede que no sanes por completo; es como cuando te haces una herida muy profunda en la rodilla: las plaquetas acuden en tu ayuda y realizan su trabajo, pero algunas veces queda una pequeña cicatriz; depende de lo profunda que haya sido la herida y de cuánto hayas tardado en ponerle remedio, en intentar sanarla. Aun así, tu rutina continúa. Sigues corriendo, sigues utilizando la rodilla, sigues haciendo vida normal; tan solo es una herida. Eso me pasó a mí, que sané. Con cicatrices, pero sané.

Hoy en día tengo una vida con la que estoy satisfecha, con la que soy feliz. Es una felicidad diferente a la que sentía con Alex, es una vida diferente, pero diferente no significa malo o peor, ni bueno o mejor, solo significa eso: diferente. La felicidad se puede alcanzar de muchas maneras: puedes vivir de mil formas y no porque escojas una u otra vas a ser más o menos feliz. Sí, se puede medir el grado de felicidad, pero lo importante es alcanzarla, no importa en qué medida.

Reconozco que no me siento completa, sé que algo falla, pero la mayoría de ámbitos me van bien: el trabajo, la amistad, la familia, el sentirme bien conmigo misma, el gustarme físicamente, mi manera de ser... Y con todo eso me siento satisfecha.

En definitiva, he podido rehacer mi vida, y aunque no soy tan dichosa como lo era cuando la compartía con Alex, es una vida.

—Lo siento todo –le digo, mirándola a los ojos. Mirándola de verdad.

A esos ojos que son idénticos a los de su hijo pequeño.

Ella solo asiente con la cabeza y esboza media sonrisa. Toma uno de los lazos y me invita a sentarme con ellas. Me disculpo, con la excusa de que tengo que darme una ducha, y salgo escopetada de la cocina en busca de aire para respirar. Tropiezo con Adrián.

—¡Buenos días! ¿Qué tal va esa resaca? —me pregunta con burla. Él está fresco como una lechuga.

—Mi suegra está en la cocina. Con nuestra madre —lo informo, asiéndolo de la mano para alejarlo de la cocina.

—Ah, ya, suele venir.

—¿"Ah, ya, suele venir"? —repito, con un tono que no busca más que una explicación. Comienzo a subir las escaleras, de camino a mi dormitorio, e insto a mi hermano para que me siga.

—Cuando Alex sufrió el accidente, se unieron bastante. Mamá y papá apoyaron todo lo posible a los St. Claire. Aprecian mucho a Alex, creo que me atrevería a decir incluso que lo quieren.

—¿Y cuándo pensabas decírmelo?

—"No quiero volver a escuchar nada de lo que rodea al apellido St. Claire" —alega, imitando mi voz. No muy bien, todo hay que decirlo.

—*Touché* —admito—. ¿Y lo de no contarme que nuestros hermanos eran amigos íntimos de Alex?

—"No quiero volver a escuchar nada de lo que rodea al apellido St. Claire" —repite con el mismo timbre.

—¡Está bien! —claudico, sin remedio—. ¡Tú ganas! ¿Lo del perro lo sabías?

—¿Qué perro? —me pregunta, extrañado.

—¡Mi perro!

—¿Dark?

—Sí. —Abro la puerta de mi dormitorio y busco ropa limpia para ponerme después de la ducha infinita que pienso darme.

–¿Qué le pasa? –Mi hermano se queda en el umbral.

–Pues que Alex me dijo que lo había regalado.

–¿Cuándo te dijo eso?

–Anteayer –respondo, con la ropa en la mano.

–No lo ha regalado.

–Ya lo sé. ¿Cómo se le ocurre decirme algo así?

–Pris, Alex está muy resentido.

–¿Resentido? Creo que está más que resentido. –Y solo él sabe la razón–. Y ¿a ti qué te pasa? Estás muy poco hablador.

–¿A mí? Nada. Será la resaca, que te hace alucinar.

–Tenemos que entregar al periódico las tiras cómicas de la semana que viene, Cabana –me recuerda Jaime, un rato después, en el salón de mi casa.

–Lo tengo en mente.

–Bien. Pues dime lo que "tienes en mente" para que pueda dibujarlo.

–Vístete y ponte un bañador. Te lo cuento en la playa.

–¿Quieres ir a la playa ahora? ¿Con resaca y cuarenta grados?

–Sí. Necesito un poco de paz y tranquilidad.

–¿Es una playa tranquila?

–Supertranquila. Vamos a poder trabajar y todo.

–¿Y las medusas?

–En la playa no hay medusas.

–¿Seguro?

–Segurísimo. Solo aparecen en contadas ocasiones. Hasta te las puedo contar con la mano: una y dos.

–¿Y tus hermanos?

—Mis hermanos aparecen más a menudo que las medusas.

—Me refiero a si va a venir alguno de ellos.

—No tengo ni idea. ¿Por qué?

—Curiosidad… Son bastante divertidos. Sobre todo Adri. Y River. Y Marc. A ver, que Hugo también, ¿eh? ¿No crees?

—¿El qué?

—Que tus hermanos son divertidos. Céntrate, Cabana.

Arrugo la frente y sacudo la cabeza.

Una hora más tarde, bajamos a la playa. Hace un día espléndido y, a pesar de ser domingo y finales de junio, está abarrotada, pero no al extremo de no poder colocar nuestras toallas de Chip y Chop y de Lucky Luke (he tomado las primeras que he atrapado del cajón; creo que eran de River y de Hugo) cerca del agua. A pesar de gustarme el calor, me agrada la brisita que sopla siempre en esta zona.

Jaime y yo nos situamos el uno al lado del otro y nos echamos crema solar "protección pantalla total". Los dos tenemos la piel bastante blanca, así que nos embadurnamos bien el cuerpo. Nos sentamos con las piernas cruzadas y trabajamos durante un rato en las tiras para el periódico. Se me ha ocurrido que podemos vestir a la protagonista con gafas de sol y visera y convertirla en surfista durante estos meses que vamos a pasar en el Mediterráneo. A Jaime le entusiasma la idea y nos ponemos a ello. Dibujamos unos bocetos y damos con el concepto casi a la primera.

—¿Has subido al Peñón? —me pregunta él al finalizar la tarea, contemplando el tan característico peñasco que se alza sobre el mar. Es una de las principales atracciones del pueblo.

—Sí, claro, montones de veces.

La primera vez que mis padres me llevaron al Peñón, yo tenía tres años. Solo recorrimos la parte fácil, claro, la parte del paseo, digamos, pero a partir de ese momento mis visitas a la roca fueron continuas.

—¿Cuántos años tenías la primera vez que subiste hasta la cima?

—Creo que once.

—¿Y lo recuerdas?

—Por supuesto. —Le muestro una cicatriz en mi otro brazo.

—¿Te lo hiciste subiendo?

—En realidad fue antes, justo cuando llegábamos a la base con los monopatines. Demasiado rápido, otra vez. Culpa de Hugo; él marcaba el ritmo. Hugo es el rey del monopatín, aunque ahora dice que ha madurado y lo ha dejado, pero era el mejor patinador del pueblo.

—¿Hugo? ¿En serio?

—Sí, ¿por qué?

—No, nada, sin más, me ha extrañado. No me lo imagino encima de un monopatín. Es tan serio.

—¿Qué tendrá que ver una cosa con la otra?

—Bah, no me hagas caso. Es este condenado sol, que me drena. Me suda hasta el culo.

Después de la conversación, nos tumbamos a tomar el sol; Jaime con su toalla por encima, para que le dé sombra. Yo he descansado tan mal esta noche que, al poco, me quedo dormida. Totalmente dormida. Al nivel de cuando te despiertas una hora después, desubicada en el tiempo y el espacio y con baba seca por la cara, y miras a tu alrededor para comprobar que nadie te haya visto en ese estado tan vergonzoso.

Me giro hacia Jaime, que también está abriendo los ojos. El pobre suda como un pollito. Creo que taparse con la toalla tiene parte de culpa.

Tengo tal sopor que necesito meterme en el agua y despejarme; yo también estoy goteando por todas partes: una línea de sudor caliente se desliza por el escote y acaba muriendo en mi bikini rojo.

—Me voy al agua, me muero de calor. ¿Vienes?

—¿Tú te mueres de calor, chica mediterránea? —Jaime se quita la toalla de encima y se pone boca arriba; tiene todo el cuerpo y el pelo llenos de arena—. Qué ganas. Te espero aquí, necesito espabilarme. Si me meto ahora, me ahogo.

—Pero si apenas hay olas, ¿cómo te vas a ahogar? Eres un blando.

—Sí, sí, anda, ve…

Lo contemplo unos segundos mientras se le cierran los ojos… se le cierran… se le cierran… se le cierran… se durmió de nuevo. Meneo la cabeza con cariño y me acerco a la orilla.

Nunca me ha costado sumergirme en el agua, esté fría o caliente. Avanzo con decisión hasta que las olas, iluminadas por el sol, alcanzan mi ombligo, y entonces me lanzo de cabeza. El placer que siento cuando mi cuerpo entra en contacto con el agua es indescriptible. Permanecería aquí debajo durante horas, pero me faltan las branquias. Creo que en otra vida fui pez y aún conservo vestigios de ello. Amo demasiado el agua.

Desciendo hasta tocar la arena con las manos y buceo unos segundos antes de sacar la cabeza para respirar. Comienzo a nadar a crol, sin descanso, disfrutando del contraste entre el calor del sol y la temperatura del agua. Llego hasta la baliza flotante roja y blanca que delimita la zona para nadar. Me acuerdo de la primera vez que llegué nadando hasta aquí con mi padre y mis hermanos. Desde la orilla, las boyas parecen diminutas, como balones de fútbol, pero, según te vas acercando, descubres que en realidad son enormes.

Floto de espaldas y me relajo con el suave balanceo de las olas, mirando al horizonte. Desconozco la distancia que hay en esta zona desde la superficie hasta el fondo; por más que lo he intentado, nunca he llegado a tocarlo ni con los pies ni con las manos. Siempre se me agota el oxígeno antes de llegar. Es muy profundo.

Aprieto los párpados con fuerza para aliviarme el picor por el agua salada; se me ha olvidado ponerme las gafas de bucear. Mi cabeza, inconscientemente, empieza a recordar las veces que hacía esto con Alex. Solíamos pasarnos media vida en el agua.

Alex.

Pienso en él. Claro que pienso en él, es inevitable que lo haga. Me pregunto si andará por aquí. No he querido saber nada de él en estos años, pero ahora que estoy de vuelta, siento la extraña necesidad de averiguarlo todo. Me pregunto si trabaja de socorrista también en esta playa. Es probable que sí. Como no he dado un paseo por la orilla, no he podido fisgonear ni buscarlo con la mirada –lo haría con disimulo, siempre con disimulo– en las cuatro torres de control.

¿Y cómo habrá llegado a ser socorrista? Lo último que supe de él fue que abandonaba la natación a causa de la lesión. Y desconozco de qué tipo de lesión se trata, aunque entiendo que será grave si lo obligó a abandonar su medio de vida, y no me refiero en términos económicos. ¿Será un trabajo fijo o algo que hace solo de vez en cuando? ¿Tendrá otro empleo? ¿A qué dedicará el tiempo libre?

La letra de una canción de José Luis Perales, que a mi madre le encanta, me viene a la cabeza al instante. Comienzo a cantar; total, aquí no me oye nadie.

Escucho el ruido de motos de agua que se acercan, pero yo sigo a lo mío. Se está tan bien aquí, relajada y con los ojos cerrados…

–¡¡¡Ahhh!!!

La primera ola formada por la onda expansiva de las motos entra en mi boca como un torrente y va directa a la garganta. En el mismo momento, me pica una medusa. ¡Dios, qué dolor! ¡Me ha picado en la pierna! Agacho la cabeza, todavía tosiendo por culpa de la sal, para verme la picadura, y entonces una segunda ola me alcanza. Vuelvo a tragar agua, y la medusa me pica en la otra pierna.

Siempre he pensado que, para que se produzca un accidente, tienen que alinearse los planetas y darse varias circunstancias juntas a la vez, y eso es lo que ocurre ahora.

Pataleo para alejar la medusa de mí. Lo sé, error, es lo peor que puedo hacer, pero no controlo mis emociones ni mi cuerpo. Me falta la respiración debido a la cantidad de agua que he tragado, y sigo tragando, y lo único que quiero es nadar para salir de aquí. Pero no lo consigo.

Me siento mareada, drogada, a punto de perder el conocimiento. Me hundo y veo la medusa a pocos centímetros de mi rostro. Muevo la mano, desesperada, para apartarla, pero solo logro que me pique por tercera vez, en el brazo. Abro la boca por instinto, para gritar y pedir socorro, y trago más agua. Tanta que empiezo a toser y toser, y a hundirme más y más. No puedo respirar. Siento como me arde el pecho y un nuevo picotazo en el cuello antes de que llegue la oscuridad.

Mis oídos comienzan a captar sonidos en la lejanía. Los escucho amortiguados y en constante repetición, como un eco.

—Vamos, Pris. ¡Vamos, mierda! ¡Vamos!

¿Alex? ¿Esa es la voz de Alex?

—¡Alex! ¿Qué demonios ha pasado?

¿River?

—¡Vamos! ¡Échalo!

Me incorporo de repente, con un dolor terrible en el pecho, y comienzo a escupir agua. Alguien me pone de costado y veo como cae en la arena toda la que he tragado en el mar. Comienzo a toser; el dolor del pecho se acentúa. Me cuesta respirar y todo me sabe a sal. Es muy desagradable. Las piernas y el brazo también me duelen. Dios, me duele todo. Entonces me acuerdo de lo que ha pasado: me ha picado una medusa y casi me ahogo. Mierda.

—Ya era hora. —Creo que es River el que habla de nuevo—. Me has dado un susto de muerte.

—¡Pris! ¡Pris! ¿Estás bien?

¿Jaime?

—A-agua… —consigo balbucir—. Necesito agua.

Hay demasiadas personas a mi alrededor, y no distingo a ninguna. Alguien me abraza con fuerza y me deja sin respiración.

—¿Estás bien? ¡Traigan un poco de agua!

Enfoco la mirada y corroboro que, en efecto, se trata de River. También distingo a mi cuñada Cata, que tiene pinta de preocupada, a Jaime y a Alex; los cuatro están arrodillados junto a mí. El resto del tumulto que me rodea es gente desconocida.

Otro alguien me acerca una botella de agua, pero no logro darle más que un pequeño trago. Me cuesta mucho pasar el líquido a través de la garganta; la noto tan inflamada que incluso parece cerrada.

—¡Eres una maldita inconsciente! ¡Podrías haberte ahogado! —El grito de Alex me atrapa desprevenida. Me sorprende y me espabila a la vez—. Si no sabes nadar, te quedas en la condenada orilla haciendo castillos de arena con tu amigo.

—Sé nadar —respondo, agitada, y confieso que un poco asustada también.

—Sí, ya he visto que lo haces de puta madre. —Se levanta y se pasa las manos por la cabeza; tiene el pelo más revuelto de lo habitual, y totalmente mojado. Los mechones del flequillo le cubren la frente y no dejan de caer gotas de agua de ellos. ¿Me ha sacado él del mar?

—Estab...

—No pienso hacer guardia veinticuatro horas al día a la espera de que tú decidas meterte en el agua, así que si quieres bañarte, ¡vete a la maldita piscina! —continúa gritándome, sin darme tregua. Sin dejar que me explique. Aun así, me esfuerzo por hacerlo.

—Estaba distraída, pensaba en mis cosas y me ha picado una medusa. Luego las motos de agua...

—¿Estabas distraída? ¡No bromees, Priscila! ¡Ahí dentro no puedes estar distraída, y lo sabes! —Señala el mar—. ¡Te lo he repetido millones de veces!

—Ya lo sé, lo siento, yo...

—¿Es que nunca en la maldita vida me has escuchado?

—Lo siento, yo...

—Alex, ya basta. Está asustada y no creo que necesite una de tus reprimendas ahora mismo.

Me sorprende que mi cuñada me defienda con esa autoridad. Es la primera vez en todos estos años. Hasta ahora, de su boca solo salían sapos y culebras cuando se dirigía a mí. Supongo que es lo que tiene haber estado a punto de morir. Un acontecimiento de tal calibre ablanda a cualquiera. La miro: parece sincera. Me observa con pena a la vez que acaricia la espalda de River arriba y abajo, como para tranquilizarlo. Y creo que lo está consiguiendo. Por mi cabeza cruza el pensamiento de que esos dos se pasan la vida peleando y lanzándose dardos el uno al otro, pero siempre están juntos. Es extraño.

—A mí no me cuentes tus historias. —Alex sigue arremetiendo contra mí sin piedad, ignorando la advertencia de Cata—. No me interesan. No vuelvas a meterte en mi playa si no vas a hacerlo con responsabilidad.

—Alex —interviene mi hermano.

—Toda tuya —le responde con desdén. Su brazo apunta hacia mí de forma desinteresada.

—Alex. Alex, espera… —River se levanta.

—¡Y que alguien atienda esas picaduras! —es lo último que grita Alex antes de desaparecer playa adentro.

—¡Alex! —le grita mi hermano. Después, cruza su mirada con la mía—. Solo quería darle las gracias por lo que ha hecho.

—Tranquilo —le respondo, con una sonrisa débil—. Sé que son amigos. Está bien, River.

—Pris, está asustado. Por eso te ha gritado de esa manera. No se lo tengas en cuenta.

—Claro. —Estoy reteniendo las lágrimas de puro milagro.

—Tranquila, ya ha pasado todo. —River me abraza y me acaricia la espalda mientras me regala palabras de consuelo.

—¿Priscila? —pregunta entonces mi mejor amigo—. ¿Estás bien?

—Sí.

Jaime intenta aproximarse a mí, pero otro socorrista, supongo que un compañero de Alex, lo aparta para ojear las heridas.

—Deja que te examine esas picaduras.

Comienza a toquetearlas y me trago los aullidos de dolor. No es mi primera picadura, pero ha pasado tiempo desde la última vez y no recordaba las sensaciones.

—Vaya, era una de las grandes —exclama el chico, con amabilidad—. Por cierto, me llamo Raúl.

—No sé ni cómo te ha visto —continúa River, refiriéndose a Alex—. Estábamos charlando cerca de la orilla y de repente ha salido corriendo hacia el agua. Yo no veía nada. Cuando ha regresado contigo en brazos, casi me da un maldito infarto.

Guardamos silencio mientras el tal Raúl me desinfecta las picaduras. Exhalo con intensidad cada poco. Alex, de nuevo, alterándome. Lo nuestro va de mal en peor. Tomo una decisión o, más bien, una actitud: voy a estar aquí trece semanas y luego volveré a mi incompleta pero perfecta vida en Boston. Punto. No pienso perderme en el camino.

Diez minutos después, Raúl finaliza su tarea.

—Pues esto ya está. Te has portado muy bien. Ni una sola queja.

—Está más que acostumbrada en lo que a picaduras de medusa se refiere —le dice River.

¡Y tanto!

Cuando Raúl se va y nos quedamos solos, Jaime me estrecha con fuerza.

—Mierda, me has dado un susto de muerte, todavía estoy temblando. Menos mal que veníamos a pasar el día en la playa de la tranquilidad donde nunca hay medusas…

"¡Pris, me has quitado diez años de vida! No vuelvas a darme un susto así, por Dios. Y nada de disfrazarme, ¿eh? Ni de surfista ni de nada. Miedo me das".

Pristy, la ardilla. Un día duro en la playa.

Verano de 2004

La pubertad.

Transcurrieron dos años hasta el siguiente beso.

Dos años en los que Priscila llegó a los catorce (casi quince) al ritmo de Duncan Dhu, a pesar de que en las radios del momento sonaban Andy y Lucas, Black Eyed Peas y Estopa. Pero es que el grupo de *rock* español era el favorito de su padre, y ella había aprendido a escucharlos junto a él en el viejo tocadiscos que aún conservaban en uno de los rincones del salón. Priscila movía la aguja arriba y abajo para oír en bucle su canción favorita: *Las reglas del juego.*

Dos años en los que Alex cumplió los diecisiete y se convirtió en una sorpresa internacional al representar a España, con tan solo dieciséis años, en categoría absoluta, en las finales del Mundial de 2003, que se celebraron en Barcelona. En ellas compitió en su estilo favorito, cien metros mariposa, con nadadores de renombre, como Michael Phelps, Ian Crocker o Matthew Welsh.

Un año después, en primavera, acudió al campeonato de Europa, que se celebró en Madrid, y en el que logró subir al podio.

Con las marcas conseguidas, se había clasificado para los Juegos Olímpicos de Atenas, que se inauguraron el 13 de agosto. Y Alex regresó a casa, a finales del mismo mes, con un diploma olímpico en sus manos.

El Ayuntamiento le organizó una cálida bienvenida, y en las noticias no se hablaba de otra cosa: era el español más joven de la Historia en ganar un diploma olímpico, lo que le auguraba un futuro lleno de éxitos.

También fue el verano en que Priscila comenzó a vestir de manera diferente; atrás quedaron los vestidos con flores y volantes, que dieron paso a los pantalones cortos y las camisetas de tirantes. Eso sí, a los lazos y pompones en los zapatos y el pelo no pudo renunciar. Le gustaban demasiado.

Y también fue el verano de la primera toma de contacto de Priscila con la libertad. La libertad de salir por ahí con sus amigos, a pasar las tardes y parte de las noches. A la una de la madrugada, la mayoría tenía que estar en casa, y los padres de casi todos rondaban por los alrededores con la excusa del buen tiempo. Pero sí, aun con eso, era libertad.

Un día cualquiera de mediados de septiembre, se acercaron a un *pub* irlandés que acababan de abrir y que había generado más expectativas que el sorteo de la lotería de Navidad. Era la noche de la inauguración oficial y acudiría medio pueblo. Priscila se preguntaba cómo iban a entrar todos allí.

El grupo de amigos al completo se animó a subir andando hasta lo más alto de la calle principal —una cuesta de más de medio kilómetro, bastante pronunciada—, que era donde se ubicaba el local.

Cuando llegaron, a Priscila le sudaba todo: el bigote, el cuello, el canalillo (que ya empezaba a asomar, por fin), el vientre y hasta los tobillos. Notaba la minifalda vaquera pegada a los muslos, y la camiseta negra de tirantes parecía una segunda piel. Y a pesar de haber pasado dos horas frente al espejo alisándose el pelo, se lo sujetó en una coleta alta; la melena le llegaba a la cintura y le daba demasiado calor.

"Menos mal que hemos dejado las bicicletas en la playa", pensó. Priscila estaba acostumbrada a subir pedaleando cada tarde a su casa, que también estaba en lo alto de una cuesta, pero no era tan empinada ni muchísimo menos.

En cuanto doblaron la esquina, Priscila descubrió cómo era posible que medio pueblo presenciara la inauguración: estaban todos fuera, con vasos de plástico en la mano y rodeando las mesas, cubiertas de platos llenos de patatas fritas y aceitunas.

Tras saludar a sus hermanos, con los que coincidieron cerca de la puerta, Adrián y Priscila entraron a la cervecería; aunque también había mucha gente, se estaba mejor que fuera. Pidieron unos refrescos en la barra –había oferta de dos por el precio de uno para celebrar la inauguración–, y se desperdigaron por el bar, observándolo todo y husmeando sobre quién tomaba algo con quién.

Después de dos consumiciones, Priscila tuvo que ir al cuarto de baño. Dejó a su hermano y a un par de amigos en la barra y se abrió paso entre empujones hacia el fondo a la derecha, por supuesto. Aunque no llegó a su objetivo, no, porque de camino tropezó, literalmente, con su vecino. Literalmente para ella, y de manera premeditada para él, que, al verla venir, había propiciado el impacto.

La chica alzó la mirada y se cruzó con unos ojos negros que conocía de sobra, aunque en ese momento estaban algo enrojecidos. Había soñado con ellos, aunque no le gustaba recordárselo. Miró a Alex de arriba abajo, no pudo evitarlo, y se dio cuenta de que nada quedaba del chico de diez años con el que se había dado su primer beso en la piscina de la urbanización.

—¿Quieres tocar? —se burló él, complacido, ante el escrutinio.

Las risas de sus amigos resonaban de fondo.

—¿Eres idiota? —contestó Priscila, impasible. La fase de las vergüenzas había pasado y era ella de nuevo: la misma niña de carácter abierto y sin pelos en la lengua de antes de los once.

"¿Quién es este chico?", se preguntó. "¿Por qué se vuelven tan estúpidos cuando van en grupo? ¿Será porque acaba de ganar un diploma olímpico?".

Priscila se había hartado de oír hablar al pueblo entero de los triunfos de Alex St. Claire; todos lo adoraban y lo consideraban una especie de dios del agua, un Poseidón moderno de carne y hueso. Sin embargo, ella lo veía como siempre, como su vecino, el que le provocaba aquellos bums tan extraños.

—Me estabas mirando —aclaró él.

—Y tú a mí.

—Cierto.

—¿Me dejas pasar?

—¿A dónde vas?

—No te importa.

Alex levantó las cejas. Con esa actitud, no iba a dejarla pasar. Ni con esa ni con ninguna. La situación era demasiado divertida. Y su vecina cada día estaba más guapa.

—Tendrás que pagar el peaje.

—¿Qué peaje?

—Un beso. Aquí —dijo él, señalándose los labios. Unos labios que Priscila veía más rojos que nunca.

—No voy a besarte.

—¿Por qué? —El chico parecía confundido. Es lo que tienen las rutinas, que cuando cambian, sorprende. Y besarse con Priscila cada vez que se veían se había convertido en rutina. Había ocurrido dos veces, y eso, para Alex, era casi una norma.

Priscila no sabía qué contestar. No quería mentir. No sabía mentir. Se había criado en un ambiente familiar armonioso y auténtico, donde la mentira, el engaño o las malas intenciones no tenían lugar. Por eso se quedó en blanco.

—¿Por qué? —preguntó Alex de nuevo, acercándose peligrosamente a su posición. Sus narices casi se rozaban.

—Porque no voy a besarte cada vez que me pidas un beso.

—¿Por qué?

—¿Acaso no sabes decir otra cosa?

—Bésame.

Priscila se rindió (lo estaba deseando) y acercó su boca a la de él para darle un beso corto. Sin embargo, en cuanto sus labios entraron en contacto, sus cuerpos se estrecharon aún más y Alex le rodeó la cintura con los brazos. Priscila pasó uno de los suyos por el cuello de él, dejando el pulgar de la otra mano apoyado en su barbilla. Era la primera vez que se tocaban con algo que no fuera la boca. Alex incluso se atrevió, inducido por el par de copas que había tomado, a rozarle el trasero a Priscila con mano temblorosa.

La boca de Alex desprendía un sabor extraño; no era desagradable, solo diferente. Priscila aún no lo sabía, pero era ron. Mientras ella pedía refrescos de limón, él bebía ron con Coca Cola, cortesía de su hermano mayor y los amigos de este.

Cuando se separaron, mucho tiempo después, las luces de la bola de espejos colgada en el techo del local, que acababa de encenderse, los deslumbraron, y envolvieron sus cuerpos en reflejos luminosos.

Se miraron el uno al otro sin saber qué decir. Esa chispa de energía que los había sacudido tenía toda la pinta de volverse adictiva. Y ambos lo sabían.

Priscila se movió con rapidez para ir al cuarto de baño, que era el plan inicial. Entró y se apoyó contra una de las puertas para recuperar el aliento. Cuando salió y no vio a su vecino, fue corriendo hasta la barra para buscar a su hermano. No lo encontró, y a punto estuvo de irse, o de sacar el móvil del bolsillo para llamarlo, pero algo la detuvo. Una canción que comenzó a sonar por los altavoces: *La barra de este hotel*, de Duncan Dhu.

No pudo evitarlo: cerró los ojos para disfrutar del momento. También bailó. Sola. Hasta que alguien la sujetó con suavidad desde atrás, y sintió la electricidad de nuevo. Y el olor. El mismo olor que había detectado a los seis años en los pasillos del colegio. Sabía quién era. Al girar la cabeza, confirmó sus sospechas.

Se quedaron observándose y se tocaron por segunda vez.

Bailaron agarrados, lento, balanceándose de un lado a otro, a pesar de no seguir para nada el ritmo de la canción. Hasta que los interrumpieron.

—¡Pris! —la llamó su hermano.

—¡¿Qué?! —contestó ella. Se desembarazó del abrazo de Alex a toda velocidad, aunque… demasiado tarde. Adrián ya había visto suficiente.

—Eh —saludó este al vecino, en su tono habitual.

—Eh —contestó el otro, en el mismo tono.

—Soy su hermano. —Adrián se sintió en la obligación de aclararlo para que el chico tuviera cuidado con lo que hacía. Era una advertencia.

—Lo sé. Vivo enfrente de ustedes desde hace nueve años.

—Lo sé.

—Bien.

—Genial.

–¿Nos vamos? –se apresuró a mediar Priscila. Y no porque hubiera tensión, ya que si su hermano era el rey del "me importa un bledo", su vecino lo era del "y tú, a mí, menos". Era más por una cuestión de "necesito salir de aquí e inhalar aire fresco porque tanto toqueteo me ha acelerado la respiración y me ha hecho sentir... cosas".

–Sí –aceptó Adrián, sin dejar de escudriñar al vecino de la casa de enfrente–. Mamá y papá están fuera esperándonos.

Priscila dio gracias a Dios por que no hubieran entrado sus padres en lugar de Adrián. Y no coincidió en ninguna otra ocasión a solas con Alex, así que no hubo más besos ni toqueteos.

Pero aquel verano, aquel verano del color de la bola de luces del *pub*, supuso un punto de inflexión para Alex y Priscila. Claro, que... ellos aún no lo sabían.

El único pub del pueblo es este

ALEX

A las nueve en punto de la noche, entro en el *pub* del pueblo –he quedado con Marc y Ali, que celebran hoy una especie de entrega formal de las invitaciones de boda a los amigos– y lo primero que veo es a ella. Mierda, siempre ella.

Priscila.

Podría decir que es culpa de los absurdos zapatos rojos, con pompón descomunal incluido, que la hacen inmediatamente visible, pero hace tiempo que dejé de mentirme. Priscila Cabana siempre será lo primero que vean mis ojos cuando su presencia se ubique en un radio de diez metros en torno a mí, y no por ello la odio menos. Tan solo es un hecho.

Aun desde la distancia, puedo distinguir la avería que le hizo la medusa en el cuello hace un par de días. Un estremecimiento me recorre al acordarme de esa mañana en la playa. Hacía mucho tiempo que no sentía un miedo tan irracional, y eso me hace plantearme cosas que no me gustan una mierda. Mi parte cuerda me dice que es normal que me asustara. Priscila fue, años atrás, el motor de mi vida, la persona a la que yo más quería y adoraba, mi mujer; es lógico que me estallara el corazón en el pecho al ver que corría peligro de muerte. Mi parte no cuerda no tiene nada que decir.

Ese día me encontraba en la orilla, tranquilo, charlando con River, precisamente sobre la fiesta de esta noche. Yo no tenía muchas ganas de venir; no me apetecía nada, no soy lo que se dice muy sociable, pero River desmontaba cada uno de mis argumentos sin apenas esfuerzo. Marcos Cabana no es solo mi cuñado, es mi mejor amigo. Los tres lo son: River, Marcos y Hugo. Pero Marcos, el que más. Es esa persona especial que todos merecemos tener en la vida. Esa otra persona fuera del ámbito romántico. Esa persona que evitó que me derrumbara hace cuatro años.

El caso es que, desde mi sitio, veía a Priscila con nitidez. Estaba a unos diez metros, tumbada en una toalla, pero yo sabía que era ella; la había visto llegar. Observé, distraído en un primer momento, cómo se levantaba medio dormida y se metía en el agua. No me gustó un pelo. Mientras River continuaba con su discurso pesado e interminable, yo no podía retirar la mirada de ella. Apenas escuchaba lo que me decía mi cuñado, solo asentía de vez en cuando para fingir que le seguía la corriente. La cabeza de Priscila cada vez se hacía más y más pequeña, pero yo no la perdía de vista: cada poco me llevaba los prismáticos a los ojos para divisarla mejor; River pensaría que solo hacía mi trabajo.

Algo activó mis alarmas. No sé si fue el grupo de motos de agua que se acercaba a su posición u otra cosa, pero supe que iba a pasar algo antes de que sucediera y, por instinto, eché a correr y me lancé al agua.

Nadé a toda velocidad y fui testigo del momento en que Priscila se hundía en las profundidades; aún me faltaban unos metros para llegar y sentí como si el agua me estuviera engullendo a mí. Buceé y, en menos de cinco segundos, la tenía entre mis brazos. Había perdido el conocimiento, y a mi cabeza solo acudían datos y páginas de libros que había leído y estudiado durante toda mi vida: cuántos segundos como máximo puede permanecer una persona en fase de ahogamiento; en cuántos minutos deben aplicársele los primeros auxilios.

Ya había comenzado a nadar de regreso cuando llegaron mis compañeros con la lancha para emergencias. Subimos a Priscila y, de camino a la playa, inicié de inmediato la respiración asistida. Tuve que mantener la mente fría, olvidarme de que era ella a quien tenía tirada inconsciente en la lancha. Tuve que olvidarlo por demasiados motivos.

Priscila tardó pocos segundos en reaccionar, una vez en tierra firme. Y ahí fue cuando yo me volví loco. Todo el entrenamiento que recibí cuando decidí trabajar de socorrista sobre cómo tranquilizar a la víctima se fue a la mierda. Así de fácil.

Reconozco que me pasé de la raya con ella; había estado a punto de ahogarse y yo la traté de forma terrible cuando aún estaba en *shock*. Y, además, fue ella la que me pidió perdón, cuando debería haberlo hecho yo. Debería hacerlo ahora. Pero algo me lo impide.

Estaba y estoy enojado. Punto. Claro, que el enfado me viene de lejos. Tan lejos como cuatro largos años.

Durante los meses posteriores a nuestra separación y a lo que vino después, yo soñaba mucho con ella. Me la imaginaba cayendo. Nunca sabía a dónde, solo la veía tenderme su mano para que la salvara, pero yo... la dejaba caer. Así sobrevivía: haciéndole daño. También me odiaba a mí mismo. Y, la verdad, me alegra pensar que no la odio tanto como para que mi instinto no la ayude en una situación de riesgo real. Tal vez no vaya directo al infierno. Tal vez mi alma no esté perdida.

Han pasado dos días de aquello. Me consta que River llevó a su hermana al centro médico y que está bien.

Me adentro en la oscuridad del local y aparto la mirada de ella. Y de su amigo, o lo que diablos sea, que, por cierto, tiene cara de imbécil.

Llego a la barra y me pido una cerveza sin alcohol; no estoy hoy para fiestas y, además, he venido en coche. Me recuesto contra la pared, y el azar quiere que Priscila y el "imbécil" salgan de los servicios en este preciso momento (sí, hasta al baño van juntos) y que yo pueda escuchar lo que dicen. Ellos no me han visto, están concentrados en sus asuntos.

—Cabana, ahí está la pelirroja del Inframundo.

Bufo por el alias: Cabana. No me gusta que la llame así. Priscila inclina la cabeza, en un gesto demasiado familiar para mí, después de que el "simpático" comience a hablar con ella.

—La he visto —le contesta ella—. La otra pelirroja del Inframundo que está a su lado es la hermana pequeña. Aunque de pequeña tiene poco, con esas piernas kilométricas y su metro setenta y cinco. Parecen gemelas. Las gemelas del fuego eterno y maligno.

Hablan en inglés, en un inglés bastante cerrado. El chico es español, lo he escuchado hablar en castellano siempre que me he topado con él, así que no entiendo el motivo de que hayan cambiado de idioma. Lo que despierta aún más mi interés. Sigo la dirección de su mirada y compruebo que se refieren a Carolina (exnovia de mi hermano) y a Carmen (hermana de la primera) como las pelirrojas... ¿del Inframundo?

Entonces lo entiendo: utilizan otro idioma para evitar que el resto los escuche y comprenda, porque están poniendo a parir al personal. Sin embargo, yo lo hago sin esfuerzo. Y siguen sin verme. Parezco el maldito hombre invisible.

—Llamémosla Ariel —sugiere el chico.

—¿A quién?

—A la pelirroja Número Uno. Así podremos hablar de ella con libertad.

—¿Como la sirenita?

—Ajá, es pelirroja.

—Pero la sirenita es buena gente, me gusta Ariel. Y, además, se parece a mí.

Él suelta una carcajada involuntaria.

—¿Qué dices? No se parecen en nada.

—Claro que nos parecemos. Tenemos el pelo parecido, medio ondulado, y la misma expresión de los ojos.

—Es un dibujo animado.

—Un dibujo animado que se parece a mí.

—Sí, lo que tú digas. Pues no conozco a más pelirrojas de Disney. Ah, espera, hay otra. Mérida.

—¿Y esa quién es?

—La protagonista de Brave. Es pelirroja.

—Okey, a esa no la conozco. Acepto, pero llamémosla Brave; la pobre Mérida no tiene la culpa.

—Insisto. Es un dibujo animado.

—No importa, seguro que también es buena gente.

—La verdad es que sí, ahí tienes razón.

—¿Ves?

—Bueno, vamos, Brave.

—Bien. ¿Y a la hermana?

—Llamémoslas Brave Uno y Brave Dos.

—Un poco lío, pero bueno.

—Bien, ¿qué decías de Brave Dos?

—Que es perfecta también.

—Bah. Demasiado alta. Demasiado pelirroja. Demasiadas piernas. Por cierto, ¿qué hacen aquí? ¿Son amigas de tu hermano?

—Nunca se tienen demasiadas piernas. Y no. Habrán venido a tomar algo.

—Pero ¿no es la entrega de las invitaciones para la boda de tu hermano?

—Sí, pero no han cerrado el local para ellos.

—Diablos, siempre nos encontramos con los mismos en este sitio. ¿No hay más *pubs* en el pueblo?

—Pues no.

—Y los que acompañan a las pelirrojas, ¿quiénes son?

—Oh, he ahí la pregunta del millón.

Priscila comienza a compartir con él los chismes más jugosos de los presentes. Me quedo mirándola, observando cada detalle de su rostro, de su cuerpo, de sus gestos y posturas. Está diferente: el pelo rubio, las facciones más adultas, la mirada distinta, algo menos delgada que con veintidós años…, pero, a la vez, no ha cambiado nada. Sigue siendo la misma.

¿Qué fue lo que vi en ella? Es guapa, eso tengo que reconocérselo, pero esos zapatos con pompones que antes la hacían diferente ahora me parecen ridículos; toda ella me parece ridícula, y no entiendo qué fue lo que me tuvo tan fascinado… Supongo que todo se reduce a que no era más que un maldito niño.

Ellos dos siguen criticando a gente y yo estoy por dar media vuelta, pero su siguiente frase me detiene.

—Por cierto, me ha parecido ver al imbécil de tu marido entrar hace unos minutos.

—No es mi marido.

¿Imbécil sí? Si será idiota…

—¿Dónde se habrá metido?

—¿Y qué más da?

–Pues a mí sí me da. Pienso devolverle el favorcito del otro día... por cretino. Dudo entre tirarle una cerveza encima o pincharle las ruedas del coche. ¿Qué te parece? ¿Pris? ¡Pris!

–¿Qué?

–Deja de mirar a las Brave y contéstame. ¿Qué es lo que más le puede fastidiar a tu vecino? ¿Cerveza por encima o ruedas pinchadas?

Me quedo a la espera de la respuesta. Hasta yo puedo sentir el aura negra que irradia mi cuerpo. ¿Qué vas a contestar, Priscila?

–¿Y por qué elegir?

–Esa es mi chica. Oh, ahí está –dice cuando, al fin, desvía la mirada y me encuentra delante de ellos–. Apoyado en la pared con esa pose de bravucón de playa. Espera. ¿Por qué nos mira así?

–Oh, mierda –exclama mi mujer en cuanto se da cuenta de que los estoy escuchando y comprendiendo sin problema.

–Sí, Reina del Desierto, "oh, mierda".

Me acerco sin intentar disimular mi mal humor. No me gusta su presencia, no me gusta su amigo y no me gustan sus ridículos zapatos.

–Nos ha oído –le dice Priscila al "idiota".

–Maldita sea.

–¿No te ha contado tu amiguita que soy británico? –le pregunto a él.

El chico me mira por encima del hombro. Tampoco esconde su aversión hacia mí.

–No hablamos de ti.

Seguro que no.

–Mantente alejado de mi coche y de mí –lo advierto–. Por cierto –le digo a ella–, estás ridícula con esos zapatos.

–Son... co-como los de siempre –me responde, confundida y entre titubeos.

—¿Sí? Pues son ridículos.

—Entonces siempre he sido ridícula —afirma, con un deje de desafío en la voz.

—Supongo que sí.

Me encojo de hombros y los dejo ahí. No le pregunto a Priscila por las picaduras. No me interesa.

—Mierda, no había visto al St. Claire medio británico enfadado. —Los escucho farfullar mientras me alejo.

Lo sabía. Sí le ha hablado de mí.

Me vibra el teléfono y lo saco del bolsillo. Es mi hermano.

John:
Hola, enano.

Esta noche tenías lo de Marcos y Alicia, ¿no?

Avísame si te pasas con las cervezas y necesitas que pase a recogerte.

Te lo digo porque supongo que estará la lanzadora de piedras allí...

Te juro que lo he dicho sin reírme.

Por cierto, ¿está bien?

Luego le contesto, que ahora no estoy de humor. Sobre todo porque sé que sí se ha reído al recordar el asalto de Priscila a su ventana. Quiero a mi hermano más que a nadie en mi familia, me ha criado y cuidado (a su manera; él también era un niño), pero qué fastidioso es cuando quiere.

Busco a Marc por el local y, cuando lo localizo, lo saludo con una palmada en la espalda. Hablo con él y con su novia sobre la movida que han organizado esta noche. ¿Por qué diablos hay que montar todo este teatro cuando ya nos han dicho que se casan y que estamos invitados? No lo entiendo. Alicia intenta convencerme de que es un paso necesario en la organización de una boda justo antes de desaparecer empujada por varias de sus amigas. Nos quedamos Marc y yo solos, ambos observando lo mismo: a su hermana. Y que conste que yo solo lo hago porque se ha metido en mi campo de visión.

El amigo "imbécil" se acerca al DJ a pedirle una canción. A Priscila se la ve decaída. ¿Es posible que le haya afectado mi comentario de los zapatos? La verdad, no acabo de creérmelo, y aunque así fuera, me importa una mierda.

Por los altavoces comienza a sonar un tema que me suena haber escuchado hace como mil años, pero que no consigo ubicar. Es una voz femenina, pero muy ronca, aguda. El "imbécil" agarra a Priscila de la mano y la guía al centro del local para bailar, aunque esa zona jamás ha sido una pista de baile; de hecho, todo el mundo se los queda mirando. Y ahí está ella, bailando con sus zapatos estrambóticos, tan ridículamente irresistible como siempre, tan condenadamente tentadora como antaño, y con esa pose de inocencia que cualquiera pensaría que no ha roto un plato en su maldita vida. Dios, si hasta parece buena. Pero yo sé lo que hay detrás de esa princesa: la malvada que se refleja en el espejo. Porque si esto fuera un cuento de hadas, Priscila sería el mal personificado.

Llega un momento en que cesa la letra de la canción y solo se escucha un ruido de tambores y batir de palmas, que la parejita imita haciendo entrechocar manos, piernas, traseros y caderas. Todo a la vez. Resulta obvio que no es la primera vez que lo hacen.

Okey, la tengo. Es *Sleeping in my car*, de Roxette.

Marc y yo seguimos bebiendo en silencio. Priscila y el amiguito siguen bailando, rozándose y tocándose con cada parte de sus cuerpos. Bufo por la situación y por el rabillo del ojo percibo que Marcos se da cuenta y que deja de mirar a su hermana para contemplarme a mí. Va a hablarme de ella, lo sé, así que me anticipo a lo que sea que quiera decirme:

—No quiero hablar de Priscila. —Y se lo digo sin retirar la mirada de ella, ni siquiera cuando doy un sorbo a mi cerveza.

—Nunca quieres hablar de Priscila.

—¿Y qué te hacía pensar que esta vez iba a ser diferente?

—No sé, quizá el hecho de que se hayan visto después de cuatro años y que aún no hayamos hablado de ello.

—No hay nada que decir, Marc. Hace tiempo que tu hermana salió de mi vida para siempre.

—Lo sé. Y no voy a darte sermones ni consejos de mierda ahora que ella ha vuelto. Solo quería agradecerte lo del otro día.

—Ya me lo dijiste por teléfono —le recuerdo, con voz cortante.

Da otro trago a la cerveza antes de responder.

—Pues ahora te lo digo en persona. Gracias por salvar a mi hermana.

—Lo habría hecho por cualquiera. Es mi trabajo. Lo sabes, ¿verdad?

—¿Lo sabes tú? —Giro la cabeza y lo miro en señal de advertencia—. No creo que nadie más se hubiera percatado de que mi hermana se ahogaba antes de que ocurriera. Por eso te estoy dando las gracias.

—No te metas conmigo, Marco Polo.

—Pero esa es mi especialidad.

Sí, lo es. Sin embargo, algo en su tono de voz, en su postura para nada relajada a pesar de estar apoyado en la pared con una cerveza en la mano, y en su mirada me molesta. Este no es mi Marc. Algo le ocurre.

—¿Y a ti qué te pasa?

—¿A mí? —responde, sorprendido.

—Sí, a ti. Te noto raro. Ausente. Tenso. Más de lo normal. ¿Todo bien en el trabajo?

—Todo bien en todo, Alex. No te pongas paranoico.

—Bien —le digo, nada convencido—. Si algo te ocurriera, fuera lo que fuera, sabes que puedes contar conmigo, ¿verdad?

Marc me observa y esboza una sonrisa. Una muy escueta. Una que apenas se intuye.

—Tú eres mi primera persona. Si tuviera algo que contar, te lo diría a ti en primer lugar.

—¿Pero no es el caso? —insisto. Quiero que me confirme una vez más que no le ocurre nada. Tal vez en esta ocasión me lo termine de creer.

—¡Marcos! ¡Ven aquí!

La llamada de Alicia nos interrumpe. Ambos miramos hacia el centro del *pub* y la vemos bailando con Priscila y con el otro, indicándole con la mano a su prometido que se una a ellos. Marc sonríe, me guiña un ojo y, a continuación, se reúne con su novia y su hermana. Se ha ido sin contestarme.

Media hora más tarde, Marc y Ali nos aglutinan a todos en la barra para hacer entrega de las invitaciones. Son azules. Tan azules como el mar azul. Tan azules que incluso me gustan. Y después de toda la parafernalia, de brindar por los novios, de que se besen entre vítores y de escuchar música de mierda, la mayoría de la gente se va a casa. Solo quedamos unos pocos Cabana y cuatro parejas más, pero entonces llaman a Hugo al móvil y se dirige a un rincón en busca de silencio. Cuando regresa con nosotros, nos comunica que tiene que marcharse por una urgencia en el trabajo.

—¿Qué ha pasado? —le pregunta Alicia.

—Un gato se ha caído de un séptimo piso.

—Diablos. ¿Y se ha hecho daño?

—No lo sé, parece estar todo bien, pero tengo que revisarlo. Me voy corriendo, chicos. ¡Despídanme de River! —nos grita, cuando ya se aleja de camino a la puerta.

River. River era uno de los "pocos Cabana" que quedaban, pero lo he perdido de vista hace unos minutos. Andará todavía por aquí, no creo que se haya largado sin despedirse, aunque no tengo ni condenada idea de...

—¡Eres un idiota, River Cabana!

—¡Que no me insultes, maldición!

Los gritos nos sobresaltan a todos. Nos giramos hacia la puerta trasera, la de emergencia, y ahí está el Cabana que me faltaba, con su mujer. Esos dos nunca se han llevado demasiado bien, pero en los últimos tiempos están peor que nunca. Aunque no seré yo quien critique los matrimonios de los demás; bastante tengo con el mío. River viene hacia nosotros, rojo de furia, y Catalina es como un ciclón que amenaza con arrasarlo todo.

—¡"Idiota" no es un insulto! Es tu forma de vida. ¿Y quieres saber algo más?

—¡Sí, sí, lo sé, no hace falta que me lo digas! Esta noche duermo en el puto sofá.

Ambos pasan por nuestro lado como una exhalación, sin apenas mirarnos.

—Desde que se casó, ha dormido más en ese sofá que en la cama —nos susurra Marc a Alicia y a mí. Aunque no demasiado bajo, porque River se detiene, se da la vuelta y apunta con el dedo a su hermano. Le echa una mirada que me da miedo incluso a mí. River suele tener buen carácter, hasta que se meten con él. Entonces explota. A lo grande.

Salen del bar entre gritos y portazos. Primero el de una y luego el de otro.

—Bueno —digo yo a continuación—, creo que esta fiesta no da para más.

Me despido de los novios y le doy una palmada en el hombro a Marc para infundirle ánimos. Tiene cara de cansado, pero aún quedan invitados y no hacen más que reclamarlo. Un dolor de cabeza, porque mañana es día laboral. Quedo con él dentro de unas horas para desayunar y abandono el local. Son las dos de la mañana, yo soy un tipo hogareño y me quiero largar a mi casa.

Me acerco al coche con recelo, no vaya a ser que al "imbécil" se le haya ocurrido tocar mis ruedas. Hace rato que él y Priscila se han marchado con Adrián, que estaba bastante perjudicado. Me ha sorprendido, la verdad. Adrián no suele perder la compostura de esa manera; sin embargo, hoy se ha puesto super borracho. Ha perdido las llaves del coche en algún rincón del local y, a pesar de que un amigo suyo ha insistido en llevarlos a los tres a casa, el pequeño de los Cabana necesitaba que le diera el aire. Dijo que volvería por su coche mañana.

Después de comprobar el perfecto estado de los neumáticos, me subo en el todoterreno y enfilo el trayecto a mi casa. Pese a que ya es de madrugada, todavía se ve gente en la calle, paseando o tomando algo en las terrazas de las heladerías que siguen abiertas.

Bajo la ventanilla del coche para airearme; hace un calor sofocante. Cuando estoy a punto de girar en la rotonda hacia la cuesta que me lleva a casa, los veo a los tres, a Priscila, a Adrián y al otro, andando por la carretera, a pocos metros del camino a la urbanización de mis padres. Los ignoro y continúo mi trayectoria, pero algo me hace retroceder. Y no es Priscila. Es Adrián. Me acerco a ellos y freno el coche.

—¡Eh!

Priscila y su amigo se dan la vuelta, sorprendidos.

—¿Alex? —pregunta ella.

—¡Mierda! ¡El vecino pesado!

—¿Está bien? —le pregunto a Priscila, señalando a su hermano e ignorando al amiguito fastidioso.

—Sí. Creo que sí.

—Solo está borracho —añade el otro, a pesar de que no he pedido su opinión.

—Mierda. —Adrián enfoca la mirada en la cuesta que tienen por delante—. No me acordaba de lo infernal que es esta condenada cuesta.

—Yo sí. No sé cómo me he dejado convencer. —El amigo otra vez.

—Suban —les digo.

—¿A dónde? —me pregunta la de los zapatos ridículos.

Adrián no se lo piensa. Antes de que cualquiera de los otros dos pueda negarse, abre la puerta de atrás de mi coche. Meto primera y me preparo para arrancar, pero pasan los segundos y nadie se acomoda a mi lado. Me giro y veo a los tres sentados muy cómodos y juntos en la parte de atrás. Mierda.

—No soy un taxista.

—¿Qué? —preguntan los de Boston, al unísono.

—Que no soy un maldito taxista. Pasa delante —le indico a Priscila.

Ella baja del vehículo y vuelve a subir, esta vez en el asiento del copiloto. Exhalo un suspiro silencioso y arranco. Otra vez su fragancia en mi coche; la había olvidado. ¿Cómo puede oler igual después de cuatro años? Dejo la ventanilla abierta para que se disipe. Permanecemos en silencio hasta que Adrián lo rompe. Pensé que se había quedado dormido. De hecho, al mirar por el retrovisor, descubro que, en efecto, tiene los ojos cerrados.

—¿Pris? —llama a su hermana.

—¿Qué?

—Creo que he hecho algo que no te va a gustar.

—¿Cuándo?

—Hace poco.

—¿Del uno al diez? —indaga ella. Recuerdo que Adrián y Priscila siempre han medido sus actos más controvertidos valorándolos del uno al diez.

—Un ocho. Casi nueve.

—Hummm…, es bastante alto. ¿También eres amigo de Alex? ¿Es eso?

—¡No! Prefiero la muerte.

—Gracias —digo con retintín, por la parte que me toca.

—Que te den.

—Y a ti dos veces.

Si me dieran un euro por cada vez que he escuchado esa frase de boca de Adrián, ya sería millonario. Siempre ha sido el más imbécil de los Cabana. Y con el que peor me he llevado, desde niños.

Adrián me mira con asco, a lo que yo respondo con una sonrisa de satisfacción.

—¿Y tú qué me miras? —le pregunta al que tiene al lado.

—Estás bueno incluso borracho y perdido.

Adrián desvía la vista hacia su hermana y se incorpora un poco.

—Dile a tu amigo que deje de coquetear conmigo. No va a pasar, soy heterosexual.

Espera. ¿Qué?

—No estaba coqueteando —se defiende el "imbécil"—, solo constataba un hecho. Si estuviera coqueteando contigo, lo sabrías, créeme. ¿Verdad que sí, Pris?

—Deja de coquetear con mi hermano —replica ella, sin pestañear.

—Aguafiestas.

¡Vaya! ¿Es gay? Esto sí que no lo veía venir.

Priscila pone música, supongo que para templar el ambiente, y eso que hace un calor de pelotas. Va directa al reproductor y pone el CD. Puede que parezca una tontería, pero sabe dónde tiene que pulsar para que se encienda, y eso me molesta porque resulta demasiado familiar. Porque me lleva al pasado.

En cuanto se acomoda de nuevo, bajo el volumen hasta tornarlo imperceptible. Me observa con sorpresa.

—No puedo conducir con música —me invento, sobre la marcha.

—¿Desde cuándo?

—Desde hace dos años —afirmo, muy seguro.

Con un suspiro, apaga la música y mira por la ventanilla. Diablos, siempre se lo cree todo. No sé si me fastidia más aún que la haya apagado a que la haya puesto.

En cinco minutos, llegamos a su casa. Por fin. El amigo (por cierto, ¿cómo mierda se llama?) ayuda a Adrián a apearse del coche y esperan a Priscila en la acera.

—Gracias por lo del otro día —me dice ella antes de bajar, refiriéndose al asunto de la medusa.

—Solo hacía mi trabajo. —Y estoy harto de repetirle a todos lo mismo.

—Lo sé, pero si no llegas a aparecer tan rápido, no sé qué habría pasado.

—Te habrías ahogado, con toda probabilidad.

Priscila traga saliva a causa de la impresión que le provoca mi comentario. Quizá me haya pasado, pero es cierto que podría haberse ahogado. "Y ¿qué haría yo si tú no estás?", estoy a punto de preguntarle. "Mis sentimientos hacia ti me han mantenido cuerdo, me han dado fuerzas. Llevo años sobreviviendo con el mismo objetivo: odiarte. No puedes quitarme eso también, no te lo perdonaría nunca. Viajaría hasta el infierno para reclamarte".

—Sí, es bastante probable. En fin, adiós, Alex, y gracias también por traernos.

Abre la portezuela y sale del coche, pero antes de que la cierre, hablo de nuevo:

—No lo he hecho por ti.

Necesitaba dejarlo claro.

—Lo sé —responde, justo antes de empujar la puerta.

Doy la vuelta en la carretera para irme por fin a casa, pero como tengo la ventanilla bajada, los escucho hablar mientras entran en la suya.

—¿A dónde va Alex? —pregunta Priscila.

—Yo qué sé, Pris, supongo que a su casa —le dice Adrián, entre hipidos.

—¿No vive enfrente, con sus padres?

—No.

—Ah. Como estos días siempre lo he visto ahí, pensé que...

—Vive en casa de ambos.

¿"Casa de ambos"? No. Mi casa.

Verano de 2005

Priscila: quince años (casi dieciséis). Alex: dieciocho.

Aquel fue el segundo año que Alex y Priscila interactuaron sin besos de por medio; el primero había sido el de la brecha, nueve años atrás. En el resto de sus encuentros, encuentros en los que llegaban a hablar el uno con el otro o a comunicarse de alguna manera, siempre había habido besos.

Puede resultar extraño, dado que eran vecinos y compañeros de colegio, pero formaba parte de su relación. Se ignoraban la mayor parte del tiempo, y eso convertía los ratos juntos en únicos dentro de su peculiaridad.

Alex, que ya era un seductor nato (además de ser un creído, lo de deportista de élite también ayudaba bastante), no podía evitar acercarse a Priscila de vez en cuando: en la playa, a la salida de alguna cafetería, del polideportivo… Pero no la buscaba demasiado, no fuera a pensar la chica que le gustaba, porque no era así. Bueno, quizá un poco. Pero muy poco.

Por otra parte, Alex necesitaba desconectar. Las broncas en la casa de los St. Claire habían comenzado. Lo hicieron en cuanto el pequeño de la familia les aseguró a sus padres que no iba a ir a la universidad. Al menos, no todavía. Quería nadar, y los entrenamientos le ocupaban demasiadas horas al día, así que lo dejaría para más adelante. No era un no a perpetuidad; aun así, su padre no lo entendía. Decía una y otra vez que podía compaginar ambas facetas. Y tal vez fuera cierto, pero a Alex no le interesaba en ese momento; solo quería nadar. Al menos, su madre sí lo comprendía, pero no era suficiente, y las discusiones no tenían fin. Por suerte, al haber tenido que mudarse a Madrid, al Centro de Alto Rendimiento, tras su éxito en los Juegos Olímpicos, no los veía a diario, por lo que las discusiones se reservaban para los fines de semana que volvía a casa.

Un día cualquiera, a mediados de junio, de regreso en el pueblo para desconectar de los entrenamientos previos a su cita mundialista en Montreal, Alex divisó a Priscila unos metros por delante de él. Caminaba animada y se encaramaba a los bancos de piedra que encontraba por el camino. Le robó una sonrisa a Alex. ¿Cuántos años tenía su vecina? ¿Quince? Y aún caminaba sobre los bancos como si fuera una niña. Por azares de la vida, iba sola, hecho insólito, ya que sus hermanos no solían dejarla ni a sol ni a sombra.

Alex aceleró el paso y la alcanzó en el siguiente banco. Vestía el uniforme del colegio y llevaba la falda agradablemente corta, a medio muslo. Antes de saludarla, se recreó en aquellas piernas durante unos segundos; al fin y al cabo, no era más que un chico que acababa de cumplir los dieciocho.

–Hola.

Priscila no se sorprendió por el saludo, era habitual que la gente la saludara por la calle, pero sí lo hizo por tratarse de su vecino. Se lo quedó mirando fijamente unos segundos y emprendió la marcha de nuevo.

–Hola, ¿qué?

Bajó de un salto del banco y se subió en el siguiente.

–¿Perdona? –Alex se mostró confundido. A pesar de ser alto, la altura a la que se encontraba la chica hacía que su cabeza quedara al nivel del pecho de ella.

–¿Acaso no sabes mi nombre? –le dijo sin mirarlo.

–¿Y tú el mío? –atacó él.

–Fernando. –Priscila no pudo esconder la sonrisa, a pesar de intentarlo.

–Alex.

–Eso. Alejandro.

Saltó del último banco y se montó en un autobús que la llevaría a casa. Alex la siguió. Priscila avanzó hasta el fondo del vehículo y se sentó en el lado de la ventana, su favorito. Su vecino lo hizo a su lado.

–En realidad, Alexander, y tú, Reina del Desierto –matizó él.

–Priscila.

–Eso.

De fondo, la música de la radio del bus. Fue el verano de *La tortura*, de Shakira; *Princesas*, de Pereza; *Caminando por la vida*, de Melendi, y de *Wake Me Up When September Ends*, de Green Day, entre otras. Entre muchas otras. Aquel fue un buen verano en lo que a música se refiere. También en la historia de Alex y Priscila.

Al llegar a su urbanización, Priscila se bajó del autobús con un leve aleteo de pestañas y una sonrisa enigmática, sin decir adiós. A Alex, a cada minuto que pasaba lo fascinaba más. Y le gustaba que lo dejara con cierta frustración. Le daba subidón. No entendía por qué había pasado de las chicas durante tantos años en su adolescencia. Eran lo mejor del mundo. Y aunque le gustaban todas, en ese momento quería a su vecina.

Recordaba sus besos como algo grande, y la muchacha cada día estaba más guapa.

El destino —o el hecho de vivir uno enfrente de otro y de que Alex la viera llegar a la piscina— quiso que se reencontraran aquella misma tarde. Priscila tomaba el sol en una de las hamacas mientras escuchaba música. Llevaba un bikini azul con volantes blancos que le quedaba realmente bien, y Alex pensó que, si no la besaba de nuevo, reventaría.

Miró hacia ambos lados, comprobando que nadie los veía; no sabía dónde andaban los hermanos Cabana, pero tampoco le importaba. La alzó en volandas y la tiró a la piscina sin contemplaciones. Priscila no emitió sonido alguno, no tuvo tiempo.

Alexander St. Claire —que si algo controlaba en la vida era el agua— se lanzó tras ella, la agarró por la cintura y la besó; si alguien podía hacerlo, ese era él. El agua era su hábitat. Su hogar.

Esperó unos segundos, por si su vecina lo rechazaba y debía dar marcha atrás a todo el plan, pero descubrió que ella también lo deseaba cuando le sujetó la cabeza para acercarlo más, así que se lanzó a besarla.

Y fue épico, como si las dos cosas que más amara en la vida se unieran y formaran un todo alucinante: los besos de Priscila y el agua. Podría haberse quedado a vivir allí. Sentía que bajo la superficie podía contárselo todo a Priscila; podía decirle que él no era lo que aparentaba, que se trataba de una coraza porque lo único que pretendía era que lo quisieran, pero, tal y como había aprendido, erróneamente, del mundo que lo rodeaba, eso era de niñitas. Le daba vergüenza querer abrazar a sus padres o besarlos, le daba vergüenza que la gente conociera los anhelos que albergaba en su interior, le daba vergüenza que supieran que tenía miedo a la oscuridad y que cada noche se moría por meterse en la cama con su hermano. También podía contarle que hablaba con el agua, y que el agua hablaba con él, que le susurraba cosas. Llevaba nadando desde los tres años y era su vía de escape, todo su ser, toda su verdad. Lo que pensaba, lo que ansiaba, sus deseos, los compartía con el agua del mar o de la piscina; solo con ella y siempre con ella.

Decidió callar. Por el momento.

Cuando salieron a la superficie, Alex, ante la mirada estupefacta de la chica, le dedicó un leve aleteo de pestañas y salió de la piscina con su sonrisa más enigmática. Donde las dan, las toman.

Se encaminó feliz hacia su casa, pensando en la cinta azul que llevaba Priscila, y que no se le había desprendido del cabello con el chapuzón. No había abierto la puerta de entrada cuando su hermano mayor lo asedió por la derecha. Lo había visto todo.

—¿Eres consciente de que sus padres pueden denunciarte por perversión de menores? —le dijo, con sorna.

—Pero ¿qué dices?

—Tú acabas de cumplir los dieciocho y la vecina es menor de edad.

—¿Y qué?

—Que acaban de besuquearse debajo del agua. Los he visto, enano.

—No sé de qué me hablas. —Alex sonrió antes de meterse en casa.

Alex y Priscila no tuvieron más contacto, como era habitual en ellos, hasta que, tres días después, sucedió aquello en la playa. Un hecho que marcaría otro hito en su extraña relación.

Pris estaba con sus amigas y justo al lado estaba el grupo de Alex. Aquel día, la proximidad entre los dos sí fue casual. Aunque también es verdad que siempre andaban todos por la misma zona de la playa.

Alex y Priscila cruzaban miraditas por aquí y por allá, sin llegar a saludarse ni con un levantamiento de barbilla. Cada uno a lo suyo, y los dos a lo del otro. Una pareja excepcional.

Hasta que a Priscila la picó una medusa. Salió del agua aullando de dolor. Entre el susto, el escozor, el picor y el enrojecimiento... no pudo aguantarse. Le daba igual que estuviera en medio de la playa y que todos la miraran. Dolía mucho.

El primero en acudir en su ayuda fue Alex, que corrió a su lado en cuanto la vio llorar. Empujó a cualquiera que se cruzó en su camino hasta llegar a ella.

—Apártense —decía a unos y a otros—, ¡apártense, maldición!

Cuando la encontró, tumbada en posición fetal sobre la arena, algo se le removió por dentro. No sabía qué, y tampoco se detuvo a pensarlo; actuó con rapidez.

—Vamos a darnos otro baño. —La tomo en brazos, pasando uno por debajo de sus rodillas y el otro por su cintura, y la metió de nuevo en el mar.

Priscila no puso impedimento: dolía demasiado y confiaba en él.

Mientras se adentraban en el agua, Alex le explicaba en todo momento qué estaba haciendo.

—Lo primero que tenemos que hacer cuando nos pica una medusa es lavar la picadura con suero o agua salada, jamás con agua dulce, ¿de acuerdo? —La chica asintió con la cabeza—. Como tenemos aquí el mar...

La introdujo, con mucha suavidad, dentro del agua, sin soltarla en ningún momento. Enjuagó la zona donde la había picado la medusa y la sacó. La sentó en la arena y pidió a uno de sus amigos que le acercara la nevera portátil que habían llevado para pasar el día en la playa. Extrajo un par de hielos, los envolvió con una toalla y se los aplicó a Priscila en la piel.

—El frío es para aliviar el dolor. ¿Estás mejor?

Priscila ya no se acordaba de la picadura. Estaba extasiada con los cuidados de Alex, con su delicadeza, con que la tocara por todas partes sin necesidad de besarse. Aquello era nuevo. Y, sobre todo, estaba extasiada con sus ojos. Con esos ojos que no le quitaban la vista de encima. Que se enganchaban a los suyos y no se soltaban.

Cuando se percató de que Alex aguardaba una respuesta, asintió con la cabeza.

—Bien. Y pese a lo que hayas podido escuchar por ahí —prosiguió él—, no dejes que nadie te mee encima. Nunca. No es una buena idea.

Priscila dejó escapar una carcajada.

Después, Alex comenzó a observar la zona dañada con mucha atención.

—Estoy mirando que no haya quedado ningún resto de tentáculo pegado a la herida —le explicó.

Salvo por ese escrutinio, en ningún momento perdieron el contacto visual. Unos minutos después, cuando el peligro había pasado, Alex se ganó unos buenos aplausos por parte de media playa. Y juraría que había escuchado de fondo la canción de *¡Chas! y aparezco a tu lado...*

Aquella misma noche, en la hoguera de San Juan, Priscila se lanzó a besar a su vecino; lo disfrazó de agradecimiento por lo que había hecho por ella horas antes, pero la realidad era que deseaba hacerlo, y ambos lo sabían.

Alex y Priscila dejaron de verse durante el mes de julio, ya que Alex participó durante la segunda quincena en los Mundiales de Montreal (de los que regresaría con otra medalla de oro y convertido en héroe nacional), pero continuaron encontrándose el resto del verano.

Y besándose. Como aquella vez en las fiestas del pueblo, escondidos detrás de una palmera. O la noche que coincidieron en la única discoteca para jóvenes que había en los alrededores.

Un verano que Priscila recordaría de un color negro brillante con motas marrones, igual que los ojos de su vecino. También, como el verano en que se besó con Alex cuatro veces.

Hoy toca salvamento

La mañana del primer domingo de julio, bajo a la cocina y me encuentro ahí con Marcos, Hugo y Adrián. Hugo ya no vive en casa de mis padres, pero suele venir a desayunar, al menos desde que yo he regresado. No creo que antes viniera tanto, pero al estar yo aquí… Sí que tengo poder de convocatoria; ha debido de echarme mucho de menos.

Me sirvo una taza de café y me quedo pensando en los acontecimientos de los últimos días. Ha transcurrido una semana desde la fiesta de Marcos y Alicia, y creo que no me falta nadie con quien reencontrarme en el pueblo. Hasta con mi cuñado John estuve el otro día en una terraza.

Pensé que el encuentro sería más tirante, pero no. No es que nos fundiéramos en un abrazo ni nada por el estilo; de hecho, solo hubo un ligero reconocimiento y un alzamiento de mentón. Siempre ha sido un chico frío y distante, por lo que no me sorprendió demasiado; simplemente no me odia, como su hermano. Lo que me ha llevado a pensar en la buena acogida que me ha dado todo el mundo.

—¿Qué piensa el pueblo de mí? —pregunto al aire.

—¿De qué? –preguntan mis tres hermanos a la vez.

—De cuando me fui hace cuatro años, de que abandonara a mi familia y a mi marido. Vamos, chicos, esto es un pueblo pequeño, se comenta todo. ¿Qué piensan de mí?

—Lo que nosotros queremos que piensen –zanja Adrián. Él siempre en su línea.

—¿Y puedo saber qué han hecho que piensen?

—Dimos la versión que quisimos dar –me explica Hugo–. Que te surgió una buena oportunidad laboral en Boston, una imposible de rechazar, y que eras joven. Que eran jóvenes los dos, Alex y tú, por lo que decidieron de mutuo acuerdo hacer un paréntesis en su relación, pero mantienen el contacto y se llevan de maravilla. Ante todo, son buenos amigos.

—¿Y Alex estuvo de acuerdo con dar esa versión de los hechos?

Teniendo en cuenta la relación que mantenemos ahora mismo, me resulta extraño que haya aceptado esa alternativa tan… endulzada. Mis hermanos se miran cómplices.

—¿Qué pasa? –pregunto.

—Pris –interviene Marcos–, Alex no estaba en su mejor momento, no sabía ni por dónde le daba el aire. Después, era tarde para remediarlo.

—No hablo de después del accidente, sino de antes, de cuando me marché.

—Yo también.

Sacudo la cabeza. No entiendo nada, pero al menos ahora sé el motivo por el cual el pueblo me ha dado un recibimiento tan positivo y efusivo. Lo que sigo sin comprender es el odio de Alex hacia mí; es tan visceral, tan intenso, como si yo lo hubiera herido de muerte, y no fue así.

—Buenos días, hermanos Cabana.

Todos nos giramos hacia la puerta para ver a Jaime entrar en la cocina. Bosteza con los brazos en alto y nos regala la imagen de su pecho depilado. Podría decir que es un pecho tonificado y lleno de abdominales, que forma la célebre tableta de chocolate, pero no es verdad. Jaime no está gordo, pero tampoco es musculoso. Es un chico normal, con unos ojazos que roban el aliento. Después de rascarse la abundante cabellera morena, se rasca la entrepierna antes de sentarse a la mesa. Lo mismo de cada mañana, vaya. Se lo ve descansado; tiene suerte de poder dormir a pierna suelta.

Yo llevo varias noches sin descansar bien. El tema de la medusa se me fue de las manos, lo reconozco. Sentí más miedo después de que pasara que incluso cuando estaba sucediendo. Me acuerdo de estar en mi cama un par de noches después, tumbada, mirando al techo y pensando en lo mal que podía haber ido el asunto. Me recorrió un escalofrío y tuve que obligarme a pensar en otra cosa, en algo bonito. No obstante, en cuanto me descuido un poco, el asunto regresa a mi mente con fuerza.

Podría haber muerto. Ver la muerte tan cerca, en un principio, puede dar que pensar, pero yo solo quiero olvidarlo. Ya di las gracias a Alex, porque si no hubiera sido por él… En fin, lo dicho: no quiero pensar en ello, es demasiado espeluznante.

—Hola —saludo a mi amigo y deposito un café recién hecho delante de él.

—Oye, rubio, me gusta cómo te queda el azul.

Tengo que fijarme en la ropa que llevan mis hermanos para comprobar quién va de azul. Lo de "rubio" no arroja muchas pistas. Es Adrián, cómo no. Jaime lo mira con lascivia y él, por primera vez, le sigue la corriente. Saca la lengua, se chupa el labio inferior y le guiña un ojo. Jaime se atraganta y todo con el café.

—Yo me voy a trabajar —nos dice Hugo de repente, levantándose de la mesa y sacudiéndose los pantalones de color celeste. Está muy guapo.

—¿Ahora, rubio? —le pregunta Jaime en un espontáneo suyo.

—Sí, ahora, moreno —responde mi hermano con desinterés.

—Pero si es domingo —le recuerda Marcos.

—¿Tú no trabajas algunos domingos?

—Sí, pero porque yo trabajo a turnos y a veces hay emergencias que…

—Pues eso —le responde el otro, abandonando la cocina sin decir nada más.

—¡Hasta luego, Hug! —grita Jaime de pronto.

—Hasta luego, Hugo —responde el otro, sin mirar atrás, recalcando su nombre.

Vaya, uno que se ha levantado con el pie izquierdo. En esta casa nunca sabes lo que te vas a encontrar por las mañanas.

Jaime parpadea tras el portazo y se recuesta en la silla.

—¿Qué planes tenemos para hoy? —me pregunta como si nada.

—¿Vamos a la playa? —sugiero.

—¿Con este tiempo?

El cielo nos ha dado los buenos días cubierto de nubes grandes, oscuras y densas hasta donde alcanza la vista; hay tantas que apenas se distingue dónde acaba una y empieza la siguiente.

—Claro, es cuando mejor se está.

—Tiene pinta de que va a caer un chaparrón.

—No va a caer un chaparrón —decimos Marcos, Adrián y yo, al unísono.

—¿Son meteorólogos y no me he enterado?

—No, pero conocemos el cielo de nuestro pueblo —afirma Adrián—. Hoy no va a llover.

—Ni una gota —añade Marcos.

—Lo que digan.

—¿No te resulta extraño que tu marido sea tan amigo de tus hermanos si te odia tanto? —me pregunta Jaime mientras bajamos en bicicleta hasta la playa.

—Me resulta extraño que mis hermanos sean amigos de Alex, pero no al revés.

—¿No al revés? ¿Por qué?

—Porque mis hermanos son geniales. ¿Por qué no iba a ser su amigo?

—Pues porque son tus hermanos, y tú eres su mujer, o exmujer, o... Bah, déjalo. Tú es que eres de otro mundo.

—Hummm.

—Es raro, Pris. Punto.

—Okey.

Llegamos a la playa. Hay bastante gente a pesar del mal tiempo. Aquí siempre se hace plan de playa, y desde luego, mucho más en verano. No importa que truene, diluvie o tengamos cuarenta grados y ni una sola nube en el cielo.

Elegimos lugar cerca de la orilla y nos quitamos la ropa hasta quedar en bañador; a pesar del cielo encapotado, hace calor.

—Guau —exclama Jaime.

—Guau, ¿qué? —pregunto. Sigo la dirección de su mirada hacia el mar.

—Creo que nunca había visto así el Mediterráneo. Está muy embravecido.

—Tú no has estado mucho en el Mediterráneo.

—¿Esto es normal? —Señala las olas y el color oscuro del agua.

—Sí. Hay días que parece una balsa, pero otros...

—¿Nos podemos bañar?

Me fijo en las torres de los socorristas y en la gente que hay en el agua. Si no estuviera permitido el baño, lo sabríamos. Aun así, se ve que están todos cerca de la orilla. Cuando el mar se pone así y hay bandera roja, no permiten a los bañistas alejarse demasiado.

—De momento, parece que sí.

—Pues vamos.

Nos metemos en el agua y jugamos durante un rato a saltar olas, que son gigantes, y a empujarnos mutuamente. El agua está caliente y el mar cada vez se ve peor; la marea nos arrastra hacia dentro, y eso que no nos cubre más allá de la cintura. Decidimos salir; me ha parecido escuchar algún silbato a los lejos, lo que significa que los socorristas están acotando la zona de baño.

Cuando salimos, por poco no impactamos con Alex, que justo da sus paseos de vigilante con su tabla de salvamento amarilla en ristre, como si fuera un agente de la ley. Ni nos mira. Es como si no nos conociera. Casi lo prefiero a cuando me dedica una mirada de odio, unos ojos entrecerrados, un levantamiento de cejas o una mueca de asco. A la señora con la que se cruza sí le sonríe y saluda; tampoco en exceso, no nos olvidemos de que hablamos de Alex St. Claire, don Callo-y-otorgo. Sin embargo, sí parece que la única persona con la que choca —y no solo en el sentido literal— soy yo.

—Hola, vecino —le dice mi amigo, sin frenarse ni un pelo.

Alex lo mira solo un instante y enseguida retira la mirada, pero ese instante es suficiente para que Jaime se encoja. Sí, también choca con Jaime.

Me quedo observándolo mientras nos sentamos en la toalla para secarnos. No me gusta demasiado lo que he leído en sus pupilas. No me acostumbro a esa antipatía.

—Mierda, nos odia a muerte. ¿Qué le he hecho yo? —me pregunta Jaime, sin importarle que pueda escucharnos.

—¿Tú? ¿Aparte de llamarlo "vecino" con burla, dices? La pregunta es qué le he hecho yo.

A la primera señora que lo ha saludado y lo ha hecho pararse para hablar sobre vaya a saber qué, la siguen otras dos mujeres, lo que lo obliga a permanecer delante de nosotros demasiado rato.

—Cómo se lo comen todas con los ojos —me dice mi amigo, echando un vistazo alrededor—, se ve que no lo conocen. Con la mierda de carácter que tiene, ni ese cuerpo de escándalo ni esa cara perfecta pueden hacer nada. Nunca me había parado a pensar lo mucho que los socorristas pueden llegar a conquistar. Quizá haga un curso o algo.

—¿Con curso te refieres a moldear este cuerpecito tuyo a base de gimnasio? —Le pellizco la poca carne que le sobra en la tripa, pero que, al estar sentado, se le marca más.

—No tengo barriga, idiota.

—¡Habría que cortar por aquí y por aquí! —Comienzo a hacerle cosquillas y a reírme de él. Y con él.

—¡Para! —grita, partiéndose de la risa.

¡Piii! ¡Piii!

El sonido del silbato detiene nuestros juegos. Levanto la cabeza y me cruzo con la mirada abrasadora de Alex. Me aparto de Jaime y observo el panorama. El compañero de Alex ordena a los bañistas que se aproximen a la orilla, pero un grupo de personas no hace caso.

—¡Me cago en la puta! —exclama Alex, enojado. A continuación, sujeta el silbato y sopla repetidas veces. Le arrebata el altavoz a su colega y grita por él–: ¡Salgan del agua!

–Llevo un rato avisándoles que se acerquen a la orilla, y nada –lo informa el compañero.

Es mediodía y mucha gente ha abandonado la playa para ir a comer; aun así, un enjambre de curiosos se acerca para ver lo que sucede. Alex sigue silbando y gritando a través del altavoz:

–¡Que salgan del agua!

–Alex, el mar está cada vez peor –le dice el otro. No sé cómo se llama. Nunca lo había visto.

–No salen porque no les da la gana, no porque no puedan.

–Sí, pero ¿hasta cuándo?

Comienzo a ponerme nerviosa; esta situación no me gusta nada. Todos los curiosos otean el horizonte y se apelotonan alrededor de los dos vigilantes, tanto que me obstaculizan la imagen de Alex. Me tengo que desplazar para tenerlo de nuevo en mi campo de visión.

–Alex –escucho.

–¡Mierda! ¡Avisa por radio! Voy por ellos. ¡Me van a oír!

Alex se mete en el agua sin quitarse la camiseta blanca que lleva por encima del bañador rojo. Su compañero, antes de lanzarse a ayudarlo, llama por radio y alerta de la situación a las demás torres de vigilancia y a la Policía Municipal. No obedecer las órdenes de los socorristas acarrea una multa.

Me levanto y me abro paso entre los bañistas para ver mejor. Me llevo la mano a la frente y creo distinguir hasta cinco personas bañándose demasiado lejos de la orilla. En este momento, comienza a llover. Muy fuerte.

–Son demasiados –expreso en voz alta.

–¿Qué?

–Tienen que sacar a cinco personas entre los dos. Son demasiados. Y el mar cada vez está peor.

La marea debe de estar arrastrándolos mar adentro y puede que no se estén dando cuenta.

Escucho, de lejos, las conversaciones del resto de observadores, que no se han ido, a pesar de la que está cayendo. Apenas se distingue el cielo del mar, todo forma una mancha negra y gris.

–¿Qué es lo que pasa?

–Al parecer, aquellas personas de allí no han hecho caso a los socorristas, que llevan rato avisando de que no nos bañemos tan lejos.

–Pero ¿les ha ocurrido algo?

–No creo, es solo por precaución.

–Quizá no han escuchado los silbatos.

–Lo dudo.

"Son demasiados", no dejo de repetirme. La ayuda no llega, están solos. "Tengo que ayudarlos". Echo a correr hacia la torre más próxima sin dudarlo más.

–¿Pris? ¡Pris! ¿A dónde mierda vas?

Siento que Jaime sigue mis pasos, pero no le contesto. No hay tiempo.

Cuando llego a la torre de Alex, vacía, agarro con fuerza otra tabla salvavidas y corro de vuelta a la orilla hasta situarme enfrente de los bañistas y de Alex y su compañero, que ya han llegado a ellos. Me lanzo al agua y nado en su dirección.

Llegar va a ser relativamente fácil. El mar siempre te arrastra hacia dentro. No importa que esté en calma o no: en mayor o menor medida, te arrastra.

Recuerdo cada palabra del Alex del pasado, cada consejo:

"El mar siempre gana, Priscila. Es más fuerte, por muy experta que te consideres. Jamás lo subestimes".

"Dentro del agua, no te confíes. Mantente alerta todo el rato".

"Ir lejos es sencillo, lo complicado es regresar; no puedes quedarte sin fuerzas. Si comienzas a sentirte cansada, sal del agua".

Me concentro en mis movimientos, en las brazadas y las respiraciones, y me olvido de las olas, que tratan de engullirme; de la lluvia, que no me da tregua, y del corazón, que me late velozmente. No he dejado de nadar en estos años. Jamás. En Boston, voy cada semana a la piscina del gimnasio cerca de mi casa. Lo hago por demasiados motivos.

Cuando llego a su posición, las veo: son cinco chicas; a dos de ellas las custodia Alex, y el amigo, a otras dos. Falta una, que cada vez se aleja más y que tiene cara de pánico.

—¡No puedo volver! —me grita.

¿Y ahora te planteas volver? ¿Cómo puede ser alguien tan inconsciente?

—Agárrate a mí —le digo cuando la alcanzo.

—Gracias —me responde, con alivio en la voz. Se ve salvada. No tiene ni idea de la situación en la que nos encontramos.

—No me las des y concéntrate en nadar hacia la orilla.

—No puedo. El mar me empuja hacia dentro.

—¡Inténtalo!

—¡No puedo!

—No te pongas nerviosa, yo te voy a ayudar. Sujétate fuerte a la tabla, no te vas a hundir. Vamos poco a poco, ¿de acuerdo?

—Está bien.

Le paso la tabla para que se apoye y descanse. Me cuesta mucho nadar en paralelo a la costa, pero no pierdo los nervios. Esta vez, no. Mi único objetivo es la playa, sé que las otras chicas están a salvo.

Tengo la sensación de que no avanzamos, por lo que es casi seguro que no lo estamos haciendo, pero tampoco nos adentramos más. Engancho la cuerda a mi hombro y me aíslo de todo. Comienzo a nadar con todas mis fuerzas sin perder ni la concentración ni el aliento.

—¡Pris! ¡Priscila!

No me doy cuenta de que me llaman hasta que tengo la embarcación encima. Por fin ha llegado la ayuda: dos balsas de rescate, y en una de ellas se encuentra Alex. Cuando su compañero hace amago de ayudarme a subir, Alex se le adelanta y me aúpa casi sin esfuerzo.

—¿Estás bien? —me pregunta, a la vez que me toca por todas partes. Palpa cada centímetro de mi cuerpo por primera vez desde hace cuatro años, pero estoy tan acelerada y tensa por lo que acaba de suceder que creo que mi cerebro ni lo registra. Creo.

—Estoy bien —respondo.

—¿Seguro?

—Sí, estoy bien, de verdad.

—¡Volvamos a la playa! —grita a sus compañeros, soltando el aire.

Los motores se encienden. Ambas barcas arrancan con ímpetu y traspasan las olas, consiguiendo acercarnos a la orilla. Llueve con mucha fuerza y comienzo a sentir frío; se me pone la piel de gallina y tengo que abrazarme para intentar apaciguarlo. Levanto la mirada y me encuentro con los ojos de Alex, que me observan con atención, debatiéndose entre recorrer mi cuerpo de arriba abajo y anclarse en mis ojos. Aparto la mirada y me concentro en la orilla.

Cuando llegamos, apenas las chicas se bajan de la balsa, Alex arremete contra ellas.

—¡Son unas irresponsables! Las hemos llamado con los silbatos muchísimas veces: si escuchan el pitido de un socorrista, significa que salgan. No hay discusión. Hemos tenido que meternos en el agua y han arriesgado no solo sus vidas, sino también las nuestras y la de ella. –Me señala.

–¡Pris! –me grita Jaime.

Mi amigo corre a mi lado y me abraza con fuerza.

–Mierda, estás helada. –Me frota el cuerpo y me pone mi camiseta, que llevaba en la mano. Enseguida siento el calor de la prenda, a pesar de que pronto comienza a mojarse.

–Lo sentimos. –Las chicas intentan disculparse. Se las ve asustadas–. No pensábamos que…

–Arréglense con la policía –las interrumpe Alex–. Todas ustedes –les comunica, de manera hosca, a los dos agentes que acaban de llegar–. En cuanto a ti… –Me sujeta del brazo y me aleja del tumulto.

–Lo has hecho bien, felicidades. Eres una gran nadadora –me felicita su compañero mientras nos alejamos.

–Gracias –le contesto, todavía con la adrenalina en la sangre y la respiración agitada.– Alguien me enseñó hace mucho tiempo a sobrevivir ahí dentro.

Y me enseñó bien, aunque parece que haya pasado una eternidad. Recuerdo cada palabra, cada instrucción de Alex, cada gesto, cada demostración, cada sonrisa: lo recuerdo todo. Lo bueno y lo malo. Esto forma parte de lo bueno; debimos de hacer algo bien. Nunca dejo que se me olvide que, aunque en algún momento del camino nos separamos, no todo fue malo.

Cuando hemos puesto algo de distancia, Alex se para y me mira con mala cara. Creo que va a haber bronca. Es su cara de bronca. En el pasado no la vi demasiadas veces; discutíamos, pero eran episodios aislados, y casi siempre por lo mismo. Desde que he vuelto, es la única que veo.

—No tenías que demostrarme nada —me espeta.

—¿Demostrarte algo a ti? —pregunto, sorprendida.

—¡Sí! Por lo de la medusa del otro día. No era necesaria toda esta pantomima para enseñarme que sabes nadar. Ya sé que sabes nadar, te enseñé yo.

—No lo he hecho por eso. Yo no soy así, y lo sabes.

No me ha movido ningún interés ni ganas de demostrar algo, porque yo no tengo nada que demostrar. Lo que me ha impulsado a hacer lo que he hecho ha sido ayudar a las chicas, porque veía que Alex y su compañero no podían, y admito que también ha habido un sentimiento de protección muy fuerte hacia Alex. Supongo que es inevitable, ¿no? Actuar por impulso cuando alguien a quien quieres, o has querido en el pasado, está en peligro. Supongo que lo mismo le ocurrió a Alex con mi medusa. Bueno, y que era su trabajo.

—No, yo no sé nada. No te conozco. Nunca lo he hecho.

Cierro los ojos por la ofensa que tiñe sus palabras, porque no las entiendo y porque no son ciertas. Porque creo que habla el dolor que hay en él, pero es un dolor que no alcanzo a comprender.

—Eso no es verdad.

—En lo que a mí respecta, la Priscila del pasado fue una mentira.

¿Me está llamando mentirosa? No, mentirosa nunca he sido. Puede tildarme de mil cosas diferentes, pero no de mentirosa. De hecho, el único mentiroso que hay aquí es él.

—¿La Priscila del pasado? ¿Quieres que hablemos del pasado, Alex? ¿Quieres que enseñemos todas nuestras cartas?

—No. No me interesa. Ya no.

—Muy bien. Pues me voy a casa. Voy a llamar a mi familia para que bajen a buscarme. Estoy agotada.

Y empapada. Siento las gotas de lluvia en la boca y las imagino rodando por mi rostro, al igual que en el de Alex.

—No hay nadie en tu casa. Están todos envueltos con no sé qué asunto de la dichosa boda —me dice, hosco.

Lo miro con cara de "oh, no, no me la vas a volver a jugar, St. Claire".

—¡Esta vez es verdad! —se defiende.

—¿Esta vez?

Y entonces… sonríe. Sonríe, y un vendaval de sentimientos se apodera de mi cuerpo, porque esa sonrisa con hoyuelos me trae demasiados recuerdos. Me trae olores y me trae sabores. Porque las sonrisas huelen. Y las sonrisas saben.

En Boston, siempre que recordaba mi pueblo lo hacía en una sucesión de diapositivas en blanco y negro, y ahora, de repente, con ese mínimo gesto de Alex, cada fotografía ha cobrado color. Toda mi vida ha cobrado color. O podría decir que ha regresado el color a ella. El color de aquellos veranos que viví junto a él, el color que siempre me ha rodeado y que había desaparecido. Lo hizo aquella tarde de finales de septiembre.

Es como si se hubiera congelado el universo, como si este volviera a ser mi Alex. Cierro los ojos y recuerdo su sabor, su tacto y su olor. No es un recuerdo concreto, sino una sensación que permanece ahí en mi memoria, imborrable, como un reflejo de lo que era, igual que si viera una película en cuatro dimensiones y la sala se llenara de luces, niebla y olores, activando mis cinco sentidos.

Nos quedamos frente a frente, sin hablar, sin desviar la mirada. Creo que él también ha sentido algo, y creo que se le ha escapado la sonrisa sin poder evitarlo. Me río por ello y dejo asomar la mía.

—Adiós, St. Claire —me despido, y no le doy opción a réplica.

Enfilo el camino a casa con Jaime detrás y con un único pensamiento:

he aquí el primer problema de verdad con el que me encuentro desde que he llegado, el que amenaza con tirar por tierra mi máxima de "voy a estar aquí trece semanas y luego vuelvo a mi incompleta pero perfecta vida": la primera sonrisa que Alex me dedica.

"Me gusta la sonrisa de Alex. Es bonita. ¿Cuántos secretos más esconde detrás de esa fachada de tipo duro?".

Pristy, la ardilla. Un domingo diferente.

Verano de 2006

Un año más, como la canción de Mecano.

Priscila llevaba un tiempo preguntándose cómo era posible pasar el verano entero enrollándose con su vecino y, después, durante el resto del año, no saber nada de él. Vale que Alex no vivía en el pueblo y que pasaba las semanas entre viajes, competiciones de natación y entrenamientos; más de una vez había escuchado a sus padres y hermanos mayores hablar sobre el joven prodigio español, pero aun así...

Se habían besado (sin contar el beso sin lengua a los siete años) seis veces. Seis veces en diez años. Priscila no podía dejar de pensar en ello, y aunque durante los meses escolares se acordaba menos porque la rutina la devoraba, cuando llegaba el verano..., ay, cuando llegaba el verano, algo se revolvía en su estómago.

La expectación la estaba matando porque, si mantenían su hábito estival, tocaba besarse de nuevo.

Sus amigas le explicaban que su extraña relación con el vecino de la casa de enfrente era lo normal; no estaba de moda hacerse novios sin más.

Adrián declaraba muy seguro que era porque su vecino había ganado el premio al más estúpido del mundo; un as de la natación, sí, pero idiota por donde lo mires.

De esto discutían mientras veían por televisión el Mundial de Fútbol de Alemania o escuchaban los éxitos del momento: *Besos*, de El Canto del Loco; *Satellites*, de September; *Let Me Out*, de Dover, o *Sorry*, de Madonna, su favorita.

Y el verano llegó. Llegó como cada año: caluroso, entretenido y amarillo. Llegó lleno de bikinis nuevos, helados, playa, piscina, trenzas en el pelo y... Alex. Sí, Alex también llegó.

El primer encuentro entre Alex y Priscila en realidad fue un choque: Pris entraba en la piscina y Alex salía. Eran las diez de la mañana y el nadador ya había entrenado durante más de hora y media. Pudiera parecer que el encuentro fue tirante, después de meses y meses sin hablar, pero no.

Alex levantó la cabeza y regaló a Priscila una de sus sonrisas más especiales, la de los hoyuelos.

—Hola, Reina del Desierto —la saludó, plenamente consciente de que a su vecina no le agradaba ese apelativo, a juzgar por cómo torcía el gesto siempre que la llamaba así. Se había fijado.

—Hola, Alejandro —contestó, entre divertida y fastidiada.

—Ya nos veremos por ahí —dijo él, despreocupado, al pasar junto a ella.

—Tal vez sí, tal vez no.

Alex se giró ante la respuesta y sonrió de nuevo. Y aquella sonrisa... era una promesa. Promesa que se cumplió el día de San Juan, otra vez: besarse junto a la hoguera era otra de las costumbres más arraigadas en la pareja. El chico ni siquiera se molestó en disimular cuando vio a Priscila llegar a la playa, rodeada de gente. La asió del brazo con suavidad y le pidió con los ojos que lo acompañara. Se sentaron cerca del fuego, uno frente a otro, y se miraron con intensidad.

—¿Vamos a besarnos? —preguntó ella. La expectación le podía.

Alex respondió después de reír a carcajadas.

—¿Quieres?

Priscila se encogió de hombros.

—Quizá...

—¿Solo quizá?

—No te conozco.

—¿Qué quieres saber?

—Todo.

—¿Todo? Pues sí que van a costarme tus besos..., pero, como me gustan bastante, te diré que estoy dispuesto a, de vez en cuando, contarte algo que nadie sepa de mí.

—¿Como un secreto?

—Sí.

—Acepto.

Aquella noche se besaron solo al final; estaban más ocupados en conocerse. Tampoco hubo intercambio de secretos, aunque Alex lo deseaba con impaciencia. Lo había sentido en aquel beso debajo del agua: que podía contárselos, que estaba bien. El agua le había susurrado "cuéntaselos", pero decidió ir poco a poco. Quería hablarle de que sus padres se pasaban el día trabajando y que, desde que tenía uso de razón, siempre lo había cuidado su hermano. John era el que lo había llevado a la parada del autobús del colegio, el que lo había recogido, el que había pasado las tardes con él en casa, el que lo había ayudado con los deberes...

No consideraba que sus padres fueran malos padres, ellos realmente pensaban que lo dejaban a salvo con su hermano. Quizá no se dieron cuenta de que sus dos hijos eran diferentes y de que John había sido un niño fácil, de los que se quedan sentados en el parque divirtiéndose con los juguetes, de los tranquilos, de los conformistas, de los que se entretienen solos y son más independientes, pero que Alex no era así. Era de los que necesitan estar con sus padres, pasarse las tardes jugando con ellos o abrazados en el sofá mientras ven una película una tarde de invierno. Y ¿qué podría saber su hermano John, con veinte años, de lo mal que lo pasaba él por las noches? ¿De que necesitaba un abrazo, o un beso?

Alex había comenzado a fingir que no necesitaba nada, a hacerse el valiente, el chico genial, aunque en el fondo lo único que quería era amor, que la gente quisiera estar con él, pasar las horas con él. Así que había empezado a comportarse con sus padres de esa manera: un poco alejada y puede que incluso algo fría. Apenas hablaba con ellos; no de cosas importantes, desde luego, solo de banalidades del día a día.

Con ocho años, había pensado que mudarse al pueblo cambiaría esa situación, que sus padres pasarían más tiempo con él, pero no había sido así porque, si en Londres se celebraban fiestas y eventos, en España, de igual modo: los había a patadas, día sí y día también. Y si no los había, sus padres pasaban las horas en la oficina. Hay padres que deciden (porque pueden, o a pesar de que no puedan) dedicarse a sus hijos, y hay padres que deciden dedicarse a su trabajo. Los padres de Alex formaban parte del segundo grupo, de los que podían, pero habían decidido que no. No los culpaba por ello (¡a saber lo que haría él en su situación!), solo pensaba en cómo le había afectado.

A la mañana siguiente, cuando Priscila salió de casa con la bici –había quedado con las chicas en la playa–, el vecino la esperaba apoyado en la cerca de su jardín, de espaldas a ella.

–¿Qué haces ahí? –le preguntó en cuanto lo vio.

Alex se giró de inmediato.

–Esperarte.

—¿Por qué?

—Quiero enseñarte algo. ¿Vienes?

Priscila apenas dudó.

—Claro.

Pedalearon juntos toda la bajada de baldosas verdes hacia el pueblo; esa era la parte sencilla de ir en bicicleta: descender. El viento azotaba sus rostros y los pulmones se les llenaban de brisa estival, del olor a verano.

—¡Yujuuu! ¡Soy el rey del mundo! —gritó Alex, con los brazos extendidos, imitando a Leonardo DiCaprio en *Titanic*.

—¡Eres un idiota! ¡Y sujétate al manillar, no vayas a caerte! —le dijo Priscila, riendo.

Avanzó para adelantarlo y desplegó los brazos justo en el momento en que pasaban junto a un grupo de gente.

—¡Soy la diosa Gaia! ¡La Tierra me pertenece! —gritó.

Alex rio y negó con la cabeza. La facilidad y el desembarazo con que actuaba Priscila le calaban muy hondo en el pecho, directos al corazón.

Una vez que llegaron al centro y se desviaron por una de las carreteras que salían del pueblo, Alex se detuvo para asegurarse de que Pris estaba bien.

—¿Estás cansada?

—No —respondió ella, con la respiración entrecortada. Y en verdad no lo estaba. Sentía tantas ganas de llegar al lugar a donde Alex quería llevarla que pedaleaba entusiasmada—. ¿Y tú? ¿Necesitas descansar o aguantas?

—Estoy bien. Creo que aguanto —repuso, entre carcajadas.

—No te avergüences, ¿eh?

—Créeme, aguanto. No me gusta alardear, pero soy deportista olímpico.

—No te gusta alardear, ¿eh? A mí me parece que sí. Y que has parado para poder respirar. Reconócelo, niño bonito.

—Oh, vamos, Reina del Desierto. —Obvió el placer que le había producido que ella lo llamara "bonito".

—No me llames así, Alejandro St. Claire.

—¿Y cómo quieres que te llame?

—Priscila, supongo.

—No me gusta.

—Gracias.

—Me refiero a que ese es tu nombre.

—Vaya. Ahora entiendo eso que se dice por ahí de que los deportistas son mucho músculo pero poco cerebro.

—Muy graciosa. Lo que quiero decir es que es un nombre demasiado oficial. Me gusta "Reina del Desierto".

—A mí no.

—Pues qué pena. —"Porque lo seguiré haciendo", se frenó de añadir Alex.

Arrancaron de nuevo. Alex tomó la delantera y, al pasar por su lado, dijo la última palabra:

—Entonces te has fijado en mis músculos.

—¡Es una forma de decir! —replicó ella.

—Claro, claro.

—¡Eres un tonto!

—¡A ver si me alcanzas, Reina del Desierto!

Y ella lo siguió, lo siguió sin dejar de parlotear ni de meterse con él por llamarla de aquella manera que tan poco le agradaba. Ya hacía tiempo que pensaba que su madre se había lucido con la elección de su nombre y el de su hermano River. Ella no había sufrido demasiado las consecuencias en sus primeros años de vida, hasta que en 1994, cuando cumplía cinco, se estrenó la película *Las aventuras de Priscilla, reina del desierto*. A partir de ahí... fue un no parar.

A Alex le encantaba verla hablar sin descanso, incluso cuando le faltaba el aire. Esa chica no callaba ni debajo del agua y enlazaba, sin el más mínimo esfuerzo, unos temas con otros que no tenían nada que ver; tan pronto lo insultaba por recordarle su apodo como le señalaba la forma de las escasas nubes que los sobrevolaban o de las bandadas de pájaros. Espectáculos fascinantes, los llamaba, pero, para Alex, el espectáculo fascinante era ella.

La observó, atraído por su personalidad, hasta que llegaron al linde del bosque y se detuvieron. Hicieron el resto del camino a pie; era complicado ir en bici por ese suelo tan irregular. Charlaron de todo mientras empujaban las bicicletas y los rayos de sol se filtraban por entre las ramas de los árboles.

Cuando Alex dejó la suya apoyada en uno de los troncos, Priscila lo imitó. Aún se encontraban dentro del bosque, por lo que no distinguía nada. El vecino le tapó los ojos con las manos y la ayudó a caminar.

Pris sintió la claridad del cielo despejado antes de que el calor del sol le acariciara el cuerpo.

—¿Preparada? —le preguntó Alex.

—Sí.

—Bien.

Alex retiró las manos en el preciso instante en que Priscila abría los ojos y descubría dónde estaban: ella conocía ese lugar.

—Estamos en Cala Medusa.

—¿Cómo la has llamado? —preguntó Alex, divertido.

—Mis padres no nos dejan venir aquí, al menos no a bañarnos. Está infestada de medusas. De ahí el nombre; se lo puso Marcos. —Se estremeció ante el recuerdo del verano anterior. No sabía bien si a causa de la picadura de la medusa o de los cuidados de Alex.

—Cierto. Por eso aquí casi nunca hay nadie. ¿Marcos es el de los musculitos? —le preguntó Alex mientras caminaban por la arena y se acercaban a la orilla.

—¡Qué valor tienes al hablar tú de musculitos! —respondió ella, divertida—. Pero te diré que sí. Lleva años preparándose para las pruebas del Cuerpo Nacional de Policía, como River.

—Pero ¿ese no era el friki de los ordenadores? Me pierdo con tanto hermano.

—Sí, River ha terminado la carrera de Informática, pero en la Policía también hay informáticos.

—Sí, supongo, pero dejemos a los hermanos Cabana de lado. ¿Quieres que te cuente mi primer secreto?

—Quiero —confirmó ella, coqueta, deteniéndose a escasos centímetros del agua.

—Pues ahí va: aquí puedo nadar a mis anchas, y eso es lo que hago. Es donde más me gusta entrenar.

—¿Nadas aquí?

—Ajá.

—Pero… ¿y las medusas?

—Las tengo controladas. ¿Quieres que te enseñe a hacerlo?

Priscila extendió la vista hasta el horizonte, recorrió cada palmo de agua.

—Sí —respondió, segura.

Alex enseñó a Priscila las zonas de la cala donde no llegaban las medusas, y también a localizarlas y esquivarlas. Se metieron en el agua y disfrutaron de la compañía del otro. Esa vez, sin besarse.

Una semana después, fue Priscila quien lo esperó a él a la salida de su casa.

—Buenos días, Alejandro.

—Buenos días, Rei... —se interrumpió ante la mirada amenazadora de la chica— Priscila. ¿Me esperabas?

—La verdad es que sí.

—¿Qué llevas ahí?

—Dos monopatines.

—¿Dos monopatines?

—Sí, uno para mí y otro para ti. ¿Sabes ir en monopatín?

—No creo que sea muy complicado.

—Hummm..., eso es un no. No te preocupes, que yo te enseño, vecino. Vamos.

—¿Ahora?

—Sí. ¿Tienes algo mejor que hacer?

—Pues no. Iba a dar una vuelta.

—Bien.

Priscila puso rumbo al pueblo con su monopatín en la mano.

—¿Vamos a bajar por ahí? —Alex señaló la cuesta con la frente arrugada.

—No tengas miedo, niño bonito.

—No tengo miedo, Reina del Desierto.

Patinaron durante horas; tantas que incluso se olvidaron de comer. Priscila llamó a sus padres para avisarlos de que no volvería a casa hasta la noche. Alex mandó un mensaje por el móvil.

Para el final del día, Alex dominaba la técnica a la perfección. Incluso reunió valor para agarrar la mano de Priscila mientras paseaban por el muelle. Ese día sí se besaron: lo hicieron cuando se despidieron en la puerta del hogar de ella. Con besos que sabían a sudor, calle, brisa y a ellos. Sobre todo, a ellos. Secretos, no hubo; ya vendrían.

Pasaron el resto del verano juntos, entre carreras en monopatín y en bici, besos, caricias, baños y puestas de sol en Cala Medusa, nombre ya oficial para los dos. Puestas de sol sentados el uno al lado del otro, con el brazo de Alex rodeando a su vecina, y que pintaron aquel verano de color amarillo.

Un verano amarillo en que Priscila llegó a casa, día sí y día también, con alguna que otra picadura de medusa, pero con la felicidad inyectada en cada célula de su cuerpo.

Un verano en que Alex fue feliz. Por primera vez en la vida, fue totalmente feliz. Aprendió a ser libre, a hacer lo que le apetecía en cada momento y a no esconderse tanto.

Priscila lo hacía reír, era espontánea y estaba un poco loca. Ahora comprendía la fascinación que todos sentían por ella, las carcajadas que siempre emitían quienes la rodeaban. Hacía locuras sin pensar en las consecuencias en las que a él sí le habían enseñado a pensar.

Priscila le enseñó a jugar al baloncesto, a ir en monopatín y a disfrutar de la vida. Porque Alex, hasta aquel momento, lo único que había hecho era nadar.

Tuvo que empezar a dividir su tiempo entre la natación y el resto de actividades, aunque la primera siempre ganaba. Por mucho que le gustara todo lo demás, la natación siempre ganaba. Y ganar medallas suponía un subidón, pero no era ese el motivo por el que nadaba, sino porque el agua era su otro yo.

Aunque estar con Priscila se acercaba peligrosamente.

En solo una noche

Ya tengo decidido mi plan de actuación para el resto de mi estancia en el pueblo: huir de Alex como de la peste. Mi mantra tiene que seguir siendo el mismo: regresar a Boston y continuar con mi vida (casi casi) plena y feliz. Si tengo que esquivar a mi marido durante las once semanas y media que me quedan por delante, que así sea.

Llevo una semana sin coincidir con Alex, lo cual significa que llevo una semana sin salir de la urbanización. Bueno, ni eso. Sin salir de casa. Solo me escapé un rato a la piscina el miércoles, a darme un chapuzón rápido; el resto de los días, he estado haciendo vida familiar y adelantando trabajo; mi jefe está encantado con el material que le hemos enviado. Necesitaba desintoxicarme. Eso sí, tengo el aroma del café de mi madre tan metido en el cuerpo que es como si me lo hubiera inyectado por vena.

Y hoy, después de siete días encerrada, me he dejado convencer por mis hermanos y por Jaime para acudir a la inauguración del quiosco de la playa. No es más que un puesto de madera anclado en la arena, donde venden bolsas de patatas, aceitunas y bebidas al aire libre, pero nos encanta. El Ayuntamiento lo cierra una vez al año y lo reabre meses después, así que creo que, con la de hoy, es mi duodécima inauguración.

—¿Va a ir Alex? —le pregunté a Hugo en cuanto me lo propusieron. Los organizadores, unos colegas de mi hermano que no sé cómo se las arreglan para conseguir la licencia una y otra vez, necesitaban una especie de lista de invitados, por eso de calcular las cantidades de alcohol y hielo (también de aceitunas, supongo), y tenía que decidirme de inmediato.

—Pris, no seas niña.

—Bueeeno…, pero ¿va a ir?

—Noventa y nueve coma nueve por ciento que no. Alex no es muy de fiestas. Ya lo conoces.

Hummm…, pensé, nunca se sabe, pero me la jugué con ese cero coma uno por ciento.

—Está bien. Cuenten conmigo.

Tomo mi bolso de plumas rosas, a juego con el vestido, y salgo de la habitación a toda prisa; es tarde y Marcos me ha gritado cuatro veces. O puede que hayan sido cinco.

—¡Ya estoy, familia! —anuncio en cuanto entro en el salón.

—Estás guapísima. —Jaime se acerca a mí y me coloca bien el adorno que me he puesto en la cabeza.

Es una cinta, también rosa, tipo charlestón, con un lazo inmenso en el lado derecho; es mi manera de reaccionar a lo que me dijo Alex de que estaba ridícula con mis zapatos de lazos. Yo no soy ridícula, es mi manera de vestir y me gusta, así que si en una fiesta me dice que estoy ridícula, en la siguiente me pongo otro lazo, el más grande que tengo, a pesar de que él no vaya a verlo. Lo hago por mí y solo por mí. En los pies me he calzado unos zapatos planos: vamos a bajar andando hasta la playa para subir de nuevo andando a la vuelta con el par de copas que llevemos de más.

Llegamos en veinticinco minutos. Bajamos con tranquilidad la cuesta que nos lleva al pueblo, Hugo, Marcos, Adrián, Jaime y yo entre risas y recuerdos de batallitas Cabana que a mi amigo le encantan. Hugo podría haber ido directamente, pero ha decidido acompañarnos; últimamente pasa mucho tiempo en casa, y teniendo en cuenta que tiene la suya propia y que siempre ha sido el más independiente... Creo que me ha echado de menos más de lo que yo pensaba. Es un amor.

Estoy feliz hasta que llego al quiosco. Porque en cuanto pongo el primer pie en la arena, lo veo. Es que no tardo ni un segundo. Ni un segundo tengo de tranquilidad.

—Era un noventa y nueve coma nueve por ciento, ¿eh? —le reprocho a Hugo, con mala cara.

—Échale la culpa a la estadística —se justifica mi hermano (de una manera muy pobre, por cierto)—, no a mí.

A continuación, Hugo se encamina hacia el centro de la fiesta, donde acaba de divisar a sus amigos. Marcos también se aleja de nosotros y va directo a Alex después de darle un beso a su novia. Mi mirada se encuentra con la del vecino en cuanto mi hermano se acerca a él y dirige los ojos hacia su punto de partida. Veo que se le ensanchan por la sorpresa al dar conmigo. ¿Tampoco me esperaba? ¿O es por el vestido? Es bastante escotado por delante, pero no se me ve el pecho; por detrás no tiene ni un centímetro de tela hasta la parte baja de la espalda, pero me llega justo por encima del trasero y tampoco se ve nada. Este es uno de mis atuendos usuales cuando salimos de fiesta en Boston; quizá me haya excedido para el pueblito... Bah, prefiero no saber por qué Alex me mira de esa manera.

Me dejo envolver unos instantes por la música que suena a través de los altavoces del quiosco: *Te dejé marchar*, de Luz Casal. Muy oportuna, sí. Me pregunto si las canciones con las que nos identificamos suenan en el momento adecuado o si, por el contrario, buscamos identificarnos de alguna manera con las canciones que escuchamos.

Jaime chasquea los dedos en mi cara para que salga de mi ensoñación y le preste atención.

—Voy a la barra a pedir algo. ¿Qué les traigo, rubios?

—Un ron con Coca Cola —le pide Adrián, sin titubear y sin apenas mirarlo. Está buscando a alguien con la mirada. Entiendo que a alguno de sus amigos.

—Yo... hummm... —Me tomo unos instantes para decidir porque no lo tengo claro (y quizá también porque Luz Casal sigue hablando de dejar marchar a alguien).

—Desde ya te digo que no tienen pinta de saber preparar un manhattan beach —me avisa Jaime. Es el cóctel que siempre pedimos en Boston, pero obviamente aquí no lo sirven.

—Pídeme una caña.

—¿Una caña?

—Sí.

—Es que me causa gracia. Lo que menos te pega con ese vestido de actriz de los años veinte es tomarte una caña. Ahora vuelvo.

Sonrío y comienzo a recordar las veces que Jaime me ha repetido esto mismo. Dice que soy una contradicción con patas porque físicamente tengo pinta de princesita estereotipada, pero luego soy una guerrera con armadura de pies a cabeza, influencia, según él, de haberme criado con mis hermanos. Es verdad que siempre me han tratado como a la princesa de la casa, pero a la vez me han presionado bastante cuando tenían que hacerlo.

Soy una princesa que ha jugado con espadas, pistolas, monopatines y videojuegos; que ha jugado a las ahogadas en la piscina, carreras de coches y de bicicletas, y que jamás ha buscado a su príncipe azul ni vivir en un castillo. Todo eso llegó solo.

Me gusta la velocidad, soy muy directa al hablar, me encanta jugar a videojuegos, soy más de mandar mensajes que de llamadas, me cuesta decir "te quiero", aunque lo sienta con toda el alma, y soy un poco bruta, a pesar de que por fuera parezca delicada. Me hice tan fuerte al pelearme con mis hermanos que, en una lucha cuerpo a cuerpo, no partiría en desventaja.

Por lo tanto, ¿qué es lo que tengo de princesa? La manera de vestir: me gustan los vestidos con faldas abultadas; los zapatos llamativos con pompones o con purpurina; me gusta hacerme trenzas en el pelo y ponerme lazos de colores y diademas; me gusta maquillarme desde que tengo uso de razón. A menudo pedía por navidades estuches con pinturas, y solía entrar a hurtadillas en el baño de mi madre para usar sus pintalabios y sombras de ojos, los cuales siempre rompía porque pensaba que había que apretar para que pintaran bien. Los estropicios me hacía... He ido mejorando con el tiempo y ahora me gusta salir a la calle con un poquito de maquillaje: brillo en los labios, algo de sombra en los párpados y el delineado de ojos.

—Jaime cree que soy una contradicción. —Me giro para mirar a mi hermano a la cara y me doy cuenta de que no es él quien está mi lado, sino... Alex.

¿En qué momento ha sucedido esto? ¿Y a dónde ha ido Adrián? Estaba justo aquí hace apenas unos segundos.

Mis dudas se ven interrumpidas por su voz ronca.

—¿Jaime cree que eres una contradicción? Vaya sorpresa. "Jaime cree", dice.

Alex se marcha sin decir más y me deja totalmente confundida. ¿Qué he dicho ahora?

—Acuéstate con él.

Me sobresalta la irrupción de Jaime desde mi flanco derecho.

—¿Qué?

—Pues eso. Que te acuestes con él. Así dejarás de mirarlo tanto y de pensar en él.

Frunzo el ceño. No entiendo su razonamiento.

—Lo de ustedes quedó inacabado —me explica, pasándome la bebida. Le doy un trago largo en cuanto la tengo en las manos—. Está clarísimo. ¿Qué hicieron la última vez que se vieron?

No necesito pensarlo. Sé con exactitud lo que hicimos la última vez que estuvimos frente a frente, antes de mi regreso. La palabra se me atasca en la garganta, pero acabo por soltarla.

—Discutimos.

—Bueno. Discutieron. Discutieron hace cuatro años y no se han vuelto a ver ni han hablado. Ey, ¿dónde mierda está tu hermano? —Jaime busca a Adrián con la mirada, pero, igual que yo, no lo encuentra. Se encoge de hombros y deja su bebida sobre la barra. A continuación, me mira a mí, buscando la confirmación sobre mi último encuentro con Alex.

—Sí, discutimos.

—Estaban enamorados y un día discutieron; entiendo que sería una discusión de las grandes. —Jaime me mira buscando confirmación una vez más y yo ni confirmo ni desmiento. Atendiendo a la verdad, no fue una discusión fuerte. Solo fue una tontería. Lo fuerte vino después, pero ahí no discutimos. Asiento con la cabeza para que prosiga—. El asunto es que tienen que despedirse para darse cuenta de que, sí, hace cuatro años se querían, pero ahora ya no. Solo son dudas, lo que tienes son dudas acerca de lo que sientes. Y eso, con un polvo te lo quitas. Adiós a la espinita clavada y hola a seguir con tu vida.

—No puedo acostarme con él.

Giro la cabeza y lanzo una mirada a Alex mientras doy un par de tragos a la bebida. No, claro que no puedo. No me atrevo a mirarlo mucho porque sigue igual de guapo que siempre y la atracción que sentí por él no ha muerto; por eso y porque su mirada de odio me duele. Y no quiero que me odie. No me gusta. A pesar de todo, no me gusta.

He pasado por muchas emociones con Alex; hemos tenido nuestras fases: primero, me cautivó con su mirada distante y su apariencia reservada; luego, me caía mal porque era un prepotente que no hacía otra cosa más que pavonearse; después, me enamoré de él como una loca y descubrí lo que ocultaba detrás de aquella fachada; más adelante, lo odié, y ahora no tengo ni idea de lo que siento. No me atrevo a pensar demasiado en él, a analizar mis emociones ni mis sentimientos, y en consecuencia, ni siquiera me atrevo a mirarlo y pensar en lo guapo que es.

—Sí puedes acostarte con él. Lo suyo quedó inacabado: pasaron de hacerlo como conejos a odiarse, y ahora están confundidos, no saben si quieren acostarse o si quieren odiarse. Yo creo que deberían hacerlo y luego ya verán lo que pasa.

La música del quiosco ha cambiado a una mucho más animada, *Aquellos años locos*, de El Canto del Loco, y yo ni siquiera me había dado cuenta.

—No.

—¿Por qué no?

—Porque no estoy enamorada de él.

—Cabana, ya hemos pasado por esto: el sexo es solo sexo.

—Estás hablando de hacerlo con mi marido.

—Creo que esa frase no ha sonado igual en mi cabeza que en la tuya. ¿No es eso lo que hacen los matrimonios?

—Ya me entiendes.

—La verdad verdadera es que no, y mira que lo intento. Pero a lo que voy: terminan con tanta tensión sexual, cada uno a su casa y todos contentos.

—No hay tensión sexual.

—Diablos, Pris, hay tensión sexual por todas partes en este condenado pueblo. —Mira con intensidad hacia donde se encuentran mis hermanos. Adrián sigue sin dar señales de vida.

—Y tú deja a Adrián en paz.

—¿Por qué?

—Porque es hetero. Y aunque no lo fuera, sería muy raro que te acostaras con los dos.

—¿¿Con qué dos?? —me pregunta, sobresaltado.

—Con él y conmigo —digo en voz bajita.

—Ah. Bueno, a mí no me lo parece, yo creo en el amor de...

—Sí, sí —lo interrumpo. Me conozco el discurso. Jaime es bisexual. Se enamora de la persona, no importa de qué sexo sea; sin embargo, mi hermano es un límite infranqueable—. Pero con Adrián sería raro.

Voy a dar otro trago a la cerveza, pero ya me la he terminado. Pedimos otra ronda y nos la bebemos igual de rápido. Paseamos entre los corrillos que rodean el quiosco, y confieso que la mirada se me va. Sí, se me va. Se me va a Alex, que se pasa toda la velada hablando y riendo con Brave Uno —a la otra no la he visto— y con los demás, fingiendo que no me conoce cada vez que pasa por mi lado y sin dignarse ni a mirarme, como si yo no existiera.

Siempre que los veo juntos, a la pelirroja y a él, no puedo evitar imaginármelos desnudos, restregándose el uno contra el otro, gimiendo y disfrutando. Dios, tengo que dejar de recrearme en esas imágenes; hacía tiempo que no me pasaba y no quiero volver a ello. No tengo ni la más remota idea del tipo de relación que tienen esos dos, solo sé que no son novios oficiales. Marcos me lo ha confirmado y, además, de serlo, ya lo habría escuchado por ahí. Tampoco los he visto darse ni un solo beso. Es posible que lo mantengan en secreto porque Alex y yo aún estamos casados. Y es posible que, aunque en público solo sean buenos amigos, en privado se acuesten. Aunque también cabe la posibilidad de que ninguna de las anteriores sea la elección correcta. Quizá ya no están juntos.

Me tomo otra cerveza y enseguida siento la necesidad de ir a hacer pis. Aviso a Jaime y voy a los baños instalados en la parte trasera del local. Al salir, veo que mi mejor amigo está de nuevo en la barra. De camino, miro de reojo, otra vez, hacia el grupo de Alex, pero él ya no está ahí. Impacto contra la espalda de alguien. Mierda, no he calculado bien. La barra estaba más cerca de lo que parecía en un primer momento.

—¿Estás borracha, Reina del Desierto?

Mierda otra vez. Esto es mala suerte y lo demás son tonterías. Es Alex. Como resulta muy vergonzoso decirle que he tropezado con él precisamente por buscarlo con la mirada, le miento. De paso, aprovecho y le suelto lo otro. Lo que me carcomía por dentro.

—Sí. Y también estoy ridícula.

Jaime, que está junto a nosotros, se gira y me mira alucinado.

—¿Qué? ¿Perdona? —El vaso de cerveza de Alex queda a medio camino de su boca.

—El lazo que me he puesto en el pelo. Es enorme —le explico, señalando mi cabeza—. Es el más grande que tenía.

—Diablos, no lo había visto.

¿Que no lo había visto? ¿Es una broma? ¿Cómo es posible? ¿Tan poco se fija en mí? ¿Tan poco como para ni siquiera ver un lazo que ocupa prácticamente la mitad de mi cabeza? Rompo a reír como una loca.

—Discúlpala —interviene Jaime—. No tiene filtro cuando bebe.

—No tiene ningún tipo de filtro ni cuando bebe ni cuando no bebe.

—Sí, la verdad es que sí. Te conoce bien, Pris.

—Me conocía.

—Mira, yo mejor los dejo solos para que arreglen su… asuntos inacabados. —Jaime me guiña un ojo y después hace un gesto muy obsceno con los dedos, que significa sexo. Le lanzo una mirada matadora.

—¿Qué ha sido eso? —Alex señala a mi amigo con la barbilla.

—Nada —respondo, indiferente.

—Yo creo que sí.

Pues mira, sí. Esto, por hablar de filtros. Y por preguntar. Allá voy. Nunca he sido de las que se callan.

—Jaime piensa que deberíamos acostarnos, por eso de ponerle un broche final a nuestra relación.

A Alex se le escapa la cerveza de la boca.

—¿Que qué?

—Ya lo has oído, no voy a repetirlo.

—¿Y qué te hace pensar que yo voy a aceptar?

—¿Qué te hace pensar a ti que yo estoy de acuerdo?

—La cama no se nos daba mal.

Recibo el comentario como una bola de demolición. Porque me duele, esa es la verdad, me duele muchísimo. Supongo que nuestra relación para él se redujo a eso, a que "la cama no se nos daba mal".

Todos mis recuerdos, todas nuestras historias, nuestras aventuras, nuestras quedadas, nuestras conversaciones, todo nosotros se reduce a eso para él, a "la cama no se nos daba mal". Yo jamás lo definiría así, para mí era mucho más, pero para él supongo que no; yo era solo otra chica con la que se acostaba. No entiendo cómo pueden dolerme estas cosas después de tantos años acostumbrándome a la idea de que no era la única para Alex. De que no me quería hasta el infinito, como yo pensaba que hacía.

Tampoco comprendo por qué se casó conmigo. ¿Porque "la cama no se nos daba mal"? ¿Por eso lo hizo?

No quiero seguir con esto. No puedo seguir con esto. Me marcho a Boston en poco tiempo y no quiero continuar así, discutiendo constantemente con Alex. Nos hemos peleado más en estos días que en toda nuestra vida juntos, y me está haciendo más daño del que yo creía.

Ni siquiera me molesto en responderle. Doy media vuelta y me voy. La noche se ha acabado para mí. No estoy tan lejos de la urbanización: el quiosco queda justo al inicio de la playa y hay exactamente cincuenta y seis farolas desde ese punto hasta mi casa; no son tantas, y, sí, las he contado, así que decido irme sola dando un paseo.

—Priscila —me llama Alex, con evidente cansancio en la voz. O quizá sea hastío. Qué más da. Que me deje en paz.

Ignorándolo, echo un vistazo rápido alrededor para buscar a Jaime y no lo encuentro; otro que ha desaparecido en combate. Busco con la mirada a mis hermanos, pero solo localizo a River y Cata cerca de la orilla, bailando muy pegados, a pesar de que la música no invita a ello, y a Marcos y Alicia conversando cada cual con su grupo de amigos.

—¡Eh! ¡Eh! —ignoro los gritos de Alex, que continúa llamándome. Y suplico al cielo y a las estrellas para que deje de insistir. No quiero discutir más con él. No quiero nada con él. Me marcho en once semanas y media, eso es lo único importante. Ahora sí que es como en la película de Kim Basinger, ¿o todavía no?

Sacudo la cabeza. Con la barbilla alta y la vista fija en la calle casi en penumbra, prosigo mi camino, pero Alex vuelve a llamarme de esa manera tan impersonal.

—¡Eh, tú! ¡Eh!

Percibo sus pisadas en el asfalto, muy cerca de mí. Sé que es él. Me agarra del brazo y me obliga a girarme.

—Te estoy llamando —me recrimina—. ¿No me escuchas?

Se lo ve algo borracho. Yo también lo estoy un poco, aunque creo que ambos aparentamos estar más borrachos de lo que en realidad estamos.

—Perdona —me disculpo, con una sonrisa de lo más falsa—, pensé que llamabas al perro.

—Al perro, ya —bufa—. Muy graciosa.

—Tengo nombre.

Podría seguir discutiendo, porque es capaz de sacar el señor Hyde que llevo dentro, pero, como me he convencido de que no quiero pelear más con él, me zafo de su agarre y empiezo a subir la cuesta que lleva a mi casa.

—¡Eh! ¡Reina del Desierto!

Alex sonríe. Lo noto en su forma de llamarme, aunque no le vea la cara. Cretino. Levanto la mano izquierda y, sin girarme, le enseño el dedo corazón.

—Buenas noches, Alex.

El muy cabrón se ríe todavía más. Yo continúo caminando, dando por terminada la conversación. Solo quiero llegar a mi casa, tumbarme en la cama y… cerrar los ojos. Pero entonces Alex se coloca a mi altura; yo me sorprendo, pensaba que se había rendido y que no iba a seguirme.

—¿Qué haces? —le pregunto.

—¿Te vas a casa?

—Sí.

—Te acompaño.

—No es necesario. Me sé el camino.

—Tus padres se enfadarán conmigo si te dejo subir sola.

—¿Ahora te preocupa lo que digan mis padres? —Lo miro a los ojos, arrepintiéndome en el acto. Mierda. Esos ojazos negros. Esos ojazos negros fueron mi perdición en el pasado.

—Claro. Siempre. Pero no es solo por eso. Es porque estás sola y es de noche.

—No me va a pasar nada, Alex. —Aparto la mirada y prosigo mi camino—. Y si me pasara, ¿a ti qué te importa? Vuelve con tu pelirroja.

—¿Qué pelirroja? —Lo miro de nuevo, pero ahora con las cejas arqueadas. ¿En serio?—. Ahí había unas cuantas. Y ¿qué sucede? ¿Acaso estás celosa?

—No, Alex, no estoy celosa. Hace mucho tiempo que dejé de sentir celos por ti. Y además, tengo un propósito.

Venga, diez minutos más y llego a casa. Treinta y dos farolas.

—¿Un propósito?

—Exacto. Me queda poco tiempo aquí, solo once semanas y media, casi como en la película. —Alex pone cara de no entender; yo continúo—: Después, volveré a Boston, a mi vida de allí, donde ni tú ni la pelirroja existen. Así que no estoy celosa, no tiene sentido, y no voy a perder el tiempo con ese tipo de asuntos.

—Noto cierto resentimiento en tus palabras.

Suspiro de forma exagerada, pero no dejo de caminar. De hecho, incremento la velocidad.

—Yo venía dispuesta a que nos lleváramos bien, pero tú no has querido, así que creo que la mejor solución es que no nos hablemos. Para nada.

Absolutamente para nada. Actuaremos como si no nos conociéramos. Como si no nos hubiéramos visto en la vida.

Vamos, que él no tiene que hacer nada nuevo.

Noto en sus ojos y en su actitud cuánto le molesta mi comentario, como si no le gustara que pase de él, que me aleje. Claro, otra vez ve su orgullo herido. Se ha propuesto menospreciarme y supongo que esto no entraba en sus planes. Una vocecita en mi interior se hace otra pregunta: "¿O tal vez le molesta que regreses a Boston? ¿Puede ser?". No, no, imposible. Dios, acabo de llegar y mi cabeza no sabe lo que dice, pero es que no sé qué hacer con él: si me acerco, porque me acerco, y si me alejo, porque me alejo. Todo le molesta.

Cinco minutos para llegar a casa. Quince farolas.

—Ah, claro, así que vuelves a Boston, a tu vida feliz, y asunto arreglado —me dice, visiblemente molesto.

—¿Qué asunto? —pregunto, confundida.

—¡Nuestro asunto!

—No tenemos ningún asunto.

—Oh, ya lo creo que lo tenemos.

—Sí, cierto. —Aún nos queda algo pendiente—. Y, hablando de eso, todavía no me han llegado los papeles. ¿Quieres que llame a mi abogado?

—¿Qué? ¿Qué papeles? —inquiere, desconcertado.

"¿Qué papeles?". En serio, empiezo a creer que dos personalidades conviven en el interior de Alex y que él ni siquiera lo sabe. ¿Qué digo dos? ¡Cuarenta! O puede que su único objetivo en la vida sea volverme loca.

—Los del divorcio —le aclaro.

—¿Los papeles del…? Demonios, esto es increíble, cómo me sacas de quicio.

¿Yo? Espérate.

—Eso es lo que tú quisieras porque como "la cama no se nos daba mal"...

—¿Acaso tú no te acuerdas?

—No, no me acuerdo.

—¿Quieres que te refresque la memoria?

—No, gracias, ni por todos los pompones del mundo. Lo siento, pero yo ya no juego más.

Y hemos llegado a la puerta de mi casa. Intento abrir el bolso para sacar las llaves, pero su mano me lo impide.

—¡Esta vez no vas a volver a largarte diciendo tú la última palabra! ¡Esta vez tengo yo algo que decir! —grita, de pronto.

—¡No me interesa lo que tengas que decir! —le grito, a mi vez. Hasta aquí mi paciencia.

—¡Mira como sí te interesa!

Alex me aferra por la nuca, acercando así mi rostro al suyo, y une nuestros labios, besándome con rabia. Ni siquiera lo veo venir; un segundo antes estábamos discutiendo y ahora sus labios abren mi boca y su lengua está dentro, reclamándolo todo. Y mi cuerpo, mi boca y todo mi ser saben que es Alex el que me está besando. Y el pasado regresa con más fuerza que nunca. El verano, el agua, el mar, San Juan, nosotros. Y el bum de mi corazón. Lo agarro con fuerza del pelo y me dejo llevar.

¿Por qué? Porque llevo demasiados años anhelándolo. Demasiado tiempo pensando en cómo sería volver a besar a Alex y, al mismo tiempo, dándome cabezazos contra la pared por ello. Pero ¿cómo se hace para dejar de desear algo? ¿Cómo se hace para borrarlo del todo de tu cabeza? ¿Para que no quede ningún resquicio?

Sé que es el peor error que podía cometer, volver a tocar sus labios, recordar su sabor, su olor…, pero ahora no puedo parar. Esa es la cruda realidad.

Madre mía, ¿qué estoy sintiendo? Llevaba tanto tiempo sin besar a Alex que se me había olvidado lo que era. Así que, ¿esto es besar? Y, entonces, ¿qué he estado haciendo yo los últimos cuatro años?

Cuatro años de preparación, a la mierda.

Alex me empotra contra la puerta y trastea en sus pantalones vaqueros. Yo continúo enredando mis manos en su pelo, estirándolo; me falta aire para respirar, pero no puedo dejar de comerle la boca. Lo prefiero a respirar. Escucho el tintineo de un manojo de llaves y, a continuación, lo veo intentar abrir la cerradura.

—¿Tienes llaves de mi casa? —le pregunto, sorprendida, sin despegarme de sus labios.

—Es para emergencias —explica sobre mi boca.

Entramos en la vivienda a trompicones, entre jadeos y gemidos, y cerramos de un portazo. Alex me guía directamente a las escaleras y comienza a tocarme por todas partes. No me puedo creer que estemos haciendo esto; mis padres y mis hermanos pueden llegar en cualquier momento. Pero me da igual: ahora solo quiero vivir este instante con Alex. El resto del mundo puede incluso dejar de girar alrededor del Sol.

Nos estrellamos contra la pared de las escaleras y uno de los cuadros se cae. No hacemos caso. Seguimos avanzando, desesperados, por el pasillo. Alex nos lleva directos a mi habitación; se sabe el camino de memoria.

Hemos dejado de besarnos en la boca para besarnos, o mordernos, en el cuello, en el mentón y en la mandíbula. Y nuestras manos por todas partes. Las suyas, por debajo de mi vestido, y las mías, en su espalda, por debajo de la camiseta. Creo que nos estamos reconociendo.

Entramos en la habitación y Alex cierra de un portazo con el pie. Nos tumbamos en la cama, en mi cama nido de noventa, como tantas veces hemos hecho, y donde no es sencillo hacer el amor porque es muy pequeña. Y sin embargo, aquí estamos, desnudándonos.

Alex se coloca encima de mí. Puedo ver en su rostro que, mientras me sube el vestido, está librando una lucha interna. Su cerebro trabaja a toda velocidad: su cuerpo lo empuja hacia delante y su cabeza, hacia atrás. No sé quién va a ganar la batalla, y comienzo a tener miedo, miedo a que se detenga de repente. "Ahora no, por favor". No puedo empezar a sentir otra vez algo por él, pero tampoco puedo dejar de besarlo: estoy enganchada y no me detendría por nada del mundo. Mañana lidiaré con las consecuencias.

Nos desnudamos sin prolongar el momento, lo hacemos rápido y desesperados. Gimo al bajarle los pantalones y el bóxer a la vez, y Alex clama en respuesta. Yo lo toco y él me quita la ropa interior. Frotamos nuestros sexos unos pocos segundos antes de que Alex introduzca la mano en uno de los bolsillos de su pantalón y saque un preservativo. Se lo pone a toda velocidad y me penetra de una estocada. Apenas nos hemos estimulado el uno al otro, pero estoy tan mojada que no ha sido necesario. Se ha deslizado solo. Ambos gemimos de puro placer.

Nos miramos a los ojos; es la primera vez que lo hacemos desde que hemos iniciado esta locura. Nuestras bocas, muy cerca; las respiraciones, aceleradas; los alientos, unidos después de tanto tiempo... Es tan familiar, pero sus ojos y su rostro enseguida se retiran, y Alex comienza a moverse a un ritmo frenético. Levanto las caderas y lo acojo con la misma ansia con la que él empuja sobre mis piernas. Poco después, los dos llegamos al orgasmo a la vez. No porque nos hayamos esperado; ha pasado solo. Conexión, supongo.

—Mierda —masculla, y se separa de mí.

Sí, eso digo yo, "mierda". Aunque creo que no en el mismo sentido.

"Okey, esto no lo veía venir. Pero no pasa nada, lo afrontamos y punto. No hay nada de lo que preocuparse. ¿Verdad? ¿Verdad, Pris?

Y no, no son once semanas y media. Son nueve y media, pero tú puedes decirlo como te quieras. Yo te quiero igual. O más".

Pristy, la ardilla. Aquella noche.

Verano de 2007

El verano de 2007 fue el primer verano de sus vidas que no los sorprendió. Que no los sorprendió separados. Porque ya no hubo pérdida de contacto. No era nada oficial: no eran novios, o al menos Priscila no creía que lo fuesen. Y Alex estaba seguro de que no lo eran. Le gustaba pasar tiempo con ella, le gustaba mucho, pero de ahí a ponerle nombre, a convertirlo en algo serio… no, no quería eso, o eso se decía, porque la realidad era otra bien evidente.

Además, se pasaba las semanas viajando de aquí para allá, en la Federación, en competiciones nacionales, entrenando. Su vida era la piscina; no había hueco para más, pero… le gustaba estar con Priscila. Le encantaba.

Alex había grabado el número de teléfono de su vecina como "Reina del Desierto"; no pudo evitarlo. Ella lo agendó como "El vecino niño bonito". Y entre mensajes de móvil y llamadas, pasaron el otoño, el invierno y la primavera.

Durante la estancia de Alex en Madrid, se había acostado con varias chicas, pero faltaba algo. No era que no disfrutara, sí lo hacía, pero…

faltaba algo. Y hubo un momento, un momento exacto, cuando ya se había besado con su vecina miles de veces, en que decidió que no quería besos de nadie más porque borraban los suyos y enturbiaban su recuerdo.

Alex y Priscila coincidían por el pueblo en alguna ocasión, pero nunca a solas; a Priscila siempre la acompañaba alguno de sus hermanos, o todos, o sus padres, así que no podían cruzar más de cuatro palabras. Después, a través del teléfono, recordaban el encuentro en la soledad de sus dormitorios, ambos tumbados en la cama mirando al techo, soñadores, y se partían de la risa.

Y el verano llegó una vez más. Alex había tenido un gran año, en el que había logrado un nuevo éxito en los Mundiales de Melbourne, varios meses atrás.

Como si de una norma se tratara, el primer día de vacaciones de Priscila, Alex la esperaba a la salida de su casa, pero, en esa ocasión, le había mandado antes un mensaje. Aquel día tocaba Cala Medusa. Tocaba nadar.

El día siguiente, paseo en bicicleta.

El siguiente, playa.

El siguiente, ir con los monopatines a las pistas de patinaje. Priscila se precipitaba por las cuestas y sorteaba los obstáculos mientras Alex la observaba divertido y sacaba fotos. Él no podía imitarla; no debía arriesgarse a una lesión. En un año llegarían los Juegos Olímpicos de Pekín, y estaba decidido a volver a casa con una medalla.

Mientras sucedía todo esto, Adrián pintaba las paredes de la habitación de Priscila al ritmo de los éxitos que acaparaban las radios y las discotecas aquel verano: *Grace Kelly*, de Mika; *Chasing cars*, de Snow Patrol; *Calle la Pantomima*, de Melendi, o *Monsoon*, de Tokio Hotel. Y en esos dibujos incluyó al vecino, porque tenía más que claro que a su hermana le gustaba como pocas cosas lo hacían.

Cada noche, antes de despedirse, Alex y Pris pasaban por la piscina de la urbanización y nadaban juntos. Ella, gracias a la práctica, cada día aguantaba más largos junto a él, que, incansable, le corregía los movimientos cada poco. Después, se despedían en la puerta y cada uno iba hacia su casa, con sendas sonrisas en la cara que ni ellos sabían bien lo que significaban.

A pesar de tener una rutina, aunque no establecida de manera formal, de vez en cuando surgían ideas espontáneas. Como aquella madrugada de julio en la que Alex propuso a Priscila subir juntos el Peñón.

Se despertaron a las seis —no querían que en la subida los atrapara el calor de media mañana— y prepararon unos bocadillos de jamón para comer arriba. Se pusieron calzado deportivos y ropa cómoda y allá se fueron.

El Peñón era una roca imponente junto al mar, de trescientos treinta y dos metros de altura, y tanto Alex como Priscila lo habían subido con sus respectivas familias en varias ocasiones.

La primera parte del ascenso, la sencilla, no les costó demasiado. Charlaban animadamente mientras caminaban por el sendero o subían escalones, y paraban de vez en cuando para admirar las vistas, que eran, por describirlas en una palabra que ni por asomo les hacía justicia, alucinantes. Contemplar el pueblo entero y el mar azul, verde y negro (por las rocas) desde tan arriba era una experiencia de la que nunca en la vida se cansarían.

A Priscila, en una de las paradas, se le ocurrió revisar el móvil. Se arrepintió al instante. Alguien la llamaba desde casa, intuyó que alguno de sus hermanos, y no fue capaz de ignorarlo.

La chica recibía a diario bromas y provocaciones por parte de sus hermanos a causa de su relación con Alex, y aquel día no fue la excepción:

la llamaron por teléfono no uno, sino todos ellos a la vez. Adrián se apropió del aparato que colgaba en la pared de la cocina; Marcos, del de la habitación de sus padres; Hugo, del del salón, y River, del de su propia habitación. Ventajas de ser el hijo mayor.

Una reproducción bastante exacta de aquella conversación sería esta:

—¿Sí?

—*¿Dónde estás?* —empezó Adrián.

—*¿Estás con St. Claire?* —preguntó River.

—*¿Con el vecinito? ¿Otra vez?* —inquirió de nuevo Adrián.

—*Creo que el vecinito tiene más años que tú* —se mofó el mayor.

—*No es rival, Adri* —le animó Hugo.

—*¿Y dónde se pasan el día entero?* —soltó Marcos.

No es que no dejaran hablar a Priscila, es que ella no terminaba de reaccionar.

—*Los lunes, en Cala Medusa* —dijo Hugo.

—*Cierto, los lunes siempre llega a casa con picaduras. Martes y miércoles suelen andar con las bicis o con los monopatines* —continuó Adri.

—*Los jueves son de playa* —agregó Marcos.

Hasta que Priscila reaccionó:

—¡Nos han seguido! ¡Serán…! —exclamó en alto, dirigiéndose a Alex.

La conversación seguía:

—*Hoy es miércoles* —comentó River.

—*Por eso le pregunto a Pris que dónde está. Tanto la bici como el monopatín están aquí* —respondió Adri, como si fuese evidente.

Priscila bufó y no quiso saber más; le hizo a Alex un gesto de "no es nada" y apagó el teléfono.

Continuaron ascendiendo, entre graznidos de gaviotas y respiraciones más trabajosas a cada paso, hasta que llegaron a la parte complicada: al túnel excavado en la montaña, indicio de que la segunda fase comenzaba. A partir de ahí, se acabaron las charlas, las risas y los besos robados; esa parte del sendero, repleta de rocas resbaladizas en un suelo irregular, requería de concentración total.

Se ayudaron de las cuerdas sujetas a las paredes de piedra; Alex iba primero y cada poco miraba atrás para comprobar que Priscila estaba bien. Cruzaron el túnel y continuaron escalando con mucho cuidado de no resbalar.

Apenas faltaban unos metros para coronar la cima cuando los corazones de ambos jóvenes comenzaron a latir desbocados. El viento les agitaba la ropa y la excitación por llegar se adueñó de sus cuerpos.

Lo primero que hicieron fue juntar las manos y levantar los brazos en señal de victoria.

Lo segundo, sentarse en las rocas y disfrutar del panorama y de las sensaciones.

Guardaron silencio durante unos minutos, hasta que Alex propuso sacar los bocadillos.

Comieron acompañados de los sonidos de las aves que los sobrevolaban, mientras el sol les calentaba la piel y las cigarras cantaban a su alrededor.

De vuelta a casa, Priscila aún no había encendido el teléfono; seguía molesta con sus hermanos por la nueva faceta de espías que habían desarrollado.

—¿Quieres perderlos de vista? —le preguntó Alex cuando estaban a punto de llegar a la urbanización.

—¿En qué estás pensando?

—Te espero mañana a la hora de siempre en mi garaje.

—Okey.

Se dieron un beso y se separaron.

A la mañana siguiente, cuando Priscila acudió al encuentro, Alex ya la esperaba montado en una moto y con dos cascos, uno en cada mano. Era una Vespino antigua, de color turquesa, que entusiasmó a la chica desde el primer segundo. Se subió detrás de su vecino, se abrochó el casco y arrancaron.

Alex condujo con cuidado mientras recorrían la urbanización, pero en cuanto salieron a carretera abierta... volaron.

Volaron durante todo el día.

Volaron kilómetros y kilómetros, Priscila aferrada a la cintura de Alex; a ratos, la mano de él sobre la rodilla de ella.

Volaron también cuando se detuvieron a comer una paella en un pueblo perdido, cuyo nombre ni conocían.

Volaron mientras dormitaban abrazados, cobijados en la sombra de un árbol en medio de la nada.

Volaron al bañarse en la primera playa que encontraron de regreso a casa.

Volaron mientras se llenaban de barro en aquella misma playa.

Y aún les aguardaba el vuelo más extraordinario de su existencia.

Llegaron a la urbanización sobre las siete de la tarde, y Alex le propuso a Priscila que pasara antes por su casa para darse una ducha. Estaba preocupada porque no quería entrar en la residencia Cabana con ese aspecto, más que nada, por no dar explicaciones. Ni los padres ni el hermano de Alex estaban en el pueblo, así que podía hacerlo sin problemas.

Priscila nunca había entrado en casa de su vecino. La sorprendió la cantidad de libros que había por todas partes: en las numerosas estanterías del salón, por los pasillos, sobre las escaleras... Por eso olía tanto a papel. Le encantó.

concluye con un grito por parte de los dos. Mi intención es quedarme en esta postura y montarlo, pero Alex no me lo permite: me empuja hacia su pecho y comienza a besarme en cuanto tiene mis labios a su alcance.

Nos movemos despacio, disfrutando de la fricción, incluso saliendo y volviendo a entrar, hasta que no aguanto más. Y no me refiero a físicamente, sino a emocionalmente. No puedo seguir con esto. Esto no es una última vez, mierda, es... es... Comienzo a moverme con rapidez para que los dos acabemos lo antes posible. Y lo hacemos, en otro orgasmo sincronizado que parece no tener fin.

Un segundo después, me incorporo y me tumbo en el colchón boca arriba. No necesito tener más intimidad con él. Enseguida noto la arena por las sábanas; mierda, lo habré dejado todo hecho un desastre. Alex se quita el preservativo y lo tira al suelo. Se acomoda de lado, dándome la espalda, y el silencio nos devora una vez más. Estoy a punto de levantarme cuando escucho su voz adormilada.

—¿Por qué me has llamado Alejandro cuando te has despedido?

La pregunta me sorprende. Y no tengo respuesta. Me ha salido así, sin más.

—No lo sé.

—Ha sido como una bofetada. Como volver al pasado. A cuando me llamabas así para meterte conmigo. No lo hagas nunca más, Priscila. Ese chico ya no existe. Ni quiere existir. Esto es solo sexo. Era una maldita picazón que tenía que quitarme de encima.

No le contesto. Permanezco en silencio, esperando a que se precipiten los gritos y las recriminaciones por mi parte, pero no llegan. Porque Alex puede destilar contra mí el odio de medio mundo, pero la realidad es que jamás lo había visto tan vulnerable como ahora.

Me acerco a él para despedirme sin rencores y que así podamos seguir con nuestras vidas, pero se ha dormido. Dios, debía de estar al borde de la extenuación para dormirse en un momento como este. Le acaricio el pelo con suavidad y me trago las lágrimas que estaban a punto de salir.

Ay, Alex. Mi Alex. Mi chico. Cuánto te quise.

Me pongo en pie y entro en el baño para asearme. Cuando termino, no apago la luz; la dejo encendida y con la puerta entornada. No tengo ni idea de si Alex sigue haciéndolo, pero prefiero que se levante y la apague, molesto conmigo, a que se despierte en la oscuridad y se sienta perdido y asustado. Lo miro por última vez antes de irme y veo que Dark reposa a sus pies. No había entrado hasta ahora, se ve que lo tiene bien educado. Lo acaricio, le doy unos cuantos besos y me despido de él.

—Cuídalo, ¿sí?

Dark saca la lengua y agita la cola en respuesta.

Por el camino voy recogiendo mi ropa y poniéndomela. Hay arena por todas partes, como un rastro que hemos ido dejando del itinerario recorrido. Me fijo en las paredes azules del pasillo, desnudas, y recuerdo que antes las decoraban los triunfos de Alex en natación: las fotos, las medallas, los diplomas. Ahora están vacías.

Bajo las escaleras y entro en la cocina para beber un vaso de agua antes de marcharme. La imagen de esta estancia tan idéntica a la del pasado es como un bofetón. Supongo que el mismo que ha sentido Alex cuando lo he llamado Alejandro. En esta cocina, con los muebles de madera del mismo color que el mar Mediterráneo, pasamos la mayor parte de nuestra vida de casados; era de lo poco que estaba montado cuando entramos a vivir.

Mientras me acerco al grifo, me llama la atención una caja de pastillas sobre la encimera. Parecen calmantes. ¿Se los habrá tomado? ¿Le dolerá la pierna? Entonces pienso que, teniendo en cuenta que se ha quedado dormido en cuanto hemos terminado, lo más probable es que sí se las haya tomado y que tanto esfuerzo físico haya acabado por derribarlo.

Y ahora la que se derrumba soy yo, mientras abandono la casa. Casa que me niego a observar más. No puedo hacerlo.

Me derrumbo por el sufrimiento que he percibido en su pierna, por cómo renqueaba, porque algo muy malo le sucedió y yo he pretendido negármelo y silenciarlo con el sexo, pero no puedo evitarlo más. Lo que he visto no se me va a olvidar nunca. El Alex lesionado se va conmigo a Boston. Tantos años evitando leer en los periódicos nada que tuviera que ver con su accidente, para acabar así, viviéndolo en primera persona.

Me permito llorar de camino a mi casa. Lo necesito.

"Anda, vámonos a casa, Pris. Yo te arropo".

Pristy, la ardilla. El día de la última vez.

227

Verano de 2009

Alex regresó de Pekín con una medalla de bronce en estilo mariposa y con unas ganas irrefrenables de pedirle a Priscila que fuera su novia. Aunque, para qué negarlo, lo era desde un par de veranos atrás.

La había tenido en su cabeza en todo momento durante los Juegos y quería que estuviera a su lado en los siguientes, como su novia. Eso nunca le había importado antes, pero es que con Priscila le apetecía hacerlo todo, pasar por cada fase y no dejarse nada. Y necesitaba estar seguro de que su chica sentía lo mismo. Lo consultó con el agua y juntos decidieron que Alex podía hacer ambas cosas: nadar y estar con Priscila.

Se lo propuso en cuanto regresó de Pekín. Bueno, proponer..., más bien lo afirmó:

—Oye, Reina del Desierto...

—No me llames así, Alejandro –lo interrumpió ella mientras trepaba a sus muslos y lo abrazaba por el cuello, una tarde en que descansaban sobre la arena de Cala Medusa.

—Tú sabes que somos novios, ¿verdad? –prosiguió él, sin hacerle caso.

Priscila lo miró con intensidad.

–Pues claro –respondió, conteniendo a duras penas una sonrisa.

–Bien.

–Bien.

Alex y Priscila ya estaban enamorados con locura. El suyo era uno de esos amores de juventud que quitan el aliento, bonito, puro y sincero; que desbordan cada poro de la piel, que se graban a fuego en el corazón y se tornan inolvidables. Había sucedido sin que se dieran cuenta, pero había sucedido, al fin y al cabo. Y no estaban dispuestos a pasarlo por alto.

Podría decirse que llevaban enamorados desde la pubertad, pero es que ni ellos sabían cuándo había ocurrido.

Alex pensaba que había sido poco a poco, como gotas de agua que caen en un vaso, o en una piscina. Priscila había ido cayendo en su corazón hasta que este se colmó y supo que se había enamorado.

Pris tampoco identificaba el momento exacto en que había surgido su amor por Alex, solo sabía que se había ido enamorando de él sin remedio: de sus ojos oscuros, de su pelo, de sus hoyuelos, de su sonrisa, de ir conociéndolo. Porque Alex no se dejaba ver a primera vista y, aunque iba de arrogante y atrevido, era muy reservado. Y para ella, lo más bonito era precisamente eso: ir descubriéndolo por dentro y comprobar que era tan precioso como por fuera; que detrás de esa sonrisa de canalla había un gran corazón; que detrás de esa pose indolente y de prepotencia había un chico normal, un chico que también se había enamorado de ella, por increíble que pareciera.

El verano de 2009 llegó tras un largo invierno en el que Alex siguió viviendo en Madrid. Si tras los Juegos de Atenas su nombre se había oído en cada debate deportivo y en las noticias, tras los de Pekín el efecto Alexander St. Claire fue imparable: periódicos, revistas, telediarios, programas de televisión… estaba en todas partes, a pesar de que lo único que él quería era pasar sus vacaciones de verano relajado y tranquilo, en su pueblo, con su gente y con su Reina del Desierto.

Claro, que, si pensaba que podía estar "relajado y tranquilo" en una localidad de diez mil habitantes, todos deseosos de hablar con el campeón olímpico, el héroe del pueblo, se equivocaba. Hasta que su queridísima novia tomó cartas en el asunto. Fue por una causa de fuerza mayor.

La primera vez que lo hizo coincidió con la primera vez que se coló por la ventana de la habitación de Alex. Este siempre la abría en cuanto se despertaba por la mañana, y a Priscila no le costó demasiado subir, teniendo en cuenta que había una escalerilla tejida con cuerda que iba desde el suelo hasta la ventana. Priscila se apuntó mentalmente preguntar a su vecino sobre ello.

Alex salió del baño; acababa de darse una ducha cuando vio a Priscila sentada en la cama con un par de revistas en la mano.

—¿Qué haces aquí? —le preguntó, más contento que sorprendido.

—Me he colado por la ventana y he venido a raptarte.

—¿Y qué vas a hacer conmigo?

—De todo.

La excitación se propagó por el cuerpo de Alex hasta concentrarse en cierta parte. Priscila, que vio crecer la tienda de campaña bajo la toalla que envolvía su cintura, se desternilló y lo tumbó en la cama.

—¿Están tus padres en casa?

—No.

—Bien, porque tengo algo pensado para antes del rapto.

Hicieron el amor entre risas y gemidos incontenidos. Y, después, en la comodidad de su cama, ambos abrazados, Priscila le preguntó a Alex sobre la escalerilla.

—¿Por qué tienes una escalera desastrosa de cuerda bajo tu ventana?

—La puse de pequeño. Solía tener pesadillas sobre monstruos que entraban por la puerta de mi casa. Era una vía de escape rápida. Y ahí se ha quedado.

—¿Y no se te ocurrió pensar que, si tú podías bajar por ahí, el monstruo también podría utilizarlas para entrar?

—Diablos —bufó, en broma—, menos mal que no te conté esto con nueve años. No has subido por la cuerda, ¿verdad?

—Hummm…, sí.

—Mierda, Prís, eso lleva ahí como mil años. No puedes fiarte.

—¿Nunca las usaste?

—No. El monstruo nunca apareció.

—Pues funcionan.

—Es bueno saberlo.

Priscila, a regañadientes, se levantó de la cama y comenzó a vestirse. Pensó que, por si acaso —solo por si acaso— Alex sentía en algún momento la necesidad de huir, dejaría la ventana de su habitación abierta. Para siempre.

—¿Quieres que bajemos por la cuerda para que veas que resiste? —le preguntó a Alex.

—Mejor vamos por la puerta —contestó él mientras se ponía unos pantalones.

—Bien.

—Anda, vamos —le dio una palmada en el trasero—, raptora de poca monta.

—Eres mi primer rapto.

—¿A dónde vamos? —preguntó Alex, poco después, al verla andar calle abajo sin bicicleta.

—Al tren.

—¿Al tren?

—Ajá. ¿Sabes lo que es un tren, Alejandro?

—Pero qué graciosita estás hoy. —Le agarró el culo, se lo apretó y le dio un beso, de los que hacen ruido, en la mejilla—. ¿A dónde vamos en tren?

—No lo sé. La idea es montarnos y bajar en alguna parada que nos resulte interesante.

—Hummm… Me gusta.

—Si no lo hiciera, te iba a dar igual. Recuerda que esto es un rapto.

Llegaron a la estación en el instante en que salía uno de los trenes, así que tuvieron que subirse a todo correr. Ni siquiera sabían a dónde iban, pero no les importaba.

Se sentaron el uno junto al otro y leyeron la información sobre las siguientes paradas en una pantalla que colgaba del techo del vagón.

Eligieron una bastante alejada, pero se apearon en otra todavía más remota: el trayecto duraba un par de horas y se quedaron dormidos. Ella, apoyada en el cristal de la ventanilla, y él, sobre el regazo de ella.

Cuando despertaron, bajaron como rayos. Por suerte, aún era temprano y tenían todo el día por delante. Llegaron al centro del pueblo y se detuvieron a tomar un desayuno tardío en un establecimiento que, por su decoración y por el aspecto de los camareros, parecía sacado de los años sesenta.

Pasaron el día recorriendo el lugar e internándose en las afueras, en el bosque. Encontraron un riachuelo y se metieron en el agua, a pesar de que les cubría por la rodilla. El binomio formado por Alexander St. Claire y el agua podía dar mucho juego. Y sí que lo daba. Priscila también lo pensó, sobre todo cuando sus pantalones desaparecieron por arte de magia.

La muchacha aprovechó el momento de relajación después de hacer el amor para sonsacarle más información a Alex:

—¿Construiste tú solo esa escalera?

—¿Qué es lo que quieres preguntarme en realidad? —En aquella época, Alex ya veía venir de lejos a su vecina.

—¿Hasta dónde llega tu miedo a la oscuridad?

Alex suspiró.

—Lo tengo bastante superado. Solo… no me gusta la oscuridad. No puedo estar sin luz. Nunca.

—¿Por qué? ¿Qué sientes? —Priscila quería entender para poder ayudarlo.

—Mis padres viajan mucho por trabajo —le explicó—, lo hacen desde que tengo uso de razón. Yo siempre me quedaba con mi hermano. Me saca diez años, pero no era más que un niño. Me dejaba ver películas de miedo con él, y luego yo tenía que dormir solo porque se supone que eso es lo que hacen los hombres.

—Tu hermano es idiota.

—Un poco sí. Me metía en la cama aterrado, todavía lo recuerdo. Veía monstruos por todas partes. Sé que no existen, que no pueden hacerme daño, pero, aun así, odio la oscuridad.

—Lo entiendo.

Priscila se tumbó en el lecho pedregoso del riachuelo e instó a Alex a que hiciera lo mismo. Sumergieron la cabeza debajo del agua con la mirada clavada en el cielo; ella sabía lo que necesitaba su vecino: en el agua se sentía seguro.

A la vuelta, justo antes de llegar a la estación, se dieron cuenta de que un perro los seguía. Se detuvieron y lo examinaron. Estaba muy delgado. Y sucio. Demasiado. Priscila sacó restos de comida de la mochila que llevaba colgada a la espalda, y que Alex y ella se habían turnado durante el día, y se los dio al animal, que los devoró casi antes de que el trozo de bocadillo tocara su hocico.

—Lo han abandonado —dijo Alex.

A Priscila se le anegaron los ojos de lágrimas. No entendía cómo alguien podría hacer algo así. Hugo era veterinario, hacía poco que se había licenciado, por lo que ella no dudó en alzar el perro en brazos y llevarlo hacia el tren. Su hermano tenía que echarle un vistazo.

—Pris, ¿qué haces? —le preguntó Alex.

—Llevarlo a casa.

—No permiten animales en este tren.

—Pues que me echen.

Y así fue. Por suerte, para cuando el revisor encontró el perro a los pies de la pareja, habían recorrido mucho más de medio trayecto; aún les quedaba una caminata de más de dos horas hasta casa, pero no les importó. Ya llegarían.

Se turnaron para llevar al perro en brazos; el pobrecito no podía ni andar. Se detuvieron para descansar en cuatro ocasiones. Le dieron de beber de la botella de agua que cargaban en la mochila y lo llenaron de caricias.

En una de las paradas, Alex se tumbó de espaldas en el suelo del camino, dobló las rodillas y sentó a Priscila encima de su pelvis. El perro, a su lado, movía feliz la cola. Alex sujetó las manos de su novia y le dijo lo que hacía meses deseaba gritar:

—Te quiero.

Priscila sintió otro de sus famosos bums; se agachó y lo besó, con el corazón en la garganta, hasta que el pequeño de cuatro patas comenzó a chuparles el rostro. Llegaron a casa pasadas las diez de la noche, y los tres fueron directos al encuentro de Hugo.

—¡Hugo! ¡Hugo! —gritaba ella por toda la casa.

—Hija, ¿qué pasa? —preguntó la madre de Priscila.

—Hola, María —saludó Alex.

—¡¡¡Hugo!!!

—¿Qué te pasa, loca? —preguntó su hermano.

—¿Puedes echarle un vistazo?

—¿A qué?

Alex les mostró el animal que temblaba en sus brazos.

—¿Dónde lo han encontrado? —se interesó Hugo, con preocupación.

—Abandonado por ahí —respondió Alex.

—Déjamelo.

Todos se trasladaron al salón y observaron a Hugo examinar al perro. Al terminar, estaba claro que el bichito se quedaba en la familia, pero ¿en cuál de las dos? ¿Con los Cabana? ¿O con los St. Claire?

Hicieron un trato justo: lo compartirían. Y así fue. El animal comenzó a vivir entre ambas familias; tan pronto se metía en una de las viviendas como en la otra. Los padres de los dos estuvieron conformes. El que más inconvenientes puso fue el gato...

Alex y Priscila pasaron el verano entero viajando en tren —excepto la segunda quincena de julio, en la que Alex tuvo que viajar a Roma para los Mundiales—. Cada día iban a un lugar diferente, todos ellos desconocidos. Y en cada uno hacían algo diferente. Y escuchaban algo diferente: *Poker Face*, de Lady Gaga; *I Gotta Feeling*, de Black Eyed Peas, o *Estoy enfermo*, de Pignoise.

La última escapada fue a una localidad a cien kilómetros de su pueblo. Contemplaron el lago desde la ventanilla y no pudieron resistirse. Alquilaron una embarcación pequeña, muy pequeña (una balsa, vamos; unos cuantos maderos unidos), y navegaron por los alrededores. Ambos se habían criado en un ambiente costero y se manejaban bien en la barca. Remaron acompasados, y se detuvieron en medio de la nada a tomar el sol y relajarse con el ir y venir de las ondas que se formaban en la superficie. Perro incluido. Dark, lo llamaron, por la mancha negra que le rodeaba el ojo.

Casi siempre los acompañaba en sus excursiones. Solían llevarlo en un transportín que les había prestado Hugo, pero cuando Dark no quería viajar ahí, lo escondían bajo sus pies hasta que los descubrían y los echaban del tren. Y los ojos del nuevo miembro de la familia fueron los que dieron a Priscila el color de aquel verano: miel.

¿Una tregua en altamar?

—¡Felicidades, papá! —Me lanzo a sus brazos en cuanto piso el último escalón y le doy un abrazo de oso.

Lo hago porque hoy es su cumpleaños, sesenta veranos, pero también porque es una excusa para sentirme protegida y, a la vez, dejar ver mis sentimientos. Desde que he llegado al pueblo no he podido mostrarme como soy ni expresarme con libertad. Y, sí, me refiero a Alex. A que hace once días —once días en los que no hemos coincidido—, cuando tuvimos aquella "última vez", me hubiera gustado abrazarlo más y besarlo por todas partes, pero no pude hacerlo. Me he dado cuenta de esa terrible verdad en estos días.

¿Me estoy volviendo loca? ¿Es eso? ¿Me estoy volviendo loca por desear a Alex como si nada hubiera sucedido entre nosotros? ¿Como si no me hubiera roto el corazón y destrozado la vida? ¿Por qué cuanto más lo pienso más siento que aquello que ocurrió ha perdido valor? ¿Cómo puede ser que algo que en su día decidió mi destino ahora me parezca... menos importante? O incluso... ¿perdonable? ¿Es porque ya no tengo veintidós años y he madurado? ¿O acaso las bolas de demolición se convierten en granos de arena con el paso del tiempo?

Y la pregunta que más me asusta y la que más ansío responder es: ¿por qué deseo con todas mis fuerzas que Alex me quiera; que me quiera como sé que lo hacía en el pasado? Aunque… ¿lo sé? ¿Me quería? Mi corazón me dice que sí, que es imposible fingir un amor como el que él sentía por mí, pero, entonces, ¿qué fue lo que sucedió? ¿Se cansó de mí? ¿Se le acabó el amor? ¿Yo no era suficiente para él? ¿Era demasiado inmadura? ¿Por eso hizo lo que hizo?

Sacudo la cabeza y me alejo del abrazo de mi padre; también me hago una promesa: nada de pensar en Alex hoy.

Cada año, desde tiempos inmemorables, por el cumpleaños de papá tomamos prestado el barco de un amigo de la familia y pasamos el día entero navegando. Es tradición en los Cabana, y recuerdo con anhelo los días en el mar con mis padres y hermanos. Mi padre siempre se ha tomado vacaciones, y hoy, viernes, no iba a ser una excepción. Todos nos hemos pedido el día libre en el trabajo.

—¿Estamos listos? —nos pregunta mi madre.

Hago un conteo rápido: mamá, papá, Adrián, Marcos y Jaime.

—¿River y Hugo? ¿Y Alicia? —pregunto en alto, omitiendo el nombre de mi otra cuñada, la encantadora, aunque sé que, sin duda, también vendrá. Nunca se pierde el cumpleaños de mi padre, e, inexplicablemente, es de los pocos días en que está de buen humor. Su relación con mis padres es buena de verdad. Sincera. Nunca lo he entendido.

—Hemos quedado con ellos en el puerto —me explica mi padre.

—Pues, vamos —apunta Marcos, de camino a la puerta de casa.

—No he desayunado —tercio. Me he levantado temprano, duchado, puesto el bikini y una camiseta verde fosforescente y he bajado lista.

—Desayunas allí –sentencia mi madre.

—Bien –acepto. Le quito a un Jaime muy muy dormido una tostada de las manos.

Vamos hacia el puerto a pie, dando un paseo dominguero. Son las ocho de la mañana y el sol despunta por el horizonte con fuerza. Voy en tirantes, pero no necesito cubrirme porque incluso a esta hora hace calor. No es un calor sofocante; es bastante agradable, de hecho, pero es calor.

Camino feliz durante veinte minutos, hasta que llegamos al punto de encuentro y veo a lo lejos, muy a lo lejos –lo reconocería a cien metros de distancia–, un grupo de personas del que sin duda forman parte River, Hugo, Alicia, Catalina y... Alex.

—¿Qué hace él aquí? –Me freno de inmediato en medio de la calzada.

—¿Te refieres a tu marido, hija?

—¡Papá! No es mi marido.

—Los St. Claire vienen con nosotros a celebrar el cumpleaños de tu padre. Lo llevan haciendo por años –me explica mi madre.

¿Qué? ¿En serio? Le lanzo una mirada recriminatoria a Adrián. ¡Tenía que haberme avisado!

—¡Pensé que lo sabías! –se defiende mi hermano.

—¿Crees que habría venido de haberlo sabido? ¡Es Alex!

—¡Por supuesto que habrías venido, es el cumpleaños de tu padre! – resuelve mi madre, zanjando el asunto.

—Priscila, no me provoques. –Adrián se acerca a mi oído y me habla en susurros–: No me obligues a mencionarte lo que vi hace once días mientras pasaba de casualidad frente a la casa de Alex. Te daré una pista: justo se metían dentro manoseandose como dos desesperados.

Me aparto, escandalizada. No me puedo creer que nos viera y ¡que se callara!

—¿Por qué no me lo dijiste?

—Porque estaba esperando a que tú me lo contaras.

—Qué desastre… —expreso, por la situación en general. Niego con la cabeza y me llevo la mano a la frente.

—Quedamos mañana a primera hora en tu cuarto para hablar. Yo también tengo que contarte algo.

Ya me había dado cuenta de que Adrián lleva unas semanas un tanto extraño; me esquiva y no habla demasiado conmigo, y eso no es normal. No he querido presionarlo porque sé que, al igual que yo, en ocasiones necesita su tiempo. Y tampoco he querido contarle lo de Alex por miedo a que no lo entienda y me censure. Por miedo a que diga en voz alta lo que yo me empeño en silenciar: que esto es una locura. Una de las que arrasan con todo, y no en el buen sentido.

Y, hablando de raros, otro que está irreconocible es Jaime. Le pasa algo, seguro, pero no suelta prenda. De momento. Voy a tener que ponerme seria con él.

Adrián y yo intercambiamos una mirada y un "ya hablaremos" que no tiene vuelta atrás. Reanudamos el paso y nos acercamos a donde esperan los demás; Jaime y yo, a causa de mis pequeños —pequeñísimos— pasos, nos quedamos atrás. Sin embargo, de nada sirve, porque en tres minutos todos formamos un círculo enorme.

Les doy dos besos a los padres de Alex y pregunto por John, que, al parecer, está de viaje por trabajo. Inmediatamente después, saludo a mis hermanos y a Alicia con un abrazo, y a Cata con un "hola" y una sonrisa forzada. Y en último lugar…

—Priscila. —Alex levanta el mentón.

—Alejandro. —Respondo de la misma manera antes de darme la vuelta para no afrontar la expresión de su rostro.

No sé muy bien por qué he vuelto a decirlo; me ha salido solo. En el pasado solía llamarlo así cuando quería devolverle las burla por sus "Reina del Desierto", y creo que ese es el motivo por el cual me dirigí a él de esa manera el día que fui a su casa a dejar a Dark, el día que ocurrió lo que… ocurrió. Me pidió que no lo hiciera más, así que quizá por eso he vuelto a hacerlo. ¿Insubordinación? Dios, no hay quien me entienda.

Me voy derecha a la embarcación; a pesar de los años, conozco el camino. Subo la primera y me retiro hacia un lateral mientras los demás vienen detrás de mí. El último en subir es Alex; en cuanto lo veo, me coloco enfrente de él y entorpezco su paso, impidiendo que pueda avanzar. Hoy es el cumpleaños de mi padre, y por nada del mundo quisiera estropeárselo con mis problemas conyugales.

−¿Qué te parece si tú y yo pactamos una tregua? −le digo, a la vez que le ofrezco la mano−. ¿Solo por hoy?

Alex no responde. Se me queda mirando con atención, reflexivo.

−¿A qué te refieres con "tregua"? Defínela −responde, por fin.

−A que nos comportemos como… como…

Okey. ¿Como qué?

−¿Marido y mujer? −sugiere.

−¡No! −Me entra la tos ante la sugerencia−. No creo que tengamos que llegar a esos extremos; me conformo con que nos comportemos de tal manera que mi padre esté feliz. No quiero arruinarle el cumpleaños −me sincero.

−¿Que tu padre esté feliz? Creo que eso implica que nos comportemos como marido y mujer. Créeme.

Lo sé, vaya si lo sé, pero esa no es una posibilidad ni para mí ni para Alex.

−¿Podemos tan solo intentar ser… civilizados?

—Está bien —me tiende su mano—, pero no te me acerques mucho.

—Descuida —respondo, retirando la mía con rapidez.

Lo que he sentido al tocarlo… "¿Tú no lo sientes, Alex?", le pregunto con la mirada. Como única respuesta, me aparta con cierto tacto de su camino y se reúne con su familia y la mía. Muy civilizado, sí. Genial. Va a ser un día espectacular. De los de recordar.

—Ven, hermanita. —Adrián me pasa el brazo por los hombros—. Te invito a un desayuno con todo; creo que lo necesitas.

Nos tomamos un café bien cargado, un zumo de naranja y dos (bueno, esta bien, tres) dónuts caseros mientras mi padre y el de Alex se ponen al timón y arrancan el motor; nuestras madres los acompañan, y el resto de mis hermanos, junto con Jaime, Alex y mis cuñadas, disfrutan de las vistas del mar. No sé cuántas horas de mi vida he dedicado a contemplar estas aguas, pero nunca parecen ser suficientes. El Mediterráneo está metido en mi sistema. Recorre mis venas. Forma parte de mí.

Tardamos dos horas en dar una vuelta por los alrededores, y una hora más en llegar a la pequeña cala de siempre, la favorita de papá. Fondeamos el barco cerca de la costa y todos los hijos al completo nos lanzamos al agua a refrescarnos, sin pensarlo.

Mi amigo y yo nos separamos del resto sin disimulo para ir a lo nuestro. No es que no queramos integrarnos en el grupo, pero hay momentos que queremos compartir los dos solos. Una de las cosas que más nos entusiasmaba de este viaje era experimentar juntos cada aventura que yo le había contado de mi pueblo. Aunque reconozco que este chapuzón ya no resulta demasiado atrayente para él. No se baña muy convencido después de mi experiencia con la medusa.

—¿Tú sabes todo lo que puede haber aquí debajo? —me dice, señalando el fondo a nuestros pies.

—No hay ni media milla de distancia de aquí a la playa, no creo que estemos demasiado profundo, así que, "ahí debajo" —le digo, apuntando en la misma dirección que él—, cuenta solo con unos cuantos peces y poco más.

—¿Tú sabes la cantidad de criaturas que abarca la palabra "peces"? Desde un pez payaso hasta un tiburón ballena. Por cierto, ¿tocas el fondo? —me pregunta. A lo lejos escuchamos el grito de júbilo de alguno de los chicos. Me suena a Hugo.

Ambos nos giramos para ver como Alex y la mayoría de mis hermanos saltan de cabeza desde el barco, a ver quién llega más lejos. Alicia los anima desde el agua. A River y a Cata no los veo. Andarán discutiendo por ahí. O ahogándose el uno al otro. Volvemos a lo nuestro.

Jaime me mira, a la espera de una respuesta. La verdad es que no sé si toco o no. Siempre que navegamos, venimos a esta cala, pero me da la impresión de que, en esta ocasión, estamos algo más alejados que otros años.

—Vamos a comprobarlo. Y…, Jaime —añado—, no pronuncies la palabra "tiburón" mientras nos bañamos en el mar.

Tomo aire y me sumerjo, dispuesta a bucear hasta el suelo, pero, por más que bajo y bajo, me quedo sin respiración antes de llegar, así que subo de nuevo.

—¿Has tocado? —me pregunta Jaime en cuanto emerjo.

—Casi.

—Mierda, eso es que no, y por mucho. Yo me subo al barco, que no me fío ni un pelo de los pececitos grandes que pueden estar rodeándonos sin que lo sepamos. Y mira aquellos, tan felices, como si no se estuvieran jugando la vida. —Señala a mis hermanos—. Son todos unos inconscientes.

¡Qué exagerado! Voy detrás de él, entre risas y ahogadillas, y subimos a bordo a tomar el sol, lo justo para secarnos.

Poco después, aparece el resto de la tropa, River y Catalina incluidos, y entre todos ayudamos a nuestros padres a preparar la comida y poner la mesa. Picoteo un par de aceitunas de la ensalada sin que me vean mientras la llevo a la mesa; me encantan las aceitunas.

Cuando ya está todo dispuesto, nos sentamos y comemos todos juntos en un ambiente increíblemente agradable y familiar. Las anchoas en vinagre que ha preparado mi suegra están más ricas de lo que recordaba, y el gazpacho de mi padre consigue sacarme incluso un gemido de satisfacción. Mientras los platos de comida y las botellas de vino ruedan por la mesa, hablamos sobre cómo van los preparativos de la boda y nos reímos porque Marcos anda muy perdido.

Cuando terminamos de comer, River propone una partida de cartas para la sobremesa.

—Yo no soy de cartas, pero qué remedio —dice Cata con fastidio, mientras nos levantamos todos con los platos en la mano y nos encaminamos a la pequeña cocina, donde nuestros padres ya están recogiéndolo todo. Tampoco se la ve muy disgustada, más bien parece que lo único que quiere es llevar la contraria.

—Yo paso. No sé si sobreviviré a una partida Cabana —comenta Jaime. A continuación, se ubica detrás de Adrián y lo mira con descaro—. Oye, rubio, ese bañador te hace un culo increíble, que sepas que no tengo problema si decides tomar el sol en plan nudista.

—A que no te atreves a meterte en el baño conmigo y quitármelo, ¿eh, moreno? —lo reta mi hermano, sin contemplaciones.

¿Eh...? ¿Perdona? Nos quedamos todos callados con los platos en la mano. Alex y yo incluso colisionamos el uno con el otro. Y me veo en la necesidad de rellenar el silencio con alguna frase ingeniosa, pero no se me ocurre nada.

–¿Qué? –responde Jaime, boquiabierto. Boquiabierto por primera vez en su vida. Ni la noticia de mi matrimonio lo impactó tanto.

–Que vengas. –Adrián lo agarra del brazo y lo mete en el baño con él. Platos en la mano incluidos.

–Pues yo tampoco juego a las cartas –nos dice Alicia, de repente–. Marcos siempre se enoja porque no capto sus señales. Me voy a tomar el sol.

Llevamos el resto de las cosas a la cocina y ayudamos a limpiar. Me quedo la última y, cuando regreso a la mesa, todos han cambiado de sitio y se han sentado estratégicamente. Incluso Jaime y Adrián han regresado del baño y se han acomodado uno frente a otro. Jaime sonríe. Pero ¿qué narices ha pasado en ese baño? Le echo una mirada a mi amigo y lo aviso de que más tarde quiero una explicación.

–¿Nadie va a jugar conmigo? –pregunto, al ver que ya están formadas las parejas: mi madre con mi padre, mi suegro con mi suegra, Hugo con Adrián, River con su mujer y Marcos con Alex.

–Puedo cederte mi puesto con tu marido –sugiere Marcos.

–Ni loco –contesta el aludido–. No quiero perder.

Siempre se me han dado mal estos juegos, pero lo que nadie sabe es la práctica que he adquirido gracias a la cantidad de horas que Jaime y yo hemos invertido en jugar a las cartas.

–Vamos, he cambiado de opinión –dice mi amigo–. Juego contigo.

Acepto, por supuesto, y me hago un hueco entre Adrián y River.

Jugamos al mus, que puede parecer sencillo, pero que no lo es para nada. A mí me ha costado años aprender bien.

El juego es al mejor de tres, y Jaime y yo, con una mirada, decidimos empezar fuerte desde el primer segundo, mostrando lo que somos capaces de hacer juntos.

La cara de pasmados que ponen Alex y mis cuatro hermanos cuando nos ven seguir el juego no tiene precio. Me encanta. Sobre todo, la de Alex. Sus ojos me miran con intensidad, pero yo no le devuelvo la mirada… hasta que me rindo y ahogo una sonrisa.

—Ha sido suerte —alega Alex, después de que ganemos la primera partida.

—Sí, una suerte increíble —secunda River. Cruza una mirada con su mujer y esta parece entender lo que quiere decir, porque asiente con la cabeza.

El resto de mis hermanos no opina, y nuestros padres no se pronuncian, pero se los ve felices: se nota que están disfrutando del momento.

A mitad de la segunda partida, cuando ya la tenemos casi ganada, con River y Cata pisándonos los talones, Marcos no puede evitar preguntarme:

—Pero ¿cuándo has aprendido tú a jugar a las cartas, enana?

—Tiene que ser suerte —insiste Alex—, siempre ha sido malísima. Es demasiado expresiva.

Le guiño un ojo como respuesta y continuamos con la partida. Al final, esta mano se la llevan River y Catalina.

Cuando Jaime y yo ganamos la tercera ronda, dos horas después, me levanto de la mesa, la choco con Jaime y grito como loca, dando saltos por toda la cubierta del barco.

—¡Hemos ganado! ¡Hemos ganado!

Jamás había ganado a mis hermanos a las cartas; bueno, ni a las cartas ni a casi nada. Y nunca me ha importado, pero ver la mirada de Alex, que es la de siempre, pero en cuyo fondo hay… orgullo, orgullo y felicidad —no ha podido ocultármelo, no esta vez—, me colma el pecho y el corazón de una sensación muy tibia.

Así que disfrazo mi euforia por esa mirada con el subidón por haber ganado la partida. Subo los seis escalones que me conducen a la popa, me acerco al borde y sigo gritando como una loca.

—¡He ganado! ¡He ganado! ¡Alicia, he ganado! —le grito a mi futura cuñada, que está justo al lado, tomando el sol.

—¡Que alguien la tire al agua para que se calle! —escucho a lo lejos.

No me da tiempo a girarme para comprobar quién ha sido porque, en ese preciso instante, me lanzan al agua. Tardo un segundo en estrellarme contra la superficie y en sentir su frescor por todo mi cuerpo. Hummm, está buenísima.

Cuando salgo, descubro con un simple vistazo que Alex ha sido el artífice —más que nada, porque le está dedicando un gesto de victoria a su supercolega Marc—, pero me hago la despistada. Nado deprisa hacia la embarcación y subo a popa fingiendo no buscar venganza; actúo como si no me hubiera dado cuenta de que ha sido él. Sin embargo, voy en su dirección.

Lo encuentro charlando tan tranquilo con mi hermano. Lo empujo para tirarlo al agua, pero en el último momento me agarra del brazo y caemos los dos sin remedio.

Ya que estoy en el agua, decido quedarme; y, como tengo las gafas de buceo colgadas en el cuello, me las pongo. De repente, siento como alguien, Alex, se acerca a mí y me hace una ahogadilla. Nos hundimos juntos y, cuando voy a zafarme de su agarre, algo me llama la atención: algo en la arena, en el fondo.

Parece una cuerda. En la playa principal del pueblo hay una cuerda que no sabemos ni dónde empieza ni dónde acaba; solo conocemos algunos tramos de ella. Alex y yo pasamos años buscando el origen y el final, pero nunca los hemos encontrado.

En cuanto salgo a la superficie, le pregunto sobre ello.

—¿Has visto eso?

—No, ¿el qué?

Me quita las gafas de buceo con cuidado, se las pone y se sumerge. Cuando sale, poco después, nos quedamos mirándonos a los ojos.

—La has visto —digo, sin atisbo de duda.

—La he visto —afirma, sin poder esconder su entusiasmo—. ¡Marc! —grita a continuación, devolviéndome mis gafas.

—¿Qué? —El aludido se asoma desde la cubierta.

—Lánzame unas aletas.

Marcos se aleja y vuelve con dos pares de aletas, unas para Alex y otras para mí. Me las lanza con suavidad y, antes de dar media vuelta, me guiña un ojo.

Nos ponemos las aletas como buenamente podemos y, cuando Alex termina de ajustarse bien las gafas, me da la espalda. Permanezco a la espera, sin saber qué hacer, hasta que gira la cabeza para hablarme.

—¿Subes?

¡Síí! Me encaramo a su espalda, como tantas veces, y buceamos hasta el fondo. Siempre lo hemos hecho así porque yo no aguanto la respiración tanto como él y no soy tan rápida con las aletas. Y como si de una imagen del pasado se tratara, nos sumergimos juntos, llegamos abajo, tocamos la cuerda y volvemos a subir.

—Llega hasta aquí —le digo, al salir.

Nunca habíamos explorado esta zona, pero es que no podíamos imaginar que la cuerda llegara tan lejos; estamos como a cinco millas de la playa principal.

—Yo ya lo sabía —presume Alex, pero es mentira. Lo sé por el brillo de su mirada, por la emoción que trasluce a pesar de que el flequillo mojado se la tapa casi por completo.

—Mentiroso.

Voy a darme la vuelta, pero Alex, una vez más, me hace una ahogadilla y se hunde junto a mí. Sin planearlo, sin hablarlo ni pensarlo, comenzamos a bucear juntos. Nos alejamos del barco y, en cuanto descubrimos algo interesante en la arena, me subo a su espalda y bajamos como si fuéramos uno. Buceamos como si no hubiera pasado el tiempo. Buceamos en tregua. Estamos en tregua. Por fin. Y mi único pensamiento es: "Ojalá durara para siempre".

Mucho tiempo después, cuando comenzamos a quedarnos fríos tras horas dentro del agua, regresamos al barco. Mi padre ha sacado las cañas de pescar y ha tomado posición. Me refugio en la cabina y me desprendo del bikini mojado; busco ropa seca en la pequeña mochila que he traído y, después de ponerme otro bikini, una camiseta y unos pantalones cortos, voy con papá. Me gusta pescar con mi padre; me gusta el silencio que nos envuelve, la espera, la expectación, y estar los dos solos compartiendo esos momentos.

Alex enseguida se nos une. No sabía que le gustara pescar, pero no voy a quejarme, así que pasamos, los tres, con mi progenitor en medio, otra hora más en silencio, hasta que papá se marcha con una sonrisa en la boca, pese a que no ha picado ni un pez, y nos deja solos.

Alex, yo y, de fondo, el sonido del mar.

La suave brisa sopla de costado; la escucho en los oídos y me agita la melena y la camiseta. A Alex se le revuelve el cabello también, se le despeja la frente y disfruta del momento. Y lo único que lamento es no poder ver cómo le brillan los ojos porque los ocultan las gafas de sol.

Alex se sitúa en el lugar que ocupaba mi padre y nos quedamos los dos sentados, juntos. Coloca los pies en alto, en el borde del navío, y cruza los tobillos, copiando mi postura. Continuamos en silencio, mirando las cañas de pescar y observándonos de reojo; primero me mira él, y, cuando lo atrapo, retira la mirada y se concentra en el mar como si no hubiera pasado nada; luego lo miro yo, hasta que imita mi gesto y aparto la mirada. Cruzamos miraditas durante, no sé, minutos y minutos. La suya baja a mi camiseta, al gigantesco corazón rosa en relieve que la adorna.

—Lo haces a propósito —dice.

—¿El qué? —Escondo una sonrisa.

—Ponerte los lazos más grandes.

—¡Qué va! Tú, que te fijas. Y no es un lazo, es un corazón.

—Priscila, te conozco.

—¿Me conoces? —pregunto, recordando una conversación de no hace tanto tiempo donde me decía que ya no sabía quién era.

—A veces —contesta, tras cavilar un instante.

Permanecemos un rato más en silencio. Entonces Alex cierra los ojos y cabecea. Se lo ve cansado, pero se resiste a claudicar.

—Puedes dormir si quieres. Yo vigilo las cañas.

—No, gracias. No quiero quedarme dormido, no vaya a ser que me dejes tirado otra vez.

—¿A qué viene eso?

—A nada.

—Tú no hablas si no es para referirte a algo. Al menos, no en los últimos tiempos.

—Puede que me haya acordado del día en que me dejaste tirado en la cama, enfermo y medicado, después de satisfacer tus necesidades sexuales.

—No estabas medicado.

—Me había tomado un calmante para el dolor de la rodilla y me quedé frito.

—No creo que fuera por el ejercicio físico. Todo el trabajo lo hice yo.

Ante la expresión de su rostro, disimulo una carcajada fingiendo un ataque de tos.

—¿¿Perdona??

—Estás perdonado —bromeo.

—¡No me refería a eso! Tú no hiciste todo el trabajo.

—Hummm…

—Si lo que buscas es otro polvo de demostración, no lo vas a conseguir. Aquel fue el último. Ese era el trato.

—Yo no busco nada, solo constato un hecho.

—Un hecho incorrecto.

—¿No me puse yo encima?

Me arrepiento al instante de formularle esa pregunta. Me arrepiento porque el recuerdo es demasiado vívido y demasiado intenso. Y no es lo que necesito.

—Sí, ¿y qué?

—Pues que apenas tuviste que moverte.

—No te metas conmigo…

—Eso también lo hice.

Sí, me arrepiento, pero no puedo parar.

—Eso haces cada maldito día, Priscila.

—Pero ahora estamos en tregua.

—¿Ahora? Hoy —enfatiza— estamos en tregua.

El movimiento de una de las cañas no nos permite seguir con la maravillosa discusión.

—¡Ha picado uno! —exclamo, entusiasmada. Me levanto y sujeto la caña con fuerza.

—¡Espera, espera!

Alex me ayuda desde mi espalda y entre los dos sacamos el pez. Lo contemplamos con orgullo durante un par de segundos y lo devolvemos al mar sin ni siquiera plantearnos otra posibilidad.

Escuchamos el chapoteo del pez al caer justo cuando mi padre viene corriendo, alertado por los gritos.

—¿Han pescado uno?

—No —contesto yo.

—Falsa alarma —me apoya Alex.

Nos sentamos de nuevo y pienso, mientras el barco se pone en marcha y avanza hacia el puerto, que, tal vez, si las cosas entre Alex y yo fueran así de ligeras como hoy, todo nos iría bien de ahora en adelante. Luego volveré a Boston, a mi vida y…

—Gracias por lo de la luz —susurra entonces Alex, muy bajito. Casi como si no deseara que yo lo escuchara.

… eso. Luego volveré a Boston a mi vida.

"Priscila, a ver, has mejorado en las cartas, sí, hay que reconocerlo, pero no todo el mérito de haber ganado es tuyo y de Jaime.

Hugo y Adrián se lanzaban los trastos a la cabeza, solo ellos saben el motivo.

Marcos no daba una y ha provocado que Alex se despistara, más pendiente de él que de la partida.

Tus padres y tus suegros siempre simulan jugar peor de lo que en realidad lo hacen.

Si te soy sincera, sus únicos rivales eran River y Cata, que tienen una compenetración casi perfecta, y les han ganado por los pelos".

Pristy, la ardilla. En una partida de cartas.

Verano de 2011

El 2011 fue un año complicado para la familia Cabana. No para los integrantes del clan individualmente hablando, sino para el grupo de siete, ya que tres de ellos decidieron, a la vez, en plenas navidades, compartir novedades de última hora que no fueron bien recibidas. No dos de ellas, al menos.

Pero no nos precipitemos. Corría el verano de 2011, y Alex y Priscila eran una pareja consolidada. Los inviernos se volvían ásperos porque Alex seguía viviendo en Madrid y, a pesar de que viajaba al pueblo siempre que podía (incluyendo casi la totalidad de los fines de semana del año), las relaciones a distancia no son fáciles. Se echaban de menos. Compartir el día a día en persona. Abrazarse. Besarse. Tocarse. Pero ellos lo llevaban con paciencia. Vivían pegados al teléfono (les daba igual el fijo o el móvil), y de esa manera resultaba un poco más fácil mantener la entereza.

A la distancia, había que sumar las habituales discusiones que la pareja había comenzado a tener a causa de la novia de John, que cada vez que veía a Alex, se lanzaba a sus brazos, no dejaba de manosearlo y, siempre que él y Priscila estaban juntos, lo llamaba por teléfono y lo tenía una hora en línea, contándole sus problemas con John y con la vida en general. El chico intentaba explicarle a su novia que Carolina, así se llamaba la pelirroja, llevaba muchos años saliendo con John, y que por eso lo quería a él como a un hermano; que los abrazos y roces eran fraternales; Alex así los sentía, y lo que más deseaba, e intentaba, era que Priscila lo viera igual. Sin embargo, ella conocía los "abrazos y roces fraternales", y aquellos, desde luego, no lo eran. No se ponían de acuerdo, pero Priscila acababa cediendo porque no le gustaba pelearse con Alex y porque le gustaba todavía menos sentirse y mostrarse insegura.

Alex se encontraba en la mejor etapa de su vida. Le amaba nadar y lo hacía bien. Increíblemente bien. Respondía a los entrenamientos cada vez mejor y su nombre sonaba por toda Europa como uno de los favoritos para los Juegos del 2012, que serían en Londres. Se celebraban tan cerca de casa que, en esa ocasión, su novia no estaba dispuesta a perdérselos.

Priscila contaba veintiún años, casi veintidós, y en septiembre comenzaría el último curso de Periodismo en la universidad.

Pasaron el verano juntos, paseando, comiendo, bebiendo y bañándose en Cala Medusa. Tomaron el sol encima de la tabla de surf del hermano de Alex; Priscila acompañó a Alex a hacerse un tatuaje, y también escucharon música: *Bailando por ahí*, de Juan Magán; *The Time*, de Black Eyed Peas, o *Blanco y negro*, de Malú. Y cómo le gustaba a Priscila cantarle esa canción a su novio. Fue un verano redondo.

El reencuentro entre los dos, a principios del verano, había sido especialmente bonito. Alex había aparecido por el pueblo una semana antes de lo esperado y el subidón les había durado varios días. Y lo que sucedió a finales del mes de agosto de 2011 fue un cúmulo de muchas circunstancias. Demasiadas, quizá.

Alex estaba exultante de felicidad. Pletórico. En los últimos tiempos, todo le salía bien. Y estaba loco por su novia.

Priscila siempre estaba contenta, si obviamos los desencuentros con la pelirroja. Y enamorada de Alex hasta decir basta.

Y aquella noche del veintiocho de agosto los marcaría para siempre. O al menos, su futuro.

Los padres de Alex estaban fuera, como de costumbre, concretamente en París, en un evento relacionado con el periódico. Su hermano mayor ya no vivía en casa: tenía treinta y tres años y acababa de independizarse. Así que tenían la casa para ellos solos. Toda la casa. Sobra decir que la estancia que más usaron fue la habitación de Alex. Vieron una película, tumbados en la cama con el ordenador portátil a los pies, y después, hicieron el amor una vez más.

Se quedaron abrazados sobre el colchón, en silencio, dormitando hasta que anocheció y la habitación se llenó de oscuridad. Entonces Alex se levantó y salió al pasillo a encender una de las luces del baño. Priscila estaba más que acostumbrada a esa rutina, pero, esa vez, lo acompañó: tenía un propósito.

—Espera —dijo al alcanzarlo a medio camino y le tomó la mano.

—¿Qué pasa?

—Quiero probar algo.

—¿El qué?

—Espera —Priscila era consciente de lo que estaba a punto de hacer— y confía en mí.

La segunda planta de la residencia de los St. Claire tenía forma cuadrangular, en el centro se abría un recibidor, que comunicaba directamente con las escaleras, cinco habitaciones y tres cuartos de baño, dos de ellos dentro de los dormitorios.

Priscila entró en cada una de las habitaciones y bajó las persianas; no dejó ni una sola rendija, sumiendo de esa manera el pasillo en la más absoluta oscuridad.

Alex comenzó a acojonarse; no entendía el objetivo de todo aquello. De hecho, en la penúltima habitación no pudo aguantar más –se encontraba solo en medio del recibidor, cada vez más negro–, así que se pegó a su vecina mientras esta bajaba las últimas persianas. Cuando Priscila terminó, tomó de nuevo a Alex de la mano y lo guio hacia el centro del espacio.

–Ven, siéntate.

Lo ayudó a sentarse en el suelo, encima de la alfombra persa blanca y granate, y lo acompañó. Se acomodó detrás de él.

–¿Qué hacemos aquí?

–Mis padres y mis hermanos siempre me han enseñado a dominar mis miedos. Cuando tenía cuatro años, a Adrián y a mí nos bañaban juntos en la bañera. Él casi siempre activaba la función de hidromasaje y yo me echaba a llorar porque me asustaban las burbujas; creía que iban a comerme. –Alex sonrió–. Un día, Marcos y Hugo se metieron conmigo en la bañera, me rodearon y lo pusieron en marcha. Me dijeron que confiara en ellos, que me protegerían. Pasé unos primeros minutos horribles, pero ¿sabes lo que ocurrió poco después?

–¿Qué?

–Nada. Absolutamente nada. Las burbujas no se dieron ningún festín conmigo. Seguían sin gustarme, pero ya no me aterrorizaban. En otra ocasión te contaré cómo perdí el miedo a los patines, aunque me temo que no salí tan indemne. No puedo prometerte que tu fobia vaya a desaparecer, pero, con el tiempo, quizá puedas controlarla. Quiero que compruebes por ti mismo que no hay nada en la oscuridad, que no tienes que temerle. Yo no voy a separarme de ti, pero debes hacerlo solo.

–¿Y qué quieres que haga? –preguntó Alex, con voz temblorosa.

–Nada. Quiero que te quedes ahí sentado. Sin moverte. Y que esperes.

–Esperar, ¿qué?

–Ah, ese es el asunto. Yo me moveré ahora, pero no iré lejos. Si me necesitas, llámame; estaré aquí en un segundo.

–Okey.

Alex se quedó solo. A oscuras. Sentado en medio del pasillo. Sentía que en cualquier momento algo, o alguien, lo agarraría por detrás. Veía sombras. Intuía movimientos. Escuchaba ruidos. Y se asustó. Se aterrorizó. Pero aguantó.

A medida que pasaban los minutos, el terror menguaba para luego atenazarlo de nuevo. Por momentos, volvía con más fuerza para desinflarse poco después. Hasta que no resistió más.

–Pris.

Ella apareció a su lado de inmediato. Se agachó y, antes de abrazarlo por detrás, habló:

–Estoy aquí. ¿Estás bien?

–Sí.

–¿Qué ha pasado?

–Nada.

–Eso es. Nada. Y aunque no lo creas, te ha infundido seguridad. No hay nada como abrir la puerta del armario para comprobar que no vive ningún monstruo dentro.

Priscila hizo amago de levantarse, pero él la detuvo.

–Gracias. Te quiero, diablos, cómo te quiero. Cásate conmigo.

Los dos se quedaron en silencio. Sorprendidos. Priscila, por lo que acababa de escuchar, y Alex, porque no podía creer que esas palabras hubieran salido de sus labios, pero lo habían hecho. Y lo más alucinante era que no se arrepentía. Fue la única manera que encontró para expresar lo mucho que la amaba; la única manera que encontró para darle las gracias por lo que había hecho por él. "Esta chica es lo máximo, y es mía", pensó.

—Cásate conmigo —repitió.

—Sí. ¡Por supuesto que sí! Te quiero, Alex —contestó su Reina del Desierto.

Transcurrieron los meses. El hecho de que Alex le hubiera pedido matrimonio a su vecina se hacía cada vez más real, aunque ni ellos se lo creían. Eso sí, estaban convencidos de que no era un error. Se querían. ¿Qué había de malo en ello? Era una locura, sí, pero una locura de las buenas. Lo tenían todo planeado, ahora solo faltaba comunicárselo a sus familias; hasta el momento, no lo sabía nadie. Solo Dark. Y querían hacer partícipes del evento al resto, querían compartirlo con ellos.

Y no eligieron una mejor ocasión que el día de Navidad. Los padres de Priscila invitaron al vecino a tomar el café y los postres. Él se presentó con una suculenta tarta de calabaza en las manos; era la favorita de su futura suegra.

—¡Alex ha llegado! —anunció Priscila desde la puerta principal. No era más que un mensaje velado para avisar a los miembros de su familia de que se comportaran.

—¡Bienvenido, Alex! ¡Feliz Navidad! —dijeron todos en alto, las voces perfectamente sincronizadas. Lo hicieron a propósito para molestar a la princesa de la casa.

—¡Hola! —saludó Alex al entrar.

Alex y Pris se sentaron a la mesa y simularon escuchar las conversaciones de los demás mientras se miraban a los ojos con complicidad. Entonces, Alex le hizo la señal.

—Tenemos algo que contaros —dijo la pequeña de los Cabana.

—Ay, Dios —exclamó Adrián.

—¿Por qué dices eso? —le preguntó su hermana.

—Me ha sonado fatal.

—Es una buena noticia.

—No estoy seguro de que esa afirmación sea positiva o negativa si la niña está embarazada...

—¡Marcos! —gritaron todos.

—No estoy embarazada, idiota —protestó su hermana.

—Bien —añadió el padre.

—¡Papá! —exclamó ella.

—Sería el colmo que te quedaras embarazada después de la cantidad de sermones que te hemos dado —intervino River.

Y era cierto. Vergonzoso, a su parecer, pero cierto. Primero había hablado con ella Marcos, el más preocupado por la salud sexual de su hermana, al punto de ofrecerle unos preservativos (y también a Adrián, pero esa es otra historia); luego lo habían hecho, Adrián, Hugo, River y su padre, por ese orden. Por último, había llegado la única charla buena y útil de verdad: la de su madre.

—Tranquilos —Alex alzó las manos—, siempre usamos protección.

La cuchara del padre cayó al plato.

La cuchara de la madre, a su regazo.

La de River se quedó a medio camino entre el plato y la boca.

La de Marcos, a medio salir de la boca.

La de Hugo salió estrepitosamente de la boca junto con la tarta de calabaza. Adrián no había llegado a tomarla, gracias a Dios.

Priscila no sabía ni dónde estaba la suya, y Alex solo quería meterse debajo de la mesa, pero decidió salir del apuro soltando la noticia, así, a lo loco.

—¡Nos casamos!

—¿Quién? —preguntaron, al unísono, cuatro de ellos.

—Nosotros —respondió Priscila, con unos ojos que no podían brillar más.

—¡No puede ser! —gritó River—. ¿Cuándo? Porque yo me caso dentro de tres meses.

—Mierda...

Por suerte, para entonces las cucharas estaban encima de la mesa. Se montó una pequeña guerra civil en el salón de los Cabana. Los ataques llegaban por doquier, tanto para el primogénito como para la pequeña.

Al primero lo acusaban de precipitado; tenía veintinueve años, acababa de abandonar las pruebas para la Policía Nacional en plenos exámenes y nadie lo entendía. Y otro aspecto que debía tener en cuenta: apenas llevaba un mes saliendo con la chica en cuestión. Era una locura.

A la segunda la tildaban de irresponsable, insensata, inmadura... y unas cuantas perlitas más. Cada acusación se apoyaba en el mismo argumento: era demasiado joven y aún no había terminado los estudios. Ella se defendía con uñas y dientes, respaldada por el vecino de la casa de enfrente, alegando, entre otras cosas, que se casarían cuando Priscila acabara la universidad. Sin embargo, nadie lo comprendía.

No obstante, daba todo igual: tanto el mayor como la pequeña eran mayores de edad y podían tomar sus propias decisiones. Por muy alocadas que fueran.

Cuando los padres se fueron a la cama, con la esperanza de que el día siguiente fuera mejor y se vieran las cosas de otra manera, los hermanos Cabana y Alex continuaron discutiendo. Los ataques se centraron en los más jóvenes. Al mayor lo habían dejado por imposible.

—¡No lo entiendo! ¡Tienes veintiún años! —le repetía Adrián una y otra vez. Una y otra vez. Y otra vez. Y siempre mirando al vecino con inquina y censura.

—¡Casi veintidós! —respondía ella una y otra vez. Una y otra vez. Y otra vez.

—Mierda… —Hacía tiempo que esa era la única palabra que pronunciaba Marcos.

—¡No hay necesidad! —insistía Adrián.

—No lo hacemos por necesidad.

—Entonces, ¿por qué?

—Porque nos queremos.

—Mierda…

—Chicos, tengo que decirles algo —anunció Hugo, en medio de aquella situación catastrófica.

Pero nadie le hacía caso. Estaban ocupados en su lucha contra Alex y Priscila.

—Chicos —repitió.

Nada.

—Chicos.

Seguían ignorándolo, y se le agotó la paciencia.

—¡Silencio, maldición! —Entonces sí, obtuvo toda la atención; Hugo no era muy de palabrotas—. Tengo que decirles algo.

—¿Y a ti qué demonios te pasa? —preguntó River.

—Demonio ninguno. Soy homosexual.

—Vamos, el otro. Que le den…

—¡Marcos! —gritaron todos, en señal de reprobación.

—Mierda…

—¿Es en serio? ¿No es una estratagema para desviar la atención de la movida de estos dos? —tanteó Adrián.

—¿Tú qué crees?

—Está bien. ¿Alguien más tiene algo que confesar?

Fue el turno de Alex. El último turno.

—Estoy enamorado de Priscila. Quiero compartir mi vida con ella. Queremos vivir juntos, con Dark. En una casa que sea solo nuestra. Y quiero que sea mi mujer. ¿Qué problema hay?

—Todo eso pueden hacerlo sin casarse —le respondió Adrián.

—Pero queremos hacerlo.

Era un callejón sin salida.

Priscila se despidió de su novio y siguió discutiendo con sus hermanos hasta casi el amanecer. No con todos: Hugo estaba fuera de juego. No se arrepentía de haber confesado su gran secreto a sus hermanos, sabía que lo apoyarían en todo, pero había empezado a sentirse culpable por no hacer lo mismo por Priscila.

Antes de acostarse, ella miró a Adrián, su alma gemela, con decepción.

—¿Qué quieres que te diga? ¿Qué necesitas que te diga? —le preguntó él.

—Necesito que me digas que te agrada Alex. Solo eso: "Me agrada Alex". Y necesito que lo sientas de verdad.

Era una locura, sí, hasta ellos lo sabían. Él tenía veinticuatro años y ella, veintiuno, casi veintidós. No eran más que unos niños, unos niños que se habían dejado llevar por el momento y por las emociones.

¿Quién no lo ha hecho a esa edad?

¿Quién no ha cometido locuras?

Puede que para algunos "locura" signifique tirarse en paracaídas, o cruzar medio país en autobús sin permiso de los padres para ver al chico o la chica que le gusta; ellos habían decidido casarse porque les podía el amor que sentían y la posibilidad de hacerlo; eso también cuenta, claro.

Alex era independiente económicamente, y Priscila estaba a punto de terminar la universidad. Y, por supuesto, influía el hecho de que Alex se creía el rey del mundo: podía tomar lo que quisiera, cuando quisiera y como quisiera, con tan solo chasquear los dedos. O, como en aquella ocasión, proponer matrimonio. Tenía su propio dinero, el que ganaba con la natación, ¿por qué no podían casarse? ¿Por qué no pasar todo el día juntos, toda la vida juntos? La quería, y la quería ya. Había conocido a millones de chicas, cada año en las competiciones conocía a dos millones más, y ninguna le decía nada, ninguna lo hacía reír como ella ni lo hacía sentir como ella.

Para Priscila, 2011 había sido el del verano rosa, porque lo veía todo de ese color. Le parecía el color de la felicidad.

Para el resto, 2011 sería el de las navidades que no olvidarían. Las navidades que fueron de todo menos tranquilas.

La hermana de la pelirroja, que también es pelirroja

Me despierta el ruido de la televisión de mi dormitorio. Primero abro los ojos; estoy boca abajo, con el rostro escondido entre la almohada y el colchón. Me incorporo lo justo, giro la cabeza y descubro a Adrián sentado en la cama a mi lado, con la espalda apoyada en el cabecero y un café en las manos.

—Buenos días —me saluda.

—¿Cuánto tiempo llevas ahí? —pregunto, desperezándome y frotándome los ojos por el sueño—. ¿Qué hora es?

—Un par de horas, y… —levanta la muñeca donde lleva el reloj— las ocho de la mañana, más o menos. Bueno, ¿quién comienza?

Adrián siempre entra a matar. Sin medias tintas. Sin preliminares. Ya me avisó ayer de que teníamos que hablar y de que debía contarme algo. Estaba claro que no iba a dejarlo pasar durante más tiempo.

—Yo —respondo—. Las tiritas, mejor quitarlas de golpe, ¿no?

—Okey —acepta—. Empieza.

Me incorporo del todo y me siento en el colchón junto a él. Estoy a punto de comenzar a hablar cuando se abre la puerta de mi habitación y aparece Jaime en el umbral.

—Vaya. ¿Reunión familiar, Cabana?

A veces creo que Jaime simplemente me huele. Sin consultarnos, se acerca a la cama, se sube y se sienta con las piernas cruzadas. Yo no tengo ningún problema en contar lo que ha sucedido con Alex delante de mi mejor amigo; de hecho, creo que él también tiene algo que decir. Y no se me escapa la mirada de soslayo que se intercambian los dos. Yo voy a hablar, sí, pero después voy a exigir explicaciones sobre lo que sucedió ayer en el baño del barco.

—Has llegado en el momento oportuno —lo informo—. Justo iba a contarle a Adrián mi historia con Alex.

—¿Pasado o presente?

—Presente.

—¿Así que hay una historia? —nos interrumpe mi hermano.

—Pues claro que hay una historia, rubito —le responde Jaime, como si fuera lo más obvio del mundo y él no se enterara de nada. Adrián contesta poniendo los ojos en blanco y soltando un ligero bufido.

—Si lo miras con perspectiva, todo empezó porque tú —señalo a Jaime con el dedo— me azuzaste para que me acostara con Alex.

—Cierto.

—¿Qué? Explícame eso. —Adrián se muestra sorprendido.

Tomo envión y lo vomito todo. Sin respirar prácticamente hasta el final:

—Así que Jaime me dijo que el problema era que nuestra historia había quedado inacabada, que habíamos pasado de estar superenamorados y querernos…

—Y tener sexo —apostilla mi amigo, pero lo ignoro.

–... a, de la noche a la mañana, odiarnos, no vernos y tener que olvidarnos. Me aseguró que había demasiada tensión sexual porque aún no habíamos puesto fin a nuestra historia y que eso se resolvía con un polvo.

–¿En serio le dijiste eso? –le pregunta mi hermano a Jaime, sin acabar de creérselo.

–Sí –respondo yo. Jaime asiente varias veces con la cabeza, orgulloso–, y que conste en acta que no lo estoy responsabilizando de lo que sucedió después, ni muchísimo menos. Pero ¿sabes una cosa? Creo que tenía razón: Alex y yo no habíamos terminado, lo habíamos dejado todo en el aire. Como un globo que se ha quedado atrapado en un árbol. Y habían pasado demasiados años como para permanecer más tiempo retenido. Teníamos que auxiliarlo para que volara de una vez por todas o... solo explotarlo. Me quedé pensando en ello, y entonces Alex apareció de nuevo; no me pregunten cómo ni por qué, pero le solté así, sin más, que Jaime pensaba que debíamos acostarnos. Comenzamos a discutir y yo me marché a casa, enfadada, asqueada de todo; él me siguió y discutimos más. De repente, perdió la cordura y me besó. Mientras subíamos a la habitación no podía dejar de pensar que llevaba cuatro años sin sentirme así. Que lo había anhelado infinitamente más de lo que pensaba y que mi vida se había convertido en una sucesión de diapositivas en blanco y negro. Y de improviso, esas diapositivas volvían a adoptar un montón de colores: rosa, amarillo, azul, magenta, cian, verde, naranja, morado...

–¡Alto, alto, alto! ¡Para! –me grita mi hermano, alzando las manos.

–¿Cian? ¿No se te ocurre otro color? –pregunta Jaime, con la frente arrugada.

–¿Alex empezó? –continúa Adrián.

–Sí, pero ¿acaso importa quién dio el primer paso? Quizá incluso lo hice yo al regresar al pueblo. El problema ha sido que, al final, resulta que Jaime estaba equivocado. —Miro de reojo a mi amigo—. No fue un broche a nuestra historia, más bien fue el comienzo de algo, de un "algo" que tengo aquí dentro —me señalo el corazón— y que sé que no se va a disipar. Ya no. El otro día, Alex estaba de reposo en su casa y yo fui a acercarle a Dark, que se había escapado. —Lanzo otra mirada, en esta ocasión, a mi hermano, para que sepa que ese fue el momento exacto en que nos atrapó con las manos en la masa—. Volvimos a acostarnos, con la idea de que iba a ser la última vez, pero si hoy, mañana o la semana que viene él volviera a proponérmelo, yo aceptaría sin dudarlo. ¿Dónde nos deja eso, eh? ¿Dónde?

Expulso el aire que estaba conteniendo y respiro de nuevo; llevaba tiempo sin hacerlo.

—Diablos, Pris, esto es una locura —afirma Adrián, sin poder decir más.

—Es perfecto. Y justo lo que esperaba —añade Jaime.

—¿Qué quieres decir? —le pregunto.

—¿Vas a permitir que te diga de verdad lo que pienso de todo esto o vamos a seguir fingiendo que es cosa del pasado?

—¿Qué?

—Priscila —me dice, con tono cariñoso. Con ese tono que solo usa cuando me dice que me quiere—, estás loca por él. No tengo ni maldita idea de qué fue lo que les sucedió hace cuatro años, pero te aseguro que casi desde el primer momento, incluso desde antes de saber que eran marido y mujer, supe que algo había ocurrido entre ustedes y que no lo habían superado. Demonios, es que salta tanto a la vista que me parece el colmo que nadie más se haya dado cuenta. ¿Aquello que te dije el día de la inauguración de que te acostaras con él para darle una despedida a su relación? Era una estupidez tan grande como el maldito Empire State; lo único que quería era darles el empujón que necesitaban.

—No, eso no es así —niego vehemente—. Yo no estoy loca por él. Ya no.

—Un poco arriesgado, ¿no crees? —le comenta mi hermano, severo—. ¿Sueles meterte así en la vida de la gente? ¿Sin medir las consecuencias? ¿Sin saber lo que sucedió y la gravedad del asunto?

—En la vida de la gente, no, en la vida de mi mejor amiga. Y no, no creo que fuera arriesgado. Tuve una corazonada y fui a por ella. Y si echar un polvo podía suponer la solución a algo que ocurrió hace mucho tiempo, bienvenido sea.

—No estoy enamorada de Alex —insisto—. Y no hay nada que solucionar.

—Por supuesto que no lo estás —corrobora mi hermano—. Solo es atracción. Alex y tú sentían una atracción de los mil demonios el uno por el otro. Era de idiotas pensar que no la seguirían sintiendo ahora.

—¿Atracción? —repite Jaime—. No estoy de acuerdo, pero, vamos, finjamos que me lo creo por ahora. —Sí, finjamos que yo también me lo creo del todo—. Y, ahora sí que sí, necesito que me cuentes qué fue lo que pasó entre Alex y tú hace cuatro años. El cartucho de "me duele demasiado como para hablar de ello" se te ha quemado, Priscila.

Chasqueo la lengua por toda esta situación nuestra, que se complica a cada segundo que pasa. También porque Jaime tiene razón.

—Está bien —acepto—. Te lo voy a contar todo. Desde el principio. ¿Tienes un par de horas?

—Tengo todo el tiempo del mundo.

Y yo necesito sacarlo de dentro de una vez. Se me ha enquistado demasiado.

Se lo cuento sin censuras. Sin perder detalle. Sin dejarme nada. O casi nada.

Le hablo de cuando vi por primera vez al vecino de la casa de enfrente.

De aquel bum que sentí.

Le hablo de las primeras veces que interactuamos ese vecino y yo.

De nuestro primer beso.

Le hablo de cómo me enamoré de él sin darme cuenta.

De mis veranos de colores.

Le hablo de la loca proposición de matrimonio de Alex.

De que acepté.

Le hablo de lo felices que fuimos durante los primeros meses de casados.

Y de lo que vino después.

Le hablo de lo que sucedió aquel día de finales de septiembre en el jardín de nuestra casa.

Aquel maldito día.

—Mierda, Pris. —Es la única respuesta que obtengo dos horas después—. Mierda.

—¿Y ahora qué hago? ¿Qué demonios hago? —les pregunto a ambos, con la voz estrangulada por las emociones que han aflorado en mí al recordarlo todo.

Adrián abre la boca para hablar por primera vez en dos horas, pero se ve interrumpido por el sonido de la puerta de mi dormitorio, que se abre con estrépito. Marcos asoma la cabeza.

—¡Chicos, ¿todavía en la cama?! ¡Hay carrera de motos de agua en la playa! ¡Acabo de apuntarme! ¿Vienen? —nos pregunta, emocionado como un niño.

Las carreras de motos de agua en este pueblo son como los cierres y reaperturas del quiosco en la playa: frecuentes y en abundancia. Y hoy coincide con el inicio de las fiestas patronales, que comienzan al mediodía con una fiesta en la playa, unos altavoces y música a todo volumen. Más tarde, en el paseo, disponen una hilera larguísima de mesas llenas de comida y bebida para que la gente compre lo que le plazca. En definitiva, hoy saldremos a la calle temprano y volveremos a casa temprano también, pero del día de mañana. Va a ser un fin de semana movidito.

Adrián, Jaime y yo cruzamos una mirada. Esta conversación no ha terminado, pero necesito un descanso. Acepto la propuesta de Marcos por los tres.

Nos vestimos y bajamos los cuatro a la playa, no sin que antes advierta a Jaime y Adrián de que no van a escabullirse eternamente sin contarme lo del baño. Quiero saber qué está pasando.

Vamos directos al pequeño puesto de madera donde se alquilan las motos de agua y ahí nos encontramos con Hugo y River, que están en medio del gentío de participantes. Echo un vistazo a cada rostro por si veo a mis padres, pero no han llegado todavía; estarán organizando todo en la tienda. Al que sí veo es a Alex, con el pelo mojado, el bañador amarillo que le marca el paquete y un chaleco salvavidas verde. Mi corazón hace bum, cómo no. No sé si por haber estado horas hablando de él y recordando nuestro pasado o porque, sin más, es algo que va a suceder siempre que lo vea.

—¿Alex va a participar? —le pregunto a Marcos, que está a mi lado, firmando unos papeles y recogiendo su chaleco y alguna cosa más.

—Pues claro que va a participar. Alex es el dios del mar. Es como Poseidón. Y no podemos celebrar una carrera de motos de agua sin Poseidón. Es sumar dos y dos, hermanita.

—Poseidón tiene una lesión de rodilla —repongo, con mala leche.

De verdad, no me parece nada bien. Hace poco más de una semana se encontraba fatal por la rodilla y ahora, ¿quiere hacer una carrera? Giro sobre mis talones, ignorando las llamadas de mi hermano, y voy directa a él. Me pregunto, de camino, si todavía estará vigente nuestra tregua…

—¿Vas a participar? —le digo.

—¿Es a mí? —Alex arruga la frente.

—Sí, es a ti. —Lo sujeto del brazo y lo separo del grupo de personas que se preparan para la carrera—. No puedes meterte en una competición tan agresiva.

—¿Que no puedo…? ¿Qué? —pregunta, sin acabar de creérselo—. Tú y yo no somos nada, Reina del Desierto, así que no me digas lo que puedo hacer o no, porque me lo voy a pasar por el culo.

Ahí tengo la respuesta a mi pregunta: sí, se acabó la tregua. Al menos, por su parte.

Se da la vuelta, muy digno, y se dirige a una de las motos, que aguarda, ya preparada, en el agua. Lo sigo con la mirada y cuento treinta motos, todas ellas bamboleándose despacio en dirección al punto donde se encuentra el árbitro, a pocos metros de la orilla. Distingo a Adrián, Marcos, River y Hugo subidos en cuatro de ellas.

Jaime se acerca a mí y comienza a gritar:

—¡Vamos, rubio, demuéstrales lo que vales! Ey, Pris —mi amigo me agarra la mano—, vamos a acercarnos más para animarlos. ¿Tú con quién vas?

¿Yo con quién voy? En el último momento, el último segundo, decido cometer una locura. Suelto la mano de Jaime y me quito las sandalias con dos golpes secos. Me desprendo también de la camiseta y de los pantalones cortos. Saco el móvil de la bolsa de tela que llevaba a la espalda y se lo tiendo a Jaime. Lo dejo todo sobre la arena y tomo un chaleco del montón apilado encima de una mesa; me lo pongo de camino a la moto de Alex y, cuando está a punto arrancar, monto detrás de él.

—¿Qué diablos haces? ¡Baja ahora mismo! —grita en cuanto nota mi presencia.

Pero en ese instante el árbitro indica con la mano el comienzo de la competición y, aunque Alex insiste en que me baje, ya no hay tiempo. Es demasiado tarde y supondría demasiada desventaja para él, así que nos ponemos en marcha, yo con el corazón a mil por hora a causa de la emoción y Alex gruñendo por lo bajo.

Aprieta el acelerador y nos metemos de lleno en la carrera: siento las olas bajo nuestros pies y escucho como la moto golpea el agua. Muevo el trasero para ponerme cómoda y me abrazo a la cintura de Alex por debajo de su chaleco.

Pero vamos muy lentos.

—Más rápido —le grito, al oído.

—¡Voy todo lo rápido que puedo! —responde, sin girarse.

—¡No es verdad, y lo sabes!

Lo estrecho con más fuerza con uno de mis brazos y el otro lo apoyo en su bíceps, salpicado por el agua, instándolo a que acelere.

—¡Dale potencia de verdad, Alex! Es posible que incluso consigas tirarme al agua y deshacerte de mí. Sería un golpe de suerte.

—Deja de decir tonterías, Reina del Desierto.

—Pues deja de tener miedo por mí y acelera.

—¡Mierda, Pris!

Protesta una y otra vez, pero a pesar de las quejas… me hace caso.

Y una vez que Alex pierde el miedo y comenzamos a ganar velocidad, ya no hay quien nos pare. Las olas cada vez son más grandes, son descomunales; sin embargo, Alex las atraviesa sin problema. Damos tantos saltos en la moto que incluso quedo suspendida en el aire unas milésimas de segundo, pero me encuentro bien sujeta.

—¡Agárrate fuerte! Y no aflojes para nada —me grita Alex mientras adelantamos a Adrián. Lo saludo con la cabeza, sonriente, y continuamos ganando posiciones.

No tardamos mucho más en sobrepasar a River, Marcos y, en último lugar, en el momento de dar la vuelta, a Hugo. Alex lo ha hecho de una manera tan perfecta que conseguimos ponernos a la cabeza de la carrera.

—¡Alex, somos los primeros! ¡Vamos a ganar!

—¡Y eso que llevo paquete!

Río en su oído y apoyo la cabeza en su espalda. No puedo evitar pensar que es verdad que Alex es como Poseidón. En el agua no tiene rival. Nunca lo ha tenido.

Como cada vez estamos más mojados por culpa de las gotas que nos salpican, refugio mi rostro en su cuerpo. Permanezco en esa postura increíblemente cómoda hasta que Alex me habla:

—Pris, llegamos ya, no te lo pierdas.

Levanto la cabeza y miro atrás para cerciorarme de que sacamos ventaja al resto de participantes: Hugo se encuentra a poca distancia de nosotros, pero estamos tan cerca de la meta —que no es otra que el grupo de personas que nos espera, con más motos de agua, en medio del mar— que es casi imposible que nos alcance.

Segundos después… ¡ganamos!

—¡Yuhuuu! —gritamos Alex y yo, al unísono, al sabernos vencedores.

Poco a poco, perdemos velocidad y giramos de nuevo en la moto para reunirnos con los demás. Los participantes van llegando y nos colocamos formando un círculo muy irregular. La mayoría de ellos se acercan a nosotros para felicitarnos antes de detenerse del todo.

Me entran unas ganas casi irrefrenables de lanzarme al mar y disfrutar del momento, pero ni me lo planteo, teniendo en cuenta que, una vez que me baje de la moto, con lo complicado que es tomar impulso desde dentro del agua, me va a ser imposible volver a subir.

Después de los vítores y las felicitaciones, cuando nos disponemos a regresar a la playa para seguir celebrándolo en la fiesta, me doy cuenta de que no quiero que se acabe; me apetece disfrutar más tiempo de este Alex y no quiero dejar de abrazarlo, pese a que la moto ya está en reposo. Él tampoco se ha quejado..., al menos, por ahora. Pero toca regresar. Lo hacemos en silencio, un silencio cómodo, y disfrutando del paseo. Ambos. Porque Alex podría negarlo, pero no le creería. Su cuerpo está relajado junto al mío, y pilota la moto con lentitud; si tuviera alguna prisa por deshacerse de mí, aceleraría, ¿no?

Cuando llegamos a la playa y nos apeamos, nos dirigimos a la caseta de madera. Ahí se encuentran ya Marcos, Alicia y River. Íbamos tan despacio que todos nos han adelantado.

—Chicos, los estaba esperando —nos recibe Marcos.

—¿Y eso? —le pregunta Alex mientras nos quitamos los chalecos.

Deposito el mío encima del mostrador y localizo con los ojos mi montón de ropa en un rincón.

—Quería proponerles algo. ¿Les apetece comer en los puestos del paseo con nosotros?

—Por mí, bien —contesto. Tampoco barajaba otra opción—. ¿Y los demás?

—Acaban de irse —me responde Alicia—. Yo acabo de llegar. No he podido venir antes: mi madre me ha entretenido con un tema de la boda. Por cierto, toma tu móvil; me lo ha dado Jaime antes de marcharse con tus hermanos.

Tomo el aparato que Alicia me tiende.

—¿Y Cata? —le pregunto a River. No es que la eche en falta, pero River y ella siempre andan juntos. Peleados pero juntos. Mi cuñada no trabaja, es la típica niña rica y considera que trabajar está sobrevalorado. Me extraña que no haya venido a la carrera.

—Por ahí —responde mi hermano, distraído.

Acepto el poco interés que muestra y me pongo la camiseta y los pantalones encima del bikini mojado. Cuando voy a calzarme, me doy cuenta de que las sandalias no están en su sitio.

—Marcos, ¿has visto mis sandalias? No están con el resto de mis cosas. —Señalo el lugar donde he recogido mi ropa.

—¿Tus sandalias? No, ni idea.

—Estoy segura de que las he dejado aquí.

—Yo te ayudo a buscarlas —se ofrece Alicia.

Las buscamos entre todos, excepto Alex, que está a lo suyo vistiéndose. Sin embargo, no aparecen por ningún lado.

—¡Me las han robado! —exclamo.

—Eso es el karma —sugiere Alex, con desinterés, terminando de vestirse.

¿El karma? ¿Qué quiere decir con eso?

—Oh, vamos —exclama, al ver mi cara de pena—, estaba bromeando. Lo más probable es que haya algún loco por ahí al que le gustan las sandalias con rosetones gigantes y se las ha llevado, porque mira que es difícil encontrar algo así.

—¿Se supone que tiene que hacerme gracia?

—Claro —responde, con la sonrisa más bonita del mundo.

—Pues mira, me alegra que estés de buen humor, porque ahora tengo que ir a casa por otro par y estoy pensando que podrías acompañarme.

—¿Quién? ¿Yo? No. Ni en broma. ¿Por qué iba a hacerlo?

—Porque tengo que subir en coche. Estoy descalza y he venido andando; necesito que alguien me acerque a casa y tú siempre vas en coche a todas partes.

—Pídeselo a alguno del montón de hermanos que tienes. Aquí mismo hay dos a tu alcance. —Apunta a Marcos y River.

—Es que hemos bajado todos andando y, además, no quiero que se pierdan la fiesta por mi culpa.

—¿Y yo sí?

—A ti no te gusta tanto la fiesta. No te importa perdértela.

—Me da igual. Llama a tus padres. Yo no pienso subirte.

—Vamos, Alex, amigo, sería todo un detalle —interviene Marcos—. Y ya que vas, tráeme unas deportivas; estas me hacen daño. Creo que son de papá, pero son las primeras que he encontrado —explica—. Tiene los pies más pequeños que el resto.

—Diablos…, qué pesaditos son los Cabana. No se salva ni uno. Está bien, voy, pero me debes una —le dice a mi hermano.

—Genial. Están en la cocina, son verdes y amarillas. —Alex lo mira con desazón—. Las deportivas —aclara Marcos.

Evito hacer el salto de la victoria y me despido de mis hermanos y de Alicia con una sonrisa. Siguiendo la bipolaridad que nos caracteriza a Alex y a mí en lo que a nosotros se refiere, trepo a su espalda para no pisar el suelo y vamos así hasta el coche, que está cerca. Una vez dentro, no hablamos mucho; enseguida llegamos a la urbanización y estacionamos frente a la casa de mis padres. Dejamos la puerta abierta al entrar; va a ser cuestión de segundos que volvamos a salir. La vivienda está sumida en un silencio profundo, ya que toda mi familia está en las fiestas del pueblo.

Mientras Alex enfila directo a la cocina a por el calzado de mi hermano, yo subo a mi habitación. Elijo unas sandalias de verano en el armario y voy a buscar a Alex, que justo sube las escaleras.

—¿Dónde diablos están las deportivas de tu hermano? Ha dicho que estaban en la cocina, pero ahí no hay nada.

—Seguro que Adrián se ha confundido y las lleva puestas; siempre andan igual. Voy a su cuarto a buscar otras. Tiene tropecientas.

Adrián se pasa media vida comprando calzados. Me atrevo a decir que tiene incluso más pares que ropa interior. Avanzo por el pasillo, seguida de Alex, y al llegar a la puerta del dormitorio de Adrián, abro con fuerza, segura de que no hay nadie dentro. Pero... sorpresa. Sí hay dos personas dentro.

Una es Adrián.

La otra: ella.

Alex reacciona un segundo después:

—¡Oh, mierda! ¡Perdón! Ya nos íbamos. —Yo tardo siete segundos en reaccionar. Siete. A pesar de que Alex me ha agarrado el brazo y tira de mí—. ¿Pris?

—Oh, no. Por favor, no. Con ella, no —exclamo, desolada.

Ni siquiera me fijo en que están desnudos y haciéndolo en la cama de mi hermano. Solo la veo a ella. Está de espaldas, encima de él, pero la reconozco. ¿Cómo no hacerlo?

Hay momentos en la vida que quedan grabados para siempre en nuestra retina. Algunos son buenos. Otros, no. Este es uno más de los segundos: mi hermano Adrián montándoselo con la hermana de la pelirroja, que también es pelirroja.

Me doy media vuelta y salgo corriendo de ahí.

—¡Pris, espera!

"Mierda".

Pristy, la ardilla. Después de pasar un buen día.

Verano de 2012

Alex y Priscila se casaron el verano de 2012.

Dieciséis años después de que se vieran por primera vez a través de los tablones de madera de la valla que circundaba la piscina comunitaria de su urbanización.

Dieciséis años después de aquel primer bum del corazón de Priscila y de aquel primer gesto petulante de Alex. Al parecer, las primeras impresiones no siempre son las correctas...

Y justo después de que Alex consiguiera su segunda medalla olímpica. Los Juegos de 2012 supusieron todo un éxito para el atleta.

La noche antes de la ceremonia, que se celebraría en la iglesia del pueblo seguida de una comida en la famosa piscina comunitaria, Alex y Priscila estaban sentados allí con los pies metidos en el agua. Acababan de llegar del *pub* del pueblo, de brindar con familiares y amigos –preboda, lo llamaban– y de hartarse de sonreír a los que acudían a saludarlos con las felicitaciones de rigor. También, de escuchar las canciones del momento: *Yo te esperaré*, de Cali y El Dandee, o *Titanium*, de David Guetta. Habían invitado a muy pocas personas, las imprescindibles, pero el pueblo entero lo sabía, y la taberna se había llenado de curiosos, igual que el día de su inauguración, en aquel verano de 2004.

Una vez solos, rodeados del silencio de la urbanización a esas horas de la noche, Alex y Priscila celebraron su último día de solteros como deseaban hacerlo en realidad: besándose como chiquillos y cruzando miradas cómplices en la que sería, ellos así lo pensaban, su última noche separados. Alex sujetó a su futura esposa por la barbilla y acercó su rostro al suyo para besarla. La tumbó de espaldas sobre las baldosas rosadas y la ropa fue esfumándose hasta que no quedó nada sobre sus pieles. Solo el uno contra el otro y el manto de estrellas que los cubría entre besos y gemidos.

Durmió cada uno en su casa, como dictaba la tradición. Aunque no lo hicieron por eso, sino porque Priscila quería pasar aquellas últimas horas con sus hermanos. Hermanos que, por cierto, llevaban meses desaparecidos en combate. Priscila no tenía ni idea de dónde se metían, pero en algo andaban. Ya se lo sonsacaría. A nada que insistiera, Marcos cantaba seguro.

Se metieron todos en la habitación de Priscila, como pudieron. Incluso River, que ya era un hombre casado.

Cuando esta llegó a su dormitorio, después de despedirse de Alex, los cuatro la esperaban sentados en la cama, jugando a la consola. Se sentó con ellos y, a pesar de los dinosaurios que campaban a sus anchas en su estómago, se quedó dormida enseguida.

La ceremonia fue bonita y emotiva, aunque hacía un calor de mil demonios. Eran las seis de la tarde y el sol aún calentaba con fuerza. Alex apareció, por sorpresa, con pajarita en lugar de corbata; sabía que eso, y los tirantes, volvía loca a su chica favorita.

Priscila entró en la iglesia del brazo de su padre, ataviada con un sencillo vestido de noche blanco, de tirantes y largo hasta los tobillos, que logró que el vello de Alex se erizara. Llevaba el pelo suelto y ondulado. Su inminente esposo pensó que era la novia más guapa que se vería jamás en el universo.

—Te has puesto pajarita —fue lo primero que Priscila le dijo a su vecino, con los ojos enrojecidos a causa de las lágrimas de emoción y de felicidad que luchaban por asomarse.

—Nos hemos puesto pajarita —corrigió él.

Priscila miró a ambos lados hasta que descubrió a Dark en brazos de su hermano Hugo, con una pajarita idéntica a la de Alex y con la cola en pleno movimiento.

Compartieron votos, besos, miradas, lágrimas, sonrisas y abrazos.

Llegaron a la urbanización en un Seiscientos amarillo con globos atados a la defensa, y alucinaron al ver lo que sus familias habían montado en la piscina comunitaria. El agua estaba cubierta de pétalos de rosa de todos los colores y hojas de roble; había guirnaldas de luces colgadas de lado a lado, atadas a las farolas y a las ramas de las palmeras. En lugar de las hamacas de siempre, alrededor de la piscina habían dispuesto mesas redondas con manteles blancos y centros de flores rojas y rosas y velas aromáticas. Estaba precioso.

En cuanto los invitados vieron entrar a los recién casados, comenzó a sonar a todo volumen *¡Chas! y aparezco a tu lado*. Cómo no.

Alex, sin cortarse un pelo, y sin que se borrara la sonrisa de su boca, sujetó a su mujer de la mano y comenzó a moverse al ritmo de la canción. Dieron vueltas y vueltas por entre las mesas; eran todos tan felices que nadie diría que aquella boda había causado tantas discusiones y quebraderos de cabeza. Porque si en casa de Priscila la revelación fue tensa, en casa de Alex no se quedó atrás. Sus padres pusieron el grito en el cielo y su hermano no acababa de creérselo. Fue lo que más le dolió a Alex. Después de que John le repitiera ocho veces aquello de "¿esto es una broma?", fue a la puerta y se marchó a la playa, con el mayor a la zaga. "Si vuelves a preguntarme si esto es una broma, te juro que...". "Lo siento, enano. ¿Me perdonas? Me ha tomado por sorpresa y... Quiero que sepas que yo te apoyo. Yo te apoyaré siempre, hagas lo que hagas. A no ser que decidas meterte en una secta, ponerte un piercing en el pene o casarte a los veintipocos. Ups, que eso ya vas a hacerlo. Es broma. Te quiero, tonto".

Se sentaron a cenar, aunque Alex y Priscila no comieron absolutamente nada; estaban demasiado extasiados mirándose el uno al otro y haciendo manitas por debajo de la mesa.

Cuando trajeron el pastel, Alex rio a carcajadas al ver que tenía forma de piscina olímpica, cortesía de su mujer. La cortaron, brindaron y salieron a bailar de nuevo; a través de los altavoces, casualidad, sonaba otra canción de Álex y Christina.

Fue una gran velada, y lo que quedaba todavía...

Priscila no sabía dónde iban a pasar la noche de bodas, era una sorpresa de Alex. Se despidieron de todo el mundo; allí los dejaron en plena fiesta, brindando y bailando; se subieron al Seiscientos.

Alex, mientras conducía, no podía dejar de mirar a su mujer. También estaba nervioso. ¿Y si pensaba que se había precipitado?

Subieron por una de las cuestas del pueblo y se alejaron de la civilización. Priscila no entendía nada; en aquella zona no había más que viviendas familiares. Llegaron frente a una gran verja metálica y Alex detuvo el vehículo.

–¿Qué hacemos aquí? –Priscila arrugó la frente.

–Espera.

Alex extrajo un pequeño mando de la guantera y pulsó el botón. La verja se abrió ante la mirada de incomprensión de Priscila. Entraron en la propiedad, directos a una cochera. Tan estupefacta estaba la recién casada que no se dio cuenta de que Alex había salido del coche y abría su portezuela para que se apeara. Dark se adelantó y fue el segundo en salir.

—¿Vamos? —preguntó Alex.

—¿Dónde estamos?

—En nuestra casa. Tuya y mía. Ven.

Priscila abrió la boca. Alex la asió del codo y le mostró el camino hasta la entrada de la vivienda. Pasaron por un estrecho sendero de piedras, junto a una piscina vacía y con la pintura desconchada. La hierba que la bordeaba lucía alta, desordenada y descuidada. La fachada se veía en varios colores, y se notaba que tanto las ventanas como las puertas eran nuevas, a juzgar por las marcas de pintura alrededor. Era tan... perfecta. ¿Era suya? No acababa de creérselo.

Alex no había despegado la vista de su mujer: no quería perderse ni un ápice de su reacción. La casa estaba destartalada, aunque no tanto como unos meses atrás, cuando había decidido comprarla, invirtiendo la mayor parte de sus ahorros. Sus cuñados lo habían ayudado a cambiar puertas y ventanas, la valla de la entrada y también con algún arreglo que otro para hacer la estancia habitable, dado que, a partir de ese día, ambos vivirían allí como marido y mujer.

Sus cuñados eran más simpáticos de lo que pensaba. Con Marcos había conectado enseguida, al segundo; con Hugo y River, un poco después, y con Adrián... empezaba a encajar. Y su preciosa mujer no tenía ni idea de nada. Era su secreto.

A Priscila le había dicho que, cuando estuvieran casados, vivirían de alquiler en un apartamento al que había echado el ojo. Era una estratagema de distracción, y funcionó, porque la cara de sorpresa que puso ella no se podía pagar con dinero. Aquel brillo en sus ojos Alex solo lo había visto en la cama, cuando estaba a punto de alcanzar el clímax, así que podría decirse que fue una reacción orgásmica.

—Aún le queda mucha reforma por delante —le explicó él, feliz—, pero es nuestra.

—Me encanta. ¿Cómo lo has hecho?

—Con ayuda. Ven, entremos.

Era tanta la desesperación por tenerse el uno al otro que apenas vieron el interior. Se fueron derechos a las escaleras de madera para llegar al dormitorio, que era, junto con el baño y la cocina, lo único decente y habitable de la casa.

La habitación estaba al fondo. En uno de los techos, abuhardillado, se abría un gran ventanal, y otro más pequeño en la pared opuesta, de ladrillo visto. En medio de la estancia, una cama enorme, blanca, en la que cayeron desnudos un minuto después, y en la que pasaron la noche más increíble de todas las que habían vivido juntos hasta el momento.

Al despertar al día siguiente, Priscila se puso la camisa blanca de Alex y fue al baño, donde la luz aún permanecía encendida. Cuando regresó, despertó a su marido dando saltos en la cama, como si fuera una niña, irradiando felicidad y desenfado. Alex, ya despierto, se puso de pie en la cama para saltar junto a ella. Para vivir aquel momento. Aquel verano, que fue blanco, como el vestido de novia de Priscila, como las sábanas de la cama de matrimonio y como la camisa de Alex.

Sexo sin compromiso
y sexo con compromiso

Salgo corriendo sin rumbo, sin apenas ver lo que me rodea y oyendo de fondo palabras inconexas que soy incapaz de escuchar.

–¡Alex, detenla!

–Pero ¿qué diablos pasa?

–¡Tú detenla!

Bajo las escaleras a tanta velocidad que no sé cómo no me lesiono. Oigo más voces que me llaman, voces diferentes; una sé que es de Alex y otra, de Adrián… Y la última, la tercera…, tiene que ser de ella. La había olvidado. Pero es la misma voz que me dijo aquellas palabras tan dañinas hace años. Y que marcaron un antes y un después en mi vida.

Salgo de mi casa y siento pasos apresurados detrás de mí. "Necesito esconderme", pienso. Lo primero que veo es la cuerda que cuelga de la ventana de Alex; miro hacia atrás y compruebo que aún no hay ni rastro de él o de Adrián.

Cruzo la carretera que separa las dos viviendas y me escondo detrás del árbol que queda justo delante de su puerta. En ese momento, Alex sale a la calle: puedo discernir su voz llamándome más cerca, y también cómo se aleja, probablemente para buscarme en los lugares que suelo frecuentar. Adrián sale casi detrás y desaparece por el lado contrario. No pienso quedarme a ver salir a la otra.

Necesito ir al último lugar en el que me buscarían…, pero ¿a dónde? La cuerda de la habitación de Alex me mira, invitadora: es perfecta. Nadie va a buscarme en el que era el dormitorio de Alex cuando aún vivía con sus padres.

Escalo por la cuerda; afortunadamente la ventana está abierta y me cuelo con rapidez. Me tumbo en la cama y me encojo contra la pared, dejando brotar los sollozos que llevaban tanto tiempo esperando un desahogo.

Los recuerdos pesan sobre mí como si me cayera encima el agua de una gran cascada. Y la incomprensión, el no entender los actos que mi hermano ha llevado a cabo, pesa aún más.

Esa chica me hizo mucho daño. Mucho. Fue cruel conmigo. Inhumana. Es algo sobre lo que he meditado durante estos cuatro años. El paso del tiempo y el proceso de maduración natural de las personas nos hacen ver los actos de los demás desde diferente ángulo. Acciones que en un momento dado no entendemos, ya sea porque aún somos aprendices en el juego de la vida o porque estamos pasados de vueltas, de repente cobran sentido. De repente, somos capaces de ver la maldad implícita en ellas. Y que me tilden de simple, pero alguien que comete maldades, que abusa de la vulnerabilidad de otro alguien, no es buena persona. No necesito saber más.

Y ahora Adrián se ha acostado con ella. De entre todas las mujeres del mundo, ha tenido que elegirla a ella.

¿Por qué los recuerdos tienen que hacer tanto daño? ¿Por qué me persiguen? ¿Por qué la línea que separa el pasado del presente se desdibuja? Cierro los ojos con fuerza y me encojo un poco más.

No sé cuánto tiempo después, escucho un carraspeo a mi espalda. Sobresaltada, levanto la cabeza y me encuentro con Alex, apoyado en el marco de la puerta con los brazos y las piernas cruzadas, observándome minuciosamente. Lo conozco bien: intenta indagar en mi mente, intenta entender qué me sucede. Debatiéndose entre la preocupación y la curiosidad.

—¿Qué es lo que ha pasado? —me pregunta, sin más dilación.

Giro de nuevo la cabeza. Me paso la mano por el rostro, empapado de lágrimas, y sigo contemplando la pared. En el tiempo que llevo aquí, he contado hasta doscientas gotas en relieve, que forman parte del gotelé de las paredes.

—¿Llevas mucho tiempo ahí? —susurro, con la voz aún estrangulada por el llanto.

—Bastante.

—No te he sentido —reconozco, más para mí que para él.

—Ya me he dado cuenta. Llevo más o menos veinte minutos observándote, esperando a que te dieras la vuelta y me vieses. Pero no lo has hecho. Tampoco has sentido a mi madre cuando ha subido a verte, ni a Remedios, que, por cierto, estaba pasando la aspiradora cuando te has colado por la ventana y se ha llevado un susto de muerte al encontrarte tumbada en mi cama, llorando.

—Lo siento. No los he oído.

—¿Por qué lloras, Priscila?

—Por nada.

—Inténtalo otra vez. Eso no me lo creo. Jamás te había visto llorar. No de tristeza.

—Eso no significa que no haya llorado —le digo, a la defensiva.

—No estoy diciendo eso, solo que yo nunca te había visto.

—Inmortaliza el momento. Así ya tienes otra cosa más para recordar cuando necesites saciarte a costa de mi sufrimiento.

Alex suspira, exasperado, y se acerca a la cama. Se sienta junto a mí, pero yo sigo tumbada de cara a la pared.

—Pris, ¿qué mierda ha pasado? Te juro que intento comprenderlo, pero no encuentro explicación a que te pusieras así porque tu hermano se estuviera acostando con una chica. Vale que no debe ser agradable descubrir en esa tesitura a un hermano, pero, vamos, de ahí a salir corriendo, hay un mundo.

No contesto. En su lugar, me incorporo lo justo para agarrar el edredón por la parte inferior de la cama y taparme con él. Me ha entrado frío de pronto.

—Pris. Pris, mírame. —Alex me sujeta por el hombro e intenta darme la vuelta—. Oye, a no ser que de repente te hayas dado cuenta de que eres homosexual y estés loca por esa chica, no entiendo por qué te has puesto así.

Lo miro con mala cara. ¿En serio esa es la única explicación plausible?

—No me mires de esa manera —dice, al momento—. Es que, ¡ya no sé qué pensar! Adrián se estaba acostando a una chica, sí, ¿y qué pasa con eso? No somos íntimos, pero nos llevamos lo suficiente como para saber que lo hace a menudo, y es algo normal. No está comprometido con nadie, tiene derecho a involucrarse con quien quiera y cuando quiera.

—No. —Me siento en la cama, enfrentándome a él por primera vez. Eso sí que no—. Adrián no tiene derecho a meterse con quien quiera. Y te equivocas en una cosa: sí está comprometido con alguien. Conmigo. En este mundo vivimos casi cuatro mil millones de mujeres, y hay dos, solo dos –puntualizo, con los dedos de mi mano derecha– que tiene vetadas. Y esa chica es una de ellas.

–¿Vetada? ¿Vetada por qué?

–Eso solo nos concierne a Adrián y a mí. Y él lo sabe.

–Dejando de lado el hecho de que no tienes ningún derecho a vetarle nada a tu hermano, y menos todavía a una mujer, ¿me estás diciendo que Adrián sabía que esa chica estaba prohibida para él?

–Ni te imaginas hasta qué punto lo sabía.

–Me extraña bastante que Adrián, conociéndolo como lo conozco, haya consentido que tú, su hermana pequeña, le vete a una mujer, por mucho que se quieran y por muy bien que se lleven. Pero en el caso de haberlo aceptado, me resulta aún más extraño, me atrevería a decir que insólito, que te haya traicionado.

–No tienes ni idea de qué tipo de relación tengo yo con Adrián, Alex, ni idea, pero te daré una pista para que acabes de entenderlo. Adrián sabía que estaba haciendo algo que iba a hacerme daño. ¿O acaso no recuerdas aquella confesión en tu coche el día de la entrega de las invitaciones de Marcos y Alicia, cuando me dijo que había hecho algo muy malo que no iba a gustarme?

Ha sido tan fácil y rápido atar cabos. Por supuesto que era esto lo que le pasaba.

–Okey, de eso me acuerdo, pero no digas que no entiendo su relación, los conozco de sobra. Llevo con ustedes toda la vida.

–Adrián estaba raro –admito en voz alta–, taciturno. Me ha estado evitando durante las últimas semanas, ha estado evitando quedarse a solas conmigo. Hacer planes juntos los dos solos. Y eso no es normal. Sabía que pasaba algo. Y era esto –río, sin ganas–. Se ha metido en la cama con mi peor enemiga.

—Diablos, Pris, pero ¿qué rayos dices? Esa chica y tú jamás han tenido ningún roce, ni siquiera fueron amigas, y tú jamás has tenido enemigas, te llevas bien con todo el mundo. —Alex se masajea los lagrimales de pura frustración—. No entiendo nada.

—Y como no necesitas entenderlo, yo no pienso explicártelo.

Hacerlo supondría abrir la caja de Pandora. Desenterrar el pasado. Nuestro pasado. Y realmente traería consecuencias desastrosas para los dos. Para los dos que somos en este momento de nuestra vida. Ya tengo suficientes frentes abiertos ahora mismo.

—Es que —insiste—, ¿qué mierda puedes tener tú en contra de la hermana de Carolina?

—Ni se te ocurra nombrarla delante de mí —lo advierto. Me levanto de la cama y me alejo de él lo máximo posible. Me acerco a la ventana.

—¿Nombrar a quién? —pregunta, confundido, situándose detrás de mí.

—A tu amiga la pelirroja. —digo con sorna mientras me doy la vuelta para encararlo.

La pelirroja que elegiste para poner punto final a la primera parte de mi vida. A la parte antes de Boston. La pelirroja que acabó con nosotros.

—¿A mi amiga la pelirroja? —repite—. Sí, es mi amiga. ¿Tienes algún problema con eso?

Un problema, no. Un mundo entero contra ello.

—No, no tengo ningún problema, Alex —le digo, con cansancio—. Y no pienso continuar con esto. Me marcho.

Intento pasar por su lado, pero me detiene con el brazo.

—No, espera, ¿a dónde vas?

—No lo sé, ya lo pensaré por el camino. Solo necesito alejarme de todo.

—Estás de broma. No puedes volver a largarte sin dar explicaciones, no cuando tu hermano se casa en dos malditos meses. Y por descontado que no puedes dejar así a Adrián. Ya no eres una niña, Priscila. Deja de comportarte como tal. Sé adulta de una vez por todas. Ya es hora, ¿no crees?

—No me machaques tanto, ¿okey? No voy a huir del país, Alex, solo quiero estar apartada un día o dos. Tengo que lidiar con esto, y lo último que necesito es ver a Adrián. No quiero decirle algo de lo que más tarde me pueda arrepentir. A él, no.

—Bien, eso lo entiendo. Vamos a hacer una cosa: ven a mi casa —me ofrece.

—¿A tu casa?

La idea me toma desprevenida. ¿A su casa? ¿Y qué diablos pinto yo en su casa?

—Sí, a mi casa.

—¿Por qué?

En realidad, "por qué a su casa" no es la pregunta que me hago en estos momentos. Es "por qué me ayuda". Y él lo sabe.

—Porque, como ya te he dicho, sé lo que son Adrián y tú el uno para el otro. No te voy a juzgar, Priscila, no con esto. No necesito entender el motivo por el que tu hermano siamés y tú se vetan personas. —Sonrío débilmente, aunque no quiera, por la forma en que Alex se refiere a nosotros, porque lo somos. Él también sonríe—. Eso queda entre ustedes dos. Solo quiero que lo arreglen lo antes posible.

—Gracias. De corazón, Alex —le digo, con sinceridad. Y es curioso que recaiga en la misma persona, en él, la salida a este conflicto y a la vez el origen de todo.

—¿Eso es un sí?

—Depende. ¿Estás dispuesto a no decirle a nadie dónde estoy?

Lo que menos necesito es que el resto de mis hermanos venga a husmear en el asunto.

—Me estás pidiendo que mienta a tus hermanos. No sé si te has dado cuenta, pero ellos son importantes para mí.

—Sí, lo sé. —Lo supe desde el primer día y lo he aceptado. Increíble, pero lo he aceptado. Y no solo eso. Creo que… creo que me gusta que sean tan cercanos—. Por eso he dicho "depende". Lo último que quiero es enfrentarte a ellos.

—¿Y a dónde vas a ir si te digo que no?

—No lo sé. Qué triste, ¿verdad? Toda mi realidad gira en torno a los Cabana. No tengo a nadie ajeno a ellos. Ni siquiera a Jaime.

—No es triste, Priscila. Tiendes a incluir en tu familia a todo aquel que viene de fuera. Es bonito. Y, ahora, vámonos.

—¿A tu casa?

—A mi casa.

Asiento con la cabeza y avanzo hacia la ventana, dispuesta a volver a bajar por la cuerda por la que he subido, pero Alex enseguida me intercepta y niega con la cabeza.

—Por enésima vez, no bajes por ahí.

—Pero… —Estoy dispuesta a defender a ultranza esa escalerilla que tantas veces me ha traído a su habitación, pero Alex me interrumpe:

—Pris, por las escaleras.

Me toma la mano y bajamos.

—No quiero cruzarme con tu madre. Habrá pensado que estoy loca.

—Pues te equivocas: está preocupada. Te ha llamado, Pris. Cuando ha venido a mi cuarto y ha descubierto que estabas aquí, ha intentado atraer tu atención, pero ni la has escuchado, solo llorabas. Me ha llamado al momento.

Asiento una vez más y alcanzamos la planta baja sin soltarnos la mano. Por el rabillo del ojo, veo a mi suegra en la cocina, pero no nos dice nada ni nos pide explicaciones. Salimos de la vivienda sin despedirnos de ella.

Montamos en el coche de Alex, que está aparcado frente a la puerta, y arrancamos sin demora. Bajamos la cuesta y pasamos cerca de la playa; no hay otro camino. Se escucha la música desde la carretera: han puesto los altavoces a todo volumen y en cada rincón del pueblo resuena *All That She Wants*, de Ace of Base. Cómo le gusta a la gente escuchar en las celebraciones música del siglo pasado.

Las ventanillas del coche están bajadas y los sonidos de la fiesta se cuelan en el interior. A Alex siempre le ha gustado conducir con las ventanillas así porque no le gusta el aire acondicionado.

Contemplo el paisaje, perdida en mi mundo, hasta que veo como Alex trastea en la guantera, delante de mí, buscando algo. Poco después, encuentra un CD y lo introduce en el reproductor de música del coche. Enseguida comienza a sonar *En algún lugar*, de Duncan Dhu. Puede que Alex me haya decepcionado en el pasado, puede que incluso dejara de amarme en algún momento durante nuestro matrimonio, pero lo que no puedo negar es que me conoce bien, que sabe justo lo que tiene que darme.

Llegamos a su casa en pocos minutos. La verja se abre y entramos directo a la pequeña cochera. Cuando Alex gira la llave para apagar el motor, la voz de Mikel Erentxun sigue reproduciéndose.

—¿Puedo quedarme a escuchar la canción? —pregunto, sin apartar el rostro del cristal.

—Claro. Voy abriendo la casa. Toma las llaves y cierra el coche cuando termine.

—De acuerdo.

Tras escuchar la última frase, esa que habla sobre la tristeza, saco las llaves del contacto y me bajo. Entro en la casa con Dark en brazos, que me estaba esperando con impaciencia, y me paro en medio del salón sin saber qué hacer. A pesar de haber vivido aquí, siento extraña la casa. Está tan cambiada… Recuerdo comenzar a decorarla y ver mi toque por toda la vivienda, pero ya no queda nada de mí. Absolutamente nada.

¿Cómo es posible que, siendo el mobiliario el mismo: el gigantesco sofá de cuero color perla, los muebles blancos de corte minimalista, la estantería alta hasta el techo que montamos mano a mano Alex y yo, la chimenea…, se vea todo tan diferente?

Mis libros han volado de la estantería. Los cojines que cosí a mano, del sofá. Mis fotos ya no reposan encima de la repisa de la chimenea. Mis mandalas no están esparcidos por cada rincón de la casa. Cuánto me gustaba pintarlos. Dejé de hacerlo.

—Si quieres ponerte cómoda —dice Alex, ojeando mi atuendo de pantalones cortos y camiseta—, creo que tienes algo de ropa debajo de la cama.

—¿Debajo de qué cama? —pregunto, extrañada.

—De la nuestra.

Subo al piso de arriba, con curiosidad y con Dark pisándome los talones, y entro en la habitación de Alex. O en "la nuestra". Me arrodillo junto a la cama. Permanezco unos segundos en esta postura porque no tengo ni idea de lo que voy a encontrar ahí debajo. Cuando por fin me decido, levanto la colcha color aguamarina y miro.

No queda ni un espacio libre: está repleto de cajas. Comienzo a sacarlas una a una y a abrirlas. Son todas… mías, están llenas de cosas mías. Mi ropa, mis zapatos, mis mandalas, mis cojines, mi música, mis bikinis, mis libros, mis fotos… Está todo aquí.

—Has encontrado el tesoro escondido —anuncia una voz desde el umbral.

—Aquí hay bastante más que "algo de ropa" —comento, sin apartar la mirada de las cajas.

—Sí, son todas tus cosas. Las dejé ahí por si algún día venías a buscarlas.

Tomo una camiseta y me la acerco a la nariz. Aspiro su aroma.

—Huele un poco mal.

Lo miro, aún con la camiseta en la mano, y nos reímos al unísono.

—Siempre puedes sacarla toda y meterla en la lavadora.

—Esta ropa está pasada de moda.

—Priscila, para ti la ropa no pasa de moda. Lo mismo te da plantarte un lazo en los noventa, en el 2016 o en el 2040.

Parte de razón tiene, no puedo negárselo.

Alex entra en la habitación. Abre su armario y me lo señala con el brazo, como queriendo decir: "Todo tuyo". Vuelve a marcharse sin pronunciar una palabra más.

Me quito la mochila de tela que aún llevo a la espalda, me pongo un bóxer y una camiseta negra por encima y bajo al piso inferior; voy directa al porche, sin buscarlo a él, y me siento en la mecedora que hay en uno de los extremos. Subo las rodillas y me acurruco mirando el mar, escuchando a lo lejos la música que viene de la playa.

Este rincón sigue siendo el mismo de antaño. Creo que es, junto con la cocina, lo único de aquella época que se mantiene inalterable.

—Priscila, está sonando tu teléfono.

Alex se sitúa frente a mí, tapándome las vistas, y me tiende el aparato.

—Déjalo por ahí —le pido, sin ninguna intención de descolgar.

—Tus hermanos te estarán buscando. Debes decirles al menos que estás bien.

Otra vez, tiene toda la razón. Recibo el teléfono, que ha dejado de sonar, y llamo a Hugo. Lo elijo a él porque es el más... propenso al diálogo sosegado. Hugo no es muy de explotar, no tanto al menos como Marcos o Adrián, que son como dos granadas a punto de estallar.

—¿Dónde mierda estás, Priscila? —me pregunta, sin darme opción ni a saludar. Menos mal que he elegido al Cabana sosegado.

—Escúchame, ha pasado algo y...

—Ya sé que ha pasado algo. Adrián te está buscando como un loco por todo el maldito pueblo. En pocos minutos nos hemos enterado de que tiene novia y de que tú estás enfadada por algo relacionado con eso. ¿Qué ha pasado?

¿Novia?

—Ahora no puedo hablar, Hugo, necesito alejarme durante un par de días y...

—Mierda, Priscila, ¿otra vez vas a...?

Ahora lo interrumpo yo.

—No voy a huir, solo necesito tranquilizarme porque no quiero pelear-me con Adrián de la manera en que lo haría ahora si lo tuviera delante.

—Está bien, pero no entiendo nada.

Siento sobre mí la mirada de Alex. Levanto la vista y veo su gesto de aceptación ante lo que ha dicho Hugo; lo ha escuchado a través del teléfono. Nadie entiende nada, lo sé. Pero yo sí.

—Hugo...

—¿Dónde estás?

—En casa de un amigo.

—¿Un amigo? Pris, tú no tienes amigos. Tienes a tus hermanos, a Alex y a Jaime.

Mierda.

—Avisa a papá y mamá de que voy a pasar la noche fuera.

—Bien, pero llama a Jaime; está preocupado.

—¿Estás con él?

—Sí, estamos todos juntos, menos Adrián, que te está buscando.

—¿Saben mamá y papá que nos hemos peleado?

—No. Estamos disimulando.

Uff. Qué peligro.

—Bien —digo. Por decir algo—. Que se ponga Jaime.

—Voy. Y, Priscila...

—Mañana iré a casa, Hugo.

—Más te vale. Te paso con tu amigo.

—¿Dónde estás? —me pregunta una segunda voz, pocos segundos después.

—En casa de Alex.

—Me estás bromeando.

—No, pero no digas nada, por favor.

—Está bien. Pero vas a tener que contarme en algún momento qué demonios ha pasado.

—Mañana, te lo prometo. —Sí, mañana. Ahora solo deseo desconectar de todo. Olvidarme, aunque solo sea durante unas pocas horas, del desastre que es mi cabeza—. Oye, tengo que colgar —lo apremio.

—Pris —me llama, antes de que corte la llamada.

"Te quiero y todo va a salir bien" es el mensaje oculto tras ese "Pris".

—Lo sé.

Cuelgo el teléfono y lo dejo en el suelo de madera. De nuevo subo las rodillas a la mecedora y comienzo a balancearme despacio.

—Siempre te ha gustado este rincón —comenta Alex, observando mi movimiento.

—Era mi rincón.

—¿Quieres comer algo?

—No tengo hambre.

—No has comido nada en todo el día.

—Quizá luego.

Alex sigue en la misma postura desde que ha llegado, reclinado contra la barandilla del porche y con los brazos cruzados. Ha escuchado toda la conversación en silencio. Y así deseo que continúe, en silencio, sin que me interrogue más sobre Adrián ni sobre lo que ha pasado.

Estiro las piernas y las apoyo en la barandilla; cruzo los tobillos, descanso la espalda en el respaldo de la mecedora y cierro los ojos. Me quedo escuchando el murmullo del mar, el sonido de la brisa, los ladridos felices de Dark y el canto de algún grillo que habita en el jardín.

Alex me levanta las piernas con suavidad y las posa en el suelo. A continuación, separa mis rodillas y se sienta entre ellas, dándome la espalda, con su cabeza en mi pecho y su cuerpo contra el mío. La mecedora es lo suficientemente grande como para que quepamos los dos si yo deslizo el trasero hacia atrás. Despego los brazos de los reposabrazos y le rodeo la cintura con ellos; nos mecemos en un agradable balanceo durante un buen rato, sin decir nada, hasta que comienza a acariciar la piel de mis muslos con la yema de sus dedos; entonces, el movimiento de la silla se detiene. Mi corazón, también.

Mientras él explora mis piernas a placer, yo enredo los dedos en su pelo; le acaricio el cuero cabelludo, le hago un breve masaje y disfruto de la sensación. Es la primera vez que nos tocamos con este cariño, con esta paciencia y sin haber cruzado palabras hirientes segundos antes.

Cuando una de sus manos se cuela por debajo de mi (su) camiseta y alcanza la ropa interior, nuestras respiraciones se agitan, se escuchan y se sienten. Mis manos pasan de su cabello a su pecho, a acariciarle los pectorales, pero poco duran ahí: Alex se levanta de la mecedora, se da la vuelta, me mira, se agacha y, por último, se lanza a besar mis labios.

Los besos de Alex siempre han sido especiales. Siempre me han hecho experimentar un remolino de emociones. Solía pensar que era porque sabía besar. Pero ahora creo que somos nosotros. Que nuestros labios están hechos para besarse. Para expresar lo que somos incapaces de transmitir con palabras. Así ha sido durante toda nuestra vida. Así nos hemos comunicado siempre. Besándonos.

Alex me incorpora y se desprende de mi camiseta, dejándome completamente desnuda de cintura para arriba. Me besa de nuevo mientras me aprisiona los pechos, a la vez que yo le bajo el bañador por las piernas y le quito el resto de la ropa. Él se levanta para sacarse el bañador por los pies, y yo aprovecho para levantarme y empujarlo con suavidad hasta sentarlo de nuevo en la silla.

Me quito el bóxer ante su mirada y me siento a horcajadas sobre sus piernas. Cuando estoy a punto de introducirme su sexo, me detiene.

—El preservativo.

—Tomo la píldora.

—No, no, yo...

—Tomo la píldora, Alex —repito, mirándolo a los ojos. Necesito que confíe en mí, aunque solo sea en esto.

Acepta con un movimiento de cabeza y me penetra de un único impulso. Comienzo a moverme arriba y abajo, sin darnos tregua. Le agarro el pelo y tiro de él hasta escuchar sus gemidos cerca de mi oído. Los necesito. Necesito comprobar que no soy la única que siente esto. Lo beso en la boca y ralentizo el vaivén. Hacemos el amor hasta que culminamos, una vez más, al unísono, con sendos gemidos de satisfacción.

Dejo caer la cabeza sobre su pecho y cierro los ojos. Alex tiene el corazón acelerado. Me acurruco para percibirlo mejor y sus brazos me estrechan con más fuerza. Sonrío; creo que piensa que tengo frío.

—Priscila, esto es sexo sin compromiso, ¿de acuerdo? —dice entonces.

Esa afirmación es al mismo tiempo una pregunta y un arreglo, lo conozco bien. Es un "vamos a seguir manteniendo relaciones sexuales bajo este acuerdo tácito y dejaremos de tenerlas una vez que regreses a Estados Unidos".

No le contesto; no estoy segura de aceptarlo. ¿Acostarme con Alex durante las próximas… diez semanas? ¿Hacerlo sin involucrarnos emocionalmente y marcharme después como si no hubiera pasado nada? ¿Eso puede conseguirse?

La imagen de Adrián con la hermana de la pelirroja viene a mi cabeza.

—¿Y lo de ellos?

—¿Lo de quiénes? —me pregunta Alex, confundido.

—Lo de mi hermano y la hermana de la pelirroja, ¿es sexo con compromiso?

Alex suspira. Me alza la cabeza y me mira, sopesando si decirme lo que piensa de verdad o no. Gana la primera opción.

—Tienes cuatro hermanos, y Adrián es el único al que no conozco como la palma de mi mano, así que no estoy seguro, pero, por la cara de disculpa que le ha puesto a la chica cuando se ha levantado a toda prisa para ir detrás de ti…, entiendo que es con compromiso.

—Genial —repongo. Me levanto con cuidado y la distancia entre nosotros ahora también es física.

Entro desnuda en la casa y subo las escaleras, directa al baño, a asearme. Cuando termino, abro el primer cajón del armario de Alex y tomo ropa interior limpia; me la pongo junto con una camiseta que está tirada sobre la cama y me tumbo en posición fetal a pensar en lo que ha pasado… y en lo que va a pasar. Dark se tumba a mis pies con naturalidad; estoy segura de que ese es el lugar donde duerme cada noche.

Al escuchar unos pasos que se acercan haciendo crujir la madera, me doy la vuelta y me quedo mirando a Alex, que está en el umbral. Él me observa con intensidad, pero no se atreve a ir más allá.

Pasan los minutos. Continuamos contemplándonos sin que él entre en la habitación; parecemos una gacela asustada y un león hambriento. Yo soy el león. Intento romper el hielo de alguna manera:

—Dejas dormir al perro en la cama.

—No es verdad.

—Pues parece que tiene su sitio. ¿Alex te deja dormir aquí? —le pregunto al animal, con cariño.

Dark ladra en respuesta. Para mí, eso es un clarísimo "sí".

—El perro me dice que duerme aquí —le expongo a Alex.

—Lo dudo.

—¿No vas a entrar?

—No lo sé.

—¿Quieres que me vaya?

—No lo sé.

Me levanto y camino hacia la puerta. Justo cuando voy a cruzar el umbral, él extiende el brazo y me impide pasar. No lo expresa en voz alta, pero es su respuesta a mi pregunta sobre si quiere que me vaya o no. Es un "no". Lo acaricio, lo sujeto de la mano y lo llevo hasta la cama.

Sin hablar, nos metemos dentro y apagamos la luz. Nos tumbamos de frente, mirándonos, pero sin tocarnos. De hecho, en el espacio que hemos dejado ambos, cabrían casi dos personas más. Los Alex y Priscila del pasado no lo habrían permitido; dinamitarían el espacio entre ambos y se tocarían y abrazarían. Pero nosotros no somos los Alex y Priscila del pasado. Y no volveremos a serlo. Y yo siento mucho frío, a pesar del calor del exterior, pero no creo que arroparme me lo vaya a quitar.

Solo es media tarde, pero los párpados me pesan y comienzo a cerrarlos. La imagen de Alex se difumina poco a poco. Me quedo dormida. La última vez que soy consciente de nosotros, seguimos tumbados cada uno en un extremo, sin tocarnos ni rozarnos. Sin embargo, a medianoche, me despierto y noto una respiración a mi lado. Me doy la vuelta y, con mis ojos entrecerrados por el sueño, veo a Alex muy cerca de mí. Me percato de que la luz del cuarto de baño está encendida, y ese detalle me hace sentir más cerca de mi Alex, pero también me rompe el alma que aún tenga que encender la maldita luz para poder dormir tranquilo.

Es tan fuerte la necesidad que tengo de mandarlo todo a la mierda, abrazarlo fuerte y cobijarme en su calor… que es lo que hago. Lo abrazo por la cintura y coloco una de mis piernas encima de la suya. Suspiro de puro placer y vuelvo a dormirme. Esta vez, sin sentir una gota de frío.

Cuando nos despertamos a la mañana siguiente, no soy yo la única que está apoyada en su regazo. Somos los dos. Estamos el uno encima del otro, totalmente enroscadas las piernas y los brazos. La cabeza de Alex escondida en mi cuello, como si fuera el mejor lugar del mundo, el más calentito y el más placentero, y mi barbilla apoyada en su cabello.

Lo abrazo con fuerza y disfruto del momento de tenerlo así, para mí, hasta que despierta y su cuerpo se tensa. Al segundo, me mira y, sin que pueda darme tiempo a registrar sus movimientos, huye a la otra punta de la cama con cara de asustado.

Ya estamos otra vez en el punto de partida.

—¿Qué haces, Alex? —le digo, levantándome de la cama. Ya no me encuentro tan a gusto. Y encima tengo unas punzadas tremendas en los muslos y los brazos por culpa de la moto de agua–. No soy la peste. ¿Quieres que te recuerde lo que pasó ayer? Porque me propusiste una tregua de sexo sin compromiso y me invitaste a dormir aquí. No en ese orden, pero viene a ser lo mismo. Y, sorpresa, no podemos tener sexo juntos y dormir en la misma cama sin tocarnos.

—Sí, me acuerdo, y ya sé que no...

—Genial –lo interrumpo–, porque eres un idiota.

Sujeto la almohada, se la lanzo con brío y la veo caer al lado de su cuerpo. Ni lo ha rozado.

—Diablos, qué mala puntería tienes –dice, riéndose.

—Ha sido a propósito, tonto monumental. No quería darte.

—No me llames "tonto monumental", tonta monumental.

Entonces él hace lo mismo que yo segundos antes: toma su almohada, me la arroja y esta cae con un golpe seco en el suelo, cerca de mí.

Vuelvo a lanzársela con suavidad; en esta ocasión, le da en el costado. Se ríe y hace lo mismo, de nuevo. Me golpea en la pierna derecha. Comenzamos a pelearnos con las almohadas, subidos a la cama, hasta que empiezan a salir plumas. No es como en las películas, donde vuelan por toda la habitación; aquí son cuatro plumas que van cayendo en el colchón. Hasta que en una de las almohadas –la mía– se abre una raja y caen todas sin remedio, y sin volar.

Alex se desternilla tanto que ahora sí que voy a arrearle en la cara, pero, dado que ya no quedan plumas, le lanzo un trozo de sábana que no llega ni a aproximarse a él. No obstante, él sí se acerca a mí. Me tumba sobre el colchón, repta por mi cuerpo y me da un beso en la boca, que yo le devuelvo. Para cuando me quiero dar cuenta, estamos desnudos, rodeados de plumas, y ambos gemimos, él dentro de mí.

Y como yo soy así de oportuna, necesito saber, en este momento, si se está acostando con la pelirroja, además de conmigo.

—¿Te acuestas con alguien más? —inquiero, despegándome de sus labios.

—Mierda, ¿y me lo preguntas ahora? —me devuelve, con voz entrecortada.

—Sí.

—¿Importaría?

—Sí, importaría. Si vamos a tener sexo sin compromiso, quiero que sea exclusivo.

Y por descontado que no voy a compartirlo con la pelirroja.

—Acepto —resuelve, sin dejar de moverse en mi interior.

Segundos después, escuchamos el timbre de la puerta, pero no hacemos caso. Nos importa bien poco quién sea. Sin embargo, tras repetidos timbrazos, oímos el nombre de Alex desde la calle.

—¡Alex! ¡Alex!

—Mierda —exclama el aludido, deteniéndose en seco—, es tu hermano.

—¿Mi hermano? ¿Cuál de ellos? ¡Oh! —Grito por la embestida especialmente profunda de Alex.

—Shhh. —Me pone la mano en la boca para amortiguar mis jadeos—. ¿No los reconoces por la voz?

—Ahora mismo estoy en medio de algo, solo atiendo a tus gemidos.

—Y yo a los tuyos, pero también sé que ese es Marc.

—¿Y cómo ha entrado en el jardín?

—Se sabe el código de la verja, pero no tiene llaves de casa. Esperaremos a que se aburra de esperar y se marche.

—Me parece bien.

No quiero seguir hablando de mi hermano, o, mejor, no quiero seguir hablando. Estamos a punto de llegar al orgasmo y, de hecho, lo hacemos segundos después. Exhalamos un último suspiro y nuestros cuerpos quedan laxos, uno encima de otro.

—¡Alex, sé que estás en casa! Has dejado dentro a Dark, y nunca lo haces cuando te vas. Siempre dejas la puerta abierta para que salga al jardín.

¿Todavía sigue Marcos ahí?

Alex me da un beso en la nariz, sale de mi interior y se levanta en toda su desnudez para dirigirse a la ventana; por suerte, desde la calle solo se le ve de cintura para arriba.

—¿Qué quieres? —grita, tras abrir el cristal.

—¡Por fin! ¿Estás con mi hermana?

¡Mierda! ¡Qué intuitivo puede llegar a ser un geo! Me cubro entera con las sábanas, cabeza incluida, como si eso me ayudara a desaparecer.

—¿A ti te parece que estoy con tu hermana?

—¿Eso es un sí o es un no?

—Es un no.

—De acuerdo. ¿Vienes a desayunar conmigo? Vamos, te invito.

—¿Otra vez a desayunar juntos? No, gracias, estoy complicado.

—¿Con qué?

—Con algo.

—Con algo, ¿con qué?

—Diablos, Marc, que no puedo. Vete a desayunar con tu futura mujer y déjame en paz.

—Vaya humor de mierda que tienes por las mañanas. Me largo.

—Sí, sí. Adiós.

—¡Priscila! —grita Marcos cuando Alex está a punto de cerrar la ventana—. ¡Te quiero en casa en una hora!

Me destapo y observo a Alex alucinada.

–¿Cómo demonios lo ha sabido? –le pregunto cuando se mete de nuevo en la cama, junto a mí.

–¡Una hora, Priscila!

–Maldito Marc –dice Alex, sonriendo.

"Estos dos chicos juntos me parecen adorables, Pris. Se nota que se quieren. Deberías sentirte orgullosa, a pesar de todo".

Pristy, la ardilla. Sobre Alex y Marc.

Verano de 2012
(segunda parte)

Aquel verano, y los meses que lo siguieron, fueron de color de rosa, perfectos y únicos. Los recién casados pasaron la luna de miel en Estados Unidos y disfrutaron de veinte días de ensueño.

En las semanas que sucedieron al viaje, eligieron pintura para las paredes, parqué para los suelos, cerámicos para el otro cuarto de baño, así como muebles y pequeños detalles para transformar su recién estrenada vivienda en un hogar... Se puede decir que estuvieron entretenidos, ya que Alex quería encargarse por sí mismo de todo; construir su morada piedra a piedra, a pesar de que las piedras eran prácticamente lo único que habían salvado de la estructura.

También hubo broncas. Más broncas. Y todas por lo mismo: la pelirroja. Al estar casados y compartir casa, Priscila fue más consciente que nunca de que Carolina estaba enamorada de su marido. Ya no solo eran las miradas, los abrazos; también estaban las continuas llamadas telefónicas y los mensajes. Aquello era una persecución en toda regla.

A Alex, el tema lo cansaba sobremanera. No sabía cómo hacer

entender a su mujer que no estaba en lo cierto. ¿Y en qué derivaba la situación? En peleas.

—Priscila, diablos, por enésima vez: Carolina no está enamorada de mí —decía él.

—Puedes negarlo las veces que quieras, Alex, pero lo está.

—No, no lo está. Y aunque lo estuviera, ¿qué más daría? Eso a ti y a mí no nos influye.

—¡Claro que nos influye!

—¿Qué? ¿Cómo? ¿Cómo mierda nos influye?

Ahí era cuando Priscila se quedaba callada. Lo hacía porque no quería admitir que se sentía insegura; que la pelirroja era tan guapa, tan alta, tan estilosa y tan sensual que no podía evitar los celos, aunque Alex nunca le hubiera dado motivos ni para lo uno ni para lo otro. Estaba tan loca por su marido que el mero hecho de imaginárselo con otra persona le encogía el corazón. Las inseguridades, en cambio, provenían de causas más profundas. Priscila se había criado en un ambiente demasiado armonioso y protector. Un ambiente que, en aquel momento, jugó en su contra. Si nunca has tenido que enfrentarte a nada malo, no aprendes a hacerlo. Si no caes, no aprendes a levantarte. ¿Y qué sucede entonces cuando tropiezas con la primera piedra del camino?

Por otro lado, las noches se tornaron interesantes. Alex comenzó a tomar confianza, y solía sentarse a oscuras en el suelo del salón. Priscila lo observaba apoyada en el marco de la puerta; él lo sabía, la intuía. Y se sentía seguro.

Para mediados de septiembre, el final del verano, apenas habían avanzado con la planta baja de la casa. La primera planta y el jardín estaban inhabitables (excepto su dormitorio). Acababan de recomponer la chimenea del salón, que Priscila había querido eliminar porque la temperatura en el pueblo nunca bajaba de los diez grados, pero que Alex se empecinó en mantener. A Priscila, lo que le daba miedo era que, además de gustarle como efecto decorativo, también le gustara encenderla... Se apuntó mentalmente no comprar pijamas de invierno. Claro, que quizá era eso lo que Alex buscaba... no usar pijama.

Hubo un día especialmente trabajoso. Habían comenzado a pintar las paredes del salón y no quisieron detenerse hasta que terminaron, nueve horas después. Les dieron las seis de la tarde exhaustos, además de cubiertos de pintura.

Se dieron una ducha, pero no sirvió de mucho. Era un día demasiado caluroso, así que Priscila propuso a Alex ir a Cala Medusa a darse un remojón y quitarse el sopor de encima. Como el lugar quedaba cerca, fueron andando: Alex, solo con el bañador puesto, y ella, en bikini y con una camiseta de manga corta. Llegaron a la costa bajo un sol de escándalo, a pesar de la hora, y un cielo azul infinito. Se quitaron la ropa y se metieron en el mar; estaban solos y les gustaba bañarse desnudos. ¿A quién no? El agua estaba más fresca de lo habitual y ambos lo agradecieron. Hasta que se calentaron entre besos y arrumacos.

Los dos estaban eufóricos: la vida de casados era fantástica, mucho mejor de lo que habían imaginado. Y sus familias alegando que era una locura... No lo entendían.

Priscila rodeó con las piernas la cintura de Alex, y este, ayudándose de la mano, la penetró con suavidad. Priscila lo agarró del cuello para sujetarse y se movió, lento al principio y con más ímpetu al final. Final casi interrumpido por un cielo que, en cuestión de minutos, se volvió gris, negro, y que poco tardó en descargar una gran tromba de agua.

Alex y Priscila dejaron de comerse la boca para mirar hacia arriba durante un par de segundos, pero unas débiles gotas no iban a frenar el inminente orgasmo de ambos. Bueno, de débiles tenían poco, era una tormenta en toda regla, truenos y todo había, pero como si lo fueran.

Después de culminar, se quedaron en el agua disfrutando del momento. El calor sofocante se había esfumado y el viento había refrescado el ambiente, por lo que se estaba mejor dentro que fuera.

Cuando se decidieron a salir, lo hicieron a toda prisa. Se vistieron a medida que atravesaban el bosque. Llegaron a casa tan empapados, perro incluido, que fueron dejando charcos a su paso en el parqué nuevo.

Priscila subió al dormitorio a buscar un par de pijamas mientras Alex entraba en la cocina a preparar algo caliente. Cuando ella regresó al salón, se lo encontró desnudo y temblando, cerca de la chimenea encendida.

Enfundados en pijamas de cuadros, se tumbaron en el suelo, cerca de la chimenea para entrar en calor. El ambiente olía a pintura.

—¿Ves como la chimenea era una buena idea?

—Tienes razón. Jamás volveré a cuestionarte nada —dijo ella, con burla.

—Así me gusta, mujer.

Priscila lo miró con la ceja arqueada y Alex… se partió de la risa mientras acercaba su rostro para besarla.

Pasaron lo que quedaba de tarde en esa posición, hablando, riendo y disfrutando el uno del otro. También escuchando música: *Born This Way*, de Lady Gaga; *Solamente tú*, de Pablo Alborán; *Rolling in the Deep*, de Adele, o *Rehab*, de Amy Winehouse.

Cuando anocheció, Alex ayudó a Priscila a llegar al dormitorio; se habían quedado traspuestos, entre el calor, el cansancio y el olor a pintura.

La metió en la cama y le dio un beso en los labios antes de apoyar la cabeza en la almohada, pensando que aquella era una manera maravillosa de acabar la jornada. Pensando que aquella era una manera maravillosa de acabar la jornada durante el resto de su vida.

¿Con él? ¿CON ÉL?

Cuando, poco más de una hora después, entro en casa de mis padres, a la primera persona a la que veo es a Adrián. Ha salido a mi encuentro en cuanto ha escuchado la puerta de la calle.

—Priscila.

Es lo único que me dice mientras sube las escaleras detrás de mí. Dejo la puerta de mi habitación abierta y él la cierra con cuidado al entrar. No sé qué hacer en mi propio dormitorio, así que permanezco en el centro de la estancia, dándole la espalda a mi hermano y mirando por la ventana sin ver nada en realidad. Ni siquiera la ventana de la casa de enfrente.

—Aquí estoy, Priscila. Explícame qué demonios pasó ayer. Porque me esperaba una reacción negativa por tu parte, pero lo que hiciste sobrepasó la línea de la cordura. Se te fue la cabeza, y mucho.

Volteo y me doy de bruces con sus ojos; está cansado, ojeroso, no ha debido dormir bien. Me siento culpable, pero eso no quita que hablemos de lo que debemos hablar. Que podamos seguir con nuestras vidas como si nada hubiera sucedido. Como si no me sintiera… traicionada.

—Necesito saber una cosa, Adrián.

—¿El qué?

—¿Desde cuándo? ¿Desde cuándo te acuestas con ella?

Ni siquiera medita la respuesta, me contesta al instante.

—Desde que volviste al pueblo. Fue en las hogueras de la noche de San Juan, sin pretenderlo, sin buscarlo. No lo vi venir, Pris.

—¿No lo viste venir? ¿Y eso qué significa? ¿Que es amor lo que sientes por ella?

—No lo sé, mierda, no lo sé. Creo que todavía no, pero lo pasamos bien juntos y me gusta estar con ella. Lo que empezó siendo una tontería, algo inesperado de una noche, se ha convertido en algo más y…

No permito que continúe.

—Con todas las mujeres que hay en este pueblo, en este mundo, y tenías que elegirla a ella. A ella. No te imaginas lo mucho que me hubiera gustado poder compartir este momento contigo, compartirlo bien, compartirlo bonito. Reírme de ti por ello, porque te ha conquistado una chica, e inmiscuirme en su vida para conocerla mejor. Conocer a la persona que ha sido capaz de robarte el corazón después de… Después. Pero eso no va a pasar. Porque, eligiéndola a ella, lo has convertido en una pesadilla.

—No fue premeditado, ya te lo he dicho —me explica, acercándose más a mí—. Y una vez que ocurrió, me arrepentí de inmediato, pero al día siguiente volvimos a vernos y… sucedió de nuevo. Estaba seguro de que no iba a gustarte una mierda, pero jamás se me pasó por la cabeza que pudieras llegar a ese nivel de intolerancia. Porque… —se detiene para inhalar— porque pensé que, después de reflexionar bien, llegarías a la misma conclusión que yo, que no es otra que… ella no tiene la culpa de nada. No tiene la culpa de ser hermana de quien es. Carmen no debería sufrir las consecuencias de los actos de Carolina. Son dos personas diferentes, Pris.

Carmen, ese es su nombre. No lo sabía. La verdad es que nunca nos hemos cruzado ni compartido los mismos ambientes. Excepto aquel día.

—Sí, tienes razón. Son dos personas diferentes. Y estoy de acuerdo contigo en una cosa: si solo fuera su hermana, lo más probable es que yo también hubiera llegado a esa conclusión de la que hablas. Pero el hecho es que no es solo su hermana. Es una mala persona, Adrián.

—¿Carmen? ¿Mala? ¿Por qué dices eso? Ella nunca te ha hecho nada.

—Oh, ya lo creo que me lo ha hecho.

—Jamás has tenido contacto con ella.

—Sí que lo tuve.

—¿Cuándo?

—Eso no importa.

—Claro que importa. ¿Cuándo? —me exige.

—¿No te basta con mi palabra? ¿No es suficiente con que te diga que esa chica no es trigo limpio?

—¡No, Pris, no es suficiente! —grita, haciendo aspavientos con los brazos—. ¡Claro que no es suficiente! ¿Y sabes por qué? Porque no te creo. Porque tu único problema es su condenada hermana —me acusa, apuntándome con el dedo—. ¡No atiendes a razones cuando se trata de ella!

—Mira, eso no te lo voy a discutir. ¡No atiendo a razones, no! ¡No atiendo a razones cuando se trata de la persona que más daño me ha hecho en la vida!

—No, Priscila, la persona que más daño te ha hecho en la vida es Alex. No lo olvides. Fueron los dos juntos. Y te diré aún más: tu marido era él. Era él quien te debía fidelidad, no ella, que no era ni tu amiga ni tu prima ni nadie que te debiera respeto.

—No hay que ser parientes para respetar el matrimonio ajeno, Adrián.

—Lo que sucedió fue culpa de Alex —insiste, sin escucharme—. Él solito decidió meterse en la cama con otra, el mismo Alex con el que ahora te estás acostando. Sin embargo, a ella no la toleras, a ella la culpas de todo, y extiendes tu animadversión a toda su familia, que no ha hecho nada. ¡Absolutamente nada! ¡Es del todo incoherente, Priscila!

—¡Sí, lo es! ¡Es incoherente! ¿Y qué? ¿No se me permite ser incoherente? ¿No? —insisto, cuando veo que no me responde—. ¡Pues me da igual! ¡Me da exactamente igual! ¡Espósame si quieres! ¡Quémame en la hoguera! ¡Encarcélame! ¡Pero nada va a poder evitar que rechace para siempre a la mujer que se acostó con mi marido cuando yo ya estaba casada con él! ¡Nada!

—¿Y por qué no lo rechazas a él? ¿Por qué diablos no lo haces? ¿Ya no recuerdas cómo te sentiste el día que lo descubriste? ¿No te acuerdas de cuánto te destrozó aquello? Yo sí lo hago. Más que nada porque aquella misma noche te subiste a un avión a Boston sin billete de vuelta.

—¡Claro que me acuerdo!

—¿Y entonces? ¿Qué pasa con él?

—¡Han pasado cuatro condenados años!

—¡No, Pris! No es una cuestión de tiempo. Acabas de decirme que a ella la aborrecerás hasta la eternidad.

—Sé lo que he dicho, no necesito que me lo recuerdes.

—Te he dicho que no atiendes a razones cuando se trata de ella, y tú me has respondido que no, que no lo haces, y que nada va a poder evitar que la rechaces siempre. Y luego…

—¡He dicho que no necesito que me lo recuerdes!

—¡¿Y entonces por qué mierda haces la diferencia?! ¿Por qué no odias a Alex?

–Porque no es lo mismo.

–¡Por supuesto que no es lo mismo! ¡Es todavía peor!

–¡No! ¡No lo es! ¡NO LO ES!

–¿¿Por qué?? ¿¿¿POR QUÉ???

–¡¡¡Porque a él lo quiero!!!

Me tapo la boca en cuanto esas cinco palabras salen de ella. En cuanto esa verdad se me escapa de las entrañas. Adrián se sobresalta y todo. Incluso da un paso atrás a causa de la impresión.

–Mierda –exclama.

Me froto la cara con las manos y dejo que todo salga:

–Estoy enamorada de él, Adrián. Creo que nunca he dejado de estarlo. Es una estupidez que siga negándomelo. Yo no siento solo atracción por Alex. Siento amor. Y volver a estar con él significa… significa… –Suspiro–. Tengo la sensación de estar traicionándome a mí misma por ello, a mi yo del pasado, pero el amor que siento por él es más fuerte que eso. Y sé que lo más probable es que acabe por destruirme, pero… no he podido evitarlo. No he querido evitarlo. Lo quiero. ¿Crees que, de no hacerlo, dormiría con él? Sabes de sobra la respuesta.

–Mierda, Priscila.

Mi hermano se revuelve el cabello y se sienta en mi cama. Apoya la frente en las palmas de las manos y suspira en repetidas ocasiones. Me siento junto a él.

–Ahí está la diferencia que estabas buscando. La diferencia entre Alex y ella.

Es muy fácil mantener tu propósito si nada de fuera te afecta, si permaneces inmutable, pero, ay, cuando tu corazón hace bum de nuevo, cuando tu cuerpo despierta después de tanto tiempo dormido, cuando te grita tras tantos años en silencio… es imposible pasarlo por alto.

Creo que todo esto empezó por una sonrisa. Una de Alex en la playa, después de aquel salvamento. Una sonrisa que me dio mucho en lo que pensar.

¿Y si creí ser feliz en Boston, pero no lo era? ¿Y si me convencí de que existían muchos tipos de vida, muchos tipos de felicidad, pero me estaba engañando porque no tenía nada que ver una con la otra? ¿Y si solo me estaba conformando?

—Lo has perdonado —afirma, como si supusiera la mayor derrota de nuestra vida. Y, en realidad, él cree que lo es.

—No lo sé. De verdad que no lo sé. Estoy actuando por impulsos, más que con la cabeza. Pero me he dado cuenta de que es más fácil perdonar cuando han transcurrido años en lugar de días. Supongo que el paso del tiempo te hace ver las cosas desde otro prisma.

—¿Y ahora qué va a pasar?

—¿Qué va a pasar con qué?

—Contigo. Con Alex. Conmigo. Con Carmen. Con toda esta mierda de situación.

—Eso mismo me pregunto yo.

—¿Y eso qué significa?

—¿Qué crees que significa?

—No lo sé, pero tengo la sensación de que he dejado de ser tu mitad.

—Siempre seré tu hermana, Adrián.

Me levanto de la cama y camino hacia el armario. Adri viene detrás.

—¿Sirve de algo que te diga que iba a contártelo ayer por la mañana, cuando Marcos nos interrumpió con el asunto de la carrera?

—Creo que, si hubieras querido contármelo, lo habrías hecho hace tiempo. Lo habrías hecho en el mismo momento en que te metiste con ella.

—Que no lo hiciera en ese momento no significa que no fuera a hacerlo.

—Ya qué más da. Está hecho.

—Sí, está hecho. Y no es malo, Pris. Haberme involucrado con ella no ha sido un ataque contra ti. Lo último que quiero es hacerte daño.

—Ya lo sé. Sé que no lo harías adrede, pero la lealtad que siento hacia ti me dice que yo le negaría la palabra a cualquier persona que te hiciera daño. Y me da igual sonar incoherente.

—Te aseguro que si hubiera tenido la certeza de que Carmen lo pudiese hacer, no me habría fijado en ella.

—Me haría daño que formalizases tu relación con ella y pasases tiempo en su casa con su hermana, por ejemplo. Ella entraría a formar parte de tu familia. De tu familia, Adrián. ¿De eso no te has dado cuenta?

—Pris..., no es justo.

—No, no lo es —reconozco—. Desde luego que no lo es. Voy a darme una ducha.

Escojo ropa limpia para cambiarme y salgo de la habitación para dirigirme al cuarto de baño, a pesar de que me he duchado en casa de Alex.

—Pris. ¡Pris!

Escucho la llamada de mi hermano, pero la ignoro. Estoy empachada. Emocionalmente empachada. No puedo más. Cierro la puerta del baño con pestillo y me apoyo en la hoja. ¿De verdad llegué a pensar alguna vez que regresar al pueblo no tenía por qué suponer un gran drama?

Cuando, media hora más tarde, vuelvo a mi dormitorio, Jaime me espera sentado en la cama.

—Pris, ¿qué mierda ha pasado con Adrián? —me pregunta, en cuanto me ve entrar.

—¿Has hablado con él?

—No, pero lo he visto.

—No te imaginas la manera en que se han enredado las cosas.

—No te lo imaginas tú tampoco.

—¿Qué quieres decir con eso?

—Yo...

—¿Ha pasado algo?

—Algo no, alguien. Me gusta demasiado, Pris, a pesar de que he intentado con todas mis fuerzas que no lo hiciera. Porque sería un maldito desastre. Porque en unas semanas regreso a Boston y porque yo no juego a estas mierdas del amor. Y yo... Mierda. Hoy no quiero hablarte de esto. Hoy eres tú. Mañana seré yo. Te lo prometo. Ahora, ven aquí y cuéntame qué ha pasado.

Me siento a su lado; necesito contárselo a alguien, necesito compartir esto que siento, y comprobar que no estoy loca. Así que, una vez más, lo vomito todo. En esta ocasión, sin dejarme nada.

Dos horas después, me encuentro en el *pub*, sentada alrededor de una mesa, compartiendo una cerveza con mis cuatro hermanos y con Jaime. En la comida de hoy con mis padres, a Marcos se le ha ocurrido que nos viniéramos todos los hermanos a tomar algo, en plan familiar. Ha sido una estratagema clara para intentar solucionar el problema que tenemos Adri y yo, y del que mis padres no tienen ni idea. Y, como trampa en toda regla que ha sido, he tenido que aceptar con una sonrisa en la boca. Sé que lo ha hecho con la mejor intención, es solo que... no entiende lo que está pasando.

Y aquí estamos los seis. Tan incómodos como si estuviéramos sentados sobre pinchos muy puntiagudos y sin apenas emitir palabra. Solo bebemos y nos miramos de vez en cuando. Por momentos, tengo la sensación de que en las cabezas de mis hermanos hay desatadas más tempestades que en la mía.

En una de tantas miradas mal disimuladas, una voz conocida, demasiado conocida, nos saluda por la izquierda.

—Vaya, vaya, miren lo que tenemos aquí: los Cabana al completo. Hacía tiempo que no presenciaba un espectáculo así.

—Parece que solo faltabas tú. —dice Hugo. Entonces se levanta por otra silla y le hace un hueco a Alex para que se siente entre él y River.

Le echo una ojeada rápida a Adrián, justo para ver el gesto de desagrado que esboza sin un ápice de vergüenza. No soporta a Alex. Creo que después de mi confesión, incluso menos que antes. Luego miro a Alex, al que no se le escapa la tensión que nos rodea, y que entrechoca su pie con el mío por debajo de la mesa.

Ay, demonios, esta situación es surrealista. Y la tensión a cada minuto es más fuerte. La única manera de acabar con ella creo que es levantarnos e irnos cada uno a una esquina diferente del pueblo. O, al menos, repartirnos en varios grupos.

Yo estoy dolida con Adrián y con la mierda de circunstancias que nos envuelven; Adrián está dolido conmigo porque no acepto a su novia; yo estoy confundida con Alex; Adrián está enfadado con Alex; Alex está enfadado con el mundo en general y conmigo en particular, aunque también quiere que nos acostemos sin compromiso; River está más taciturno de lo habitual, y Marcos está muy callado. Demasiado para tratarse de él. Marcos nunca está callado. Hugo y Jaime no hacen más que cruzar miradas entre sí. Miradas extrañas.

—¿Y Cata dónde está? —le pregunta Alex a River.

Hummm, cierto. Últimamente apenas veo a mi cuñada. Y es muy raro.

—¿Y a quién le importa? —contesta mi hermano, con desdén. Desdén fingido. Es bastante obvio. Me doy cuenta entonces de que eso precisamente es lo que le pasa: su mujer.

—¿Están bien? —insiste Alex.

—De maravilla. ¿Podemos hablar de otra cosa? ¿Qué tal va la boda, Marcos? —pregunta River inmediatamente después.

—De maravilla. ¿Podemos hablar de otra cosa? ¿Qué tal el trabajo, Hugo? ¿Hay algún problema? Te veo descentrado.

¿Descentrado? ¿Hugo? No me había percatado. ¿Desde cuándo? Hugo es la persona más centrada del universo.

—Eh, no, el trabajo bien. Ningún problema.

—¿Sí? ¿Y entonces? —insiste Marcos.

—Entonces, ¿qué?

—¿Por qué estás descentrado?

—No estoy descentrado. No intentes tapar tu extraño comportamiento conmigo.

—Yo no tengo un comportamiento extraño.

—Ya lo creo que lo tienes.

—Y tú, ¿qué? —Como en el juego de la oca, Marcos pasa de Hugo a Adrián.

—¿Yo qué de qué?

—¿Tú no tienes nada que contarnos?

—No.

—Qué curioso. Porque creo que eres, de lejos, el que más tiene que decir aquí.

—Vete al diablo.

Y cuando pienso que las cosas no pueden ir a peor:

—Oye, ¿han escuchado el último chisme que corre por el pueblo? —nos pregunta Alex. Creo que el pobre intenta remediar el apocalipsis que su "inocente" pregunta sobre Catalina ha provocado.

Por un momento, pienso que va a soltar nuestro bombazo y me envaro, pero enseguida desecho la idea.

—¿Qué chisme? —pregunta River, contento de encontrar, por fin, un tema que nos saque del agujero negro en que estamos metidos.

—Pedro y Mónica andan juntos.

Pedro y Mónica son amigos íntimos desde tiempos prehistóricos. Pedro regenta la taberna y Mónica suele ayudarlo como camarera cada verano, cuando el pueblo se llena de gente.

—Bah, yo ya lo sabía desde hace tiempo —dice Marcos, aburrido.

—Pues yo no. Están locos —añade River.

—Ni yo, pero ellos sabrán lo que hacen —sostiene Hugo.

—Yo tampoco lo sabía. Y no sé qué decir, la verdad. Pero supongo que si se quieren... —Esa es mi aportación. ¿Por qué tengo la sensación de que cada uno de nosotros nos lo estamos llevando a lo personal?

—¿Y cuál es el problema de que esos dos anden juntos? ¿Por qué es un chisme y por qué nos tiene que parecer de una manera u otra? —pregunta Jaime, sin entender el alboroto.

—Porque son amigos desde la infancia. Mejores amigos —enfatiza River.

—¿Y qué pasa con eso? —insiste Jaime, arrugando la frente.

—Que ahora se están acostando juntos y eso podría complicarlo todo.

—Qué va. Eso no son más que estupideces. Los amigos pueden mantener relaciones sexuales y no pasa nada. Como Priscila y yo, por ejemplo.

No puedo decir exactamente quién se atraganta primero con la cerveza: son tantos a la vez que es imposible distinguirlos. Mi mirada se dirige a Alex en primer lugar, que pasa de mirarme con estupefacción a hacerlo con la mayor de las decepciones.

—Increíble —exclama. A continuación, se levanta y se marcha del local. Estoy por salir detrás, pero Marcos me lo impide sujetándome del brazo.

—¿¿Te has acostado con él?? —me pregunta, señalando a Jaime—. Y yo entiendo que hablamos en pasado, no como Poseidón, que ahora mismo se estará subiendo por las paredes sin motivo.

—Sí, me he acostado con él. Gracias, Jaime.

—De nada.

—Pero... ¿no es... no eres gay? —nos pregunta River a los dos.

—No, no lo soy —responde el aludido, sin dar más explicaciones.

—No le importa que sea hombre o mujer —explico yo.

—Ya, pero, vamos, que te acostaste con él —continúa Marcos.

—Solo sucedió una vez.

—Dos —me corrige mi amigo.

—Así no ayudas —le recrimino.

—¿Dos? —me pregunta River.

Es genial esto de hablar de tu vida sexual con tus hermanos. De verdad. Genial. Le lanzo una mirada aguda a mi queridísimo mejor amigo para agradecérselo. Después, paso a las explicaciones. Eso sí, escuetas.

—La primera vez fue para demostrarme que no era nada malo practicar sexo sin amor; yo no conocía otra cosa. La segunda, para que no nos sintiéramos raros por lo que habíamos hecho la noche anterior.

—¿Tú lo sabías? —le pregunta Marcos a Adri, que hasta el momento se ha mantenido callado, siguiendo nuestra conversación con interés.

—Te aseguro que no —responde.

—Qué raro. Tú siempre lo sabes todo.

—Vete al diablo.

—No tengo por costumbre hablar de mi vida sexual con mis hermanos —aclaro yo.

—¿¿Te estás acostando con Alex?? —pregunta entonces River.

—¿Qué? ¿A qué viene eso?

—Esa reacción no es normal —me explica, señalando la puerta por donde acaba de marcharse Alex—, ni siquiera para ustedes dos. Se están acostando, fijo.

—Pues sí —admito, cansada.

—¿Desde cuándo?

—Desde la noche de la inauguración del quiosco en la playa.

—¿Y nos lo dices ahora? Después de no sé cuántas semanas en las que… Esperen —nos pide River, interrumpiendo su propio discurso—, ustedes dos no parecen sorprendidos. —Se refiere a Marcos y Adrián—. ¿Lo sabían?

—Si te sirve de consuelo, a mí Pris no me lo contó —expone Marcos—. Tampoco Alex, por cierto. Me di cuenta yo solito.

—Qué perspicaz eres —indica Adrián, con burla—. Felicitaciones.

—Ya ves. Soy geo.

—¿Ves? Es geo —me dice Jaime a mí, en susurros.

—¡Es poli! —insisto, una vez más.

—Pues eso he dicho.

—Okey, hay algo que se me escapa. —River corta por lo sano el debate que estaba a punto de iniciarse—. Ahora entiendo, más o menos, la estampida y el portazo de Alex, pero ¿el de Hugo?

¿Hugo? ¿Hugo se ha largado? Todos miramos el hueco vacío junto a River, donde Hugo estaba sentado hace unos momentos. ¿Por qué se ha marchado? ¿Qué es lo que…?

—Hace un minuto estaba aquí —dice Adrián, confuso.

—¡Demonios! ¡Mierda, maldición! —exclama Jaime. Se levanta sin previo aviso para dirigirse escopetado hacia la salida. De hecho, creo que nunca lo he visto correr tan veloz.

No me cuesta demasiado entender el motivo. Ay, madre mía, no me lo puedo creer.

—¡Jaime! ¿¿Te has acostado con Hugo?? —grito, antes de que cruce el umbral.

—¿Te acuerdas de cuando prometí contarte mañana lo que me rondaba últimamente la cabeza? —me grita, a su vez, sin darse la vuelta—. ¡Pues era tu hermano!

A continuación, desaparece por la puerta.

—Esto es increíble. ¿Jaime y Hugo? Pensé que te lo estabas tirando tú —le dice Marcos a Adrián.

—¿¿Qué?? —pregunta el otro, con los ojos desorbitados.

—No ha hecho más que meterte fichas desde que llegó y tú empezaste a seguirle la corriente—le explica Marcos.

—Le seguí la corriente porque me di cuenta de que andaba detrás de Hugo. Y Hugo, detrás de él. Quería llevarlo al límite para que dejara las estupideces. Lo estaba arruinando todo.

—¿Y por qué se metieron en el baño el día del cumpleaños de papá? —pregunta River.

—¿Tú también pensabas que estábamos teniendo sexo?

—Si tengo que ser sincero, todavía no había llegado a un veredicto.

—De maravilla. ¿Tengo que recordarles el pequeño detalle de que soy hetero? HE-TE-RO.

—El baño, Adrián —reitero yo.

—Ese fue el límite —aduce—. Le dije que dejara de hacerse el idiota conmigo si Hugo le interesaba de verdad.

—Por eso Hugo estaba tan furioso contigo en la partida de cartas —recuerda River—. No estaban compenetrados y se notaba de lejos.

—Creyó que me había metido en el baño para meterme con él. Me pareció increíble, pero ya veo que no fue solo cosa suya. En serio, ¿en qué estaban pensando?

—En que tonteaban el uno con el otro —le dice Marcos.

—¡Yo no tonteaba! —se defiende Adri.

—Pues deberías haberlo dicho, diablos —contraataca Marcos.

—¿Y lo has hablado con Hugo? ¿Lo han aclarado? —inquiere River.

—Pues claro.

—¿Y qué pasó? —pregunta River, por todos.

—Pasó que horas después se acostó con Jaime.

—¿Qué dices? —Marcos se incorpora del todo de la silla—. ¿Te lo ha contado Hugo?

—No ha sido necesario. Dos no reaccionan como lo han hecho ellos si no ha pasado nada. Demonios, ¿dónde mierda tienen la cabeza todos este verano?

Eso digo yo. Adrián me ha robado la frase. En fin. Ya no pinto nada aquí y tengo algo importante que hacer. Ha llegado el momento de la retirada.

—Me voy —informo a todos, a la vez que me levanto de la silla.

—¿A dónde? —se interesa River.

No contesto. Doy media vuelta y me dirijo a la salida.

—¿A dónde va a ser? A donde siempre —le dice Adri.

—A donde el vecino de la casa de enfrente —aclara Marcos.

Pues sí.

De camino a casa de Alex, pienso que no tiene derecho a enfadarse. En primer lugar porque, cuando me acosté con Jaime, él y yo ya no estábamos juntos, y en segundo lugar porque él se ha acostado con cientos de mujeres durante estos años. Qué digo cientos, ¡miles!, estoy segura de ello, y yo no le he reprochado nada. No me siento con derecho. Aunque pensarlo me mate por dentro. ¿Cómo no va a ser así si… lo quiero?

También me percato del motivo real por el que Hugo pasaba tantas horas en casa de mis padres... Para ver a Jaime. ¡Y yo pensando que era por mí!

Cuando llego a la vivienda, la verja está abierta. Me encamino hecha una furia hacia la piscina, donde Alex está nadando. Permanezco de pie en el borde, esperando con los brazos en jarras a que llegue a mí. Ha debido de verme mientras nadaba, porque en cuanto toca el bordillo, se detiene y me mira.

—No tienes ningún derecho a sentirte celoso, Alex. —Lo apunto con el dedo—. Ninguno.

—¿Celoso? No estoy celoso. —De un impulso, sale de la piscina y me enfrenta—. Estoy furioso porque has vuelto a engañarme. Esta mañana me has exigido que no me acostara con nadie mientras lo hacía contigo y resulta que tú lo haces con tu mejor amigo, del que, por cierto, me hiciste creer que era gay.

—Yo no te hice creer nada, tú solito te has formado esa idea. Jaime es bisexual. Y no me estoy acostando con él; lo hicimos dos veces hace más de tres años. Y no intentes convencerme de que tú no has estado con otras mujeres en todo este tiempo porque no me lo creo. ¿Quieres saber con cuántos he estado yo? —No permito que me responda—. Con tres, incluyéndolo a él.

—¿Tu amigo es bisexual? —pregunta mientras se sacude el pelo. Parece que solo se ha quedado con eso. Se lo ve más animado. No parece tan enfadado.

—Sí, y después de que te fueras dando un portazo, nos hemos enterado de que se ha acostado con mi hermano Hugo. ¡Con Hugo, Alex!

—¡No bromees!

Alex toma una toalla de encima de una hamaca y se seca con ella.

—Pues sí. Y no con Adrián, ya que estamos.

—¿Con Adrián? —pregunta, confundido.

—Jaime y él han estado tonteando durante semanas.

—No. Tu amiguito ha estado tonteando con Adrián durante semanas.

—Pero él le seguía la corriente.

—¿Ah, sí?

—Se metieron juntos en el baño del barco. ¿Eso no te dijo nada?

—Pues no. Nunca me paro a intentar entender a Adrián. Prefiero pasar de él. No me cae demasiado bien, ¿sabes?

—¿Y Hugo?

—Hugo sí me cae bien.

—Ya lo sé. Me refiero a que no me puedo creer que se hayan acostado y no me hayan dicho nada. Debe sentirse fatal, ya sabes cómo es Hugo; estará pensando que Jaime se acuesta con los dos y…

—No te preocupes por él —me interrumpe Alex—, mañana iré a buscarlo a la salida de la clínica y me lo llevaré a tomar unas cervezas; hablaré con él y pondremos a parir al simpático de tu amiguito. Todo va a estar bien.

Puede que Alex se haya tranquilizado con mi confesión de que entre Jaime y yo no hay nada, y que nunca ha habido nada serio, pero está claro que algo de resentimiento le queda.

—¿Y si se han enamorado?

—¿Quién de los dos?

—Ambos.

—Priscila, no todas las personas que tienen sexo se enamoran. ¿Tú te enamoraste de esos tipos con los que te acostaste? —me pregunta, acercándose mucho a mí.

—Claro que no. —¿Cómo iba a hacerlo, si nunca he dejado de quererlo a él?—. ¿Y tú?

—Yo, ¿qué? —Me agarra de la camiseta y tira de mí hacia él.

—¿Te has enamorado de alguna chica con la que te hayas acostado en estos años?

"¿Te has enamorado de la pelirroja?", estoy a punto de preguntarle. "¿Qué fue lo que les pasó a ustedes dos?".

Su respuesta tarda en llegar, y yo no aguanto más la anticipación.

—No —dice, por fin.

Entonces, ¿por qué dejaste de quererme a mí?

Estamos muy muy cerca, nuestros labios no se tocan por poco, y yo me muero por que lo hagan, pero, cuando voy a besarlo, él se aparta.

—Espera —me dice—. Me estoy acordando de cuando encontré a Hugo en la puerta de tu casa a las tantas de la mañana. No entendía qué hacía allí, pero ahora estoy seguro de que ¡iba al cuarto de tu amigo! Habrían quedado allí o querría esperarlo.

—¿Te refieres al día que me llevaste a la cama por una apuesta con tus amigos?

Alex abre los ojos por la sorpresa, pero enseguida su expresión se vuelve impasible.

—Hummm…, sí, justo ese día.

—¿Existió esa apuesta de verdad?

—Puede que no…

—¡Eres un idiota!

—No sabes hasta qué punto.

—Sí que lo sé y, ahora, dame un beso —le pido, con una sonrisa débil. No quiero recordar más ese día.

—No.

—¿Por qué?

—Porque no quiero.

—Pues te lo doy yo.

Uno nuestros labios y Alex me abraza con fuerza, rozando su cuerpo, que está empapado por el baño en la piscina, con el mío.

—¡Ah! —grito—. ¡Estás helado!

—Ven, Reina del Desierto, y caliéntame.

Nos calentamos el uno al otro entre risas, gemidos y sexo del bueno en el jardín.

"No sabría decirte cuál de tus hermanos me gusta más porque me gustan todos. Mucho. Y creo que, efectivamente, este verano cada uno lleva su propia tempestad interior".

Pristy, la ardilla. Después del momento *pub* con los Cabana al completo. Más Alex. Más Jaime.

Septiembre de 2012

El verano terminó, y lo que se llevó por delante fue... demasiado.

Alex tuvo que regresar a su piso de alquiler en Madrid y vivir allí durante los días laborables; su trabajo así lo requería, pero no dejaba pasar ni un solo fin de semana sin ir al pueblo con su mujer.

Tampoco hicieron demasiado drama en el momento de la separación; ambos estaban acostumbrados. Habían pasado años así y no era nada nuevo. Aunque sí había un factor nuevo en la situación. Hacía un tiempo que Priscila venía pensando que Alex era un adulto con una carrera profesional y miles de fans —fans rubias, morenas, a cuál más guapa—, y que ella no era más que una niña que apenas acababa de terminar los estudios. Cada vez que llamaba a Alex por teléfono y él respondía con aquel ruido de fiesta de fondo, algo le palpitaba en el pecho. Eran celos. Habían empezado con la pelirroja y ya fueron imparables.

Alex le propuso a Priscila que lo acompañara, ya que ella aún no tenía empleo, pero Priscila rechazó la idea; estaba metida de lleno en encontrar algo. Para ella era muy importante sentirse adulta. No sabía si prefería ponerse a buscar trabajo enseguida o cursar alguna especialización. Preparó su currículum a conciencia y comenzó a analizar el mercado, a revisar sus posibilidades. Era hora de pensar en su futuro y no quería distracciones, y sabía que, si iba a la capital con Alex, no avanzaría, por lo que se quedó en el pueblo. Por el momento.

El último fin de semana de septiembre, Alex y Priscila se levantaron excesivamente tarde. Es cierto que apenas habían dormido (es lo que tienen los reencuentros), pero despertaron casi a mediodía. Alex no contaba con eso y trastocó todos sus planes. Acababa de llegar el cortacésped que había comprado por internet y quería darle un repaso, por fin, a todo el jardín. Los matojos y arbustos muertos eran tan altos que incluso opacaban los ventanales del salón, impidiendo ver con claridad el exterior.

Priscila había quedado con sus padres para comer. Cuando se dio cuenta de la hora que era y de que iban a llegar tardísimo, apremió a Alex mientras recogía los mandalas desparramados por la mesa del salón. Le encantaban y se los dejaba desparramados por todas partes: en la habitación, en la cocina, en el salón y en el porche, el lugar favorito de la chica; se le pasaban las horas sentada en la vieja mecedora con las rodillas en alto y los mandalas apoyados en ellas.

—Lo siento, no puedo ir —se disculpó Alex.

—¿Qué? ¿Por qué?

—Porque tengo cosas que hacer.

Que no era más que arreglar el jardín de una vez y para siempre. Quería montar un espacio reservado para Priscila y sus mandalas; nada muy elaborado, solo una mesa y un par de bancos en el porche; de esa manera, Pris no se dejaría la espalda pintando en el suelo o en la mecedora. Lo tenía todo preparado, solo faltaba que ella se marchara durante unas horas.

—Puedes hacerlas luego, o mañana.

—No, no puedo. Pero ve tú. Te espero aquí.

—¡Alex!

—¿Qué?

—¿En serio no vienes? Será solo un momento, prometo no entretenerme.

—Es tu familia, ve tú. —Quizá sonó brusco, pero esas cosas no se le daban.

—Ya sé que es mi familia, pero a ti también te aprecian.

Contra todo pronóstico, después del bombazo de la inminente e inesperada boda, todo parecía indicar que el pequeño de los St. Claire entraría con mal pie en la familia Cabana, pero lo cierto es que, una vez pasado el mal trago de la sorpresa, lo trataron como a uno más. Y lo hicieron de verdad. No había más que ver cómo miraba a Priscila para darse cuenta de cuánto la quería. Así fue como los conquistó a todos. Incluso al gato.

—Pris, deja ya el discurso, ¿de acuerdo? Ve a comer con tus padres y tus hermanos y déjame tranquilo.

Priscila se lo quedó mirando.

—Muy bien, como quieras. Tal vez me quede a dormir allí; ya veré.

Alex la siguió hasta el jardín.

—¡Pris!

—Nos vemos mañana —dijo cuando se subió a la bicicleta.

—Has dicho "tal vez".

—Pues ahora te confirmo que duermo allí. ¡Hasta mañana!

—¡Pris! ¡Mañana me voy! —le gritó él, molesto, mientras la veía alejarse. La discusión se le había ido de las manos. Y por una tontería. Por querer darle una sorpresa. Habían discutido otras veces, pero le daba rabia que en esta ocasión fuera por eso.

—¡Intentaré volver antes de que tengas que irte, Alejandro! Adiós —le devolvió ella.

Priscila llegó a la casa familiar de los Cabana con el rictus serio; se notaba a leguas que algo le había ocurrido.

—¿St. Claire ya pasa de las reuniones familiares? Pronto empieza —comentó Adrián, al ver que su hermana llegaba sola.

—¿Dónde está Alex, cariño? —le preguntó su madre.

—En casa. Tenía cosas importantes que hacer.

—¿Más importantes que pasar el rato con su mujer, a la que no ve durante toda la semana?

Su cuñada, Catalina, había hablado con inocencia fingida, muy mal fingida, en opinión de Priscila. También en opinión de Marcos, Hugo y Adrián. River no se pronunciaba.

—Eso parece… —le respondió ella, simulando otra sonrisa, pero preocupada por dentro. No le gustaba discutir con Alex, y menos aún en esa época del año en que compartían tan poco tiempo.

Transcurrió la reunión y Priscila la pasó en su mundo, sumida en sus preocupaciones. Por supuesto que no era su intención quedarse a dormir en casa de sus padres, solo lo había dicho porque estaba enfadada con Alex, y eso la hacía sentir aún peor. Así que, sin apenas probar el postre, se despidió de su familia y de la sobremesa que tanto le gustaba —las batallas verbales entre sus hermanos eran dignas de presenciar— para darle una sorpresa a su marido.

—Llévale el flan y asunto arreglado —aconsejó Hugo, señalando el apetitoso postre cuando ella se levantó de la mesa; no le había pasado desapercibida la inquietud que corroía a su hermana pequeña.

—¿Qué? —preguntó ella, confundida, después de darle un beso de despedida a su padre.

—Siempre se devora los flanes que cocina mamá —explicó su hermano—. Con eso te lo tienes ganado.

—Pues tienes razón, Hugo —admitió su madre, que también estaba pendiente de su hija pequeña—. Voy a preparártelo para que te lo lleves.

—¿Y qué pasa con el resto? ¿Nos quedamos sin postre? —preguntó la cuñada.

—Pídele a River que te lleve a comer un helado —contestó Marcos.

—O a tu propia madre que te haga un flan —añadió Adri, y se levantó a ayudar.

La relación de los Cabana con su cuñada no había cuajado en ningún momento. Aquella chica no pegaba nada con la personalidad del hermano mayor. Era acomodada, altiva, envidiosa… y la mayor incertidumbre de la familia. Los motivos de River para casarse con ella solo los sabía él, pero los Cabana (los hijos; los padres, sorprendentemente, se llevaban muy bien con ella) tenían una cosa clara: no había sido por amor. Habían esperado la noticia del embarazo días después de la boda, pero esta no llegó. Y ya habían pasado seis meses.

Priscila se despidió de toda su familia con besos y abrazos y se encaminó a la entrada a recoger su cazadora de mezclilla del perchero. No advirtió que Catalina se le acercaba por detrás hasta que escuchó su voz:

—Espero que la discusión con Alex no sea importante. Yo, desde luego, si estuviera casada con él, no le tocaría mucho las narices. Ya me entiendes.

—La verdad es que no —dijo Priscila.

—Oh, vamos, Pris. —Cómo odiaba que la llamara así. No sonaba como en la boca de sus familiares y amigos—. Alex es el mejor partido no solo de todo el pueblo, sino casi del país entero; es un campeón olímpico, por Dios, y está bueno. Dudo que no seas consciente de la cantidad de mujeres que andan detrás de él, esperando la más mínima oportunidad, esperando a que la... fastidies.

Priscila estuvo a punto de preguntarle si ella se incluía entre esas mujeres, pero se calló, por su hermano.

—Imagínate lo que harán si ven a su objetivo triste y alejado de su mujer... Ten cuidado —la advirtió.

Priscila estaba segura de que su cuñada habría seguido martirizándola de no ser porque Adrián apareció y las interrumpió.

—Toma, Pris. Llévate mi coche; no vas a ir en la bici con esto.

Sujetó con mucho cuidado el plato con el flan envuelto, las llaves que le tendía su hermano y le dio un beso fuerte antes de salir.

Colocó el plato en el asiento del copiloto y arrancó rumbo a casa, con la ilusión de sorprender a Alex tanto por su regalo como por su regreso antes de tiempo. Enfiló la calle donde vivían en un tiempo récord; apenas había tráfico. Durante la época estival, en la que el pueblo se llenaba de gente, resultaba un poco caótico circular con el coche, pero a finales de septiembre la cosa empezaba a mejorar.

Aparcó cerca de casa y fue caminando hasta la entrada. Cuando llegó, la verja se hallaba entreabierta, pero no le dio importancia; la habría dejado Alex así. Quizá había salido a la calle a hacer algún recado.

No se acercó a la casa; no llegó a hacerlo porque, desde su posición, podía distinguir lo que pasaba en el interior. También porque estaba paralizada. Alex no se encontraba solo. Había una mujer con él y ambos se abrazaban; los veía a través de los ventanales del salón. No era un abrazo inocente, casual, o a Priscila no se lo pareció: era algo mucho más íntimo. Reconoció a la chica al instante. El pelo largo, rojo y rizado la delataba.

Tardó unos segundos en reaccionar. La cabeza de Carolina estaba escondida en el cuello de Alex, y lo único en lo que podía pensar Priscila era en las últimas palabras que le había dedicado su cuñada y en que tenía razón: aquella chica quería a Alex para ella. Ya no había lugar alguno para la duda.

Hizo acopio de voluntad y se acercó a la vivienda. Ya temblaba; no entendía lo que estaba pasando, lo que significaba ese abrazo, pero... ya temblaba.

La imaginación es un arma de doble filo. Priscila, contemplando la imagen de su marido abrazado a otra, a esa otra, que lo sujetaba como si fuera su pilar, fue capaz incluso de recrear la conversación que estarían manteniendo:

"¿Entonces hoy tu mujer no viene a dormir?".

"No. Se queda en casa de sus padres".

"Gracias a Dios. Tenía que verte, Alex, tenía que verte. No aguantaba más".

Una vibración la sacó de aquel trance tan horrible. Un zumbido cercano. Giró la cabeza hacia él y localizó un bolso de mujer y un móvil encima de una mesa. Una mesa que antes no estaba allí; sin embargo, apenas reparó en ella. Tampoco se dio cuenta de que el césped estaba cortado, arreglado, perfecto, tanto que incluso se veía a través de los ventanales; unas horas antes, con los hierbajos y los matorrales, habría sido imposible. No obstante, sí reparó en el teléfono. No era el de Alex. Era el de ella. El de Carolina.

Dio unos cuantos pasos hasta él. Dejó el flan sobre la mesa y tomó el aparato. A pesar de no ser de la misma marca que el suyo, no le costó demasiado desbloquearlo; no tenía contraseña, tan solo había que seguir la dirección de unas flechas. No supo bien qué buscaba, pero un impulso la obligó a hacerlo.

Antes de acceder a cualquier aplicación, echó una mirada a la parejita, que seguía en la misma postura. Como activada por un resorte, Priscila abrió la galería de fotos. Su dedo deambuló, nervioso, por todas ellas hasta que la vio: una fotografía de una pareja haciendo el amor. Era la habitación de Alex; la reconoció de inmediato, pese a las lágrimas. Y el chico era Alex. La chica, por supuesto, era la pelirroja. Ellos dos estaban juntos, no sabía desde cuándo, y la habían engañado. Recordó cada ocasión en que Alex le había dicho que estaba paranoica. Recordó y cerró los ojos con dolor. Con el dolor que se siente cuando todo tu mundo se desploma.

Sin pensarlo, y en un estado de nerviosismo extremo, buscó su propio móvil y tomó una foto a la pantalla del otro. Lo veía todo borroso. No supo por qué lo hizo, no necesitaba verla más, o quizá sí, quizá era para convencerse de que aquello era real… El caso es que lo hizo. Sacó la instantánea y guardó el móvil. Después, recogió el postre. Tardó en darse la vuelta y marcharse, claro que tardó: las piernas no le respondían, el cuerpo entero no lo hacía. Tuvo que obligarlo.

Salió corriendo mientras escuchaba los ladridos de Dark. Echó una última mirada antes de cruzar la verja y vio al perro ladrando contra la ventana. Alex, con la chica aún en sus brazos, movió la cabeza para comprobar lo que sucedía, pero no la vio a ella.

Priscila entró en el coche y arrancó quemando rueda.

Deseó en aquel momento no haberse criado en un seno familiar de color de rosa. Se sentía tan impotente. Tan vulnerable. Y no sabía qué hacer. No era capaz de reaccionar. Era la primera vez que sufría de verdad. En casa jamás había tenido ningún conflicto grave, ni con sus hermanos, que la adoraban y malcriaban, ni con sus padres. Y en el colegio había estado demasiado protegida. Si su infancia no hubiera sido tan idílica, estaba segura de que habría aprendido a gestionar ese tipo de problemas. Pero no había sido así.

Sin saber a dónde ir, salió del pueblo. Se incorporó a la autopista y siguió conduciendo. Y siguió y siguió hasta que, tres horas después, llegó a Madrid. La mente no le daba para nada, solo para una cosa: huir. Ni siquiera había puesto música; solo había silencio y sollozos.

De la misma manera que había aparecido en la ciudad, llegó al aeropuerto. Aparcó y se quedó ahí quieta unos segundos, recapacitando sobre sus actos. No podía escapar de ese modo, sobre todo porque que no llevaba el pasaporte encima. Pero entonces recordó que, desde que había vuelto de la luna de miel, no lo había sacado del bolsillo interno del bolso. Y justo ese bolso era el que descansaba en el asiento del copiloto.

Pensó que se trataba de una señal del destino y salió del vehículo con decisión. Fue directamente a la zona de salidas y se detuvo en el primer mostrador que encontró.

—Hola, quiero comprar un billete.

—¿A dónde?

—A... —Priscila ojeó la pantalla, leyó "Los Ángeles" y no lo dudó. Era lejos, exactamente lo que necesitaba. Y, además, podía viajar a Estados Unidos con el visado que había sacado para su luna de miel—. Los Ángeles.

—Lo siento, pero está completo.

—Okey. Okey. A ver, ¿cuál es el siguiente vuelo a Estados Unidos?

—A Boston. En cuatro horas. Queda un asiento libre. El último.

—Okey. Bien. —Tomó la decisión sin sopesarla, sin saber lo que estaba haciendo—. Dámelo.

Abrió el bolso y extrajo la tarjeta de crédito para pagar. Sus padres, varios años atrás, le habían dado una para emergencias. Al sacarla de la cartera, también vio la que le había dado Alex poco después de casarse. Ella no quería aceptarla, no le parecía justo gastarse su dinero, ya encontraría trabajo, pero él había insistido. Ahora le entraban ganas de quemarla.

Pagó el billete, con la imagen de su marido y la pelirroja en la cabeza, y le dio las gracias a la azafata por su atención.

De camino al control de seguridad, descubrió en su móvil varias llamadas perdidas y algún mensaje, pero lo ignoró todo. Todo, excepto un nombre. Llamó a Adrián sin dudar.

—¿Pris? ¿Dónde estás? Alex ha venido a buscarte para ver si se te había pasado el enojo y si ibas a ir a casa y…

—Adri… —Se echó a llorar.

—¿Pris? ¿Qué te pasa? ¿Estás bien?

—No…

—¿Dónde estás?

—En Madrid.

—¿Qué? ¿En Madrid? ¿Y qué demonios haces ahí?

—Estoy en el aeropuerto.

—¿Y qué mierda haces en el aeropuerto?

—Voy a tomar un avión.

—¿Un avión? Pris, no entiendo una mierda de lo que está pasando. Cuéntame ahora mismo qué haces en el aeropuerto y por qué quieres tomar un avión.

—No quiero tomar un avión, voy a tomar un avión. He comprado un billete y estoy a punto de pasar el control de seguridad…

—¿Qué? No, espera. Pris, ¿qué ha pasado? No hagas nada, por favor. Dime qué ha sucedido.

—Algo muy feo, Adri. Tengo ganas de morirme y necesito ir lejos. Por eso voy a pasar por el control y…

—¡No pases! ¡No pases, por favor, Pris! Espérame. Voy para allá.

—No, Adri…

—¡No pases!

A pesar de las súplicas de su hermano, Priscila pasó. Depositó el móvil (aún con su hermano del otro lado) y el bolso en una bandeja y la colocó en la cinta mientras ella pasaba bajo el detector de metales. Cuando recogió el móvil de nuevo, su hermano seguía en línea, gritando su nombre.

—He pasado.

—¡Mierda! No te muevas de ahí. Quédate en la barrera, por favor, Pris.

Priscila permaneció de pie, parada en medio de la terminal, sin saber qué hacer. Escuchó a Adrián hablar con Marcos:

—Dame las llaves de tu coche.

—¿Por qué? ¿Has encontrado a Pris?

—Sí. Y necesito el maldito coche. ¡Dame las llaves!

—¡Mierda! Toma, pero dime qué demonios pasa. ¿Dónde está?

—Adri, tengo que colgar —dijo Priscila. No aguantaba más. Si seguía al teléfono, escuchando cómo interactuaban sus hermanos, se desmoronaría y regresaría corriendo a casa para cobijarse en sus abrazos, y no era eso lo que quería.

—¡Espera!

Pero no esperó. Tiró a la basura la tarjeta de crédito de Alex y el teléfono móvil también, no sin antes mandarse la foto a su propia dirección de correo electrónico. Luego se acercó a la cristalera que separaba la zona de embarque del área de salidas y se sentó en el suelo a esperar... a esperar a su hermano.

Tres horas después, llegaba Adrián al aeropuerto. Dejó el coche mal aparcado, le daba lo mismo, y entró corriendo. Se llevó las manos a la cabeza cuando recordó que había cuatro terminales. Intentó llamar a su hermana por enésima vez, pero desde que le había colgado el teléfono no había conseguido contactar con ella. Recorrer las cuatro terminales le llevaría demasiado tiempo, tiempo del que no disponía, pero no tenía más opciones. Tardó varios minutos en decidir por cuál de ellas empezaría, y dio las gracias al cosmos entero cuando la encontró. Había acertado a la primera.

Priscila lo esperaba sentada en el suelo, justo en el linde, junto a una cristalera.

—¡Priscila!

—¡Adrián!

Se levantó y puso las manos en el cristal. Él hizo lo mismo, como si así pudieran tocarse.

—Pris, sal de ahí. Vámonos a casa, por favor. Cuéntame lo que ha pasado y te prometo que encontraremos una solución, sea lo que sea.

—No. Esta vez no puedes ayudarme. Me han roto por dentro, Adri. Siento que voy a desplomarme en cualquier momento y que no podré levantarme. Nunca me había sentido así. Es horrible.

—¿Qué ha pasado?

—Ahora no puedo contártelo. Me mataría hacerlo.

—¿A dónde pretendes ir?

—A Boston.

—¿Qué? ¿Boston? ¿Estás loca?

Priscila lloraba desconsolada.

—Adri, necesito irme. Alejarme de lo que he visto. Ya te lo explicaré.

—No, explícamelo ahora.

—Ahora no, por favor, no me obligues. Confía en mí. Déjame hacer esto.

—Diablos, ¡mierda! Llámame en cuanto llegues, ¿okey?

—He tirado el teléfono a la basura.

—Toma el mío. —Adrián sacó su móvil del bolsillo del pantalón y fue a pasárselo a Priscila por encima del cristal.

—No. Él tiene el número.

—¿Él? ¿Alex? ¿Todo esto es por Alex? ¿Qué te ha hecho? ¡Voy a matarlo!

—No, por favor. Adrián, por favor, no quiero que…

—¡Mierda, no hacen más que llamarme! —Adrián interrumpió a su hermana, observando la pantalla iluminada de su móvil.

—Adrián, vete ya, por favor.

—Ni de broma. Voy a comprar un billete para acompañarte a Boston.

—No queda ningún asiento libre. He comprado el último.

—¡Demonios! —exclamó, sobrepasado por la situación—. Está bien. ¿Tienes dinero?

—Creo que sí, aunque no sé cuánto quedará en la tarjeta de mamá y papá después de pagar el billete.

—No te preocupes por eso. Cuando llegues a Boston, busca un hotel en el centro y reserva una habitación. Yo me reuniré contigo en cuanto pueda.

—Tengo que irme.

—Pris…

—No le digas nada, por favor.

—Pris…

—Te quiero.

—Nos vemos enseguida, Pris. Llámame desde el hotel. ¿Te sabes mi número?

—Sí.

—Dímelo.

Priscila se lo recitó de memoria.

—Bien.

—Adri, tengo miedo.

—Haz lo que te digo, Pris. Tú haz lo que te digo y todo va a salir bien.

Vas directa al hotel y me esperas allí. Solo van a ser unas horas, te lo prometo. No me voy a mover de aquí; voy a comprar un billete para el próximo vuelo a Boston. Si es necesario que rente un maldito avión, lo haré, haré lo que sea, pero voy a reunirme contigo en unas horas.

—Está bien.

—Te quiero, Pris.

—Yo también.

Priscila apoyó la frente en el cristal y su hermano hizo lo mismo; a pesar del vidrio que los separaba, ellos se sintieron. Las lágrimas de Priscila mancharon el cristal. Se fue retirando con el corazón roto en mil pedazos. Miró la hora.

—De verdad que tengo que irme.

Adrián asintió con la cabeza.

—Adiós.

Priscila puso rumbo a su vuelo. Y como ya había pasado el verano, no hubo ni canciones ni colores. Solo un recuerdo del cielo de aquel día en que Priscila dejó su tierra, un cielo azul precioso, despejado, pero que ella veía oscuro, negro, como su corazón, como su estado de ánimo, como su alma.

¿Nos lo jugamos...
a los dardos?

Abro la verja de casa de Alex y salgo a la carretera. Me he despertado y él no estaba a mi lado en la cama, pero me conozco tanto sus rutinas que sé dónde localizarlo. Cruzo la calzada con tan solo una de sus camisetas por encima y miro hacia ambos lados: no hay nadie. Esta zona es residencial, tranquila, apenas transita gente por aquí.

Alcanzo el pequeño muro al otro lado de la calle y me asomo para comprobar que, tal y como sospechaba, Alex está entrenando en la playa.

Me siento a observarlo mientras me tomo mi café y pienso en lo que ha sucedido durante las últimas dos semanas, en el tiempo que hemos pasado juntos y en las escasas veces que he dormido en mi casa, a pesar de que esto que tengo con Alex no es más que sexo sin compromiso. Ni siquiera me he detenido a reflexionar sobre ello: acepté su propuesta y no he vuelto a planteármelo, no he discutido con mi cabeza sobre si la decisión ha sido acertada o no, teniendo en cuenta lo que siento por él. Solo estoy disfrutando el momento. Me estoy dejando llevar por el corazón. Y cuando se acabe... No. No me permito pensar en eso. Porque no sé si voy a ser capaz de permitir que se acabe. Creo que la vida nos está brindando una segunda oportunidad, y no pienso darle la espalda.

Cuando veo que se pone en pie después de hacer treinta abdominales (sí, los he contado) y que toma las escaleras que lo traerán de regreso a casa, levanto el trasero del muro y me dirijo a la entrada a esperarlo.

Pongo los pies en la hierba del jardín, pero está tan corta que me pica y me hace cosquillas. Me desplazo hasta situarme en el camino de piedra que llega a la puerta, y que aún está fresco, pero que comienza a calentarse por la fuerza del sol. Lo espero apoyada en la verja, con la espalda contra ella, las piernas cruzadas y el café en las manos.

–¿Aún sigues aquí? –pregunta, al pasar por mi lado.

Alex duerme abrazado a mi cuerpo cada noche tras hacer el amor, pero horas después le gusta fingir que no ha sido así. Le gusta hacerse el despegado. De momento, le sigo la corriente.

–No –contesto, yendo tras él hasta la piscina y cerrando la verja detrás de mí–, he ido a casa y he vuelto para desayunar contigo.

Gira la cabeza y pone los ojos en blanco. Pero qué tontito puede llegar a ponerse, sobre todo por las mañanas, y qué bueno está ya desde estas horas. Camina por delante de mí y yo me fijo en cómo contonea el trasero. Y me apuesto mis zapatos de pompones con purpurina favoritos a que no lleva ropa interior debajo del pantalón de chándal gris. Lo intuyo por cómo le cae en las caderas.

Siete segundos tarda en quitarse el pantalón y lanzarse al agua; siete segundos en quedarse en pelotas y enseñarme ese trasero que tanto me gusta. Hubiera ganado la apuesta. Comienza a hacer largos, a pesar de que la piscina no es demasiado grande, y yo me siento en el bordillo con los pies en el agua. Como en tantas ocasiones en el pasado, lo veo ir de un lado para otro una vez, otra y así incontables veces.

Nada durante cincuenta minutos, sin descanso y sin dirigirme ni una sola mirada; eso sí, con cada largo se ha ido acercando más y más a mí, hasta que me roza los pies al pasar, una y otra vez.

Tras el último largo, Alex sacude la cabeza y se pasa las manos por el flequillo, despejándose la frente. El pecho le sube y baja al compás de su respiración, alterada. Tiene que estar cansado.

Me palmeo el muslo derecho para que venga a mi lado.

Sale de la piscina con un impulso y yo abro más las piernas para que pueda acomodarse entre ellas. Su espalda descansa en mi pecho y me moja la camiseta; extiende las palmas sobre mis rodillas. Le masajeo los hombros con cariño. No soy ninguna experta, así que supongo que, más que un masaje, lo que hago es acariciarlo, pero parece que le gusta: enseguida comienza a gemir de placer y se acomoda mejor.

Tengo la cara tan cerca de su cuello que inevitablemente llega a mis fosas nasales el olor a cloro que emana de su piel; el olor al Alex de la primera parte de mi vida. Comienza a acariciarme las piernas mientras yo aproximo mi boca a su piel húmeda; no resisto más y bajo la cabeza para besarle la comisura de los labios. Un besito inocente que se convierte en beso con lengua en cuanto Alex reacciona.

Mientras nos besamos, él levanta su brazo derecho, me sujeta la nuca y me arrastra hacia delante, hacia el agua.

–¡Ahh! –grito.

Le rodeo la cintura con las piernas para no caer, pero ambos terminamos sumergidos en la piscina. A pesar de estar ya medio mojada, me entra un escalofrío al entrar en contacto con el agua. Una vez que salgo a la superficie, y sin que me dé tiempo a reaccionar, Alex desliza su cabeza por debajo de mis piernas y me alza para sentarme en sus hombros.

Jugamos y hacemos tonterías hasta que caemos de nuevo y

quedamos uno enfrente de otro; yo, con la camiseta empapada y el cuerpo al descubierto, y él, con la mirada invadida por el deseo. Se desprende de mi ropa y me besa el pecho con un hambre que no le había visto en estas semanas.

Nos deslizamos hasta el bordillo, sin que él deje de besarme, y me sube a pulso para dejarme sentada.

—Túmbate.

Lo hago. Apoyo la espalda en la baldosa, ahora caliente por el sol; y, más que ver, siento a Alex quitarme la ropa interior. Esconde la cabeza entre mis piernas y comienza a besarme. La excitación me azota como un latigazo y no puedo evitar revolverme entre jadeos. El orgasmo me sacude poco después: creo que ha sido el más rápido de mi vida.

Me quedo desmadejada en el suelo, pero Alex me ayuda a incorporarme. Me toma en brazos y le rodeo la cintura con las piernas una vez más; entramos en casa besándonos y Alex me tumba sobre la primera superficie que encuentra a su paso: la mesa de comedor. Me sujeta por los tobillos, acerca mi trasero al borde de la mesa, estira mis piernas sobre sus hombros y me penetra de una estocada.

Tenemos sexo sucio.

Alex y yo hemos practicado muchos tipos de sexo durante estas dos semanas, casi de cada tipo que existe, y hoy toca del sucio. Del que nos hace gritar como posesos, del que nos empuja a decirnos palabras obscenas al oído y del que provoca que mi cuerpo se mueva con violencia sobre la mesa, arriba y abajo. También del que acaba con los dos exhaustos y sudados, el uno sobre el otro, y con sonrisa de idiotas.

Guau.

Más tarde, cuando salimos de la ducha, como Alex hoy se libra del trabajo, me propone ir al *pub* a desayunar. Acepto de buena gana.

—Pero si están aquí Alex y Priscila —nos saluda Pedro cuando entramos.

Alex y Priscila. Me gusta cómo suena. Siempre lo ha hecho. Porque suena bien.

Nos sentamos uno frente a otro en una mesa, a tomar un café y una tostada grande con aceite, y hablamos de todo un poco. A pesar de disfrutar de la conversación con Alex, me apetece hacer algo diferente; me apetece jugar.

—¿Quieres que echemos una partida de dardos? —propongo.

—No.

—¿Por qué no?

—Porque no me apetece.

Qué pesado puede llegar a ser.

—¿Y si te convenzo para que aceptes?

—Créeme, Priscila, no hay nada que puedas hacer para convencerme. Quiero quedarme aquí sentado, tranquilo, y tomarme mi café mientras veo la carrera que están pasando por la tele.

Dirijo la mirada al televisor de plasma que cuelga de una de las paredes, justo al lado de la diana. Me incorporo y acerco mi cabeza a su oído. Me mira de reojo, pero no aparta la vista de la pantalla.

—Si ganas —susurro—, dejaré que me hagas lo que querías hacerme antes encima de la mesa.

Para ser sincera, creo que tengo tantas ganas de probarlo como él. O más.

—¿En serio? —pregunta, mirándome a los ojos y prestándome ahora toda la atención.

—Ajá —confirmo, coqueta.

—Acepto. ¡Pedro! Pásame los dardos.

Caminamos hacia la barra, donde Pedro nos espera con la caja de los dardos preparada. Después, vamos directos a la diana y establecemos las reglas.

—Bien —dice Alex—, nos lo jugamos al mejor del 501. El que antes llegue a cero gana. ¿Lo entiendes?

No.

—Sí, claro —respondo, rotunda.

Me mira entrecerrando los ojos, pero acepta mi respuesta sin rechistar.

—Bien. Comencemos.

Okey. Entiendo que se trata de dar en la diana, no es demasiado complicado. No hemos empezado a jugar y ya está sonando *¡Chas! y aparezco a tu lado*. Tanto Alex como yo ponemos los ojos en blanco y dirigimos la vista a Pedro, que nos mira sonriente.

—Te dejo empezar —cede Alex.

—Qué amable —le respondo, con duda en la voz.

—Solo quiero darte ventaja, Reina del Desierto.

¡Qué creído! Agarro uno de los dardos con la mano derecha y me lo acerco al ojo derecho, cierro el izquierdo y apunto a la diana; muevo el dardo adelante y atrás para calcular bien la trayectoria y… ¡lo lanzo! Lo único que consigo es que dé un golpecito en el panel y caiga al suelo, ¡sin ni siquiera quedarse enganchado en ningún agujerito! ¡Y así hasta tres veces! Es más difícil de lo que parece a primera vista.

—Aparta, principiante.

Alex apunta con uno de sus dardos a la diana y lo lanza en pocos segundos. Debe de darle a algo importante, porque su marcador de 501 en la pantalla baja sesenta puntos, ¡de una sola tirada!

—¿Sabes dónde tienes que acertar para conseguir más puntos? —me pregunta después de lanzar sus dardos y conseguir muy buenos puntos.

—Al centro —afirmo, con seguridad.

—Pues no, lista.

¿En serio?

—Tú lo que quieres es confundirme para ganar.

—Creo que no me va a hacer falta.

A pesar de que le gruño, señala las zonas de la diana que más puntos llevan asociadas, y que no son el centro, sino los dobles y los triples. De fondo, sigue sonando la música de Álex y Christina.

—¡Pedro! ¿Es que acaso vas a poner el maldito CD entero? —pregunta Alex, a voz en grito.

—¡Afirmativo! —responde el otro, con una sonrisa de oreja a oreja.

—La madre que lo parió.

—Vamos, me toca.

Ahora que sé dónde tengo que dar, me parece menos complicado. Esta vez sujeto el dardo con la mano izquierda y cierro el ojo derecho. No, así no. Mejor cierro el izquierdo, como siempre.

—Pero ¿qué haces?

—Intentarlo con la izquierda —le digo a Alex, muy convencida.

—Pero si tú no eres zurda.

—Ya, pero tendré que intentarlo. Puede que sea mi mano buena para los dardos.

—Diablos, vaya paliza te voy a dar. Prepárate para esta noche.

—Oye —le doy un puñetazo en el brazo, en señal de protesta–, que yo como con la mano izquierda.

—No, Pris, tú sujetas el tenedor con la mano izquierda cuando estás cortando carne o pescado, como todo el mundo.

—Pues eso. Quita. —Lo aparto con un golpe de trasero en su cadera.

Sigo con mi cometido y... ¡toooma! ¡He acertado! ¡He acertado en algo, aunque no sé muy bien en qué!

—¿Qué he hecho?

—Un doble.

—Bien, y allá van dos más… —aviso, porque me quedan dos tiros.

Unas cuantas rondas después, no voy mal del todo (definitivamente, mi mano buena para los dardos es la izquierda, o es la suerte del principiante), pero, aun así, Alex va ganando. Es muy bueno. Y eso que he hecho alguna trampa que otra, como ponerme a dos centímetros de la diana y pinchar los tres dardos en las puntuaciones más altas cuando se ha acercado a la barra a pedir un vaso de agua. Para casos desesperados, medidas desesperadas.

Cuando le toca tirar a él, me coloco detrás y le levanto la camiseta para colar mi mano dentro. Él se sobresalta por el contacto, pero no dice nada. Finge que no le afecta, pero no me pasa desapercibido que tarda más de lo normal en lanzar el dado.

—¿Te distraigo? —pregunto, con inocencia.

—¿Pretendes distraerme?

—Para nada. Solo me apetece acariciarte. ¿No puedo?

—Puedes.

—Bien.

Lanza y acierta, pero no con tanta precisión como en tiradas anteriores. ¡Bravo! Después de lanzar mis tres dardos, necesito algo más fuerte, dado que mis caricias no parecen surtir suficiente efecto. Llevo mi boca a su rostro y me quedo muy cerca; enseguida se le acelera la respiración. Saco la lengua y le chupo la comisura de los labios. Hummm…, qué rico está. Alex sabe bien. Él sonríe bajo mi lengua, y aprovecho ese gesto para meterle la lengua.

—¿No vas a lanzar? —pregunto, sobre sus labios.

—Justo iba a hacerlo, pero me has interrumpido.

–Lo siento. Continúa. –No me aparto ni un milímetro.

Lanza, pero en esta ocasión… falla. El dardo cae al suelo. ¡Victoria!

–¡Vaya! –exclamo, con fingido pesar–. No te preocupes, suele pasar.

–Acabas de robarme un beso descaradamente –dice, mirándome a los ojos.

–¿Y qué vas a hacer?

–Recuperarlo.

Me sujeta por la nuca y me besa con suavidad, riendo y respirándonos. Cuando nos separamos, siento unos ojos clavados en nosotros que hacen que me gire, y entonces las veo: las Brave están aquí. Ninguna me quita la vista de encima, y no es que me miren con amor precisamente, pero no pienso permitir que me fastidien este momento con Alex. Las ignoro. Sigo disfrutando de la partida, pero dos rondas más y la pareja de pelirrojas se acerca a nosotros o, más bien, a Alex.

Me pregunto si a Adrián le va bien con la pequeña (que me saca, por lo menos, una cabeza). Supongo que sí. Hace dos semanas que mi hermano y yo no hablamos más que para lo imprescindible: "pásame el pan", "pásame la sal", "buenos días", "buenas noches". Nunca nos habíamos visto en una situación así, y mentiría si dijera que no pienso en ello con frecuencia, pero es tanto el dolor que aún albergo por lo que me hicieron esas dos que me veo incapaz de aceptar a esa chica como la novia de mi hermano. Y somos Adrián y yo los que sufrimos las consecuencias. Es nuestra relación la que ha cambiado. A veces pienso: "Pris, por favor, se trata de Adrián. ¡Adrián! Ve y soluciónalo de una vez". Pero las palabras se me atascan en la garganta. Y a él también. Por primera vez en la vida, no sabemos cómo solucionarlo. Cómo volver a ser nosotros.

–Alex, que sepas que Priscila lleva haciendo trampas desde que han empezado a jugar –me acusa la mayor, sin apenas mirarme.

Estoy a punto de lanzarle una réplica, pero Alex se me adelanta.

—No hace trampa —contesta, sin inmutarse—. Son las reglas del juego: ella puede hacer lo que quiera para ganar. Así es mucho más interesante. —Me guiña un ojo y lanza su primer dardo de esta ronda.

—Ah, allá tú. Yo solo venía a avisarte por si acaso. Como sé que no te gustan las trampas...

Las dos hermanas del Inframundo regresan a la mesa donde estaban sentadas. Y yo estoy en la gloria. Porque ver la cara de decepción que ponen, y que haya sido Alex el que las ha puesto en su sitio, me provoca tal subidón que me echaría a bailar. La verdad es que no me lo esperaba, y no llego a entender del todo por qué lo ha hecho, pero supongo que no quiere que nos peleemos. Alex nunca ha sido amigo de los dramas y los espectáculos en público.

Como es habitual en mí, no puedo callarme, y conste que con Alex lo hago a diario, pero hoy no; esta vez, no.

—¿Por qué me has defendido?

—Porque no me gustan las soplonas, y muchísimo menos que se metan con mi...

—¿Con tu qué?

—Con mi pareja de dardos.

—No ibas a decir eso.

Lo sé. Le ha salido demasiado espontáneo, aunque se ha refrenado.

—¿Qué sabrás tú lo que iba a decir?

Mi cabeza se hace una ligera idea; no obstante, no sé si es lo que ella quiere pensar que iba a decir Alex o lo que en realidad iba a decir. No me da tiempo a dar rienda suelta a mi imaginación porque, en ese momento, se abre la puerta del *pub* y entra Marcos. Barre el local con la mirada y enseguida me localiza. Como Alex está de espaldas y no puede verlo, le indico con la mano que no diga nada. Marcos lo entiende a la primera. Se pone en modo silencioso (en modo geo total) y, cuando se encuentra a tan solo un paso de Alex, le da un buen susto, provocando que falle el tiro.

—¡Diablos, Marc! ¡Me has hecho fallar!

—Perdón —se disculpa mi hermano, aguantándose la risa—. Vengo a tomar un café rápido antes de entrar a trabajar; tengo que ir a Madrid un par de días. Pero ya veo que estás ocupado. ¿A qué juegan?

—Al 501.

—Qué serio estás, ¿han apostado algo?

—Sí.

—¿El qué?

—Créeme, es mejor que no lo sepas.

Definitivamente.

—Okey, no quiero saber más. ¿Qué me dices de ese café? —insiste Marcos.

—Ahora no puedo —responde Alex—. Tengo que ganar y no puedo desconcentrarme. Tómatelo con tu hermana.

—¡Ey! —me quejo—. ¿Y si me desconcentro yo?

Alex aparta la mirada de la diana lo justo para mirarme de reojo, la ceja arqueada.

—Debería resultarte bastante fácil ganar —le comenta Marcos, con naturalidad.

—No creas, está teniendo bastante suerte.

—Ahora lo llaman suerte —me defiendo.

—Voy por ese café y me ponen al día, ¿de acuerdo?

—O tú a nosotros —le digo.

—Acepto, siempre que no salga el tema de la boda. Últimamente no hablo de otra cosa, demonios.

—Okey, pues entonces cuéntame historias truculentas de tu trabajo.

—Ya sabes que es confidencial, Pris.

—Oh, vamos. Cambia los nombres e invéntate partes, como haces siempre.

—Hecho.

El café rápido de mi hermano se transforma en más de media hora de relatos apocalípticos. Es muy bueno inventando historias.

Se marcha a toda prisa justo después de presenciar mi derrota, porque, por muchas trampas que haya hecho, incluso con la ayuda de Marcos, Alex acaba ganando.

—Prepárate para esta noche —es lo último que me dice mi marido antes de que Jaime aparezca en la cervecería y se siente en nuestra mesa. Hace apenas un día que ha regresado de Valladolid. Necesitaba espacio después de lo ocurrido con mi hermano, y llevaba semanas queriendo visitar a sus padres.

—Un tequila —pide, dirigiéndose a Alex—. Doble.

—¿Me has visto pinta de camarero?

—Tu marido es un maldito antipático, Pris. Un tequila —me pide a mí—. Doble.

—No sé si aquí tendrán tequila.

—Mierda, ¿no es un maldito bar?

—Es una cervecería, pero voy a intentarlo —añado, viendo la cara de mala leche que me ha puesto.

Me levanto, confieso que con un poco de miedo de dejarlos solos, y voy a la barra a pedirle un tequila a Pedro, que resulta que sí tiene.

Jaime lleva las últimas semanas bastante afectado. Tuvo una bronca monumental con Hugo después de salir corriendo detrás de él y desde ese día no se hablan. Solo se miran. Mucho.

Regreso a la mesa con dos chupitos de tequila. Dobles. Los dos.

—Mierda, cómo pica —exclama mi amigo, después de tomarse de un trago el primero—. ¿No me vas a acompañar?

—¿Para quién crees que he traído este? —Señalo el otro vaso. A Jaime no le gusta beber solo. Bueno, supongo que a nadie.

—Tú sí que me entiendes, Cabana.

—¿Novedades? —le pregunto, refiriéndome a mi hermano.

No me gusta que estén enfadados. Me da mucha pena. A Jaime lo veo triste, y Hugo vaga por la casa como un zombi confundido. Creo que se gustan de verdad. Oh, los juegos del amor... Reconozco que me llevé una impresión cuando supe que se habían acostado, pero ambos son adultos y están solteros; pueden hacer lo que les dé la gana.

—Hugo está muy enojado, Pris. No quiere que vuelva a acercarme a él. Primero, porque dice que en realidad me gusta su hermano pequeño y que él es solo "lo único que me quedaba", cosa que no es cierta, por mucho que quiera echarme en cara que coqueteé con él estando borracho. Y segundo...

—Espera, espera —interrumpo—. ¿Cuándo fue eso?

—El día de los martinis. Tú estabas entretenida tirando piedras a la ventana de tu marido y yo, al parecer, debí de meterle fichas a tope a tu hermano. Sí que recuerdo preguntarle por las navidades de 2011; tenía muchísima curiosidad por saber lo que había pasado, pero a partir de ahí... hay una nebulosa muy densa en mi cabeza.

—Okey, ¿y qué es lo segundo?

—Lo segundo es que me he acostado con su hermana pequeña. No entiende que solo fue un experimento. La cosa pinta muy mal, ¿verdad?

—Pues sí. Yo que tú me volvía a Boston ya mismo —responde Alex, sin dejar de mirar la tele.

Jaime le pone mala cara, pero Alex lo ignora. Yo lo ignoro a él. Qué mala onda tiene a veces.

—Si te hago una pregunta —le digo a Jaime—, ¿me vas a contestar con la verdad?

—Inténtalo y veremos lo que pasa.

—Si Adrián no fuera hetero y tú le gustaras, ¿qué habría pasado?

—Mierda, Pris.

—Eso digo yo —añade Alex—. La tele no está lo suficientemente alta.

—Contéstame.

—No lo sé.

—Pues me parece importante que lo sepas.

—Mierda. Estoy hecho un desastre. Oye, St. Claire, ¿tú te sentirías raro si te acostaras con Marcos? —le pregunta a Alex.

—Sin el menor atisbo de duda —responde este. No lo ha pensado ni medio segundo.

—Mierda, ya me entiendes.

—La verdad es que no.

—Imagínate que Marcos es una tía, y que te acuestas con ella y con Priscila, ¿te sentirías mal con esa situación porque son hermanos? ¿Alex? —lo llama cuando ve que no le hace ni caso.

—Ah, pero ¿sigues hablando conmigo? —responde el "simpático" de mi marido, que continúa con la vista puesta en la tele.

—Sí, idiota. —La última palabra, la fea, la dice muy bajito, pero no lo bastante como para que no lo escuchemos.

Alex gira de nuevo la cabeza y se dirige a mi amigo.

—¿No has pensado que lo que ocurre es que a Hugo no le gustas?

Le lanzo una mirada fulminante a Alex y niego con la cabeza, pero él pone cara de inocente. Ya le vale.

—Así no ayudas demasiado –le recrimina Jaime.

—Tampoco era mi intención.

—Maldito idiota –dice, de nuevo, por lo bajo.

Pedimos otra ronda de chupitos. En realidad, pedimos tres rondas más mientras seguimos buscando una posible solución a la metedura (doble) de pata de Jaime. Y, a todo esto, Alex permanece en nuestra mesa viendo la televisión, sin participar para nada en la conversación, pero sin marcharse. Aprovecho una pausa para preguntarle a Jaime sobre asuntos de trabajo que tenemos que mandarle ya a nuestro jefe.

—¿Has podido mirar las tiras que te envié?

—¿Me estás hablando de trabajo, Cabana?

—Hummm..., es que vamos algo retrasados.

—No fastidies, ahora en lo último que pienso es en trabajo.

—Okey. Ya tocaremos el tema cuando nos toque trasladarnos a vivir debajo de un puente.

—Pero ¡mira que eres dramática! Mañana sin falta envío a Boston los dibujos –me promete, a regañadientes.

—Genial.

Después de las tres rondas, Alex tiene que ayudar a levantarme porque voy bastante perjudicada, pero ¿qué otra cosa podía hacer? Los amigos están para esto, no iba a permitir que Jaime se emborrachara solo.

—"Ale, Alejandro", "Ale, Alejandro"... –canto, de camino a la urbanización de mis padres, imitando a Lady Gaga. O, bueno, intentándolo.

—Qué borrachera llevas, Pris. –Jaime se parte de risa pero empieza a cantar también.

Creo que escucho a Alex bufar. Y murmurar algo.

Llegamos a la puerta de mi casa y Alex llama al timbre para, inmediatamente después, sacar las llaves de su bolsillo y abrir. Dice hola en voz alta para comprobar si hay alguien en casa y mi madre le devuelve el saludo desde la cocina.

—¡¿Te quedas a comer?! —le pregunta ella. O, más bien, le grita.

—¡Sí, voy a meter a Priscila en la cama!

—¡¿Qué le pasa?!

Siguen comunicándose a grito pelado. Mi madre andará complicada con algo, porque ni se asoma.

—¡Le ha sentado mal el desayuno! Vamos, te llevo a tu habitación —me dice, acompañándome a las escaleras.

—¿Y a mí?

Alex no se molesta en responderle a mi amigo.

Llegamos a mi cama y me ayuda a meterme dentro; me da vueltas toda la habitación. No soy consciente ni de desnudarme ni de nada. Solo de mis últimos pensamientos antes de caer dormida:

"Ale, Alejandro. Ale, Alejandro".

"Ale, Alejandro. Ale, Alejandro...".

Pristy, la ardilla. En una partida de dardos.

Diciembre de 2012

Para el mes de diciembre, Priscila estaba asentada en Boston. No se puede decir que felizmente asentada; solo asentada, que no era poco.

Adrián llegó a Massachusetts poco después que ella, tal y como le había prometido aquel veintiocho de septiembre en el aeropuerto, aunque no había sido necesario que fletara un avión, por suerte para la economía familiar.

Una vez que los dos se reunieron en el hotel del centro de la ciudad, después de abrazarse y asegurarse de que estaban bien, Priscila se desahogó: lo soltó todo. Ambos se sentaron en la cama con las piernas a lo indio y Priscila habló de corrido y sin dejar de llorar; dolía demasiado. Dolía como cuando se cayó de bruces del columpio y se machacó las rodillas; como cuando aquel perro la empujó para protegerla de un coche y acabó con la cara en el asfalto y dos dientes menos, las dos paletas; como cuando tuvieron que hacerle en la muela un arreglo sin anestesia porque estaba demasiado inflamada.

Adrián no podía creérselo, le costaba sobremanera; él había visto la forma en la que Alex miraba a su hermana, cómo la trataba, cómo la había besado en el juego de beso, verdad o atrevimiento aquel verano cuando tenían trece años, cómo besaba el suelo que ella pisaba..., en definitiva, cómo la quería. Incluso lo había ayudado a adecentar la casa en los meses anteriores a la boda —los hermanos Cabana al completo lo hicieron—. Algo no le cuadraba.

—No puede ser, Pris, has debido de malinterpretarlo. Un abrazo es tan solo eso... un abrazo; no tiene por qué haber más, nada sexual o sucio. Esa chica es la novia de su hermano, llevan como mil años juntos; habrá pasado algo y la estaría consolando... Yo qué sé, pero tiene que haber alguna explicación.

—Bien. —Priscila se estiró, agarró el móvil que su hermano había dejado en la mesita junto a la cama y entró en su propia cuenta de correo. El corazón le dio un vuelco al ver en la bandeja de entrada varios mensajes de Alex. Lo ignoró todo, apenas leyó algunas palabras, y abrió el de la foto. Como no quería verla de nuevo, se la tendió a Adrián sin mirar—. ¿También he malinterpretado esto?

Él enseguida reconoció la habitación de su cuñado en la casa de sus padres; había estado allí en un par de ocasiones.

—Dime, Adrián. ¡Dime! Dime que lo he malinterpretado. —El llanto regresó con más fuerza mientras Priscila se levantaba de la cama; no podía estarse quieta—. Dímelo, por favor. Por favor —suplicó en susurros.

—Mierda, no puede ser.

Durante una fracción de segundo, Priscila había mantenido la esperanza, la ilusión, de que todo tuviera una explicación, pero esas cuatro palabras la devolvieron a la realidad de golpe. Y se le vino el mundo encima otra vez. Porque era real; no cabía espacio para la duda ni para la mala interpretación. Se sentó en el suelo y lloró. Lloró mucho más.

Transcurrieron unos días en los que ambos intentaron asimilarlo todo. Mientras Priscila lloraba, Adrián se encargó de comprar algo de ropa y artículos de higiene personal. Habían llegado a la ciudad con lo puesto, y los otoños de Boston no son como los de Alicante.

Adrián habló con los miembros de su familia, con cada uno de ellos. Con su madre, cuatro veces, y todas para contarle lo mismo: que Priscila necesitaba tiempo para pensar y que no podía hacerlo en el pueblo, una verdad a medias que no convenció a nadie: que algo había sucedido con Alex era un hecho comprobado. Sin embargo, en cuanto alguno de ellos lo mencionaba, Adrián se cerraba en banda. No quería saber nada, y Priscila, menos aún. Dejaron de insistir. Por el momento.

Adrián también se comunicó con Marcos para que accediera a la cuenta de Priscila en Google Drive (los cuatro hermanos conocían la contraseña de la pequeña de los Cabana, que utilizaba para todo) y se descargara el currículum que con tanto esmero había preparado durante los meses posteriores a la boda. Le dio instrucciones para que lo revisara, lo tradujera y lo mandara a cada periódico y revista de Boston. Sin excepción. Si tenía que mandar doscientos correos, que así fuera.

Marcos, a regañadientes, porque no entendía qué diablos hacían esos dos en Boston, y menos todavía por qué razón su hermana necesitaba "desconectar" y encontrar trabajo allí, hizo lo que Adrián le pidió. A pesar de no estar de acuerdo, a pesar de que nadie le explicara qué estaba ocurriendo en realidad, la lealtad hacia ellos ganó la partida. En ocasiones, entre los hermanos no había lugar para las preguntas. Esa fue una de ellas. La más relevante de sus vidas hasta la fecha, con toda probabilidad.

Dos semanas más tarde, llamaron a Priscila del periódico *The Boston Global* para tantear si estaría interesada en realizar unas prácticas el año siguiente. No se debió a un golpe de suerte: Priscila Cabana tenía un expediente académico excelente, además de un inglés fluido; amaba el periodismo y había disfrutado estudiando la carrera, día tras día. Era una gran oportunidad y no podía desaprovecharla. Salió de la cama, se adecentó y se preparó para la entrevista, que tendría lugar una semana más tarde.

Los días pasaron rápido y la cita llegó. Fue bastante bien: la entrevistó uno de los editores más veteranos, y entre ellos se estableció buena química. Priscila siempre había contado con don de gentes y albergaba esperanzas.

Cuando concluyó la entrevista, al salir, divisó en una de las paredes de la redacción varios anuncios de "se busca compañera de piso". Adrián y ella llevaban unos días buscando apartamento, no podían quedarse en el hotel para siempre; tendría que mandarles a sus padres el sueldo íntegro de un año, si conseguía el trabajo, para devolverles el dinero. Así que arrancó uno de los papeles y se lo enseñó a su hermano después de contarle sus impresiones acerca de la entrevista.

El solicitante era un chico; se llamaba Jamie y trabajaba en el periódico. Priscila supuso que serían compañeros. No le hizo demasiada gracia mezclar trabajo con vivienda, pero no había encontrado ninguna otra opción que la convenciera.

Priscila contactó con el tal Jamie y quedó con él esa misma tarde para visitar el apartamento. Vio el piso, hablaron de un par de cosas, como de la posibilidad de que ella entrar a formar parte del periódico, y Priscila le hizo saber que por ella se mudaría en ese preciso instante. Sin embargo, el chico le aseguró que la llamaría en un par de días.

Lo hizo al día siguiente.

Y allí que acudieron los dos hermanos Cabana para hacer la mudanza. Bueno, mudanza...

Cuando Jamie abrió la puerta y los vio, cada uno con una mochila a la espalda, algo no le cuadró.

—¿Y las maletas? —preguntó.

—Esto es todo lo que tengo. —Ella señaló la pequeña mochila que le colgaba del hombro, y que era idéntica al de él, pero de distinto color. Jamie pensó que eran muy lindos; unos indigentes, sí, pero muy lindos.

—Mierda, ¿no serán unos sintecho? Si te contratan en el *Global*, ¿tengo que hablar con el departamento de contabilidad para que me ingresen a mí tu nómina?

—Pagará, no te preocupes por eso. ¿Podemos pasar? —Adrián se abrió camino y entró en la vivienda sin esperar a que le dieran permiso.

—Adelante… —dijo el anfitrión, sin perderlo de vista—, rubito. ¿Es tu novio? —le preguntó a la chica una vez que hubo cerrado la puerta principal—. Porque aquí está prohibido revolcarse.

—Es mi hermano.

—¿En serio? Genial, porque lo de antes era broma. En esta casa puedes revolcarte todo lo que quieras y más.

—Okey. —A Priscila no se le ocurrió otra cosa que decir.

Aunque Pris ya lo había visto, Jamie les enseñó el piso y ayudó a su nueva inquilina a instalar su… mochila en su cuarto. Cuanto más hablaba (demasiado, en opinión de Adrián), más se convencieron los hermanos de que no era estadounidense. Su acento lo delataba. Ellos habían estudiado en el Colegio Inglés desde pequeños y tenían buen oído.

—¿Eres español? —le preguntó Adrián, en su idioma natal, mientras inspeccionaba el baño.

—¡Diablos! —exclamó el interpelado, también en castellano—. Vaya oído.

—¿Te llamas Jamie?

—Es Jaime, en realidad.

–Bien. Voy a quedarme unos días aquí con ustedes –le explicó Adrián–, una semana como mucho. Dormiré en la cama con mi hermana.

A Jaime le quedó claro que no había lugar a réplica. Qué mala onda tenía el rubio.

La semana pasó a toda velocidad. A Priscila la llamaron del periódico para comunicarle que la habían aceptado en el programa de prácticas y que empezaba el día ocho de enero, y Adrián compró el billete de vuelta. La despedida fue dura.

–Pris, puedo quedarme un mes más si lo necesitas.

–No, vete, vuelve a casa. Yo estaré bien. Tienes que seguir con tu vida, con tus pinturas.

–Yo la cuidaré –aseguró el flamante compañero de piso.

A Adrián aquello no lo persuadía para nada, pero se dijo que, al mínimo problema que detectara entre esos dos, regresaría. Los hermanos se fundieron en tal abrazo que hasta enterneció a Jaime.

Priscila parecía fuerte, pero cuando se cerró la puerta, rompió a llorar.

–Ey, tranquila. Vas a estar bien –la consoló Jaime, abrazándola–. No soy tonto, me he dado cuenta de que no son unos sintecho; algo ha debido de pasarte. Solo te puedo decir que el tiempo lo cura todo. Eso y una sesión de peluquería.

Y así llegaron a diciembre. Conociéndose el uno al otro, y Priscila con el pelo rubio. Jaime estaba fascinado por ella: a pesar de la tristeza que arrastraba, era simpática y ocurrente, daban ganas de apapacharla. También era contradictoria, y eso era lo que más le llamaba la atención. Se dio cuenta de ello una noche, una de tantas, mientras la observaba de madrugada, sentada en el suelo del salón. Lo hacía muchas veces. La había descubierto un día que se desveló y fue a por un vaso de agua a la cocina, y desde ese momento siempre la presentía.

Priscila se levantaba sobre las cuatro de la mañana, se sentaba en el suelo, en la parte por donde discurría la tubería de la calefacción y, por ende, la más caliente, y doblaba las piernas a lo indio. Se quedaba allí durante minutos y minutos. Sola, en la oscuridad. En ocasiones, se sujetaba las rodillas y lloraba. Lo que nadie sabía era que Alex St. Claire, al otro lado del mundo, hacía lo mismo.

Jaime se apoyaba en el umbral del salón y la observaba: Priscila Cabana era físicamente una muñequita, una princesa de cuento preciosa y pequeña. Su carácter también lo era: suave, delicado, bonito. Pero se trataba solo de una imagen, porque la verdadera Priscila tenía más de tipo rudo que de princesa. Conducía como una loca (lo había comprobado un día en que él le prestó su coche para ir al supermercado porque le apetecía conducir); pensaba como un hombre, o al menos como Jaime consideraba que pensaban los hombres, simple, espontánea, sin medias tintas; y actuaba de una manera muy directa: el sí era sí y el no era no.

Las navidades fueron duras. Eran las primeras que Priscila pasaba sin su familia, pero ella había insistido en que fuera así. Jaime se iba a España, por lo que se quedó sola. Y sola pasó el día de su cumpleaños, el último del año. Quizá fue ese el motivo, la soledad, la nostalgia, lo que la hizo tomar el móvil y entrar en su correo. Desde que se había marchado, había recibido un montón de mensajes de Alex, pero los eliminaba todos. Si no lo hacía, temía leerlos, y eso era lo último que quería. Lo echaba tanto de menos… Le iba bien en Boston, pero añoraba tantísimo a Alex, a su amigo, a su amor, a su compañero de vida, que temía flaquear.

Había un mensaje nuevo. Era de la víspera. No pensaba abrirlo, pero entonces leyó el asunto: "Creo que te odio".

Se le paralizó el corazón. Dejó de respirar. No pudo evitar pinchar en el mensaje y leerlo entero. Tres veces.

De: St. Claire, Alexander <astclaire@gmail.com>

Para: priscilacabana@gmail.com

Fecha: 30 de diciembre de 2012, 18:08

Asunto: Creo que te odio

Supongo que no estás leyendo mis mensajes; de haberlo hecho, ya habrías vuelto, o habrías dado señales de vida. O quizás no. Qué más da que lo hayas hecho o no, mi conclusión es la misma. Creo que te odio. Creo que eres una mocosa inmadura, una decepción y el mayor error de mi vida. Ahora entiendo tantas cosas. Entiendo por qué nuestras familias no querían que nos casáramos, entiendo su reticencia. El matrimonio te ha quedado grande, Reina del Desierto. Y la vida también. Como me sorprendes de buen humor (atenta a la ironía), te voy a dar un consejo para el futuro: huir no es la solución. Nunca.

Iba a leerlo por cuarta vez, aunque las lágrimas apenas le permitieran ver, cuando sonó el teléfono. Había estado en contacto con su familia todo el día, por eso le extrañó la llamada. Era Adrián. Otra vez. Dudó antes de responder. Temió. Su hermano jamás la llamaba tan tarde. Marcos y River, sí, era parte de su "insuperable" sentido del humor, pero Adrián y Hugo, no. Contestó entre titubeos y temblores; aún lloraba.

—Adrián…, ¿es… estás bien?

—*Priscila, tienes que venir a España. Ya.*

—¿Qué? ¿Por qué? ¿Qué ha pasado?

—*Es Alex…*

—¿Qué… qué le pasa?

—*Ha tenido un accidente.*

—No.

—*Pris, parece grave. Muy grave. Ven ya.*

Un "te quiero"

Un mes después

No entiendo en qué momento ha sucedido, pero se me ha ido el verano.

En dos semanas y dos días, mi hermano se casa con Alicia. Mi casa es un hervidero de nervios, preparativos, vestidos, trajes, zapatos y recados. Alicia está histérica, pero de una manera bonita, y Marcos ha trabajado muchísimo durante estas últimas semanas. Cada emergencia le ha tocado a él.

Y tres días después de la boda, el veintiocho de septiembre, yo regresaré a Estados Unidos. Me parece que fue ayer cuando me repetía el mantra aquel de "me quedan trece semanas y media aquí y luego vuelvo a Boston". Y ahora solo quedan dos… Y se me ha pasado la ocasión de decir "nueve semanas y media", como en la película.

No lo llevo bien. No lo llevo nada bien.

Este último mes ha sido demasiado intenso. Demasiado perfecto para lo que me tenía acostumbrada la vida. Se me había olvidado lo que era sentirse así de bien. Lo que era despertar entusiasmada por averiguar lo que me depararía el nuevo día. Lo que era abrir los ojos por la mañana con una sonrisa de oreja a oreja sin un motivo en especial, y entonces, mirar hacia mi izquierda y verlo a él. A veces dormido, otras no. Se me había olvidado lo que era ser Alex y Priscila:

Atiborrarse a helado al atardecer en nuestra heladería favorita.

Disfrutar de los últimos rayos de sol, despatarrados en las sillas blancas de mimbre que adornan esa terraza frente a la playa.

Amarnos a través del sexo, de las caricias y de los besos. De palabras hermosas. De miradas especiales, transmitiéndonos lo que no expresamos con palabras.

Comer paella, recorrer los pueblos de los alrededores bañados por mi querido mar Mediterráneo y nadar juntos en nuestra cala, tomados de la mano.

Jugar entre nosotros. Jugar con las palabras y jugar como niños, como antes.

Recorrer el pueblo en bicicleta.

—Vamos, Reina del Desierto, ¿has perdido la costumbre o qué?

—Para nada.

—Entonces es que has aplastado.

—¿Qué? ¡Eso es mentira! No me he aplastado. —Miré mi retaguardia para comprobarlo.

—Pues has perdido resistencia.

—Ahora verás.

Lo adelanté y pataleé lo más fuerte que pude hasta llegar al final de la cuesta. Hasta llegar primera.

—Me has dejado ganar —le dije.

—No.

—Entonces es que te has aplastado —lo imité.

—Ah, ¿sí? —preguntó, juguetón.

—La verdad es que sí.

—Te voy a dar yo a ti.

—¡Eso será si me atrapas! —Monté de nuevo en la bicicleta.

—Priscila, no soy un niño, no pienso ir detrás de ti.

—¡Allá tú!

Al final, vino detrás de mí.

Crear nuevas experiencias. Nuevos recuerdos que atesorar para la posteridad. Esperar cada día a que Alex acabara su turno en la playa, tumbada en mi toalla junto a su torre, para irnos después los dos solos a algún lugar. Al que fuera.

Soltarnos, recobrar la confianza en el otro y reconstruir poco a poco lo que teníamos hace cuatro años.

Aún no nos hemos curado de nuestro pasado; creo que, con todo lo que hemos hecho, tan solo hemos rescatado la mitad de él, la mitad sencilla. La otra mitad, la parte que nos queda por recuperar, supone regresar a aquello que pasó, que lo hablemos y lo afrontemos. Y tengo la sensación de que ya es demasiado tarde, de que teníamos que haberlo hecho tiempo atrás. Aunque en otros momentos pienso: ¿qué más da lo que pasó? Yo ya lo he perdonado. Ahora lo sé.

Lo sé porque soy feliz cuando estoy con él. Y ser feliz es una emoción que puede con todo. Lucha contra todo… y gana.

Lo sé porque lo quiero con toda mi alma. No estoy segura de si he comenzado a quererlo de nuevo en estos últimos meses o si nunca dejé de hacerlo (me inclino más por la segunda opción), pero ¿acaso importa?

Sin embargo, hay un inconveniente, uno que me quita el sueño cuando no estoy con él. Y es que toda la felicidad que me invade se va a ir a la mierda cuando, dentro de escasas semanas, tengamos que separarnos.

Asusta saber lo mucho que una persona puede influir en tu estado de ánimo; me asusta darme cuenta de que parte de mi felicidad, de esa felicidad extrema, depende de Alex, de compartir instantes con él. De compartir la vida.

¿Por qué tengo que marcharme? ¿Por qué tengo que regresar a Boston? ¿Tanta locura sería no hacerlo? ¿O la locura es abandonar esto que tenemos? Sé que él está afectado por mi marcha. Pretende ocultarlo, pero a mí no puede engañarme, ya no, porque hace tiempo que este chico que ahora está sentado en el sofá, relajado y con los pies encima de mi regazo, es el Alex del pasado, el Alex del que me enamoré.

—¿En qué piensas? —me pregunta, de pronto.

Mi burbuja explota y regreso al presente: a comer un cuenco gigante de palomitas y un montón de bolsas de patatas fritas mientras vemos una película, a la que, por cierto, no estoy prestando nada de atención. Lo miro a los ojos, que también me miran, y me quedo ahí enganchada.

—¿Qué me miras? —interpela, de nuevo.

—Lo guapo que eres.

Y lo mucho que te quiero. ¿Y si se lo digo? Hay palabras veladas que no nos atrevemos a pronunciar. ¿Qué va a pasar una vez que se agote el tiempo que nos queda? ¿Nos decimos "adiós" y no volvemos a vernos? ¿Nos mensajeamos en navidades y en los cumpleaños, como viejos amigos? ¿Nos… divorciamos? He sentido el impulso de formular todas estas preguntas en voz alta en varias ocasiones, pero nunca parece ser el momento indicado. Y el tiempo corre en mi contra. Tic, tac.

—Ven aquí. —Retira los pies de encima de mis piernas y se yergue en el sofá para mostrarme su propio regazo—. No estás haciendo ni caso a la película.

—Es que el ruido que haces con las bolsas de patatas no me deja oír.

—Me siento frente a él, le paso los brazos por el cuello y me aferro más a su cuerpo.

Alex suelta una carcajada para después estrecharme con fuerza la cintura y acomodarme en su pelvis. Introduce las manos por debajo de mi minifalda y comienza a acariciarme. Me excito al instante. Y él. Noto el pequeño bulto en su pantalón y me muevo con suavidad sobre él.

—Qué cara más dura tienes, sabes que es justo al revés.

Es cierto. Se trata de una pelea recurrente: él se queja porque no lo dejo escuchar la televisión y yo hago todavía más ruido con las patatas.

—¿Te quedas a dormir? —me propone entonces, sin que me lo espere. Tiene la voz algo ronca. Y el bulto en su pantalón cada vez es más grande.

—¿Aquí?

—Sí, justo aquí —dice, en broma—. Te presto mi sofá.

—Tengo que pensármelo.

—¿Te estoy ofreciendo mi sofá y te lo vas a pensar?

—Ajá… Mi cama es más cómoda.

—¿Más cómoda que mi sofá y que yo? —pregunta, dándome besos cortos y suaves en la nariz y en los pómulos.

—Bueno, si te incluyes tú en el paquete, tal vez haya un empate.

—¿Tal vez?

—Ajá.

—Déjame convencerte. —Sin preaviso, y sin más precalentamiento, con un movimiento rápido, se baja el pantalón de chándal por debajo del culo y aparta mis braguitas a un lado. Me penetra de golpe.

Al principio, se oye de fondo el eco de los créditos de la película, pero, con el transcurso de los segundos, a pesar de que el sexo es tranquilo y pausado, nuestros gemidos solapan cualquier otro sonido en la habitación.

Nos movemos muy despacio y nos miramos a la cara, a los ojos, sin besarnos. Me fijo en las dos cicatrices encima de su ceja derecha, la que se hizo en el colegio cuando éramos pequeños y la otra, la que no conozco.

—¿Qué te pasó aquí? —pregunto. La rozo suavemente con las yemas de los dedos.

—Nada. —Me aparta la mano con brusquedad y gira la cabeza. Me sorprende su reacción, pero no digo nada, solo hago una mueca.

Las embestidas, de pronto, se tornan más rápidas, más violentas, como si quisiera terminar enseguida, cuando hasta ahora era todo lo contrario; parecía que quería alargarlo el resto de nuestras vidas.

Claro, que para nosotros quizá no exista ese "el resto de nuestras vidas". A no ser que yo haga algo para remediarlo. En ocasiones, organizas, planificas, buscas el momento indicado, pero luego todo se va al traste por un motivo u otro. Por motivos que escapan de tu control. Y en otras ocasiones, como en esta, simplemente sale.

—Alex.

—¿Qué?

—Necesito decirte algo.

—Diablos, ¿ahora? —No deja de moverse.

—Sí.

—No, ahora no.

—Sí, ahora sí.

Me besa en la boca para que me calle. Y funciona. Al menos, hasta que los dos alcanzamos el orgasmo poco después, bebiéndonos mutuamente. Porque una vez que hemos terminado, sudorosos y exhaustos como estamos, enmarco su rostro con mis manos, le doy un beso corto en los labios y se lo digo:

—Te quiero, Alex.

Se deja caer contra el respaldo del sofá, todavía abrazándome, pero solo durante un segundo; enseguida aparta sus brazos de mi cuerpo, como si le quemara, como si le doliera mi contacto o le produjera rechazo.

—No me importa que tú no me lo digas —susurro—. Esperaré a que lo sientas de nuevo. Creo que... creo que no voy a regresar a Boston.

—Perdona, ¿qué acabas de decir? —inquiere, con mirada negra, feroz.

—No puedo volver, Alex, soy incapaz de hacerlo. No puedo dejarte.

Alex ríe, pero no de buenas. Ríe feo. Denigrante. Siempre he pensado que pocas cosas dejan un regusto más agradable que la risa, pero estaba equivocada. Nunca me había sentido tan miserable.

—No me hagas reír, Priscila. Por supuesto que vas a volver —dice. Me destierra de su regazo y se levanta del sofá, subiéndose el pantalón.

Siento mucho frío, un frío glacial, al notar el vacío que deja su lejanía, y creo que lo peor está por venir. Se lo he visto en los ojos. El odio de los primeros días tras mi regreso. El resentimiento. El desprecio. ¿Qué acaba de ocurrir? Hace cinco minutos estábamos compartiendo el acto más íntimo que puede haber entre dos personas, y ahora... acabamos de regresar al principio. A aquel primer encuentro en Cala Medusa.

¿Es posible que yo lo haya imaginado todo? ¿Que no me quiera en absoluto? ¿Que esto que tenemos sea en verdad solo sexo? ¿Tan equivocada estaba? ¿Tan poco lo conozco? ¿Solo yo he sentido lo que acabamos de compartir? No, es imposible. Lo he visto. Lo he sentido. Alex me quiere. Ha vuelto a hacerlo.

—No, no voy a volver. —Me afianzo en mi decisión.

—Oh, ya lo creo que lo vas a hacer.

Yo también me levanto y me ajusto la ropa interior. Me sitúo enfrente de él y lo sujeto del brazo.

—¿Por qué? ¿Por qué quieres que regrese?

—Porque yo jamás te voy a dar lo que quieres. Jamás te voy a decir que te quiero porque jamás voy a volver a sentirlo.

—No —me niego a creer sus palabras—, eso no es verdad. Yo sé lo que he sentido estas últimas semanas y lo que has sentido tú. Necesitamos… necesitamos darle nombre a esto y decidir juntos qué es lo que va a pasar a partir de ahora.

—¿Lo que va a pasar a partir de ahora? ¿Qué mierda crees que va a pasar? ¡Despierta, Priscila! Esto no es un condenado cuento de hadas. ¡Es sexo! ¡Solo maldito sexo!

—No. No me lo creo. No ha sido solo sexo. El sexo sin amor no es así. No se siente así. Alex, tú me quieres.

—No. Te quería, Priscila. Te quería como a nadie. Pero ya no. ¿Crees que no te habría pedido explicaciones por tu abandono si siguiera haciéndolo? ¿De verdad crees que habría aceptado esto? —me pregunta, señalándonos—. Yo te digo la respuesta: no. Si te quisiera, no habría permitido esto sabiendo que después te largarías de nuevo.

—No hemos hablado de lo que pasó porque teníamos miedo. Miedo a recordar, revivirlo y…

—No, Priscila. Yo no tenía miedo a recordar. Me destrozaste, me destrozaste tanto que estoy incapacitado para volver a amar, y muchísimo menos a ti.

—¿Que yo te destrocé? —le digo, alucinada—. Y tú a mí, ¿qué?

—¿Yo a ti? Diablos, qué maldito valor tienes.

—¡Sí, tú a mí! Pero todo eso ya no importa. Si yo he podido olvidarlo, tú…

—¿Olvidarlo? ¿Tú has podido olvidarlo? —Alex se ríe de incredulidad, una vez más, y yo comienzo a asustarme—. ¡Yo no! ¡Yo no lo he olvidado! ¡Y jamás lo haré!

–No… no entiendo nada –le digo entre titubeos–. Esto es surrealista. ¿Tú no vas a poder olvidarlo? ¿En serio? ¿Yo puedo hacerlo y tú no? Me parece que vas a tener que explicármelo.

–¿De verdad tienes el valor de decirme lo que me estás diciendo? Acabaste con mi vida, Priscila. No puedo nadar de manera profesional por tu maldita culpa. Acabaste conmigo. Y ni siquiera sé el motivo, porque no te dignaste ni a decírmelo.

Espera. ¿Que yo tengo la culpa de que no pueda nadar? Pero ¿qué está diciendo?

–¿De qué hablas? Yo no tengo la culpa de que no puedas nadar. Fue un accidente; tuviste un accidente mientras esquiabas. ¿Qué tengo que ver yo con eso?

–¡Tú tienes todo que ver con eso! ¡TODO!

–Estaba a miles de kilómetros de aquí, ¿cómo voy a tener algo que ver?

–Exacto: tú estabas a miles de kilómetros de aquí, a miles de kilómetros de tu marido. De un marido que no tenía ni mínima idea de por qué lo habías abandonado. De un marido que te necesitó como nunca, tanto que incluso te habría perdonado. Pero ni te dignaste a aparecer. Aunque ¿por qué ibas a aparecer si tampoco te despediste? Ni siquiera eso, y siempre me he preguntado el motivo. ¿Qué te pasó? ¿Qué te llevó a abandonarme de la noche a la mañana sin decirme ni adiós? Podías tener muchas razones, podías haberme dicho: "Alex, no te quiero"; "Alex, no quiero vivir contigo porque somos muy jóvenes"; "Alex, no quiero una relación contigo porque creo que me he equivocado". Pero no hubo nada. Ya no una explicación, sino ni siquiera una despedida. Lo hiciste de la manera más cruel posible.

–Alex…

—Ni te imaginas por lo que tuve que pasar cuando me abandonaste. No entendía nada. ¡No entendía una mierda de lo que había pasado contigo! ¿Por qué mierda no hablaste conmigo? ¿¿Por qué??

—Las cosas no sucedieron así... Yo...

Quiero explicarme, necesito explicarme, pero Alex no me escucha. Guarda demasiado dentro. Siento que me asfixio y que el pecho me va a explotar.

—¡No te dignaste a venir a verme! ¿Por qué, Priscila? No importaba lo que hubiera ocurrido entre nosotros: yo había tenido un accidente y no viniste junto a mí, no estuviste a mi lado. Yo jamás te hubiera dejado sola. Te necesitaba. ¡TE NECESITABA A TI POR ENCIMA DE CUALQUIER COSA!

—Sí fui a verte, Alex. Claro que fui a verte.

—¿Qué?

Enero de 2013

Priscila tardó casi una semana en llegar a su pueblo; conseguir un billete de avión en plenas navidades no fue tarea fácil.

Apenas sintió el vuelo: apoyó la cabeza en el cristal de la ventanilla y, cuando se quiso dar cuenta, había llegado. No comió. No durmió. No descansó.

Durante aquella semana de espera, Priscila había podido enterarse bien de lo sucedido: Alex había querido pasar la Nochevieja con sus amigos en la nieve, en Formigal, y había sufrido un accidente mientras esquiaba fuera de pista.

No quiso saber los detalles escabrosos; cuantas menos imágenes se proyectaran en su cabeza, mejor. Dolía demasiado. A pesar de todo lo que había ocurrido, imaginar a Alex descendiendo a toda velocidad e impactando contra unas rocas semiocultas que no debió haber visto dolía demasiado.

Lo que más le extrañaba a Priscila era que Alex hubiera asumido ese tipo de riesgo; le encantaban los deportes extremos, sí, pero jamás los practicaba. No podía permitirse el lujo de lesionarse; por su trabajo, por su carrera como nadador, siempre era muy precavido. Y adentrarse de esa manera en la alta montaña era de todo menos precavido... No alcanzaba a entenderlo. Por lo menos había llevado casco..., probablemente eso le había salvado la vida.

Bajó del avión y fue directamente al hospital; ni siquiera avisó a su familia de que había llegado. Otra vez, iba con lo puesto; apenas una mochila con algo de ropa. En dos días, debería estar de regreso en Boston para su primera jornada laboral en el periódico, pero era oficial que no iba a llegar ni yendo de empalmada desde el aeropuerto, así que había avisado al *Global* (así era como lo llamaba Jaime) y expuesto la situación a su supervisor. No pusieron problemas; se suponía que solo iba a faltar uno o dos días, pero lo cierto era que Priscila no estaba segura de si iba a ser capaz de tomar el avión de vuelta a Boston.

Tenía tantos sentimientos encontrados. Saber que la vida de Alex corría peligro le había brindado una nueva perspectiva. La había hecho darse cuenta de que no podía concebir un mundo sin él. Necesitaba a Alex como al aire para respirar, y sería capaz de perdonárselo todo con tal de que la muerte no se lo llevara. La vida acababa de darles una oportunidad más. Así que la posibilidad de no volver a Boston sumaba enteros. No creía que pudiera abandonar a su marido después de lo que había pasado. Él iba a necesitarla más que nunca. El resto quedaba atrás.

Llegó al hospital. Sabía a dónde tenía que ir, Adrián se lo había dicho, por lo que subió directa a la tercera planta, habitación 308.

Cuando llegó, vio la puerta entreabierta. Su corazón palpitaba a toda velocidad ya desde el ascensor: le temblaban las piernas, las manos e incluso la voz cuando tuvo que decirle al señor que se montó antes que ella a qué piso iba.

No había nadie en el pasillo, no obstante, tampoco le importaba quién estuviera dentro o fuera de la habitación. El que se hallaba postrado en una cama era su Alex, su marido, y tenía todo el derecho del mundo a visitarlo. O eso pensaba ella, porque cuando se asomó... cuando se asomó, el impacto de lo que vio la retrotrajo a unos meses atrás. A aquella tarde de septiembre en el jardín de su antigua casa. La situación era casi la misma, parecía un sueño, solo que en lugar de estar abrazando a Alex, de pie, la pelirroja estaba agachada y rodeaba con los brazos a su marido, tumbado en la cama. No podía verles la cara. La mujer estaba de espaldas, y a la vez tapaba con su cuerpo el rostro de Alex.

Priscila retrocedió y se apoyó en la pared mientras cerraba los ojos con fuerza y se los cubría con las manos. Miles de sensaciones contradictorias la recorrían. Se sentía feliz porque Alex estuviera vivo, pero necesitaba que la imagen de ellos dos juntos desapareciera.

—Disculpe, ¿tiene algún problema? —No se percató de que se dirigían a ella hasta que le tocaron el brazo con suavidad.

—¿Cómo dices? —respondió Priscila, todavía conmocionada.

Y, entonces, la vio. La reconoció. A la persona que le hablaba. En realidad, ambas se reconocieron. Era la hermana pequeña de la pelirroja, la enfermera; aquel era un pueblo pequeño y todos se conocían, aunque solo fuera de vista.

—Ah, tú. ¿Qué haces aquí? —le preguntó la otra con mal tono.

—He venido a ver a Alex. No sabía si... —Casi se echó a llorar como una niña allí mismo solo de pensar que podía haberle pasado algo—. ¿Cómo está? ¿Se va a poner bien?

La chica suspiró y se asomó a la habitación. A continuación, cerró la puerta y se giró de nuevo hacia Priscila.

—Está bien, lo peor ha pasado. Se recuperará. Solo necesita tiempo para que todo vuelva a la normalidad. Y como habrás visto..., está bien acompañado. Es mejor que te vayas.

—No. No voy a irme. —Ella meneó la cabeza con seguridad—. Tengo derecho a verlo y es lo que voy a hacer.

—¿De verdad vas a interrumpir este momento de descanso que Alex tanto necesita ahora mismo por tus caprichos?

—No voy a interrumpir nada, solo quiero verlo. Necesito verlo. Hablar con él.

—Pero él no quiere verte a ti. Y dada la situación, no creo que sea lo mejor para su salud. Mira, escucha —la sujetó del brazo y la alejó unos metros de la habitación—, Alex está luchando por superar esto que le ha pasado, y no creo que...

—Pero yo no quiero hacerle nada malo. Solo quiero cuidarlo.

—Carolina lo está cuidando. Está en buenas manos. Si eso es lo que te preocupaba, puedes irte tranquila.

—¿Están juntos? ¿Ellos —señaló la puerta cerrada con la cabeza— están juntos? ¿Alex y... Carolina?

A Priscila, esos dos nombres juntos en la misma frase le produjeron una estocada de rechazo. Y dolor. La pelirroja dudó qué contestar durante unos segundos. Solo durante unos segundos.

—¿No acabas de verlos? No hagas esto.

—No estoy haciendo nada, solo...

—Priscila —la interrumpió—, te llamas Priscila, ¿verdad? —Ella asintió—. Es mejor que te vayas. Alex aún está un poco descolocado por todo lo que ha sucedido y no creo que tu presencia le venga bien. Está intentando superar el fracaso de su matrimonio, y tú deberías hacer lo mismo. No remuevas más el asunto; vuelve a dondequiera que hayas ido y deja que se recupere de sus heridas.

—Es mi marido, tengo derecho a…

—Aquí no se trata de derechos, se trata de lo que es mejor para él. Y como enfermera que soy, te digo que no deberías alterarlo.

—No voy a hacer eso.

—Ya, bueno, eso no lo sabemos. Es mejor que te vayas. Gracias por interesarte por él, a pesar de estar separados; es un detalle por tu parte, pero Alex está bien, se pondrá bien. No ha sido más que un susto y va a poder hacer vida normal en breve.

No iba a claudicar. Aquella chica podía decir lo que quisiera, que ella no se iría, pero entonces la puerta de la habitación se abrió y salió la pelirroja mayor.

—¿Priscila? —Mostró su sorpresa, incluso parpadeó en varias ocasiones para asegurarse de que era ella. Cruzó una mirada con su hermana—. ¿Qué haces aquí? ¿Cuándo has vuelto?

El impacto de tenerla de frente, tan cerca, fue fuerte. El impacto de los recuerdos y de la certeza de que Alex estaba rehaciendo su vida con ella. Por un momento, había olvidado que regresar con su marido no era una decisión que dependiera solo de sí misma, sino de los dos. Y Alex no estaba por la labor. Porque no era la infidelidad lo que los había separado: era el hecho de que él había escogido a otra compañera de vida.

Negó con la cabeza y dio media vuelta. Bajó los tres pisos por las escaleras de emergencia y salió a la calle a respirar aire puro. Sin embargo, no abandonó el hospital, no del todo. Se negaba a hacerlo. Entraría a verlo. Lo haría por última vez. Necesitaba comprobar con sus propios ojos que estaba bien.

Y eso hizo.

En cuanto vio que la pelirroja salía a la calle, volvió a enfilar las escaleras de emergencia y subió hasta el tercer piso. Cuando llegó a la habitación, la puerta estaba cerrada. Posó la mano en la manilla, tomó aire y la abrió.

Alex estaba solo y dormido. Profundamente dormido. La sábana del hospital lo cubría hasta el pecho y las partes visibles de su cuerpo parecían estar bien. Algún moratón que otro, pero nada que ver con las ideas exageradas de huesos fuera de su sitio que ella había imaginado.

Se acercó a la cama y le pasó la mano por el pelo, que tanto le gustaba, y que ahora estaba rapado casi al cero. Cerró los ojos a la vez que dejaba brotar las lágrimas. Lo amaba desde lo más profundo de su corazón.

De ese corazón que había hecho bum la primera vez que lo vio, de niño; el mismo niño que lo había hecho sentir otro bum un año más tarde, cuando se abrió aquella brecha en la ceja; el mismo niño que, convertido en adolescente, le había provocado un bum bum con su primer beso, y otros tantos con la primera vez que hicieron el amor. De ese corazón que en aquel momento hacía bum bum bum bum ante el hombre que era.

Le dio un beso en los labios y se marchó al aeropuerto. Se quedaría allí hasta que saliera su vuelo. Habló con su familia y les mintió: les dijo que al final no había sido capaz de tomar el avión a España. Ignoró sus múltiples protestas y colgó. Al final, resultó que sí iba a regresar a Boston.

Llegó un día tarde a su primer empleo. Era consciente de que no había empezado con buen pie, y de que tendría que hacer méritos desde ese mismo momento, pero, en ocasiones, la propia vida nos pone la traba. Todo iba bien hasta que uno de los redactores dio la noticia. Estaban los becarios al completo, reunidos en una de las salas, cuando interrumpió la reunión para dar la exclusiva:

—¿Se han enterado de la rueda de prensa que han dado los padres del nadador español? ¿El que se ha lesionado?

Priscila despegó la cabeza de la libreta de anotaciones.

—Lo deja.

—¿El qué? —Tuvo que preguntarlo.

—La competición. En realidad, la natación. Con las secuelas del accidente, no va a poder volver a nadar.

El corazón de Priscila hizo bum, y por primera vez, no fue bonito. Porque fue un bum que hizo que dejara de latirle dentro del pecho. El aire no le llegaba a los pulmones y los sonidos de la conversación comenzaron a hacerse lejanos...

—Discúlpenme —consiguió decir.

Salió de la sala a toda velocidad y llegó de puro milagro a los servicios. Vomitó y lloró a la vez.

Cuando su estómago se calmó, se apoyó en la pared, todavía sentada en el suelo, y sacó el móvil del bolsillo. Marcó el número de teléfono de Alex de memoria, pero no se atrevió a pulsar el botón de llamada. Lo intentó durante horas, días, meses, pero no lo consiguió. No lo consiguió por tantas cosas... Y aunque su corazón le pedía una y otra vez que regresara junto a él, su cuerpo no obedeció, en ningún sentido.

Toda la verdad y nada más
que la verdad

–**¿Cómo has dicho?**

–Yo… sí fui a verte.

Revivo aquellos momentos en el hospital una vez más. Fueron terribles. ¿Cuántas veces los he evocado en estos cuatro años? ¿Cien? ¿Mil? ¿Millones de veces? Cada vez que lo hago, yo actúo de una manera diferente; sin embargo, todas conducen al mismo desenlace. Y todas duelen como si me estrellara contra el suelo desde un noveno piso.

–No. No lo hiciste.

–Claro que lo hice. Solo que tú no me viste.

–Ni yo ni nadie. Créeme, de haberlo hecho, Marcos, Hugo o River me lo habrían dicho. No creo que se lo guardaran después de verme llorar como un maldito niño en su regazo al no entender por qué no habías venido.

¿Llorando en su regazo? No lo entiendo. Si tanto me quería, si de verdad me quería y no se había cansado de mí, ¿por qué estaba metido de lleno en una relación con Carolina?

–¿Por qué llorabas?

Alex vuelve a reír de incredulidad; también me mira con desprecio.

—Eres el colmo, Priscila. Es posible que tú no tengas ni mínima idea de lo que es el amor, de lo que significa querer de verdad; dices "te quiero" como si fuera un "buenos días", y ahora me doy cuenta de que pronuncias esas palabras vacías de contenido porque no sabes lo que es amar. Pero yo a ti sí te quería, con todo mi corazón. Y por eso lloraba. Porque tú no me querías a mí, y darme cuenta de ello fue una auténtica mierda. Y ahora, volviendo a lo de antes, puesto que este tema está más que superado por mi parte y no tengo ganas ni un poco hablarlo contigo, te aseguro que, si hubieras venido a verme, cualquiera de tus hermanos, excepto, quizá, Adrián, me lo habría contado.

—Ellos tampoco me vieron.

—Vaya, qué conveniente, ¿no?

—Estabas en la tercera planta, habitación 308.

—Eso te lo pudo decir cualquiera.

—Te habían rapado el pelo y tenías menos moratones de los que me había imaginado durante el vuelo. Al menos, la parte visible; estabas tapado casi al completo por una sábana.

¿Cómo es posible que recuerde ese momento de una manera tan nítida?

—¡Eso también te lo pudo decir cualquiera!

Me sobresalta su grito. Y comienzo a comprenderlo todo. ¿De ahí venía su odio? ¿De aquella visita que ignora que hice, y que él esperaba? Me formulo una pregunta: ¿puede acusarme, o incluso aborrecerme, por no acudir en su ayuda poco después de que me fuera infiel con otra persona?

La respuesta me llega demasiado rápido: sí, puede hacerlo. Porque tiene razón: no hay excusas para justificar que no fuera a verlo; no importaba nada, nuestros problemas de pareja quedaban en un segundo plano, yo tenía que haber ido. Y por eso lo hice. Lo hice con la intención incluso de quedarme con él para siempre, a su lado. Pero las cosas se torcieron. Él tenía una vida incipiente con Carolina y yo hui. Él comenzó a odiarme y yo seguí odiándolo. Fin de la historia.

—Solo te voy a pedir una cosa, Priscila —continúa—, una última cosa. Dime por qué te fuiste. Llevo cuatro años rompiéndome la cabeza por ello, odiándote por no entenderlo, odiándote por haber dejado de quererme. No hay manera de solucionar lo nuestro, pero necesito que me digas por qué lo hiciste.

—¿Quieres saber por qué me marché?

¿Es posible que no lo sospechara? ¿Que no cayera en la cuenta de que me había enterado de su historia con Carolina? ¿De su vida paralela? Yo creo que, si cometo un delito y la policía viene a buscarme a casa, lo primero que hago es deducir que me han descubierto. Pero supongo que no todos somos iguales.

—Por supuesto que quiero saberlo —insiste.

—¿Ni siquiera lo intuyes?

—No, maldición.

—¿No te haces una idea de qué fue lo que descubrí de ti?

—¿Lo que descubriste de mí? Pero ¿de qué mierda estás hablando?

—Creo que, si me pasara ahora, si volviera a vivir ese momento —prosigo, ignorando su pregunta—, no actuaría de la misma manera. No, definitivamente no lo haría. Estoy segura de que te enfrentaría. Pero no era más que una niña.

—Yo también era un niño, Priscila, y jamás me habría ido de la manera en que tú lo hiciste. Ningún motivo sería lo suficientemente grave como para abandonarte sin una explicación.

—No, tú hacías otras cosas.

—¿Qué cosas? Suéltalo de una condenada vez. ¿Qué fue eso tan terrible que hice?

—Yo te vi —le digo, sin pensarlo más.

—¿Perdona?

—Aquel día, el día que me marché. Te vi.

—¿Qué viste? —Coloca los brazos en las caderas y me exige una respuesta.

—A ti, con Carolina.

—¿Qué viste? —insiste, sin inmutarse.

—A ti, con ella. ¿Estás sordo?

—Te he oído y te repito: ¿qué viste?

—Se estaban abrazando.

—Ajá. Sí. Lo recuerdo. Recuerdo aquel día cada maldito minuto de mi vida. Mi hermano acababa de dejarla y vino a que la consolara.

—Y bien que la consolaste.

—Pues supongo que sí.

—¿Y lo dices así?

—¿Qué demonios quieres que te diga?

—Podrías explicarme un par de cosas. Aunque, si es tu manera de consolar, me callo. Culpa mía por ser tan sumamente estúpida y pensar que éramos exclusivos en cuanto al sexo.

—¿Qué cosas? ¿De qué hablas?

Sin mirarlo, me acerco a la mesa del salón y saco mi móvil del bolso.

—Todavía guardo la foto. Dios, todavía la conservo. No he sido capaz de borrar ese correo —explico mientras la busco.

—¿Qué foto? —pregunta, acercándose a mí por detrás.

—Esta foto. —Se la muestro sin mirarla.

—¿Qué mierda es esto? —Me arrebata el teléfono de la mano.

—Mírala bien.

—Mierda —dice al observarla con detenimiento, alternando la mirada entre la imagen y mis ojos. Hasta que habla.

—Sí. "Mierda" —lo imito.

—Oh, mierda. Mierda, mierda, mierda. —Alex se lleva las manos a la cabeza y da vueltas por la estancia sin dejar de jurar—. ¿De dónde la has sacado? —inquiere, reparando de nuevo en mí.

—Del móvil de ella.

—¿Del móvil de Carolina?

—Sí.

—¿Cómo?

—Estaba en la mesa del jardín aquel día, junto a su bolso. Ustedes estaban dentro, en el salón, cerca de la ventana.

Alex me devuelve el teléfono y se queda sumido en sus pensamientos.

—¿No tienes nada que decir? —le pregunto. Me extraña su actitud. Está raro, como fuera de combate, como… ido. Debe de haber alucinado con la foto. No se lo esperaba. Quizá pensó que no había pruebas, pero la vida siempre te sorprende.

—Sí, una cosa. Solo por confirmar: ¿te largaste porque me viste en la cama teniendo sexo con Carolina?

—Pasé un rato horrible con mi familia; me sentía fatal por haber discutido contigo. Por supuesto que no iba a quedarme a dormir allí, así que regresé a casa antes incluso de que acabara la comida porque no quería seguir enfadada contigo. A Hugo se le ocurrió que te trajera el flan de mamá, que te gustaba mucho y que…

—Puedes ahorrarte esa parte. No me interesa. ¡¿Te largaste porque me viste en la cama teniendo sexo con Carolina?!

—Los vi abrazándose desde el jardín, a través del cristal del salón.

—Claro —comenta, pensativo—. Ya no había hierbajos.

—¿Qué?

—El jardín. Estaba despejado porque me había encargado de ello, ¿eso no lo viste?

—N-no —contesto, confundida.

—¿Y solo nos viste abrazándonos?

—Sí. ¿Los hubiera atrapado de pleno de haber aparecido cinco minutos antes o habían acabado?

—Hummm…, no lo recuerdo. Imposible saberlo. Continúa. ¿Te enteraste en ese momento, por un abrazo, de que te era infiel con la novia de mi hermano? Aunque, atendiendo a la verdad, en ese momento ella ya no era nada de John.

—No. Solo me impactó.

—Ah, pero ¿me concediste el beneficio de la duda?

—Recuerdo que justo sonó un teléfono. Me acerqué a la mesa y vi que era su móvil. Lo tomé y…

—¿Por qué?

—¿Por qué, qué?

—¿Por qué tomaste su móvil? ¿Qué buscabas?

—No lo sé, fue por instinto.

—Buscabas pruebas.

—¿Qué?

—Buscabas pruebas de mi infidelidad. No me concediste el beneficio de la duda. Por un abrazo, Priscila. Por un maldito abrazo —dice. Y creo que la desolación con que lo hace me sobrecoge más que cualquier otra cosa. No sé el motivo, pero prefiero el enfado. Y, además, ¿por qué me siento como en un interrogatorio? ¿Por qué siento que soy yo a la que se está juzgando? ¡Fue él quien cometió el delito! ¡No yo!

—¿Y qué? ¡Me da igual lo que te concedí o no! —grito, sin poder contenerme—. ¡Te estabas acostando con la novia de tu hermano! Me parece que olvidas ese detalle.

—¡No me olvido de ese condenado detalle, créeme! —me grita Alex, a su vez—. ¿Por qué no me lo dijiste?

—Porque estaba conmocionada. Di media vuelta y me subí al coche de nuevo. Arranqué y aparecí en Madrid. Ni siquiera lo hice a propósito. No sé ni cómo llegué allí.

—¡No te pases, Priscila! ¿Montaste en un avión a Boston sin darte cuenta?

—Pues sí. Así fue. Iba en modo automático, no era consciente de lo que hacía.

—No me lo creo. Adrián estaba contigo.

—Me da igual que no me creas, es la verdad. Adrián vino después, cuando estaba todo hecho. Intentó detenerme, pero no pudo.

—Adrián se fue contigo.

—No, no en ese momento. No había sitio en el avión. Tomó un vuelo más tarde y nos reunimos allí. Se lo conté todo, le enseñé la foto y...

—¿Le enseñaste la maldita foto? ¿Con qué derecho, Priscila? ¡Ni siquiera tenías que tenerla tú!

—La guardé en mi móvil... por instinto, también.

—Ya, de perfecto, ¿y qué dijo el imbécil de tu hermano?

—¡No lo insultes! ¡Él no tiene la culpa! Y ¿qué iba a decir? Que me apoyaría en cualquier decisión.

—La unión hace la fuerza. Qué unidos han estado siempre Adrián y tú.

"Hasta ahora", pienso, que apenas nos hablamos. Y la raíz de todo el problema germinó aquella tarde de finales de septiembre.

—Se lo callaron, no se lo contaron a nadie. ¿Por qué?

—No me sentía capaz de decírselo a mi familia. Era demasiado... Era demasiado.

—Pobre Priscila Cabana. Su marido se acuesta con otra y ella huye despavorida porque no es capaz de encajar un golpe así. No te creía tan inmadura. Reconozco que me agarró desprevenido. Te creía más capaz de afrontar la vida. Y desde luego que te creía más valiente. Qué engañado me tenías.

—Tiene gracia que tú me hables a mí de engañar.

—Sí, una gracia monumental —ríe, sin ganas—. Ya ves, todo se pega.

—Alex... —Me acerco a él y coloco una mano en su pecho. Quiero acabar ya con esta pesadilla. Necesitamos encontrar la manera de reconciliarnos por lo que pasó. Los dos actuamos mal. No tiene ningún sentido que volvamos a odiarnos por algo que ocurrió hace cuatro años. Hemos crecido, hemos madurado y ahora somos otras personas. Dos personas que se quieren y que pueden rehacer su vida.

—No me toques. —Aparta mi mano con brusquedad—. Y no solo eso: no me hables, no me mires y no vuelvas a acercarte a mí a menos de cincuenta metros de distancia. No quiero saber nada de ti durante el resto de mi vida. No quiero ni verte.

—Pero...

—Y una última cosa —me dice, señalando el móvil con el dedo—. Ese de la foto no soy yo.

—¿Qué? —No sé qué me desconcierta más, si la frase en sí o la tranquilidad con que la ha pronunciado—. Claro que eres tú.

—Verás: yo, a diferencia de ti, conozco mi cuerpo.

—Conozco cada palmo de tu cuerpo desde los diecisiete años —le aseguro. Hay pocas cosas que conozca mejor.

—Se ve que no. —Frunce el ceño—. Eso me da que pensar, ¿sabes?

—¿Pensar qué?

—¿Con quién diablos te acostabas cuando tenías diecisiete años, aparte de conmigo?

—¿Qué quieres decir?

—Solo hay una explicación a que no me reconocieras, y es que...

—¡Sí te reconocí! —El de la foto es él. Por supuesto que es él.

—... te habías acostado con tantos tipos —continúa— que tenías un poco de lío en la cabeza. Porque es imposible que, si solo estabas conmigo, tal como me hacías creer, pensaras que ese de la foto era yo.

—¡Eres tú! —repito.

—¿Sabes lo que he pensado cuando la he visto? ¿Cuál ha sido mi primer pensamiento? —No me permite contestar—. Que no tenía ni pálida idea de por qué tenías tú una foto de mi hermano teniendo sexo con la que era su novia en aquel momento, pero que tampoco me importaba. Era raro incluso para ti, pero es que tú eres así. Rarita. No ha sido hasta segundos después cuando he comprendido que realmente pensabas que ese chico era yo.

—¿Tu hermano? Ese no es tu hermano. Eres tú.

Miro la pantalla del móvil para reafirmarme, pero Alex me lo impide quitándomelo de las manos.

—Este —acentúa la palabra, y toda la calma que mantenía hasta el momento está a punto de desaparecer. Puedo sentirlo— no soy yo. ¡No soy yo! ¡¡No soy yo, maldición!! ¡Por todos los cielos! Es que todavía no me lo puedo creer. ¡PENSABAS QUE ERA YO Y SIGUES PENSÁNDOLO!

—Eres... eres tú.

Por supuesto que es él. No he podido cometer un error así. No. No, es imposible que me equivocara. Comienzo a temblar y a sentir mi pulso retumbar en los oídos.

–¡No lo soy! Míralo. ¡MÍRALO, MALDICIÓN!

Reconozco que no he vuelto a observar la imagen desde aquel día. Saqué la foto y se la mostré a Adrián, pero yo no la vi. Y no he vuelto a hacerlo. Contemplo con miedo el móvil que Alex me tiende; soy incapaz de tocarlo. Soy incapaz porque un mal presentimiento se está adueñando de mí. Un presentimiento de que...

–Pero...

–¡Mira el maldito tatuaje!

–¿Qué tatuaje? –susurro, asustada por lo que empiezo a sospechar que se me viene encima. Sin embargo, no paro de repetirme que no puede ser... No puede ser.

–¡Bingo! Acabas de ganar el premio gordo.

A pesar de no querer hacerlo, tomo el móvil y estudio la foto. Cierro los ojos durante unos segundos. Muchos menos de los que he tardado en reconocer al hombre de la foto, o en no hacerlo, porque ese chico puede ser cualquiera, excepto Alex. Los abro. Las lágrimas se deslizan por mis mejillas. No hay tatuaje. No hay tatuaje encima del codo. Alex se hizo uno un par de años antes de que nos casáramos. Pero es que no es solo el tatuaje: ese cuerpo no es el de mi marido. No lo es en absoluto.

–No eres tú –susurro–. Oh, madre mía. –Necesito sentarme. Lo hago en el sofá, sintiendo las gotas que resbalan por mi rostro–. Madre mía. No eres tú. Alex...

–No. No soy yo. Gracias por destrozarme la vida por nada.

No puedo apartar los ojos de la pantalla de mi teléfono. Creo que estoy en estado de *shock*. Estoy consciente, pero no lo estoy.

–Si no hubieras actuado como una condenada niña y hubieras preguntado... Si hubieras entrado en casa, aunque fuera enfadada porque otra mujer estaba abrazando a tu marido, yo te lo habría explicado;

después de tener una enorme discusión por no confiar en mí, te lo habría explicado y te habría perdonado. Pero no lo hiciste. Te largaste a Boston y yo me quedé destrozado. Preguntándome día tras día por qué maldito motivo me habías abandonado. Por qué habías dejado de quererme de la noche a la mañana. Echándome la culpa por no ir a comer a casa de tus padres. Meses después, seguía sin saber nada de ti, así que acepté ir a Formigal para despejarme. Acepté esquiar fuera de pistas porque quería olvidarme un maldito minuto de ti, y entonces tuve un accidente.

—Alex...

—Y ahí se acabó la natación para mí.

—Madre mía. —Me llevo las manos a la cara y niego con la cabeza.

—Te noto desorientada, Priscila. ¿Necesitas un resumen de lo que he dicho? No tengo inconveniente en hacerlo: por tu culpa no puedo nadar.

—Nunca has sido tú...

—Y, no contenta con eso, ni siquiera viniste al hospital; claro, estabas tan afectada porque tu marido te había sido infiel que no fuiste capaz ni de ir a verlo a pesar de que había sufrido un accidente. Esa es Priscila Cabana.

Salgo de mi trance y reparo en un detalle.

—¿Por qué estaban en tu habitación?

—¿Qué?

—En la foto. Tu hermano y Carolina están en tu habitación. ¿Por qué?

—¡¿Yo qué demonios sé?! ¡No tengo ni idea, pero me da exactamente igual! ¡Les gustaría hacerlo en las habitaciones de otros; a mí qué mierda me estás contando! ¡No intentes justificarte!

—No, no es eso, de verdad que no lo es. Es solo que... no lo entiendo.

—¿Sabes lo que no entiendo yo? ¿Cómo pudiste pensar que me acosté con mi cuñada? ¿¿CÓMO??

–No lo sé. –Meneo de nuevo la cabeza, sin dejar de llorar–. La foto…

–¡No hay ninguna foto! ¡NINGUNA CONDENADA FOTO! ¡Tú me abandonaste sin razón! ¡Y cada vez que veo esto –se señala la segunda cicatriz, la que yo no conocía, aquella por la que le he preguntado antes– me acuerdo de todo! ¡De que tú y solo tú eres la culpable de que no pueda nadar!

–Alex…

–No confiaste en mí. Me juzgaste y me condenaste sin dudarlo. ¿Por qué? ¿Acaso alguna vez te di motivos para desconfiar de mí?

–No, nunca –susurro.

–¿Entonces?

Algo se desploma en mi interior. Algo grande. Una certeza. La certeza de que yo le he destrozado la vida. Yo sola. Yo nos he destrozado. No existía la pelirroja en la vida de Alex. No fue ese nuestro problema. Fui yo. Yo.

Ni siquiera tengo el valor de pedirle perdón. Algo así no se puede perdonar. Es una palabra que ni de lejos tiene la fuerza suficiente para luchar contra esto. No hay nada que pueda hacerlo.

–Cada vez que miro el mar, te veo a ti; te veo como el monstruo que me lo arrebató todo. –Cierro los ojos y asiento con la cabeza–. Casarnos fue un error: tú no estabas preparada, vivías en un mundo de color de rosa y no sabías lo que era el compromiso… y sigues sin saberlo porque no está en tu naturaleza. Y ahora es cuando el que se larga soy yo.

Antes de que le dé tiempo a abandonar el salón, me levanto del sofá y me aferro a su antebrazo como si se me fuera la vida en ello.

–¡Alex! Alex…, espera, por favor.

–Vete a la mierda, Priscila.

Se desembaraza de mí y se marcha dando un portazo. Me sostengo sobre mis pies en medio del salón hasta que caigo al suelo desolada. Rota.

Aquel último verano

Y los meses fueron mudando; se sucedieron los unos a los otros y el verano llegó. El verano de 2013. El verano que no tuvo color. Ni canciones.

Lo único que marchaba bien en la vida de Priscila Cabana era el trabajo, que, a pesar de un comienzo desastroso, mejoró con rapidez.

Estuvo seis meses como becaria, realizando mil tareas diferentes. Sin pretenderlo, creó en su mente una ardilla imaginaria que la ayudaba a superar su día a día, emocionalmente hablando. Pristy era solo un juego para ella, pero en ocasiones la mostraba ante sus compañeros y su supervisor intuyó su potencial desde el primer momento. Un día de julio, cuando finalizó las prácticas, le ofrecieron un contrato temporal, por un año, como columnista del periódico. Le darían un espacio muy muy reducido y de pocas palabras, para que expresara, con la ayuda de su amiga ficticia, las realidades de la vida. Poder esconderse del mundo a través del humor, del ingenio y de la risa fácil le había salvado la mitad de la vida. Y lo había hecho en más de un sentido, no solo en el laboral.

Celebró su nuevo contrato con Jaime, con el que había entablado una buena amistad, una amistad cada día más sólida. Una amistad que le había salvado la otra mitad de la vida.

Y así había sobrevivido.

No obstante, la mente de Priscila se derrumbaba cada vez que recordaba: las manos de Carolina rodeando lo que ella creía que era suyo, lo que vino después... El accidente y todo lo demás. Y Carolina de nuevo. La pelirroja. Por eso dejó de recordar. Dejó de recordar aquel último verano.

Al otro lado del océano, en el pueblo alicantino, Alexander St. Claire vivía el verano de otra manera. Vestido con un bañador de rayas blanco y azul y una camiseta blanca, sentado en los maderos del muelle, a la orilla del mar, clavaba la vista en el vaivén las olas mientras la rabia y el odio lo dominaban y se lo llevaban todo: el sentido común, la tranquilidad, el amor y los buenos recuerdos.

Los recuerdos de aquellos veranos que habían decidido su destino. Los enterró, los ahogó en el agua, junto con la medalla olímpica, con la imagen de ella. Ella, a la que odiaba por encima de todo. Priscila.

La odiaba por aquella tarde de septiembre en que lo había abandonado sin ninguna explicación. Aquella tarde que él había pasado arreglando el jardín para ella antes de la visita inesperada de la que había sido novia de su hermano. Había intentado despacharla pronto porque quería ir a buscar a su mujer, a su niña bonita, a casa de sus padres. Pero Priscila no estaba allí. Nunca más lo estuvo.

La odiaba por lo que le había hecho pasar durante esos primeros meses de ausencia, por la preocupación, la intranquilidad, la desazón. Por haberlo alentado a esquiar con sus amigos en navidades.

La odiaba por haber estado intentando dejar de pensar en ella cuando se adentró fuera de pista y colisionó contra aquellas rocas.

La odiaba porque nunca había ido a verlo, a curarlo.

La odiaba porque no podría nadar nunca más, no a nivel profesional.

La odiaba por lo que le había arrebatado. Por no dejarle nada.

Los buenos momentos, los felices, se borraron de su mente. Y se juró que la odiaría durante el resto de su vida.

Y aquello sería todo lo que recordaría. Solo lo malo, solo aquel último verano.

Divorcio

ALEX

Aquel día, aquel maldito día de finales de septiembre de hace cuatro años, me quedé en casa preparando un espacio de trabajo para Priscila en el jardín, para sus pinturas y sus cosas.

Reconozco que perdí un poco los papeles en la discusión; diablos, es que no sabía cómo mentirle, cómo hacer para que se fuera a casa de sus padres sin que se inmiscuyera más en mis planes, pero nunca pensé que se lo tomaría tan mal.

A pesar de todo, no me preocupé en exceso: sabía que regresaría pronto a casa –a pesar de su amenaza de no hacerlo– y que iba a llevarse una sorpresa enorme cuando viera lo que había hecho por ella.

Sin embargo, cuando acabé el trabajo, apareció la novia de mi hermano, llorando. Llevaban bastantes años juntos, y ella y yo teníamos muy buena relación: no sería más que un maldito niño para ella, pero era bastante simpática conmigo, siempre lo había sido. Y eso a Priscila la volvía loca. Yo ya no sabía cómo explicarle que éramos casi como hermanos.

Carolina llegó destrozada a casa; tiró el bolso según entró al jardín y me dijo: "Alex, Alex…, John me ha dejado". Se abrazó a mí y en un primer momento no supe qué hacer. Yo no era muy de abrazos, solo sabía abrazar al agua y a Priscila; es lo que tiene la falta de ganas y de experiencia, así que tardé en reaccionar, pero al final pasé mis brazos por encima de su cuerpo, incómodo, sintiendo que ese no era mi lugar, y la consolé.

La invité adentro para intentar calmarla, y hablamos un rato. Me contó lo que había pasado y, al despedirnos, volvió a abrazarme; tuve que rodearla de nuevo con mis brazos y asegurarle que todo saldría bien. Es lo que suele decirse, ¿no? No lo tengo muy claro, soy un maldito antisocial.

Entonces, Dark comenzó a ladrar; lo hacía muy a menudo, y aún lo hace. Le ordené que callara y le hice saber que en breve saldríamos a dar una vuelta; era su hora del paseo, supuse que me reclamaba por ello.

Ahora empiezo a pensar que ladraba por Priscila, porque ella estaba en el jardín, observándonos, pero yo estaba tan acostumbrado a que a través de esa ventana solo se vieran arbustos que llegaban hasta el maldito cielo que no esperaba encontrar nada al otro lado. Diablos, si tan solo hubiera mirado en esa dirección…

Cuando Carolina se marchó, me di cuenta de lo tarde que era y llamé a casa de mis suegros para hablar con Priscila. Marcos me informó de que ya se había ido y de que me traía un flan casero de mi suegra, enterito para mí. Me planté en el jardín y preparé la mesa de madera, recién montada, con dos cucharas y un refresco para compartir.

Empecé a impacientarme según pasaban los minutos: Priscila no llegaba. Salí a la carretera; Marcos me había dicho que su hermana venía en el coche de Adrián, pero nada, no aparecía. Decidí tomar mi coche y salir a buscarla por si le había pasado algo. Quizá se había dado un golpe o se había quedado sin gasolina y necesitaba mi ayuda. La llamé por teléfono y no me respondió, por lo que me preocupé todavía más.

Casi sin darme cuenta, aparqué delante de la casa de mis suegros, pero nadie sabía dónde estaba Priscila, que ya tendría que haber llegado a nuestro hogar. Me subí de nuevo en el coche y regresé, pero seguía sin estar ahí.

Creí que me moriría, pensando que podría haberle pasado algo.

Recorrí el camino desde su casa a la nuestra cuarenta veces por lo menos, pero no había ni rastro de que se hubiera producido algún choque o incidente. Por si acaso, pasé por el hospital más cercano y por el centro de salud del pueblo; no sabían nada de ella.

Y no supe nada de ella durante siete horas, siete horas terribles, volviéndome loco, llamando al resto de hospitales de la zona y comunicándome cada cinco minutos con mis suegros y mis cuñados; lo único que sabíamos era que Adrián también había desaparecido después de pedirle el coche a Marcos, por lo que dedujimos que estarían juntos.

Horas después, por fin Marcos me avisó que Adrián había llamado y que Priscila se había ido en avión a vete a saber dónde. Yo no entendía nada. ¿En un avión?, ¿qué hacía mi mujer subida en un avión? ¿A dónde? Ni siquiera ellos lo sabían. No me entraba en la cabeza que a Priscila le hubiera molestado tanto la discusión que habíamos tenido como para que se largara en un avión. Era ridículo.

Le mandé cientos de mensajes al móvil, incluso le escribí un par de correos electrónicos; tenía que intentarlo de todas las formas posibles.

Con la preocupación, y por querer esperarla en casa para cuando regresara, ni siquiera volví a Madrid a trabajar; perdí los entrenamientos, pero tampoco podía concentrarme en nada, solo en Priscila. Tal vez necesitaba un fin de semana largo para despejarse; tal vez todo había sido demasiado intenso: la boda, vivir juntos. Tal vez mi amor por ella la agobiaba.

Seguí llamándola por teléfono, pero el suyo estaba apagado desde hacía tiempo. No había manera de comunicarse con ella, por eso insistí con los correos electrónicos. En ellos no hacía otra cosa más que preguntarle dónde estaba. Solo quería eso, saber dónde estaba para ir a buscarla. Marcos me llamó un día para decirme que había conseguido contactar con Adrián y que estaban bien.

Sentí alegría.

Estaban todos preocupados y, no sé por qué, eso me alivió: el hecho de que no supieran nada de ella, por una parte, suponía una incertidumbre, pero, por otra, me inundaba de tranquilidad, ya que, si hubiera decidido dejarme, se lo habría dicho a sus padres. Y así me estuve engañando durante cuatro semanas... hasta que Adrián regresó.

Regresó, y parte de mi mundo murió aquel día. Supe que pasaba algo en cuanto vi su rostro y su mirada.

Aquel día, en realidad, murieron muchas cosas: la relación incipiente que yo comenzaba a tener con Adrián, mis ilusiones y sueños, y mi matrimonio. Cuando vi su mirada, supe que aquel viaje de Priscila no había sido para despejarse. Había pasado algo grave. Adrián solo se dignó a decirme once palabras; las conté, y las recuerdo cada cierto tiempo: "Está muy lejos y no va a regresar. Olvídate de ella". No me dijo más. No fue necesario. Entendí que mi mujer me había abandonado.

Durante las siguientes semanas, no hice más que comerme la cabeza buscando una razón; estábamos bien, más que bien, estábamos de mil maravillas; solo habíamos tenido aquella pequeña discusión porque yo no había querido ir a comer a casa de sus padres —de las discusiones debidas a sus celos por Carolina ni me acordaba—, y me negaba a pensar que por una maldita tontería como aquella hubiera tirado nuestro matrimonio por la borda, que hubiera terminado con toda nuestra historia.

Debía haber algo más.

—Tiene que haber algo más —me repetía mi hermano una y otra vez—. Priscila te adora. Yo lo he visto.

Sí, yo también, pero... Empecé a pensar que tal vez se había agobiado porque no me quería tanto como creía, que tal vez se había dado cuenta de que anhelaba otras cosas, aunque me costaba creerlo. Yo había vivido en primera persona su amor por mí: había visto cómo me miraba, cómo me comía con los ojos, con la boca, cómo me deseaba; estaba loca por mí. Me negaba a pensar que hubiera sido simple atracción o un capricho.

Era amor.

No puedo contar las veces que intenté correr detrás de ella, plantarme en cada ciudad del condenado mundo y buscarla casa por casa, pero no lo hice por razones obvias. Escribirle correos electrónicos se convirtió en una rutina. Era mi manera de hablar con ella.

Recuerdo una conversación con Marc:

—¿Qué ha pasado, Alex? ¿Qué le has hecho?

—Nada. Te lo juro. Absolutamente nada.

—No es normal que Priscila haga algo así. Y aún menos, que Adrián la apoye.

—Adrián siempre la apoya.

—No. No si de verdad pensara que no está actuando de la manera correcta.

—Creo que tu hermana se ha cansado de mí, que se ha agobiado por lo nuestro. Fui yo quien en un impulso le pidió que se casara conmigo. Fui yo quien la sacó del nido tan pronto.

—No es eso. No puede ser eso.

—No hay otra explicación.

—Mierda.

Pasaron los meses, y mis amigos (bueno, amigos... Nunca llegué a establecer relaciones estrechas con nadie que no fuera un Cabana) me propusieron ir a esquiar.

Acepté; llevaba meses encerrado en mi casa, en nuestra casa, sin hablar prácticamente con nadie. Solo con John, y porque no me dejaba ni a sol ni a sombra. Incluso dormía en mi casa la mayoría de las noches.

El abandono de mi mujer había conseguido que dejara de hablar incluso con el agua, y creí que aquel viaje me despejaría. Una vez allí, en cuanto me acomodé en mi habitación de hotel, le escribí un último correo a Priscila. Le dije que creía que la odiaba. Fue una manera de desahogarme como otra cualquiera.

El último día del año, mientras esquiábamos, me pareció magnífica la sugerencia de alguien, no recuerdo quién, de internarnos fuera de pista. Necesitaba sentir emociones fuertes, sacarla de mi cabeza de alguna forma, y no se me ocurrió otra mejor que lanzarme por una ladera. Y lo cierto es que lo conseguí: durante unos segundos dejé de pensar en Priscila. Fue justo cuando apareció la roca y me estrellé contra ella.

No caí inconsciente, y eso fue lo peor. Me dolía el alma y cada hueso del cuerpo, y sabía que algo grave había pasado; que me lo había cargado. Los que estaban a mi alrededor vinieron a socorrerme y yo comencé a llorar. Comencé a llorar porque sabía que iba a pasar algo importante, y porque llevaba tantas semanas aguantándome las lágrimas por Priscila que en ese momento salieron todas juntas.

De los días siguientes no conservo demasiados recuerdos. Mientras permanecí en el hospital, después de que me operaran, tuve un único pensamiento feliz, y era que Priscila vendría a verme. Porque ella me quería; por muy enfadada que estuviera o por mucho que se hubiera agobiado con lo nuestro, me quería y volvería porque sabía que la necesitaba más que nunca, y ella jamás me había fallado. Vendría y me ayudaría a superar aquel bache, el peor que me podría encontrar, una rehabilitación dura y dolorosa, pero con ella todo pasaría mejor.

Adrián vino a visitarme y le pregunté de imprevisto: "¿Has hablado con ella?". Me dijo: "Sí". "¿Dónde está?", insistí. "En Boston", respondió. No quiso darme más explicaciones, pero leí en su mirada que Priscila estaba de camino.

No fue así.

Las dos peores noticias de mi vida llegaron a un tiempo. El médico me dijo que no podría volver a nadar, no de manera profesional; me había cargado la ingle y la rodilla. Y Priscila no aparecería; había tenido ya tiempo de sobra y no había venido. No había corrido para estar a mi lado.

Regresé a mi casa, convertido en un despojo humano durante meses. Meses en los que mi hermano y mis cuñados me cuidaron, meses en los que lloré en los brazos de John, Marc, River o Hugo como si fuera un maldito niño. Priscila no me quería, me había engañado, me había hecho creer que estaba enamorada de mí, pero había resultado ser una mentira. Había sido la única persona a la que me había dado a conocer de verdad y había sido un fracaso.

Jamás volvería a hacerlo, jamás otorgaría ese poder a nadie.

Meses antes, habría dado la vida por conocer su paradero para ir a buscarla. Ahora que lo sabía, no podía importarme menos. Boston, China o Japón, lo mismo daba.

Ella tenía la culpa de todo. La culparía y odiaría durante el resto de mi existencia porque había acabado con mis sueños, con la natación, con el amor y con la confianza. Lo había destrozado todo.

Fue ese odio el que me hizo sobrevivir.

Al principio, buscaba venganza. Quería hacerle daño, hacerla pagar por lo que me había hecho, por haber provocado que me enamorara de ella sin remedio para luego abandonarme como a un perro; abandonarnos a los dos, ya que ni por Dark se preocupó.

Sobreviví gracias a esas ansias de revancha.

Durante un año, estuve encerrado en casa; apenas comía, apenas me duchaba, apenas me afeitaba. Siempre había tenido unos objetivos marcados: nadar y ser feliz con ella, y de repente tenía veintiséis años y no sabía qué iba a ser de mí. Las dos únicas cosas que me habían dado alas estaban muertas.

No me apetecía hacer nada. Ni siquiera me relacionaba con la gente, solo con John y mis cuñados, que venían cada día a estar conmigo, a fastidiarme y a darme de beber. Me escuchaban despotricar sobre Priscila; ellos tampoco tenían ni idea de lo que pasaba, de por qué se había ido, de si estaba enamorada de mí o no. Se sentían igual de perdidos que yo; no me lo dijeron, pero lo supe por cómo me miraban, por cómo me hablaban, por lo confundidos que se los veía.

Yo también había creído conocerla, pero había resultado ser una maldita mocosa. Una mocosa que había acabado con mi vida, con mi profesión, y que había acabado conmigo.

Estuve casi dos años sin sexo. Ni eso quería hacer; estaba roto por dentro y por fuera, y no sé qué era más feo, si las cicatrices internas o las externas. Hasta que un día empecé a hacerlo: dejé de beber en mi casa para beber en un bar de las afueras y allí conocí a una chica. Me acosté, tuve un orgasmo y no dejé de pensar en Priscila ni en esos segundos de clímax. Una mierda, vamos. Para no repetir. Siempre había sido ella y ahora… ahora lo haría solo para cubrir mis necesidades físicas, para dejar de machacármela cuando el cuerpo me lo pedía. Ahí tenía otro motivo para odiarla: hasta las ganas de sexo me había quitado.

No sabía qué hacer con mi vida.

No tenía demasiado dinero, la casa había absorbido casi todos mis ahorros, pero contaba con la ayuda de mi familia y con los dividendos que me proporcionaban las acciones del periódico. Podría vivir de la empresa de mi abuelo durante el resto de mis días, pero estaba harto de que la gente insistiera en que tenía que buscar algo en lo que ocuparme. Por eso me puse a pensar en qué cosas me gustaban, pero no había nada.

Antes de Priscila, solo éramos la natación y yo. Ahora solo estaba yo.

Me pasaba el día viendo los mandalas y los dibujos de Priscila. No tuve el valor para tirarlos porque, si desaparecía su presencia de mi casa, la borraría a ella, y no quería borrarla, quería odiarla. Los guardé en cajas, debajo de la cama. Guardé allí todas sus pertenencias.

Iba a menudo a su antiguo dormitorio, en casa de sus padres. Necesitaba respirarla como un maldito drogadicto, porque su ausencia total me tenía muy trastornado; no recibir noticias, no haberle dado cierre a nuestra historia. Al principio, cuando sus padres abrían la puerta y me veían en el umbral, me preguntaban qué tal estaba, si quería tomar café, un refresco… A las pocas semanas, dejaron de preguntarme, simplemente me dejaban pasar. De ahí a que tuviera mi propia llave no pasó demasiado tiempo. Alegaron que era para emergencias; claro, para emergencias de mi dosis de droga diaria.

La relación con Adrián también murió; sin embargo, a él no pude odiarlo como a ella. Adrián Cabana estuvo conmigo en el hospital. Venía cada día, solo o con su familia. Nunca supe por qué lo hizo. Sospecho que el deseo de redimir los errores de su hermana tuvo algo que ver. Pero venía, y para mí eso era suficiente. Era mucho más de lo que Priscila había hecho, de lo que mi mujer había hecho.

Cuando River me propuso trabajar como socorrista en la playa, me pareció absurdo; llevaba años sin hablar con el agua, años enfadado, años sin bañarme siquiera en una piscina.

¿Cómo iba a ser socorrista si no me atrevía a tocar el agua ni con un dedo del pie?

Al principio pasaba horas en Cala Medusa, de la cual se divisaba una pequeña parcela desde nuestra casa, pero al final había dejado de ir; me hacía demasiado daño.

El primer baño que me di en la piscina del jardín fue gracias a mis tres cuñados. Ellos se empeñaron en terminar de reformarla e insistieron en que los ayudara. Decían que así me entretendría, pero a mí no me daba la maldita gana. Los veía trastear por todas partes, sobre todo en el hueco de la piscina. Una piscina resquebrajada, rota, sin color y sin vida, como yo, como mi relación con el agua. Hasta que un día me agarraron entre los tres, me levantaron del sofá a pulso y me sacaron al jardín. Me tiraron al agua sin más.

Entonces, escuché un susurro: "Hola, Alex".

Puede que esté loco, pero juro que fue el agua. A mi favor diré que no le contesté, aunque solo porque no estaba preparado.

Salí de la piscina y, enojado, empujé a Marc al agua. No para jugar, solo por hijo de puta. Luego intenté lo mismo con los otros dos, pero, cuando estaba a punto de lograrlo, Marcos ya había salido de la piscina —es rápido el muy desgraciado— y me volvió a lanzar.

Aquella segunda vez, me mantuvieron sumergido entre los tres. Yo luchaba por zafarme de ellos, pero eran tres contra uno y yo llevaba tiempo sin hacer nada de ejercicio, o sin hacer nada, a secas. Como no tenía fuerzas, no les costó demasiado vencer mi resistencia.

¿Cuánto tiempo? Lo ignoro. Creo que horas, porque comenzamos a temblar los cuatro, a pesar de que hacía calor, y nuestras pieles se arrugaron y se tiñeron de morado. Hasta que les dije: "Ya está, chicos, ya está".

En cuanto salimos, les comuniqué que iba a darme una ducha, pero no lo hice porque quería mantener el olor del cloro en mi piel. Me desnudé y me metí en la cama; me quedé dormido hasta el día siguiente. Fue la primera noche que conseguí dormir de corrido y sin pensar en venganza, sin pensar en hacerle daño psicológico a Priscila.

Cuando desperté, mandé un mensaje al grupo de WhatsApp que tenía con ellos tres: "Gracias". Solo escribí eso, una palabra de siete letras, pero que significaba mucho.

Aquella misma tarde, Hugo vino a verme y me formuló una única pregunta: "¿Todavía tienes ganas de hacerle daño?". Sabía a lo que se refería. Hugo es el más empático de los hermanos. Le respondí que sí y me respondió con un: "Bien. ¿Te apetece un baño?". Y por primera vez en años, me apetecía. Acepté, pero aquel día no hablé con el agua; teníamos invitados y no era plan.

Se fue Hugo y volví a meterme en la cama desnudo, con olor a cloro. Pero por la noche, ya a solas, me lancé a la piscina para nadar a braza. Siete largos después, me atreví a hablar: "Hola".

Jamás volvería a competir, pero sí volvería a nadar. Aquello era algo que se me había perdido por el camino: podía nadar y lo supe gracias a mis cuñados. Lo supe, y una parte de mi vida se recuperó con esa certeza.

Dejamos de hablar de Priscila.

Dejé de buscar venganza.

Pero no dejé de odiarla.

Acepté ser socorrista. Lo hice porque quería seguir hablando con el agua y la piscina de mi casa se me quedaba pequeña.

Durante el verano, trabajaba en la playa y echaba más horas que cualquiera. Necesitaba recuperar los años que había estado separado del agua. El resto del día, no hacía mucho más: estar con mis cuñados, tomar cerveza con los compañeros de trabajo o ir a comer a casa de mis padres.

Curiosamente, mi madre rebajó el ritmo de trabajo después de mi accidente; no se lo pedí, pero lo hizo, lo cual me dio que pensar. Tal vez, si en el pasado le hubiera dicho que la necesitaba, habría vuelto antes a casa. Ya era tarde. Me llevaba bien con mis padres, los quería, pero había aprendido a sobrevivir sin ellos, y ese tipo de cosas no se recuperan. No se recupera a los veintiocho años un vínculo que nunca se ha forjado, por mucho que mi madre me abrazara, me dijera que me quería y que todo iba a salir bien. No me reconfortaban sus abrazos; estaba tan acostumbrado a vivir sin ellos que ya no los necesitaba. Solo quería los del agua, los de John y tal vez los de Marc, con él sentía una conexión especial. Aun así, mi relación con mis padres era buena.

Con el resto del pueblo, apenas interactuaba. Al principio me preguntaban por Priscila, por su oportunidad laboral, y yo me retiraba con un asentimiento de cabeza; luego, una vez perdí la natación, lo único que me decían era que lo lamentaban. También me miraban con lástima. Y así transcurrieron los años.

Cuando Marcos me anunció que se casaba con Alicia, lo primero en lo que pensé fue en Priscila. No había sabido nada de ella más que lo que me contaba su periódico: que le iba bien con sus tiras cómicas y que, a juzgar por la foto que las encabezaban, seguía regalando sonrisas a todo el mundo.

No quise pensar en cómo actuaría cuando me la encontrara de frente, porque no quería verla y a la vez sí quería. Anhelaba que se diera cuenta de en qué me había convertido, que se diera cuenta de que yo ya era un hombre hecho y derecho, pero luego pensaba que en realidad no lo era y que no tenía nada que demostrarle porque ella no era nadie. Y algo dentro de mí me gritaba que verla sería un error: las heridas se curan poniendo distancia, y yo me había curado de Priscila porque no la veía, pero si lo hacía de nuevo... No quería saber qué podía pasar.

Hay heridas que sanan y heridas que no. Heridas que dejan cicatriz, como la de la maldita ceja, y otras que no. La que a mí me dejó Priscila nunca cicatrizó. No me permitió continuar con mi vida. Jamás podré perdonarle eso.

Y ahora, quiero el divorcio.

Alex:
Te he llamado.

Cinco veces.

John:
Ya lo he visto, maldito pelmazo.

Te das cuenta de que si no te respondo a la primera es porque no puedo, ¿verdad?

Que me llames cuarenta veces no va a cambiar eso.

Estoy en una reunión.

¿Qué mosca te ha picado?

Alex:

Ya sé qué pasó.

Mierda, ¡ya sé qué pasó!

John:

¿A qué te refieres?

Alex:

Al motivo por el que Priscila se fue.

John:

¿Dónde estás?

Alex:

Pensó que la estaba engañando, John.

John:

¿Dónde estás? Esta maldita reunión es de vida o muerte y no puedo marcharme aún.

Alex:

Y todo porque vio un abrazo. Un maldito abrazo.
¡Demonios!

No me lo puedo creer.

John:

¿Dónde estás, maldición?

Alex:

¿Me estás escuchando? ¡Qué más da dónde estoy!

John:

La última vez que sufriste por tu mujer casi te me matas en una maldita pista de esquí. Dime dónde mierda estás y no hagas nada hasta que yo llegue.

Alex:

Estoy en casa.

John:

No te muevas de ahí.

Alex:

Descuida.

John:

Ni descuida ni mierda. Prométemelo, Alex.

Alex:

Te lo prometo.

John:

Bien. Y ahora cuéntame qué ha pasado.

Alex:

Priscila creyó que la engañaba con Carolina.

Con tu Carolina.

John:

Pero ¿qué mierda me estás contando?

Salgo de la reunión en cinco minutos.

La boda del año

El espejo del armario de mi habitación me devuelve mi propia imagen mientras me coloco los pendientes de perlas y brillantes en las orejas. Me devuelve la tristeza, la congoja y el desconsuelo. En pocas horas, mi hermano Marcos va a casarse con Alicia. Ha llegado el día. Esta boda es el motivo por el que regresé al pueblo, y ya estamos aquí.

Las dos últimas semanas han sido atroces, dolorosas y punzantes como un hierro al rojo vivo clavado en mi corazón. Y lo peor es que me he empalado yo sola. Lo hice cuatro años atrás, sin saberlo, y ahora quema como nunca.

El apretón de mi madre en el hombro evita que derrame las lágrimas que se agolpan en mis ojos. Busco su mirada y su sonrisa a través del espejo. No sé qué hubiera sido de mí sin el apoyo de mi familia. No quiero ni pensarlo.

Cuando salí de casa de Alex, hace exactamente dieciséis días, lloré durante todo el camino a la mía. Estaba desolada. Me encontré con Hugo nada más cruzar la puerta y se lo conté todo, ahogándome en sollozos.

—Hugo, Hugo, ¿qué he hecho?

—Pris, ¿qué ha pasado?

—Alex. Lo que le pasó a Alex fue mi culpa. Me marché sin motivo.

—Ya está, ya está. Sácalo todo.

—Él no me hizo nada, he sido yo. Todo este tiempo he sido yo la culpable.

—Shhh, tranquila. Todo va a salir bien. Tranquila.

Me apoyó y me infundió algo de fuerza, incluso sin entender lo que decía. Pasó un buen rato antes de que pudiera hablar de ello. A partir de ahí, se lo conté a toda mi familia. A mis padres, a River, Hugo y Marcos. Todos sentados en el sofá, escuchándome. Adrián y Jaime, también. No sé qué hubiera hecho estos días sin Jaime, la verdad. Nuestros fracasos amorosos nos han unido más que nunca.

Les relaté lo ocurrido hace cuatro años y el tremendo error que cometí. A Adrián se lo veía bastante afectado; supongo que, en cierto modo, se culpa de no haber actuado de otra forma. De no haberme persuadido o de no haber investigado mejor lo sucedido y creer en mi relato como si fuera ley.

Mi madre me devuelve al presente mientras me recoloca la trenza que me han hecho en la peluquería del pueblo y me ayuda con el maquillaje.

—Gracias, mamá.

—Estás preciosa, cariño —me dice. Señala mi vestido dorado, de escote drapeado y con la espalda al aire.

—Tú también. Vas a ser la madrina más guapa del mundo.

Mi madre sonríe de nuevo y me obligo a devolverle la sonrisa; hoy es la boda de mi hermano y tengo que animarme por él. Ya lo logré hace unos días, en la despedida de soltera de Alicia, y también esa misma noche, más tarde, cuando me encontré con mis hermanos en casa; entraban a la vez que yo. Venían de la despedida de Marcos, que se había celebrado de forma simultánea (aunque suene increíble, no coincidimos en ningún momento).

—¿Dónde está Marcos? —pregunto en alto.

Me apetece darle un abrazo antes de que empiece todo la locura.

—Se ha ido hace un rato —me avisa mi madre.

—¿A dónde?

—A la iglesia.

—¿Tan pronto?

—Sí, ha dicho que nos esperaba allí. Está nervioso.

El sonido del teléfono interrumpe nuestra conversación. Mi madre abandona la habitación y me quedo sola, mirándome en el espejo una vez más.

—¡Priscila! —grita ella, segundos después.

Me asomo al pasillo.

—¿Qué?

—¡Teléfono! Es para ti.

Me encamino a la habitación de mis padres con la duda en el rostro. ¿Quién será?

—¿Quién es? —le pregunto a mi madre cuando me acerco al teléfono.

No contesta. Solo sonríe.

—¿Sí? —respondo, dubitativa.

—Soy yo.

Alex. El corazón me da un vuelco. Me doy cuenta en este momento de que, durante todo el verano, Alex siempre me ha llamado al teléfono fijo cuando quería contactar conmigo. ¿Es posible que no tenga mi número de móvil? ¿No nos hemos mensajeado? Y lo más increíble, ¿cómo no me he percatado antes? A pesar de mi alteración, consigo responder.

—Dime.

No es mi mejor frase. Lo sé.

—¿Puedes venir a mi casa?

—¿Ahora?

—Sí.

—Pero… en veinte minutos salimos para la iglesia.

—Es importante. ¿Puedes venir?

—Sí, claro. Voy enseguida.

—Te espero.

Clic. Me cuelga.

Entro en la habitación de Adrián y veo que no está. Tomo las llaves de su coche del segundo cajón de su mesilla y regreso a mi dormitorio. Meto en el bolso lo necesario y bajo las escaleras a toda prisa, intentando no matarme con los tacones.

—¡Nos vemos en la iglesia! —grito, en dirección a la cocina, de donde procede el murmullo de conversaciones entre mis padres, mis hermanos y Jaime, que ya es uno más de la familia.

Cierro la puerta principal con fuerza, evitando así escuchar la réplica de mi familia. Si es que ha habido alguna.

La idea de que Alex quiera verme me perturba durante el trayecto. No sé qué quiere de mí y eso es muy poco tranquilizador, incluso descorazonador. Porque no creo que sea nada bueno. ¿Tal vez me entregue los papeles del divorcio?

Justo cuando me bajo del coche y me dispongo a abrir la verja de casa de Alex, que está entreabierta, suena mi teléfono móvil. Adrián ha creado un grupo. Pero ¿qué…?

Adri creó el grupo "Cinco hermanos y una boda. O no"

Adri te añadió

Adri añadió a Hugoeslaestrella

Adri añadió a River Phoenix

Priscila:
¿Qué significa esto?

Hugoeslaestrella:
Un grupo paralelo de hermanos para hablar de la boda de Marcos.

No es tan difícil de entender, Pris.

Priscila:
Pero nosotros no hacemos eso, no creamos grupos paralelos para hablar de los demás.

Veo a varios de mis hermanos escribiendo, pero no envían nada. ¡No me lo puedo creer!

Priscila:
¿Cuándo rayos han creado un grupo para hablar de mí?

Adri:
Cuando te separaste de Alex.

Priscila:
Genial.

Adri:
¿Quizá debería meter a Jaime también?

Hugoeslaestrella:
Mierda, ni en broma.

River Phoenix:
Con palabrota y todo...

Adri creó el grupo "Hugo y Jaime"

Adri te añadió

Adri añadió a Marquitos

Adri añadió a River Phoenix

Adri:
Esto para luego...

Bloqueo el móvil y los ignoro. Imagino que se trata de alguna broma que querrán gastarle a Marcos.

Me quedo paralizada al ver a Alex, vestido de traje y corbata, sentado en el escalón de la puerta principal con Dark a su lado, esperándome. El perro acude en mi busca y nos acercamos juntos a mi todavía marido.

—Hola —lo saludo, aún con el teléfono en la mano.

—Marcos no quiere casarse.

¿Qué? Perdona, ¿qué?

—¿Qué? —expreso en voz alta—. ¿Cómo que no quiere casarse? ¿Es una especie de broma?

—No. Estuvo aquí ayer por la noche y lo supe. No quiere casarse.

—Espera. ¿Estuvo aquí ayer por la noche y lo supiste? ¡¿Y me lo dices ahora?! —Levanto la voz sin poder evitarlo.

—Te lo estoy diciendo ahora, sí.

—No me lo puedo creer. ¡No importa lo que pase entre tú y yo, Alex, se trata de Marcos! Se supone que es tu mejor amigo, ¿y esperas hasta hoy para soltarme esta bomba?

Dios, esto no puede estar pasando. Madre mía. Ay, Dios. ¡Y el maldito móvil no deja de vibrar en mis manos! Lo ignoro, una vez más.

—¿Me vas a escuchar?

Mierda, sí.

—Por favor, dime que lo has solucionado —le pido.

Alex no responde. No necesito más pistas. Me siento junto a él, con el corazón a mil por hora y la certeza de que hoy va a ser un día complicado.

—¿Qué te dijo? —le pregunto.

—Está aterrado.

—Es normal que esté asustado por la boda —tercio.

—No. Es normal estar aterrado para bien; créeme, sé lo que se siente, yo ya lo viví, pero él está acojonado para mal. Para mal porque no quiere casarse con Alicia.

—No me lo puedo creer.

No me puedo creer que esto esté pasando a esta hora del día, a pocos minutos de la boda.

—Priscila…

—La ceremonia está a punto de comenzar —lo interrumpo.

—Tu hermano lleva todo el verano muy raro. Pero jamás imaginé que se trataba de algo así. De haberlo sabido, habría actuado mucho antes.

¿Raro? ¿Marcos? No lo he notado. Mierda. ¡No lo he notado! He estado demasiado preocupada por mi propia vida como para darme cuenta de que mi hermano estaba pidiendo ayuda a gritos. Ni siquiera lo detecté ayer, cuando los hermanos al completo pasamos la última noche con él. Marcos parecía… normal.

—¿Y Alicia?

—No está enamorado de ella.

—Pero ¿cómo puede ser? ¿Cómo puede darse cuenta ahora de que no la quiere?

—Sí la quiere, pero no como debería quererla. Cuando empezaron a salir juntos, sentía una atracción muy fuerte, y creo que llegó a enamorarse, pero el amor que pudo sentir en un primer momento se ha convertido en cariño con el transcurso de los años.

—¿Cómo sabe que es cariño?

—Marc lleva meses muy trastornado con el tema. Ayer vino aquí, desesperado, y me lo confesó todo.

—¿Qué le dijiste?

—Le expliqué cómo te quería yo a ti, cómo te quise —se corrige—. Y no tuvo más dudas.

—Pero… —me cuesta hablar después de lo que acaba de decir— Marcos ya está en la iglesia.

—Porque tiene toda la intención de casarse. No hizo caso de nada de lo que le expliqué. Me dijo que por nada del mundo le iba a hacer una jugarreta así a Alicia, que no se lo perdonaría en la vida.

—Tengo que…

—Oye —me interrumpe, mirando mi móvil—, eso no deja de parpadear.

—Son mis hermanos, no sé qué quieren.

Ojeo la pantalla y comienzo a leer los mensajes, con la cabeza de Alex pegada a la mía. También tengo varias llamadas perdidas de todos ellos, otras tantas de mis padres y un millón más de Jaime; supongo que querrán saber dónde estoy.

Adri:
Priscila, ¿te has llevado mi coche?

River Phoenix:
Chicos, Marcos no está bien.

Hugoeslaestrella:
Ya. ¿Han visto su cara?

River Phoenix:
Sí.

Adri:
Está a punto de vomitar.

Hugoeslaestrella:
Está demasiado asustado.
No me gusta. No parece feliz.

Adri:
Está igual que River el día de su boda.

River Phoenix:
Ya tuvo que salir el temita de mierda.

No tengo el día hoy.

Hugoeslaestrella:
Debería estar como Pris el día de su boda.

Adri:
Sí.

River Phoenix:
Sí, en eso estoy de acuerdo. O como Alex.

Hugoeslaestrella:
Sí.

River Phoenix:
¿Pris?

¿Sigues ahí?

Hugoeslaestrella:

Pris, ¿dónde demonios estás?

La boda está a punto de comenzar.

Adri:

¡Priscila!

Estamos entrando en la iglesia. ¡Ven ya!

¿Dónde mierda estás?

River Phoenix:

Pris, ¿estás bien? Empiezo a preocuparme.

Qué mal día llevo, maldición.

Adri:

¿Y a ti qué te pasa?

River Phoenix:

Nada.

Hugoeslaestrella:

¿Dónde está Cata?

River Phoenix:

Por ahí...

Adri:

Por ahí ¿dónde?

No me puedo creer que vaya a llegar tarde.

Es la boda de Marcos.

River Phoenix:

Por ahí, Adrián.

Adri:

Okey...

El último mensaje es de hace dos minutos. Me levanto con determinación y me sacudo el vestido.

—Priscila, ¿qué vas a hacer? —pregunta Alex.

—¿Tú qué crees que voy a hacer? —le contesto, dirigiéndome a la salida a toda prisa—. Tengo que detener esa boda.

—¿Qué? ¡Espera! Conduzco yo.

Le cedo las llaves del coche de Adrián y salimos, cerrando la verja tras nosotros. Arrancamos el coche y nos ponemos en marcha a toda velocidad.

—Alex... —lo apremio.

Lo capta a la primera.

—Llegamos en cinco minutos.

El crujido de la gravilla no da lugar a dudas. Llegaremos a tiempo. Escribo un mensaje a los demás para explicarles lo que sucede:

Priscila:
Tenemos un DEFCON 1 con Marcos.

DEFCON es el término que utilizamos mis hermanos y yo desde pequeños para medir el nivel de importancia de los problemas y las situaciones. Al igual que los estadounidenses, en función de la gravedad del asunto, lo acompañamos de un número. Jamás habíamos usado el uno.

River Phoenix:
¡Por fin apareces!

¿Dónde estás?

Espera, ¿defcon 1?

Priscila:
Voy de camino. Llego en cinco minutos.

Hugoeslaestrella:
No me jodas.

Estamos todos en la iglesia.

Adri:
¿DEFCON 1?

¿No te habrás confundido? 1 es para lo más grave y 5 para lo menos grave.

Priscila:

Voy a detener esa boda porque Marcos no quiere casarse.

¿Cómo de grave te parece?

Hugoeslaestrella:

Mierda. ¿Necesitas que hagamos algo?

Priscila:

Si llegan a la parte del "sí, quiero", deténgalo.

Adri:

Mierda...

Hugoeslaestrella:

Mierda...

River Phoenix:

Mierda...

No puedo creer que no me haya dicho nada de esto.

Llegamos a la iglesia y dejamos el coche mal aparcado. Cuando entramos, todos nos miran siguiendo el ruido de mis tacones. Enseguida localizo a mis hermanos. Nos situamos en la última fila y esperamos. Tengo que pensar. Esperamos un poco más, pero no veo el momento de intervenir.

—¿No se supone que ahora es cuando dicen aquello de "si alguien tiene algún impedimento para que se celebre esta unión, que lo diga ahora o calle para siempre"? —le pregunto a Alex en susurros.

—Pris, eso solo pasa en las películas.

—¿Tú crees? No recuerdo si lo dijeron en nuestra boda.

—Yo tampoco, estaba más pendiente de otras cosas, pero estoy casi seguro de que solo pasa en las películas.

—Alex, ese de ahí es mi hermano, no puedo permitir que cometa un error semejante. Al menos debo concederle la oportunidad de remediarlo. Para adquirir un compromiso de este calibre, hay que estar seguro. Y quererse. Nosotros cumplíamos con todos los requisitos y aun así mira lo que nos pasó.

Necesito que Marcos dé este paso tan importante en su vida con seguridad. Y necesito que Alex me confirme que estoy haciendo bien en alertarlo. Que me ayude con ese último empujón.

—Hazlo —me dice, sosteniéndome la mano.

Bien. Pues allá voy. Madre mía.

—¡PROTESTO! —grito, a la vez que me pongo en pie.

—Diablos, Priscila, un poco de tacto, mierda —me dice Alex, levantándose también.

—¿Cómo se tiene tacto cuando vas a impedir una boda?

—¡Yo qué sé! Desde luego, gritando "protesto", no.

—¿Perdona? ¿Priscila?

Ay, ese es el cura. El cura del pueblo, que me conoce desde que me meaba en los pañales. Y se dirige a mí.

—¿Priscila? —insiste el cura—. ¿Tienes algo que decir?

Inhalo hondo antes de responder.

—Sí.

Avanzo hacia el altar. La cara del novio es un poema, y en los demás invitados ni me fijo, no soy capaz. Percibo murmullos a mi alrededor, miradas, preguntas. Y tengo que hacer un esfuerzo titánico para aislarme. Solo desvío los ojos para comunicarme con mis hermanos —están los tres sentados en primera fila, junto a Jaime y mi padre— y pedirles que permanezcan alejados por el momento; no quiero que entre todos agobiemos a Marcos. Es una decisión que debe tomar él solo, y no va a ser fácil.

—Pero ¿qué dice esta niña?

—Es la hermana pequeña. La que se marchó a Boston.

—La que se casó con el nadador.

—Sí, con St. Claire.

—¿No es el que camina a su lado?

—¿Qué pretende hacer?

—Qué coraje, la chica.

—Esta boda no se puede celebrar —anuncio cuando llego a la altura de los novios—. No sin que antes hable con mi hermano.

—Priscila, ¿qué haces? —pregunta mi madre.

—Marcos… —suplico.

—Pris, ¿qué mierda estás haciendo? —Mi hermano está horrorizado. Creo que nunca lo había visto así.

—Priscila, me estás asustando —dice Alicia al mismo tiempo—. ¿Qué es lo que te pasa?

Tengo que ignorarlos a todos o no seré capaz de seguir adelante.

—Marcos, no tienes que hacerlo. No tienes que casarte hoy; puedes venirte conmigo y todo va a estar bien.

—Pris —dice Alicia—, Pris, no, por favor. No hagas esto.

—Lo siento —le susurro, girando la cara hacia ella.

—No lo hagas, por favor.

—Marcos —continúo—, estaremos contigo, pase lo que pase, pero no hay nada malo en marcharse ahora. Toda tu familia te va a apoyar.

—Priscila, por favor, para —sigue implorando Alicia.

—¿Qué está pasando aquí? —Los padres de Alicia se meten en la conversación. El padre me agarra del brazo de malas maneras—. ¿Cómo se te ocurre hacer algo así?

Mi padre se acerca para ayudarme y para apartar las manos del hombre de mi brazo. Comienzan a discutir entre ellos.

—Marcos, ignóralos. —Le sujeto el rostro con las manos y clavo mis ojos en los suyos—. Mírame solo a mí. Mírame y dime que estás seguro de lo que vas a hacer, y te dejaré en paz.

Comenzamos a hablarnos con la mirada. Se crea un vacío a nuestro alrededor que media para que no oigamos absolutamente nada. No sé cuánto tiempo permanecemos así, pero respiro por fin cuando leo la decisión de mi hermano en sus pupilas. Le hago un asentimiento de cabeza.

—No puedo casarme —anuncia en alto—. Lo siento mucho, Alicia. Perdóname —le pide, con la voz destrozada y los ojos anegados por las lágrimas.

—¡No! Marcos, por favor, no me hagas esto. ¡No me hagas esto!

En pocos segundos, los invitados se amontonan en torno a nosotros y se organiza una de las buenas.

Horas después, nos encontramos los cinco hermanos Cabana con Jaime y Alex en el restaurante donde iba a celebrarse el banquete. Hemos venido con papá y mamá a cancelarlo y a pedir disculpas. La familia de Alicia se ha negado a dar la cara y, por supuesto, a pagar un solo euro. No los culpo.

Cuando nuestros padres se han marchado a casa, nos hemos dedicado a consumir parte de la bebida que hemos pagado con la indemnización.

Ahora mismo estamos los siete sentados formando un corro; yo, descalza y los chicos, con el nudo de la corbata deshecho, la chaqueta en el respaldo y la camisa remangada.

—Vaya la que hemos armado hoy. Si ya éramos conocidos los Cabana... —apunta Hugo.

—Siempre en el ojo del huracán —responde Adrián.

—Chicos, me siento como una maldita mierda —nos dice Marcos—. No debí llegar tan lejos. Se me fue de las manos por completo. Qué condenado desastre soy. Alicia no me va a perdonar esto en la vida. Y les prometo que lo último que quería era hacerle daño.

—¿Quieren que os hable yo de desastres? —interviene River.

—Por enésima vez... ¿Y a ti qué te pasa? —le pregunta Adrián.

—¿No se han dado cuenta de que Cata hace semanas que no está conmigo? ¿De que hoy no ha venido a la boda?

Mierda, no.

—¿Al final no ha aparecido? —dice Hugo—. No me he dado cuenta con lo de Marcos.

—Yo, obviamente, ni hoy ni las últimas semanas me he dado cuenta de nada —asegura Marcos.

—Creo que yo no me he dado cuenta de nada en todo el verano —asumo.

—Yo no tengo excusa —afirma Adri.

—Pues yo sí que lo he pensado —añade Jaime—. Cata me cae bien. Tiene algo.

Alex se mantiene en silencio, mirándonos a todos.

—Cata quiere el divorcio —dice entonces River.

—¡Aleluya! —grita Adrián.

Censuro a mi hermano con la mirada. Sí, de acuerdo, Catalina nunca me ha gustado, pero es la mujer de River, y aunque nos burláramos de él hablándole de divorcio cada dos por tres, esto parece serio.

—No puedo divorciarme de ella, no lo entienden —nos indica River—. No entienden una absoluta mierda, demonios.

—Pues explícanoslo —dice Hugo.

—No puedo.

—¿Por qué? —Adrián.

—¿Qué rayos pasa, River? —Marcos, a la vez que Adrián.

—Mierda.

—¿River?

Nunca había visto a mi hermano mayor así de afectado, así de preocupado. Aquí está pasando algo. Algo que no nos había contado.

—Chicos, tienen que prometerme que esto no va a salir de aquí.

—Eso ni se menciona —apunta Hugo.

—Mi matrimonio con Cata… —se detiene para respirar— fue una farsa.

No emitimos palabra alguna, nos quedamos todos mudos. ¿Una farsa? ¿Qué demonios significa eso? A ver, sé qué es una farsa, pero… ¿qué demonios significa eso? Necesitamos que se explique un poco más.

—¿Qué quieres decir? —pregunta Adrián por todos nosotros.

—Tuve que casarme con ella por trabajo.

—¿De tu trabajo como informático? —añade Hugo.

—Yo no entiendo nada —comenta Jaime.

—¿Tenías un trabajo de mierda y necesitabas que una ricachona te mantuviera?

—Marcos —Hugo y yo lo reprendemos. Se ha pasado. Otra vez.

—No, maldición. No, a todo. Me refiero a mi otro trabajo.

—¿Qué otro trabajo? —pregunto yo.

—Mi trabajo para el Gobierno.

Ay, mi madre.

−¿Qué?

−¿Qué?

−¿Cómo?

−¿Perdona?

−Mierda, nunca dejaste la academia, ¿verdad?

Miro a Marcos, que es quien ha formulado la última pregunta y que parece ser el único que entiende algo de lo que está pasando. ¿La academia? ¿La academia de policía? River la abandonó hace años, cuando prácticamente había concluido la instrucción. Comenzó en ella después de terminar la carrera de Informática, pero la dejó de pronto y sin más explicaciones que "no era lo mío". Poco después encontró trabajo como informático en una empresa de Alicante, y hasta hoy.

−No, no dejé la academia −acepta, con un suspiro.

−¿Qué academia? −pregunta Jaime, aún más confundido que yo.

−River se estuvo preparando para las pruebas de policía −le explico−, pero las abandonó antes de terminar.

−Parece que no fue así −expone Marcos−. Te contactaron los del CNI, ¿verdad? −afirma, sin asomo de duda.

−Sí −confiesa.

−¿Qué? −Hugo.

−¿Cómo? −Adrián.

−¿En serio? −Alex. Primera vez que se pronuncia.

−¿Perdona? −Yo.

−¡Mierda! ¿Eres un espía? ¿Eres como James Bond? −Jaime−. ¿Estas cosas pasan en España?

−Te sorprenderías −le responde Marcos a Jaime.

−Conque solo es informático, ¿eh? −me dice entonces Jaime,

434

recordándome aquella conversación que tuvimos el día de la prueba de los pasteles. Yo solo pongo los ojos en blanco.

—No soy como James Bond, o, bueno, un poco sí.

—¿Y por qué no nos lo habías contado? —le pregunta Hugo.

—Porque es el CNI. ¿Hace falta que explique algo más?

—¡Pero somos tu familia!

—¿Y qué haces para ellos?

—Soy informático.

—¿Ves? —le digo a Jaime—. Informático. —Entonces, es él quien pone los ojos en blanco.

—¿Y qué tiene que ver Cata en esto? —pregunta Hugo.

River deja salir otro suspiro antes de contestar. Pobre. Le está costando mucho hablarnos de todo esto.

—Es por su padre. Estamos vigilando a su padre, sus negocios. El CNI lleva años haciéndolo. Me topé con Cata de casualidad, se lo juro, pero entonces al capullo de mi jefe se le ocurrió que podía usar ese encuentro casual para acercarme más a ella e infiltrarme en su familia y que así conseguiríamos avanzar en la investigación. El resto ya lo saben.

—Mierda...

—¿Llevas todos estos años acostándote con una chica por trabajo? —le pregunta Jaime, todavía más alucinado que antes.

—¿Te obligaron a casarte con ella? —le pregunto yo. Comienzo a entender tantas cosas...

—Sí. Y no puedo hablar más de ello.

—¿Quién diablos es el padre de Cata para que el Gobierno ande detrás de él?

—El alcalde del pueblo —le respondo yo a Jaime.

—No puedo decirles más, chicos. Bastante he hablado ya.

—Vas a tener que explicarme mejor el asunto —me dice Jaime, al oído.

¿Yo? Pero ¡si no sé nada!

—Bueno —anuncia entonces Marcos—, ¿alguien más tiene algo que confesar? Mierda, esto se parece a las navidades de 2011.

—Yo me marcho —nos informa Alex. Se levanta de la silla y toma la chaqueta del traje del respaldo—. Preveo muchas conversaciones rodeados de jarras de cerveza, pero tendrá que ser a partir de mañana. Ha sido un día muy largo y quiero irme a casa.

La verdad es que bastante ha aguantado. Con lo poco que desea tenerme cerca, se ha portado como un verdadero miembro de la familia. No ha dejado a Marcos solo en ningún momento y ha sido el que más ha mediado con los padres de Alicia. También les ha dado un abrazo a los míos cuando se han marchado y les ha ofrecido su ayuda para lo que necesiten.

—Adiós, amigo. —Marcos se levanta a su vez y le da un abrazo muy fuerte—. Y gracias por todo.

—No hay por qué darlas. Tú habrías hecho lo mismo por mí.

—Por supuesto.

—Ah, y una última cosa. ¿Me prestas tu móvil? —me pregunta Alex antes de irse. Me tiende la mano.

—Sí, claro —respondo, confusa. ¿Para qué quiere Alex mi móvil?

Abro el bolso y saco el teléfono, que él toma; pulsa el botón de inicio, se queda dos segundos pensativo, con la frente arrugada, intuyo que adivinando la contraseña de cuatro dígitos, y comienza a teclear. No tengo duda de que ha acertado a la primera. Me conoce demasiado bien.

Cuando encuentra lo que busca, se acerca a Adrián y, de muy malas maneras, estrella el móvil en su pecho.

—Este no soy yo, idiota.

Se da media vuelta, se coloca la chaqueta en el hombro y abandona la estancia sin decir más. Marcos se acerca a Adrián, le quita el móvil de las manos y mira la foto.

—Mierda —exclama, dos segundos después—, ¡¿cómo no viste que no era él?!

—¡No me fijé! ¿Okey? —se defiende Adrián—. Priscila me lo enseñó, convencida de que era Alex, y yo ni lo cuestioné. Apenas reparé en la foto. ¡Se suponía que era mi cuñado teniendo sexo con otra chica! Solo vi la habitación.

—Pues nos hubiéramos ahorrado mucho si te hubieras fijado mejor —le reprocha River.

—No quiero parecer el abogado de las causas perdidas, y por supuesto que no voy en tu contra —Jaime me mira con disculpa—, pero ¿por qué se lo reprochan a Adrián y no a Priscila?

—Porque a Pris ya la hemos sermoneado bastante —afirma River.

—Y porque nos da la maldita gana —sentencia Hugo—. Y no es necesario que te preocupes tanto por Adrián, sabe defenderse solo.

La relación entre Hugo y Jaime está en punto muerto. En el mismo punto muerto en que se quedó el día que reveló que él y yo nos habíamos acostado. Eso sí, cada vez que puede, mi hermano se reafirma en la idea de que, a Jaime, quien de verdad le gusta es Adrián.

—Diablos, ya estamos otra vez —se queja mi amigo—. ¿Puedes dejar de meter a Adrián en todas partes?

—¿Puedes dejarlo tú?

—Yo no lo estoy metiendo en nada.

—Lo has metido en todo. ¿Puedes culparme ahora?

Jaime suspira de pura frustración. Y está a punto de iniciarse una discusión entre ellos, pero Adrián los manda callar.

–¡Silencio! –grita–. Tengo algo que decir. –Entonces se acerca a mí y escucho de su boca aquello por lo que esperé en el pasado–: Me gusta Alex. Me gusta Alex para ti.

Cierro los ojos y me empapo de esas palabras. Lástima que ya sea demasiado tarde.

–Has llegado cinco años tarde.

–Lo sé, pero mejor tarde que nunca.

–Sí, el problema es que a Alex yo ya no le gusto, y creo que tú tampoco.

Adrián se ríe.

–Soy consciente de ello, pero veremos lo que pasa a partir de ahora. –Toma su chaqueta y se dispone a salir. Sin embargo, yo no se lo permito.

–Espera.

–¿Qué?

Llevo semanas sopesando la posibilidad de sincerarme del todo con mi hermano sobre el asunto de las pelirrojas. Cuando hablé con mi familia, no quise delatar a su novia delante de todos, por eso no comenté el episodio del hospital.

Durante mi estancia en Boston, según fueron pasando los meses, me fui dando cuenta de que aquella chica no había actuado de buena fe, y me da igual que la gente diga que siempre hay un motivo para hacer una cosa u otra, no es verdad. No me importa qué fue lo que la empujó a comportarse así, si tenía algo en contra de mí o si yo no le gustaba. No me dejó ver a Alex, y no solo eso: me mintió. Me mintió a la cara diciéndome que Alex estaba bien y que se recuperaría por completo con el tiempo. Quería quitarme de en medio. Eso es una maldad. Y no hay motivo que lo justifique.

Y ahora, con todo lo que sé, estoy más segura que nunca de que

Carolina andaba detrás de Alex y de que su hermana lo sabía. No me dijo que estaban juntos, es cierto, pero tuvo la certeza de que yo lo pensaba y no me sacó de mi error. Yo cometí un error, sí, pero ella actuó mal.

—Carmen no es buena persona, Adrián —suelto, sin más preámbulos.

—Priscila, vamos, no me machaques con eso otra vez. Hoy, no.

—Fui al hospital, Adrián. Fui a ver a Alex.

—¿Qué?

—¿Cuándo? —Marcos se aproxima a nosotros.

—¿De qué hablas, Pris? —dice River.

—Por una vez, soy el único que lo sabe todo. —Jaime sonríe para aliviar la tensión.

Hugo lo manda callar con la mirada y yo comienzo a explicarme:

—Llegué a tomar aquel avión el día seis de enero. Me subí en un taxi a la salida del aeropuerto y fui directa al hospital. No les dije nada porque era algo que quería hacer yo sola; necesitaba ver a Alex y asegurarme de que estaba bien. Venía incluso con la intención de hablar las cosas e intentar arreglar nuestro matrimonio. Pero todo se torció porque Carolina estaba en la habitación y me impactó verla. Aun así, les prometo que eso no me detuvo, estaba dispuesta a entrar, pero quien frenó mis intenciones fue tu novia, Adrián. Lo hizo bajo dos premisas. La primera, no sacándome de mi error al darse cuenta de que yo pensaba que Alex y su hermana estaban juntos. La segunda, la peor, convenciéndome de que Alex estaba bien físicamente, de que no había sido más que un susto del que se recuperaría pronto. Regresé a Boston, creyendo que Alex estaba bien y que Carolina cuidaría de él, y fue allí, en mi trabajo, donde me enteré de que Alex dejaba la natación. Esa es tu novia. Ahora tú sabrás lo que haces. —Tomo el bolso y me lo cuelgo al hombro—. Y yo también me voy a casa; estoy agotada y tengo que preparar las maletas.

—Voy contigo, Pris. Pero antes… —Jaime se acerca a Adri y lo sujeta por los hombros—. Adrián Cabana, quizá esto te tome por sorpresa, pero necesito decirte que no me gustas. No me gustas para nada. A ver, me caes bien y tienes tu puntito, pero no me atraes sexualmente. No te voy a negar que estás buenísimo, pero no siento esa chispa por ti de "te chuparía hasta el sobaco".

Adri, sin sonreír, se lleva la mano al pecho.

—Me rompes el corazón.

—Ya, ya. Hasta luego, Cabana. Diablos —masculla por lo bajo—, qué maldito verano.

Echo un vistazo a Hugo antes de irnos del todo y me parece ver una sonrisa en su boca y en sus ojos.

"¿De verdad nos vamos?".

Pristy, la ardilla. Una llamada inesperada, una no boda y descubrimientos varios.

IB8391

Hoy vuelvo a Boston.

Ya me he despedido de toda mi familia y he venido a uno de mis rincones favoritos del pueblo, junto al mar, a despedirme también de mi queridísimo Mediterráneo.

He dicho adiós a mis padres y hermanos. He dicho adiós a Adrián. Nos hemos abrazado, nos hemos recordado lo mucho que nos queremos y nos hemos pedido perdón el uno al otro. Yo, por haberle ocultado aquella parte de mi vida, y él, por no haber confiado en mi palabra cuando le aseguré que Carmen no era buena persona. Después, nos hemos separado. Justo un minuto después de reconciliarnos. ¿Tiene algún sentido arrepentirse ahora por el tiempo que hemos perdido este verano y que jamás recuperaremos? Supongo que no.

He arrastrado el equipaje hasta aquí bajo la atenta mirada de los veraneantes, que han observado un tanto alucinados como una chica cargaba con una maleta rosa por toda la playa hasta llegar a las rocas.

En cuanto a mi familia, una vez más, no quiero que me acompañen al aeropuerto; me da la sensación de que allí las despedidas son más duras. Prefiero hacerlas en nuestro hogar, así parece que solo me marcho unos días de vacaciones a no más de mil kilómetros de casa.

De Alex no sé nada... ni lo voy a saber. Han pasado tres días desde la no boda y, aunque me muero por pedirle perdón de rodillas durante el resto de mi existencia, no se lo merece. No se merece que le haga eso. No se merece tener que decirme que no una y otra vez. No, después de lo que le hice. Ahora me toca vivir con ello.

Estoy rodeada de rocas irregulares que brillan por la fuerza del sol, pero las conozco como la palma de mi mano. Me siento en una plana, la única que hay. El agua choca contra ellas, salpicando a su paso y escurriéndose entre las grietas. El agua siempre encuentra la salida. El sol me quema el brazo derecho, pero no me importa: pasará mucho tiempo hasta que mi sol mediterráneo vuelva a calentarme y quiero disfrutarlo

Huele a mar; no a playa, a mar. Apenas hay brisa y sonidos. Solo el ruido de las olas que alcanzan la orilla, que queda más atrás, y de las que mueren aquí, en las rocas. Está todo muy tranquilo y se aprecia la arena del fondo a través de la superficie cristalina.

Levanto las rodillas y me las abrazo. Observo los barcos que surcan el agua y contemplo la raya, tan fina como un alfiler, que separa el mar del cielo. Y las nubes, esparcidas por el firmamento, que cobran tantas formas diferentes como imaginación tenemos quienes las observamos.

—Hola, Cabana.

Sonrío ante su saludo. No me hace falta girarme para saber que es Jaime. No vuelve conmigo a Boston, al menos no todavía; antes de regresar va a pasar unos días en Valladolid con su familia. Lo único positivo de mi enclaustramiento en casa es que hemos adelantado un montón de trabajo y tenemos tiras preparadas para las próximas tres semanas.

—¿Cómo me has encontrado?

—He distinguido desde la orilla a alguien meditabundo, mirando el mar y escondiéndose del universo, y he pensado: "Esa tiene que ser mi chica".

—¿Cómo me has encontrado? —repito, girando la cabeza y mirándolo a los ojos.

—Es posible que River me haya dado alguna que otra indicación acerca de tus lugares favoritos, de los que tenías que despedirte. Te he encontrado a la cuarta.

Se sienta junto a mí y ambos nos quedamos mirando la hilera de rocas resbaladizas, cubiertas de verdín, que atraviesan el agua hasta ir a dar a otro conjunto de piedras, mucho más grandes, en el centro del mar.

—¿Alguna vez has cruzado por las rocas hasta allí? —me pregunta, señalando el islote.

—Sí.

—Guau. Tal vez podamos intentarlo en nuestra siguiente visita.

Le enseño la cicatriz en mi rodilla que corrobora mi aventura.

—Lo hice un verano, con Adrián y Marcos. Llevábamos bastante tiempo planeándolo.

—¿Cuánto?

—Un par de días. Eso, para unos niños, era una eternidad.

Las carcajadas estruendosas de mi amigo rompen el silencio y la calma.

—Estoy de acuerdo.

—Nos caímos los tres a medio camino —continúo—. Uno tropezó y arrastró a los otros dos. ¿Quién fue ese primero? No lo sabemos. Marcos dice que fue Adrián; Adrián, que fui yo, y yo, que fue Marcos.

—¿Fue a la ida?

—Sí.

—¿Y siguieron?

—Por supuesto, con rodillas sangrantes y todo. Y cómo escocían, pero hace falta mucho más que una magulladura para detener a un Cabana.

—Excepto cuando se trata de Alex.

—Sí, excepto cuando se trata de Alex —reconozco.

—Entonces te bloqueas.

—Me bloqueé una vez.

—Y no luchas.

—No hay nada por lo que luchar, Jaime.

—¿Crees que Alex no te quiere?

—Creo que sí me quiere. Pero no me lo merezco. Por eso me marcho.

—Al menos lo harían un día sin olas, ¿no? Cruzar por ahí, digo.

Le agradezco el cambio de tema con una sonrisa.

—¿Crees que pensábamos en eso con diez años?

—No. Estoy seguro de que ese día había más oleaje que cualquier otro.

Reímos juntos, embargados por la nostalgia de aquellos años en que las preocupaciones no existían, y nos quedamos en silencio un poco más, disfrutando del momento. Disfrutando de mis últimos minutos en el pueblo.

—Vamos, te acerco al aeropuerto.

—Iba a tomar un taxi.

—Nada de taxi. Tu hermano me ha prestado su coche.

—¿Qué hermano?

—Hugo.

—Hugo, ¿eh?

—Nada de "eh", Pris. Hemos hablado, ahora que me marcho, y… estamos bien. O, al menos, eso creo.

—¿Qué significa que están bien?

—Significa que vamos a seguir siendo el mismo Jaime y el mismo Hugo de antes de este verano. Dos personas que comparten a una tercera personita en sus vidas (esa eres tú) —me aclara, aunque no era necesario—, pero nada más.

—¿Y tú estás de acuerdo?

—Sí, Pris, estoy de acuerdo. ¿Sabes por qué?

—No. ¿Por qué?

—Porque no sé si estoy enamorado de él. —Me da un toque en la nariz—. He estado pensando, poniendo en orden mis sentimientos y, no te voy a engañar, Hugo me gusta mucho y tiene un polvazo…

—Gracias por la imagen que has creado en mi cabeza. Ya he visto a dos de mis hermanos teniendo sexo este verano.

—… pero no sé si hay más y no sé si quiero que lo haya. Insisto, no me van estas mierdas del amor. No son para mí. Tampoco quiero hacerle daño. No se lo merece. Tu hermano es un buen tipo. Vamos —me dice, sonriendo—, te llevo al aeropuerto.

ALEX

Hoy Priscila vuelve a Boston.

Y no sé cómo me siento al respecto. A veces pienso que lo que hemos vivido este verano no ha sido más que un sueño. Otras veces pienso que el sueño, lo irreal, es que hoy vaya a desaparecer de mi vida una vez más.

He venido caminando hasta el *pub*, a tomar algo y dejar que pasen las horas; no puedo arriesgarme a tener un coche a mano por si se me ocurre correr detrás de ella. Porque… ¿me ha asaltado el pensamiento

445

de impedirle que suba a ese maldito avión? Sí. Ni puedo contar la cantidad de veces. Tengo tantos motivos para hacerlo… tengo todos los motivos del mundo, empezando por el hecho de que Priscila Cabana consigue que alcance cotas de felicidad a las que nadie más me puede llevar. Siempre ha sido así.

Y solo hay una razón para no correr detrás de ella. Una única jodida razón, pero que pesa demasiado: nuestro pasado. La manera en que ella se marchó sin mirar atrás.

Y yo tampoco soy un santo, lo reconozco. Llevo cuatro años culpando a Priscila por cada una de mis desgracias, cuando no fue ella, por ejemplo, quien se coló fuera de las pistas, fui yo solito. Y creo que, en algún momento, debería pedirle perdón. Quizá sea hoy ese momento. Antes de que se marche.

Me levanto del taburete, por quinta vez en la última hora, para ir corriendo al aeropuerto.

—Hola, Alex.

Carolina y su hermana me interceptan. Se sientan en los taburetes junto al mío mientras yo permanezco de pie sin saber qué hacer. ¿Iba al aeropuerto? Mierda, creo que sí. Estoy trastornado.

No sé cómo sentirme respecto a la mayor de las hermanas. El día en que estalló todo y John vino a casa le pregunté por qué mierda estaba teniendo sexo con su novia en mi habitación y la respuesta me dejó alucinado: a Carolina le gustaba hacerlo allí, le gustaba demasiado, tanto que llegó a creer que su novia andaba enamorada de mí.

Si lo pienso ahora, en frío, es cierto que, desde que Priscila se fue, Carolina ha estado siempre cerca, buscando el contacto entre nosotros; yo asumí que se debía a la estrecha relación que manteníamos por ser ella quien había sido, pero ahora empiezo a pensar que quizá su interés era otro.

446

Incluso llegamos a besarnos en una ocasión, unos meses después de que Priscila se fuera; yo la rechacé y le expliqué que jamás podríamos estar juntos de esa manera, y no solo porque era la exnovia de mi hermano, sino porque nunca me enamoraría de ella. Carolina lo aceptó y me pidió perdón; aseguró que no había sido más que un desliz y nuestras vidas continuaron como siempre, pero lo cierto es que nunca se ha separado de mi lado, pese a que jamás entendí por qué la novia de mi hermano, diez años mayor que yo, estaba siempre tan pendiente de mí.

¿Estaría realmente enamorada? ¿Es posible? Estoy a punto de preguntárselo, pero Adrián entra y viene directo a nosotros. Directo a su novia.

—Hola, Adri...

—Hola —la interrumpe—. Llevo tres días buscando el momento de coincidir los cuatro, y me lo acaban de poner en bandeja.

—Pero qué lindo eres. —Carmen le revuelve el cabello—. Claro que hemos coincidido: tú nos has citado aquí a mi hermana y a mí.

Diablos, yo no tengo tiempo para esto. Tengo que largarme al aeropuerto. Necesito airearme y pasear, y ese es un sitio como cualquier otro.

"Claro, claro, tú sigue engañándote, chico rudo".

Mierda. Cuando las cervezas comienzan a hablarme, es mala señal.

—Es verdad —responde el rubio—. Estaba prácticamente seguro de que mi cuñado andaría por aquí, ahogando las penas en el alcohol, y no podía desaprovechar la oportunidad.

—Cretino —suelto, de manera espontánea, a la nada.

Oye, me ha salido del alma. Que vaya a ahogarse él en malditos corazones con su novia pelirroja y me deje vivir en paz.

—Adrián, ¿qué pasa? —le pregunta Carmen.

—¿Fue mi hermana al hospital a ver a Alex cuando tuvo el accidente de esquí?

Hermana. Hospital. Alex. Se me paraliza el cuerpo ante la mención de esas tres simples palabras. ¿Qué mierda significa esto, Adrián?

—¿Qué? ¿De qué hablas? —se extraña la pelirroja. Diablos, la pelirroja. Hasta la forma de hablar de Priscila se me ha pegado.

—Creo que mi pregunta ha sido lo suficientemente clara, Carmen. Hace casi cuatro años, Alex sufrió un accidente. ¿Lo recuerdas?

—Adrián, ¿a qué viene esto?

—Contéstame, por favor. ¿Te acuerdas del accidente de Alex? Tú trabajabas, y trabajas, en el hospital a donde lo trasladaron.

Las dos pelirrojas intercambian una mirada. Yo no entiendo nada. Solo tres palabras retumban en mi cabeza sin descanso: Hermana. Hospital. Alex. Mi corazón comienza a bombear con fuerza. Sé que Adrián quiere defender a Priscila, que es inútil que yo me haga ilusiones, pero... mi corazón bombea con fuerza.

—Sí, claro que me acuerdo.

—¿Y de que Priscila fue a verlo allí el seis de enero?

—No, de eso no me acuerdo —afirma Carmen, sin dudar.

—Es curioso, porque hablaron y todo.

—Eso es lo que dice ella.

—¿Lo que dice ella? Tú no sabes de dónde he sacado yo esta información. No te lo he contado.

—Lo he supuesto.

—Pues no supongas tanto. Aunque tienes razón: me lo ha dicho ella. ¿Y qué? ¿La viste o no? ¿Hablaron? ¿Eres tú la única persona, además de Carolina, que sabía que mi hermana había ido al hospital a ver a su marido?

¿A dónde quieres llegar, Adrián? De repente, recuerdo una frase de Priscila, una que me dijo cuando sorprendió a su hermano predilecto, a su persona favorita del mundo, en la cama con una chica con el pelo de color naranja: "En este mundo vivimos casi cuatro mil millones de mujeres y hay dos, solo dos, que tiene vetadas. Y esa chica es una de ellas".

No había vuelto a pensar en ello. Después de todo lo que ha salido a la luz, entiendo su odio hacia Carolina, puesto que Priscila pensaba que yo le había sido infiel con ella. Pero... ¿y la hermana? ¿Por qué no soportas a la hermana, Reina del Desierto? ¿Por qué, si ella no tenía nada que ver con el condenado enredo de la foto?

Adrián y Priscila llevan muchas semanas sin hablar en condiciones, sin ser los hermanos que siempre han sido, solo porque él sale con esta chica. Priscila ama a su hermano por encima de todo, así que debe de tener motivos de peso, como que Carmen le haya hecho algo. Algo grave. Y Adrián jamás le haría daño a su hermana a propósito. Adrián no tiene ni idea, o no la tenía, de las razones por las que Priscila no soporta a su novia. ¡Demonios! ¿Por qué diablos no incidí más en el tema? ¿Por qué lo dejé estar?

—Pasó mucha gente por allí, Adrián, es imposible acordarse.

—Pero ella era su mujer, no una visita cualquiera; no creo que te pasara desapercibida. De hecho, no es que no lo crea, es que no me lo creo.

Demasiadas cervezas para tanto trabalenguas. Permanezco en silencio, sin interrumpir, porque ahora mismo no me veo capaz de decir nada coherente. ¿De verdad existe la posibilidad de que Priscila fuera a verme?

—Bueno, Adrián, ¡¿qué más da si fue o no fue?! Han pasado como mil años, no veo el motivo de hablarlo ahora.

"No, por favor", le pido a mi cuñado con los ojos, "no lo dejes así, necesito saberlo".

—Carmen, no tengo ganas de jugar al gato y al ratón y no voy a andarme con rodeos. Viste a mi hermana, hablaste con ella y provocaste que abandonara a su marido. Solo quiero saber por qué.

—¡Yo no hice tal cosa!

—No es lo que dice Priscila.

—Es su palabra contra la mía.

—No, es su palabra. Punto. Mi hermana no miente, y muchísimo menos a mí. Jamás lo ha hecho.

—No te contó que había estado en el hospital.

—Eso no es mentir, es ocultar información. Seguro que tuvo sus motivos. —Yo estoy estupefacto. Sigo sin poder razonar y las palabras no salen de mi boca—. Y tú acabas de reconocer que fue al hospital.

—¿Qué? —pregunta Carmen.

—Has dicho: "No te contó que había estado en el hospital".

Busco los ojos de Carolina: llevamos demasiados años siendo amigos y creo que podría captar el engaño en su mirada. Está nerviosa y muy contrariada. Mierda. ¿Qué diablos está pasando aquí?

—¿Y qué si fue?

—¡¿Y QUÉ SI FUE?! —grita mi cuñado, con rabia—. ¿Eres consciente de que aquel día destruiste un matrimonio que podía haberse salvado?

—¿Qué? Yo no tuve nada que ver. Ellos ya estaban separados.

—¡Priscila vino a ver a su marido, dispuesta a hablar las cosas, y tú dejaste que creyera que se había involucrado con tu hermana!

—Yo no...

—Y le dijiste que las lesiones de Alex eran superficiales, ¡que había sido un susto! Mi hermana se fue de aquí destrozada, pensando que su marido estaba feliz de iniciar una nueva vida con otra persona. ¿Cómo pudiste hacer algo así? ¿Por qué?

¿Qué? No puede ser. No, no puede ser.

—Si tu hermana quiere recuperar a su marido a base de mentiras, no es mi problema, Adrián. Me parece patético que me utilice como excusa para esconder lo cobarde que fue en su momento, ¡y me parece aún más patético que tú le sigas el juego a esa mocosa consentida!

Aprieto la mandíbula y hago mil juramentos para no salir en su defensa. Priscila no es ninguna cobarde. Puede ser muchas cosas, pero cobarde, no.

—La verdad es que ni siquiera es necesario que me contestes. Sé por qué lo hiciste. Tu hermana lleva años obsesionada con Alex. ¿Cuándo comenzó, Carolina? —pregunta Adrián, dirigiéndose a ella—. ¿Mientras te tirabas a su hermano o antes de eso? Bah, no me respondas. No hace falta. Supongo que, al largarse Priscila, viste la oportunidad de tu vida y no dudaste en pegarte a él como una maldita lapa. Pero el regreso de mi hermana suponía un revés, y tú —le dice entonces a su… ¿novia?— te encargaste de ello. ¿No que fue así?

Ambas se miran con nerviosismo. No saben por dónde salir.

—Yo… yo…

—Ella fue a verme —consigo articular yo. Cuatro palabras que lo significan todo. Cuatro palabras que le dan sentido a mi vida. El resto del asunto me importa una mierda. Las explicaciones de Carolina, si es que iba a dármelas, me importan una mierda.

—Sí, lo hizo —me confirma mi cuñado—. ¿Has venido en coche?

—No, demonios, no.

No he venido en coche, no; por un maldito día no he venido en coche. Adrián me tiende las llaves del suyo y las tomo sin rechistar.

—Vuelo IB8391, embarque dentro —ojea el reloj— de dos horas. Tienes margen de sobra, sobre todo teniendo en cuenta que Jaime la está llevando al aeropuerto en este instante.

Salgo corriendo hacia la puerta, rezando para llegar a tiempo.

—¡De nada! —escucho gritar a Adrián.

—¡Sigues siendo el mayor idiota del planeta, Cabana!

Veo como sonríe por mi comentario. Supongo que en algún momento la relación entre Adrián y yo mejorará, incluso me atrevo a decir que podremos llegar a convertirnos en amigos, pero ahora mismo no. Todavía me escuece que no frenara a su hermana y que no fuera capaz de distinguir que yo no era el chico de la foto. Lo que ha sucedido en los últimos años ha sido demasiado doloroso como para que las cosas se arreglen en cuatro días. Incluso mi relación con Priscila tardará en sanar del todo.

—¡Espera, espera! ¿Cuántas de esas te has tomado? —me pregunta, señalando la última jarra de cerveza que reposa en la barra.

Mierda.

—No lo sé.

—Cuatro —lo informa Pedro.

—Okey, conduzco yo.

—Llama a mi hermano.

—¿A John?

—Sí. Y pon el manos libres.

"Me parece que van a tener que irse sin mí, pareja de dos, porque yo me quedo. No. No me moverán de aquí".

Pristy, la ardilla. La resistencia.

¿Otra vez pensabas largarte sin mí?

Pago la botella de agua en la cafetería que se encuentra en el exterior del aeropuerto y me despido de Jaime con un abrazo muy fuerte. Me acompaña hasta las puertas giratorias y nos alejamos el uno del otro con la promesa, y la certeza, de volver a vernos dentro de poco al otro lado del charco. No es una despedida dura.

Mi móvil vibra mientras guardo el agua, después de darle un par de sorbos, en la pequeña mochila azul y rosa que llevo como equipaje de mano. Pienso, mientras recupero mi teléfono del fondo, que debería haber comprado algo de comida chatarra para el avión, porque nunca me ha gustado la comida que sirven a bordo, pero tengo el estómago tan cerrado que no creo que pueda tomar bocado en todo el viaje.

Echo un vistazo a la pantalla del teléfono: son mis hermanos. Abro la conversación de WhatsApp y la leo mientras camino por la terminal. Ya tengo la tarjeta de embarque, por lo que solo tengo que facturar la maleta y pasar el control de seguridad.

River Phoenix:

Que tengas un buen viaje, pequeña Cabana.

Hugoeslaestrella:

Te queremos. No tardes tanto en volver.

Marquitos:

Tenías que haberme llevado en la maleta.

River Phoenix:

¿Un mal día, Marc?

Marquitos:

Peor. Y presiento que solo es el principio.

Alicia y su familia me odian. No quieren verme ni en pintura.

Hugoeslaestrella:

Es normal, es muy reciente. Enseguida te olvidarán y recuperarás tu vida y tu rutina. Tiempo al tiempo.

Marquitos:

Necesito que alguno de ustedes haga algo escandaloso.

Muy escandaloso.

Algo como que River confiese que es espía y que está saliendo con la reina de Inglaterra o que Hugo tenga un romance muy sonado con algún famoso. Alguna estrella de rock o algo por el estilo.

River Phoenix:
Hermano, la reina de Inglaterra tiene como cien años.

Marquitos:
Diablos, y ahora se pone quisquilloso el tipo.

Hugoeslaestrella:
Claro, hombre, cada día me vienen a la clínica roqueros famosos de todas partes del mundo para que corte las uñas a sus gatos.

Marquitos:
¡Y ahora el otro!

¿Están conmigo o en mi contra? ¿Tanto les costaría hacerme ese favor, cretinos?

River Phoenix:
Hugo, te lo cambio. Yo me quedo con el roquero del gato con uñas largas.

Hugoeslaestrella:
¡Las pelotas!

River Phoenix:

¿Pelotas largas?

Marquitos:

Yo no veo a los roqueros muy de gatos, no sé, quizá con hurones...

¿Tú cómo vas con lo tuyo, River?

River Phoenix:

De puta madre.

Marquitos:

¿Eso es ironía? Porque no estoy yo para adivinanzas.

Hugoeslaestrella:

Pues claro que es ironía. Se está divorciando de su mujer.

Marquitos:

Tranquilo, River. Hoy en día los divorcios van a toda velocidad. En poco tiempo, tu matrimonio quedará en el olvido.

¿En el trabajo todo bien?

River Phoenix:

De puta madre.

Esta conversación es surrealista. ¿Qué se habrán tomado?

Priscila:

A ver, ¿dónde están? ¿En el pub?

Hugoeslaestrella:

En la clínica.

River Phoenix:

En el trabajo.

Marquitos:

En el bar de Narciso.

River Phoenix:

¿Es que tú nunca trabajas, Marcos?

Priscila:

¿Quién es Narciso?

Marquitos:

Un chico del pueblo que tiene un bar. Lleva aquí toda la vida.

Hugoeslaestrella:

¿¿¿¿¿¿¿¿¿¿???????????

River Phoenix:
No me suena.

Priscila:
Ni a mí.

Marquitos:
Ni a Alicia ni a nadie que tenga que ver con ella.

Hugoeslaestrella:
Ah...

River Phoenix:
Oh...

Priscila:
Hummm...

Pobre Marcos. No debe de ser nada fácil para él pasar por lo que está pasando. El desenlace fatal de su boda con Alicia ha sido un verdadero traspié para la familia. Y Alicia. Ay, Alicia. He intentado hablar con ella, pedirle perdón y explicarle que era lo mejor para los dos, pero no quiere saber nada de mí. No quiere saber nada de ningún Cabana. No la culpo. Y lo siento en el alma, siento que todo haya acabado así, pero la felicidad de mi hermano está por encima de todo. Solo deseo que ambos puedan rehacer su vida cada uno por su lado, porque juntos ya no van a poder. Y seguiré intentando...

Espera.

¿Dónde estoy?

Priscila:

Mierda. ¡Me he perdido!

Marquitos:

¿Dónde estás?

Hugoeslaestrella:

¿Cómo que te has perdido?

Priscila:

Me he distraído hablando con ustedes y no he mirado por

dónde iba. Estoy en el aeropuerto.

Miro a mi alrededor, por si me suena algo, pero es que hace unos años reformaron la terminal y no tengo ni idea de dónde estoy. Y, por si fuera poco, no hay ni un alma. ¿Dónde está la gente?

Por suerte, enseguida localizo los carteles que me indican la... ¿salida del aeropuerto? Mierda, pues sí que la he cagado. ¡Ni siquiera estoy en la planta correcta! ¿En qué momento he subido hasta aquí?

Priscila:

Okey, he aparecido en "llegadas", en lugar de en "salidas".

River Phoenix:

Eso es imposible. Físicamente imposible.

Hugoeslaestrella:
Imposible, no. Pero es terriblemente complicado. Vamos,
que ni a propósito lo consigues.

Marquitos:
Yo me parto el culo.

River Phoenix:
¿Cuántas cervezas lleva este encima?

Mándanos ubicación, Marcos.

Enfilo en dirección a la salida, buscando unas escaleras, un ascensor
o algo que me conduzca de nuevo a la planta de abajo, a la de salidas.
Escribo mis últimas palabras mientras me coloco los auriculares; abro
la aplicación de música en el móvil y *Forever young*, de Alphaville, me
inunda los oídos.

Priscila:
No pienso hablar más con ustedes. ¡Miren en la que me he
metido! ¡Al final pierdo el avión por su culpa!

Adri:
Priscila, ¿dónde diablos estás?

Marquitos:
En el aeropuerto.

River Phoenix:

En el aeropuerto.

Hugoeslaestrella:

En el aeropuerto.

                                        Priscila:

                                        En el aeropuerto.

Adri:

Okey, ¿en qué parte del aeropuerto?

Marquitos:

En la de llegadas.

River Phoenix:

En la de llegadas.

Hugoeslaestrella:

En la de llegadas.

                                        Priscila:

                                        En la de llegadas.

Adri:

Diablos, ¿pueden callarse todos? Y ¿qué demonios haces en la parte de llegadas? No estás ni en la planta correcta. Tienes que bajar.

Marquitos:
Cuando Adri llama Pris a Priscila, la cosa es seria.

River Phoenix:
Me has quitado las palabras de la boca.

Hugoeslaestrella:
Y a mí.

River Phoenix:
Pero es al revés. Cuando Adri llama Priscila a Pris,
la cosa es seria.

Hugoeslaestrella:
Sí. Eso.

Marquitos:
¿¿¿¿¿¿¿¿¿¿???????????

Adri:
Mierda.

                              Priscila:
                        Me he desorientado.

Adri:
¿¿¿¿¿¿¿¿¿¿???????????

Priscila:

Pero ya voy rumbo a "salidas". Que no cunda el pánico.

¡Que no cunda, ¿okey?!

Ay, no sé qué hago todavía escribiendo por el móvil.
¡Voy a perder el avión!

¿Dónde están las malditas escaleras mecánicas
para bajar?

Adri:

¿Dónde estás exactamente?

Priscila:

Creo que cerca. Según los carteles,
camino de la recogida de equipajes.

Adri:

Bien. Sigue hasta las mecánicas que te llevan
directo a la primera planta.

La de salidas, por cierto.

River Phoenix:

Marcos, no te hagas el sordo. Mándanos la ubicación.

Marquitos:
Dirás que no me haga el ciego; esto es una conversación escrita.

Aunque la verdad es que un poco ciego sí voy, sí.

River Phoenix:
Mierda.

Priscila:
Marcos, manda la ubicación.

Vale, ¡por fin he llegado! Ya veo a lo lejos las escaleras de bajada.

Priscila:
¡Las he encontrado!

Adri:
O ellas a ti.

Desvío la mirada del móvil al suelo para ver bien dónde pongo el pie y no matarme. En cuanto me sitúo en el escalón y comienzo a bajar, me prometo que no voy a leer más mensajes, no hasta que esté en mi puerta de embarque. Al final perderé el vuelo de verdad como vuelva a despistarme.

Adri está escribiendo...

Bueno. El último.

Adri:

Pris, ¿puedes dejar el maldito teléfono y mirar hacia delante? Al final te vas a caer por las escaleras.

Menos mal que estoy abajo para recogerte.

¿Qué?

Levanto la mirada al instante y lo veo. Los veo. A los tres. Me llevo la mano a la boca, impresionada, mientras mi cuerpo comienza a temblar de anticipación. Adrián está apoyado en el cristal bajo el pasamano de goma negra de las escaleras, con los pies y los brazos cruzados y la vista fija en mí. Enfrente, Jaime, exactamente en la misma postura. Y en el medio de los dos: Alex. Y voy directa a él. Las escaleras me arrastran sin remedio mientras sigo escuchando la voz de Marian Gold diciendo que quiere ser joven para siempre.

En los diez segundos que nos separan, pasan tantas cosas por mi cabeza que, según me acerco, mi cuerpo se convierte en un flan. De esos con caramelo y todo. El caramelo es mi sudor. También estoy confundida, expectante…, emocionada, aunque no sepa bien por qué; aunque no tenga ni idea de qué significa la presencia de Alex en el aeropuerto.

Sus ojos negros, fijos en mí, cada vez están más cerca; su rostro, que soy incapaz de descifrar, ya casi puedo tocarlo. Sus brazos, apostados a ambos lados de su cuerpo, los asiría y me rodearía el cuello con ellos, y su pecho, que sube y baja por la respiración agitada…

Ay, mierda.

Ya estoy abajo.

Me quito los auriculares y los sostengo en la mano.

—Hola —digo en cuanto llego al último escalón y quedo frente a él.

—Hola de nuevo, Cabana —me saluda Jaime.

—¿Qué hacen aquí uste...?

—¿Otra vez pensabas largarte sin mí? —me corta Alex.

—Yo... yo...

—Dime que me quieres, Priscila. Y dime desde cuándo me quieres.

—Desde la primera vez que te vi —respondo, sin titubear—. Mi corazón hizo bum. Es uno de los primeros recuerdos que conservo; tú eres uno de mis primeros recuerdos.

—Y desde aquel bum, ¿alguna vez has dejado de quererme? ¿En algún momento en todos estos años dejaste de quererme?

—No. Nunca. Ni un solo minuto.

De nuevo, no dudo. Por fin, no dudo. Porque lo sé. Sé que lo he querido siempre.

—Y ¿qué cojones haces aquí?

—Yo... me voy a Boston.

A estas alturas, me pican los ojos por el esfuerzo que estoy haciendo para no llorar.

—Me parece que no, Reina del Desierto.

—No soy...

Me agarra del brazo y me acerca a su cuerpo de una vez. Esa respiración agitada que he notado desde lejos vibra en mi pecho, y mi corazón se acelera para acompasarse al ritmo de sus latidos, que también puedo oír.

—Tú siempre serás mi Reina del Desierto.

—¿Puedes besarla ya para que podamos largarnos a casa? —pregunta mi hermano. Al menos, creo que ha sido Adrián, aunque no podría asegurarlo.

—¿Vas a besarme?

—Sí, voy a besarte, voy a sacarte de aquí y voy a llevarte a nuestra casa, de la que nunca debiste marcharte, y vamos a ser felices durante el resto de nuestras vidas.

—¿Y a comer perdices? —pregunto, con el rostro lleno de lágrimas y aún sin asimilar que esto esté pasando.

—Comeremos lo que te dé la maldita gana, pero dime que sí.

—Diablos, qué romántico el sujeto —exclama mi amigo.

—Priscila, por favor, no me abandones.

—No, ni loca, otra vez no.

Alex esboza esa sonrisa que me da vida y me aferra por la nuca para unir sus labios con los míos en un beso cargado de palabras veladas y promesas de futuro. Lo abrazo con fuerza y sé que, a partir de este momento, no volveremos a separarnos jamás. Enroscamos nuestras lenguas con ansias de reencuentro, y mi corazón, ante ese contacto, hace... bum.

—Muy bonito todo, pero ¿qué mierda hacías en "llegadas", Pris? El rubito apenas nos ha dado explicaciones —pregunta Jaime, señalando a mi hermano.

Me alejo de la boca de mi marido a regañadientes. Mis brazos siguen en torno a su cuello. Esos no los pienso soltar.

—Me he desorientado —explico—. Y tú, ¿qué haces aquí?

—Me he encontrado con estos dos —me dice— tres minutos después de dejarte en la entrada del aeropuerto. Te estaban buscando, aunque no me han dicho para qué. Son un amor. Ambos. Hemos ido a los mostradores de facturación, pero ya no estabas, así que han comprado un vuelo cada uno para poder cruzar el control de seguridad.

—¿Qué? ¿En serio han hecho eso?

Ambos ponen cara de inocentes. Lo han hecho, sí.

—Sí. A pesar de que yo no paraba de repetirles que era imposible que estuvieras dentro, que acababa de dejarte, pero ni caso. Si es que… vaya dupla, diablos. Ni entre los dos hano.

—La hemos encontrado, ¿no? —apunta Adrián.

—Sí, igual que yo, pero ustedes, con cuatrocientos euros menos en el bolsillo. Ingenuos.

—Es que tú eres muy listo —le dice Alex, con sorna.

—¿Vamos a casa? —pregunta Adri.

—Vamos a casa.

Alex y yo entrelazamos nuestras manos y salimos del aeropuerto, directos a nuestra nueva vida juntos.

Marquitos:
UBICACIÓN.

River Phoenix:
Voy para allí.

Hugoeslaestrella:
Y yo.

Adri:
Y yo.

Saliendo del aeropuerto.

River Phoenix:
He llegado.

Entro.

Hugoeslaestrella:
Llegando...

Diablos, qué mala pinta tiene esto.

Adri:
¿El bar de mala muerte?

¿El tal Narciso?

¿O Marc?

Hugoeslaestrella:
El bar no está tan mal.

Narciso es un poco antipático.

Adri:
Diablos, para que tú digas eso...

Hugoeslaestrella:
Marc está pasadísimo.

Y River también.

Adri:
¿River?

Demonios, qué rapidez.

River Phoenix:
Se llama borrachera solidaria.

Y estoy bien.

Hugoeslaestrella:
IMAGEN.

Adri:
Mierda...

Hugoeslaestrella:
Adri, pasa por casa y trae refuerzos.

Adri:
¿Qué tipo de refuerzos?

Hugoeslaestrella:
Un flan de mamá.

No veo otra salida.

Marquitos:
Son unos idiotas.

¿Les he contado alguna vez que estuve dos meses sin probar el flan de mamá?

Adri:
Vamos ya.

¿Cuándo?

Hugoeslaestrella:
¿Cuándo?

River Phoenix:
¿Cuándo?

Marquitos:
Cuando Pris se largó a Boston.

¿Se acuerdan de que el día D se llevó de casa un flan para Alex en el coche de Adri?

¿Y de qué se fue al aeropuerto en ese mismo coche?

¿Y de que Adri me pidió el mío para ir a buscarla?

Hugoeslaestrella:
¿En algún momento va a llegar a algo?

Adri:
Yo creo que ha entrado en bucle...

River Phoenix:
Cállense, que me pierdo.

Adri:
Que no beban más alcohol, por Dios.

Marquitos:
¿Y de que ambos coches se quedaron allí?

¿Y de que River y yo tuvimos que ir en un coche de alquiler a recogerlos?

¿Y de que fui yo el que trajo de vuelta a casa el de Adri?

Adri:
Oh, Dios.

River Phoenix:
Oh, Dios.

Hugoeslaestrella:
¿Te lo comiste?

Marquitos:
No pude resistirme, chicos.

Hugoeslaestrella:
¡Llevaba días en el coche de Adri!

Marquitos:
Créeme, mi estómago y yo jamás lo olvidaremos.

Adri:
El otro día comiste flan de mamá.

Marquitos:
Reformulo: mi estómago y yo jamás lo olvidamos durante dos meses.

Luego se nos pasó.

Adri:
Entonces ¿llevo o no llevo el flan?

Acabo de llegar a casa y tengo a mamá expectante.

River Phoenix:
Tráelo.

Hugoeslaestrella:
Tráelo.

Marquitos:
Tráelo.

Y una camiseta o un jersey o algo.

Adri:
¿Tienes frío?

Hugoeslaestrella:
Se ha tirado un trago encima...

Adri:
Mierda...

Marquitos:
River, llénale el vaso a Hug.

River Phoenix:
¿Y cuál es su vaso?

Marquitos:
Ese.

River Phoenix:
Ese ¿cuál?

Marquitos:

Ese.

Hugoeslaestrella:

Adri, no tardes.

Me despierto por la mañana y me siento más a gusto que nunca. Abro los ojos y me encuentro con el precioso rostro de Alexander St. Claire, relajado, tranquilo. Dormido, después de tantas horas en vela. La de ayer fue una noche épica.

Disfruto de las vistas durante minutos y minutos; la verdad es que me quedaría a vivir aquí, en esta cama, a su lado, pero me obligo a levantarme porque me apetece prepararle el desayuno.

Estoy desnuda, así que, antes de abandonar la habitación con Dark pisándome los talones, me pongo la camiseta que Alex dejó anoche tirada en el suelo, cuando llegamos al dormitorio desesperados por sentirnos de nuevo.

Abro la puerta de casa para que Dark pueda salir y tarareo una canción mientras saco los utensilios y los ingredientes de los diferentes cajones y armarios de la cocina. No debe de ser tan difícil convertir todo esto en algo comestible.

Ayer, lo primero que hice en cuanto llegamos a casa (bueno, lo segundo) fue mandarle un correo a mi jefe. Le expliqué la situación y que mi intención era no regresar a Estados Unidos. Hemos llegado a un acuerdo. Continuaré con mis tiras cómicas desde aquí, con la condición de que viaje a Boston una vez al mes. De momento, me parece bien. Y

Alex me ha dicho que me acompañará en cada viaje. En el primero que hagamos, aprovecharé para recoger mis cosas de allí.

Comienzo a preparar —o intentar preparar— el desayuno mientras recuerdo los acontecimientos de ayer: la historia que Alex y Adrián me contaron sobre las pelirrojas y sobre la obsesión de Carolina por mi marido (si ya sabía yo...), la aventura en el aeropuerto hasta que me encontraron, la charla con mi familia, los "te quiero", la conversación en la que Alex y yo nos desnudamos emocionalmente, en la que me pidió perdón por culparme de todos sus males, y en la que le pedí perdón por no saber gestionar los problemas...

—Pellízcame, Alex. Pellízcame porque no me creo que estemos aquí —le dije, tumbada en el sofá, encima de su cuerpo.

—Yo tampoco acabo de creérmelo.

—Necesito contártelo todo, contártelo bien, pero no sé si quieres escucharlo.

—Siempre quiero escucharte, Pris, no lo dudes nunca.

—Cuando aquel día te dije que no iba a regresar a dormir, no era cierto; estaba enfadada porque no entendía por qué no querías acompañarme a casa de mis padres, pero se me pasó enseguida. Fue una tontería.

—A mí también se me fue de las manos. Quería prepararte una sorpresa y no supe manejarlo.

—Estuve toda la comida preocupada y decidí regresar antes del postre. Hugo me dijo que te trajera el flan de mamá y... —Sonreí. Sonreí sin poder evitarlo.

—¿Por qué sonríes?

—Porque mi familia ya estaba loca por ti en aquel momento. Todos sabían que te encantaba el flan de mamá, se habían fijado, y todos estuvieron de acuerdo en que lo trajera a nuestra casa, enterito para ti.

Alex esbozó una sonrisa como la mía y me dio un beso en los labios.

—Continúa.

—Adrián me prestó su coche para que no tuviera que ir en la bici con el flan. Entonces me subí y... Ah, no, espera. Cata se acercó a mí y me dijo (y no intento justificarme con ello, solo te expongo lo que ella me dijo) que no la cagara tanto contigo, que había una fila de mujeres esperando a que yo cometiera un error para abalanzarse sobre ti. Me dijo que eras el mejor partido del pueblo.

—Qué simpática y oportuna la cuñadita de los mil demonios.

Totalmente de acuerdo.

—Después vine a casa y... los vi a través del cristal. El resto, creo que ya lo sabes. Salí temblando de aquí, me subí al coche y comencé a conducir; lo único que quería era alejarme de ti, de esa imagen de ustedes. Llegué al aeropuerto y compré un billete para Boston. No fue por ninguna razón en especial, era el que había. Antes de pasar el control de seguridad, Adrián me llamó. No le expliqué nada, solo que tenía que irme, y le di a entender que había pasado algo contigo. Me rogó que lo esperara. Tiré mi móvil en la primera papelera y me senté a esperarlo. Llegó tres horas después. Me pidió una y otra vez que no me marchara, pero no le hice caso. Cuando se cercioró de que era inútil detenerme, me prometió que se reuniría conmigo. No regresó a casa. Compró un billete para el siguiente vuelo a Boston y nos encontramos allí. Le enseñé la foto y... él también asumió que eras tú. Se quedó un mes conmigo, ayudándome a instalarme, y luego regresó a casa.

—Le pregunté dónde estabas. Estaba desesperado por encontrarte, Pris.

—Puedo imaginármelo.

—Al principio pensé que te habías enfadado por la pelea y que necesitabas unos días para despejarte. Pero los días pasaban y no regresabas. Empecé a pensar que no me querías, que el problema era que te habías dado cuenta de que no estabas enamorada de mí y habías huido. Adrián regresó y solo me dijo que me olvidara de ti.

—Adrián no tiene la culpa; él creía estar defendiéndome.

—Lo sé. Te escribí un montón de correos electrónicos.

—No los leí.

—Lo sospechaba. Y es mejor, créeme. Iban subiendo de tono con el paso de las semanas.

—Leí uno. Solo uno.

—¿Cuál?

—El del treinta de diciembre.

—"Creo que te odio" —recordó Alex, en voz alta.

—Sí. Ese mismo. Lo leí unos minutos antes de que Adrián me llamara para avisarme de que habías sufrido un accidente.

—¿Te avisó Adrián?

—Sí, me dijo que habías tenido un accidente grave y que tenía que volver. De inmediato busqué un vuelo, pero era Navidad y no encontré nada hasta una semana después. Me volví loca; necesitaba verte y asegurarme de que estabas bien, y me di cuenta de que te quería tanto que intentaría arreglar las cosas contigo. Vine con la intención de no regresar a Boston, pero llegué al hospital y todo se torció. Carolina estaba en tu habitación.

—No porque yo lo buscara, Pris. Recuerdo que vino a verme en un par de ocasiones, pero apenas reparé en ella.

—Lo sé, ahora lo sé. Fue mala suerte, supongo. Y que Carmen estuviera allí y me dijera que todo había sido un susto…

—Sabes que no soy una persona violenta, pero cuando pienso en lo que hizo, se me revuelve todo por dentro, Pris; se me revuelve todo y me entran ganas de pararme frente a ella y llamarla de todo menos guapa. Tendrías que haber visto la cara que pusieron las dos cuando Adrián las enfrentó...

—¿Adrián las enfrentó? ¡Eso no me lo habían contado!

—Claro, si es que ha sido un maldito día de locos. Yo estaba en el *pub*, bebiendo cerveza y debatiéndome entre ir al aeropuerto o no, cuando...

—¿Ibas a venir al aeropuerto?

—Creo que sí. Creo que hubiera ido a detenerte de todas maneras.

Lo interrumpí para besarlo en la boca. Madre mía, cómo me gusta y qué bien saben sus labios.

—Continúa.

—Entonces aparecieron las hermanas y Adrián casi al momento. Comenzó a interrogarlas sobre tu visita al hospital y a mí casi me da algo. Porque lo que más me costaba perdonarte era que no hubieras venido a verme.

—¿Cómo no iba a venir?

—Ya, ahora es fácil decirlo.

—¿Y han confesado?

—A medias. La verdad es que no ha sido necesario: Adrián te creía a ti y solo ha expuesto los hechos. Por cierto, ¿sabes por qué mi hermano y Carolina estaban teniendo sexo en mi dormitorio?

—¿Por qué?

—Se lo pregunté a John el otro día. Resulta que a ella le gustaba hacerlo en mi cama. Él llegó a pensar que estaba enamorada de mí.

—¡Lo sabía!

—Sí. Solías decírmelo. Siento no haberte creído en eso, Pris. Ni en lo de que viniste a verme. Y, sobre todo, siento haberte culpado de mi accidente y haberte tratado tan mal cuando regresaste.

Lo abracé con fuerza y le hice saber que no había nada que perdonar. Apoyé la cabeza en su pecho y me quedé ahí, enganchada.

—¿Y qué ha dicho John de todo esto?

—Se ha cabreado mucho. He tenido que obligarlo a prometerme que no va a ir a enfrentarse a Carolina. No quiero que se pelee con ella. Solo quiero sacarla de nuestras vidas.

—Yo también quiero eso. Y recuperar el tiempo perdido. Dios, no te imaginas lo que sentí cuando escuché tu voz en Cala Medusa —confesé—. ¡Acababa de llegar y ya me encontraba contigo!

—Imagínate yo. Y, además, te veo prácticamente desnuda, al lado de un tipo en ropa interior, que encima es un carilindo. No me extraña que haya tenido medio tonto a Hugo todo el verano. Y estabas tan guapa, Priscila, tan guapa.

—No habíamos dejado de querernos, —dije tras levantar la cabeza y mirarlo a los ojos—. Por eso al final sucedió lo inevitable. Somos el punto débil del otro. Y ahora es cuando tú me dices que no fue un picor.

—No fue un picor —reconoció—. Fue… humano.

—Humano. Sí. Creo que eso lo define bastante bien. ¿Por qué no hemos hablado antes de todo esto, Alex?

—Yo no podía. Sentía que… que…

—¿Que te estabas traicionando a ti mismo por acostarte conmigo, pero a la vez no podías dejar de hacerlo?

—Sí, exacto.

—Yo también lo sentía. Y me alegro de que nos dejáramos llevar por el corazón y no por la cabeza.

—Yo también.

—Y lamento haber hecho tantas cosas mal que no sé ni por dónde empezar a pedirte perdón.

—No me pidas perdón. Dime que me quieres. Sustituye cada "perdóname" por un "te quiero".

—Me temo que entonces voy a tener que decirte que te quiero de aquí a la eternidad.

—Pues será mejor que empieces ya.

—Te quiero. Te quiero. Te quiero. Te quiero. Te quiero. Te quiero.

Solo dejé de decírselo cuando Alex me calló con un beso. Y con otro. Y otro...

Vuelvo al presente cuando Alex me abraza por detrás y me besa el cuello.

—Buenos días.

—¡Se supone que no tenías que levantarte tan temprano! Te iba a preparar un desayuno sorpresa.

—Ibas a intentarlo, querrás decir.

Hummm. Me conoce demasiado.

—Eso.

—¿Cuál es el plan para hoy? —me pregunta, a la vez que se sitúa a mi lado para ayudarme.

—No lo sé. ¿Ser felices y comer perdices? Quedamos en eso, ¿no?

—Sí, ser felices —confirma, besándome y haciendo que me olvide del desayuno y del resto del mundo.

Y sin duda lo lograremos. Alex me hace feliz. No su amor por mí. No nuestro romance. Él. Porque no se trata del concepto, no es el sentimiento en sí lo que nos hace más o menos felices. Es la persona: encontrar a esa persona que hace que tu vida sea bonita. Y Alex es mi persona.

Salimos al porche a tomar el café y nos quedamos apoyados en el marco de la puerta. Uno en cada lado, pero tocándonos los pies a propósito.

Llueve. Llueve a cántaros. El día que yo vine al mundo también llovía un montón; el cielo estaba nublado, y no es algo normal en este pueblo, donde siempre hace bastante calor, incluso en invierno; sin embargo, el día que nací yo, llovía, al igual que cuando nacieron mis hermanos. Mi madre siempre dice que los cinco días que más ha llovido en toda la historia de nuestro pueblo fueron los que nacieron sus hijos.

Hoy debe de ser el sexto día.

Hoy he vuelto a nacer.

"Me encanta que las cosas salgan bien".

Pristy, la ardilla, con Alex y Priscila.

Epílogo 1

Tres meses después. 1 de enero.

Los Cabana somos apasionados, estridentes y numerosos. Y nuestros vítores también lo son. Tanto que incluso eclipsan *Carol of the Bells*, que suena a máxima potencia.

—¡Vamos, Alex! —arranco yo poniéndome de pie y todo.

—¡Dale, nadador! —prosigue Adri con pasión desmedida. Lo miro por encima del hombro. Él me guiña un ojo. Yo sonrío. Volvemos a ser los de siempre.

—¡Ánimo, Alex!

—¡Aaaalex, Aaaalex! —Marcos hace la ola, pero chasquea la lengua al ver que ninguno lo seguimos.

—¡Venga, enano, que tú puedes!

—¡Cuñadooo! Eres el mejor.

Podríamos estar así toda la mañana, pero Alex mira hacia las gradas y nos hace un gesto de "ya córtenla, maldición, que me están avergonzando delante de toda esta gente". Y razón no le falta. Más que nada porque la competición aún ni ha comenzado y nosotros ya estamos dando la nota. De hecho, la gente nos mira. Yo me encojo de hombros y le lanzo un beso. Y a eso sí que no puede resistirse, así que sonríe y me manda otro de vuelta.

Hace unas semanas uno de los antiguos compañeros de Alex del centro de San Vicente, donde entrenaba cuando era pequeño, se puso en contacto con él para invitarlo a la competición de hoy. Un encuentro donde antiguos alumnos y entrenadores se batirían en un duelo amistoso antes de la comida de Año Nuevo. Es como una reunión de antiguos alumnos, pero en una piscina cubierta. Y en bañador. Me encanta Alex en bañador. Porque es él, cien por cien.

Al principio no quiso aceptar el reto, pero logré convencerlo. Conseguí desprenderme de esa vena competitiva suya que tantos logros le hizo ganar en el pasado y lo animé a que viniera tan solo a pasárselo bien. A encontrarse con su gente de antaño y a disfrutar de la piscina con ellos.

Un silbido horrible en mi oído me obliga a retirar la mirada de Alex.

—¿De dónde has sacado ese silbato? —le pregunto a Marcos.

—Lo siento, familia, pero si les lo digo, tendría que matarlos.

—Bueno ya, ¿no? —se queja River amonestando a Marcos con la mirada.

Nuestros padres y los de Alex se encuentran dos bancos más abajo y no pueden oírnos, pero John está con nosotros. Aún así, obviamente, no ha entendido la referencia al trabajo secreto de River y se ríe sin más con el convencimiento de que es otra tontería de mi hermano.

Cata abandonó el pueblo hace unos meses para irse con sus padres a Estados Unidos y River se ha mudado a casa de papá y mamá. Está un poco decaído. No me gusta verlo así.

—Y, por cierto —añade Marcos, para cambiar de tema—, si hago la ola es para que me sigan, cretinos. Vamos, repetimos. Aaaalex, Aaaalex.

—Yo no los conozco —le dice Hugo sin dejar de teclear en el teléfono.

—Ni yo —lo apoya John.

—Deja el móvil ya, Hugo —le reprende Marcos—. ¿Qué te pasa?

—Mis compañeros de la uni quieren ir a un concierto en Madrid.

—¿De quién?

—Dylan Carbonell.

—Oh, me muero —digo yo—. Dylan es lo más.

—Si tú lo dices…

Marquitos creó el grupo "Hugoeslaestrella se nos va de concierto"

Marquitos te añadió

Marquitos añadió a River Phoenix

Marquitos añadió a Adri

Marquitos:
Apuesto veinte a que no lo ve entero.

River Phoenix:
Los veo y lo subo a treinta.

Marquitos:
¿Treinta? Qué potente.

Chicos, este quiere que le paguemos nosotros la pensión a Cata.

—¡Marcos! —gritamos todos. Cómo se pasa…

Hugo alza la vista, entrecierra la mirada y regresa a lo suyo.

—¿Qué? Habrá que quitarle drama al tema ya, ¿no? Solo es un divorcio, no es el fin del mundo.

Adri:

Cincuenta a que sí lo ve entero.

Marquitos:

Ya está el otro sacándole la cara al hermanito.

River Phoenix:

¿Cincuenta? ¿Has vendido un cuadro, Adri?

Adri:

Iba a decirte que se lo he vendido a tu madre, pero resulta que también es la mía y me ha parecido feo.

River Phoenix:

Y además es cierto.

Marquitos:

¿Lo de que tienen la misma madre?

Priscila:

Eso es obvio.

Marquitos:

O no. ¿Sabes algo tú que no sepamos nosotros, Riv?

River Phoenix:

Me refería a lo de que le ha vendido un cuadro a mamá.

Marquitos:

Más de uno. Tenemos la casa infestada.

River Phoenix:

A ver, que hermano nuestro también es, se lo digo desde ya.

Marquitos:

Pues me quedo más tranquilo.

Adri:

Qué placer va a darme quedarme con su dinero.

Me voy a correr y todo.

Marquitos:

Qué facilón...

Priscila:
Estoy con Adri.

Marquitos:

Cómo no...

Priscila:

Cincuenta euros a que sí lo ve entero. ¡Es Dylan Carbonell!

River Phoenix:

Ya veremos...

Marquitos:

Precisamente porque es Dylan Carbonell no va a aguantarlo entero. No es lo suyo. Lo he oído quejarse más de una vez de que el chico está hasta en la sopa...
Yo apuesto sobre seguro, ya lo saben.

Pero ya no hay vuelta atrás.

¡Es su fin, enanos!

Buajajajajaja.

Es mi regalo de cumpleaños para ti, Adri.

Priscila:

No lo creo, que te hemos visto el paquete envuelto en el coche, Marcos.

Para ser poli, qué poco empeño le pones a los detalles...

Marquitos:

Insurrección de los enanos, Riv. ¿Qué hacemos?
¿Le quitamos a Pris el regalo de ayer de su cumple
y se lo escondemos?

Adri:

Yo aquí insertaría el "Dios, dame paciencia" de Hugo.

Priscila:

Totalmente.

—¿Qué hacen ustedes ahora con el móvil? —nos pregunta Hugo de pronto. Diablos, ¿nos ha oído parafrasearlo o qué? ¡Si es que nos huele! Y yo me estoy aficionando a esto de los grupos paralelos, aunque nunca lo reconoceré en voz alta.

—Nada —respondemos al unísono, levantando la cabeza, también al mismo tiempo.

—Diablos, me ha sonado sospechoso hasta a mí —nos dice John.

Entonces me llega un mensaje de Jaime y desconecto de la conversación de mis hermanos, aunque escucho a River y Marcos dándole excusas baratas a Hugo. Excusas que no son creíbles.

Jaime:

¡Cabana! ¿Qué tal ha ido la competición? Actualízame.

Priscila:

Aún no ha empezado. ¿Qué haces despierto a las tres de
la mañana?

Jaime se ha quedado en Boston estas navidades, lo que es razonable, teniendo en cuenta que casi acaba de llegar.

Jaime:
No quería acostarme sin desearle suerte al pesado de tu marido.

Beso a todos, Pris.

Priscila:
Te echo de menos.

Jaime:
Y yo a ti.

—¡Shh! Que ya empieza. Ahora sí que sí.

—¡Vamos, Alex! —grito yo entre vítores, una vez más.

—¡Vamos, nadador! —añade Adri inmediatamente después.

—¡Ánimo, Alex!

—¡Aaaalex, Aaaalex!

—¡Vamos, enano, que tú puedes!

—¡Cuñadooo! Eres el mejor.

Noto como Alex se sonroja desde aquí. Ya está en posición en el trampolín con el cuerpo flexionado y preparado para zambullirse en cuanto suene el silbato. Irradia confianza. Está en su hábitat. El pecho me bulle de pura excitación, estoy emocionada y tengo ganas de llorar. Alex vuelve a competir en una piscina. Y no importa que sea algo amistoso. Lo que importa es que vuelve a ser él. Suelo jactarme a menudo de que jamás renunciaría ni a los pompones ni a la purpurina. Bien, pues echo un vistazo al lazo gigante de mi jersey y miro a Alex de nuevo. Prescindiría de por vida de todo ello con tal de que él hoy saliera de aquí con una sonrisa.

De pronto se hace el silencio y todos contenemos la respiración. El corazón me late en los oídos tan fuerte como los dedos de Alex se agarran al metal del trampolín.

Piii.

Y entonces todo estalla de nuevo, pero ahora a la máxima potencia. Nuestros gritos y vítores se confunden con los del resto de las familias y es emocionante. Se me había olvidado lo increíble que es estar aquí arriba mientras Alex se abre camino en la piscina como pez en el agua. Es lo más bonito que he visto en la vida.

Alex llega a la pared de la piscina y gira en un viraje perfecto. Va en segunda posición.

—¡Vamos, Alex!

Vuelve a llegar a la pared y consigue ponerse en primera posición. Mueve los brazos tan rápido que apenas los veo. Contengo la respiración. Ay, madre mía. ¿Va a ganar? "Vamos, Alex, dos vueltas más"

—¡Vamos, Alejandro!

"Última vuelta".

Todos nos levantamos de los asientos. A mí va a estallarme algo dentro. El olor del cloro se mezcla con mis recuerdos del pasado, de pura felicidad, cuando lo veía competir. Y también con la parte más amarga, cuando cometí el mayor error de mi vida al no confiar en él. Se me saltan las lágrimas antes de que llegue a la pared y agradezco a la vida haberle concedido esto a Alex y a él haberme dado a mí la oportunidad de poder vivirlo juntos. Le doy las gracias cada día. En cada beso.

Y cuando llega por última vez a la pared y queda en primer lugar no puedo evitar recorrer los pocos metros que me separan del pasillo y bajar a toda prisa a la piscina para reunirme con él. Para abrazarlo y besarlo por todas partes.

No sé quién de los dos acorta antes la distancia entre nosotros, no sé quién corre más para llegar al otro, solo sé que cuando nos encontramos y yo me subo a su regazo y lo rodeo con las piernas el mundo desaparece. Nos besamos y nos hablamos. Nos hablamos y nos besamos más. Alex tiene el rostro empapado por el agua y yo por las lágrimas de felicidad. Ya sé que no es más que una competición amistosa en su antiguo centro de entrenamiento, pero no podría estar más orgullosa.

—Vamos, Pris, déjanos espacio a los demás. ¡Acaparadora!

Regreso al mundo real. Nuestras familias nos rodean y todos intentan abrazar a Alex. Me quedo en un segundo plano mientras lo felicitan, pero sin dejar de abrazarle la cintura y sin que él deje caer su brazo de mis hombros. Estoy empapada, pero me da igual. Estoy feliz. Feliz por él.

Un rato después todos se han ido, adelantándose al restaurante donde vamos a celebrar la victoria, el Año Nuevo y el cumpleaños de Adri mientras Alex se ducha. Yo lo espero a la salida y justo cuando se abre la puerta uno de los entrenadores lo llama.

—¡Alex, espera! No te vayas todavía.

—¿Qué?

—¿Tienes un minuto?

—Claro. ¿Qué pasa?

—Voy a ir directo al grano. Te aprecio mucho, St. Claire, y lo sabes. Pero quiero que sepas que esto no tiene nada que ver con ese aprecio ni con lo que ha pasado hoy.

—¿Esto?

—Queremos ofrecerte un puesto de entrenador, aquí, en San Vicente.

—¿Qué?

¿¿Perdona?? Me quedo sin aire por enésima vez en el día. A este paso tienen que hacerme la respiración asistida.

—Alex —le digo yo, apretándole el brazo, embargada por la emoción.

—¿Te has vuelto loco? —responde él—. No puedo entrenar.

—¿Por qué? Y no me digas que es por la lesión. Porque no te permite competir a nivel olímpico, pero sí te ha dejado patearnos el culo hoy a todos y va a dejarte entrenar a estos chicos. Acuérdate de lo que se siente. Y dime que sí, Alex. Además, solo sería por las mañanas. Nada demasiado agobiante.

—Tengo que pensarlo.

—Entiendo que quieras darle una vuelta y hablarlo con tu familia. Vete a comer, desconecta y disfruta de lo que has conseguido hoy. Te lo mereces.

Le da una palmada en el brazo y se despide de nosotros.

—¿Me han dejado ganar? —le pregunta Alex antes de que se vaya del todo.

—Jamás. Y lo sabes, St. Claire.

—Tenía que preguntar.

—Pris, ¿qué hago? —me pregunta Alex al oído, horas más tarde.

Hemos pasado uno de los mejores días de Año Nuevo con nuestra familia y ahora estamos recostados en la cama, por fin, con Dark en nuestros pies.

—Creo que tienes que decir que sí, Alex.

—¿Por qué?

Me coloco de costado y entrelazo nuestras piernas.

—Por tres razones. La primera porque te encanta la piscina. Mucho más que el mar. Y lo sabes. La segunda porque esos chicos te necesitan. Te necesitan a ti, Alex —Le acaricio la mejilla. ¿Cómo puede ser tan guapo?—. Nadie puede enseñarles lo que tú puedes enseñarles.

—¿Y la tercera?

—Porque lo siento en el corazón. Siento algo cálido que me dice que es la decisión correcta.

—¿Y mi puesto de socorrista? No quiero dejar en la estacada a los chicos. Hacemos un buen equipo.

—Lo sé. Pero tú solo vigilas la playa en los meses de verano. Supongo que podrás compaginarlo. Háblalo con el club. ¿Tú qué sientes, Alex? Eso es lo más importante.

—Siento algo muy cálido que me acaricia el pecho.

—¡Esa es mi mano!

Le golpeo con cariño y nos reímos. Apoyo la cabeza en él.

—Vamos a hacer una cosa —le digo—. Duérmete y según la ilusión con que te despiertes mañana pensando en que podrías tener que levantarte de la cama para ir a entrenar a los chicos, sabrás si tienes que aceptar o no.

Alex me levanta la cabeza y me mira con seriedad.

—Te quiero, Reina del Desierto.

Sonrío de nuevo.

—Te quiero, Alejandro.

—¿Te he dicho alguna vez que me calienta que me llames así?

—¿Te he dicho alguna vez que ya lo sé?

Abre los ojos, haciéndose el indignado, y comienza a hacerme cosquillas. Yo me revuelvo en la cama, en un intento de escapar de sus garras, hasta que las cosquillas se convierten en caricias y el cosquilleo en escalofríos de placer.

Emito un pequeño gemido de placer cuando cuela las manos por debajo de mi pijama y es la señal de Dark para irse al sofá. De pronto tengo mucho calor y me sobra la ropa. Me desnudo y me deshago de la camiseta de manga corta de Alex, pero no de sus pantalones. No lleva ropa interior y ver su excitación a través de la tela me vuelve loca. Tanto que incluso me incorporo, lo empujo para que caiga de espaldas en la cama y me subo a sus caderas. Siento su pene debajo de mí y gimo de nuevo a la vez que le beso el pecho y muevo las caderas en busca de la fricción perfecta. Oh, y la encuentro.

—Oh, diablos... —exclama Alex con la voz enronquecida de placer, enderezándose para meterse uno de mis pezones en la boca—. Date la vuelta.

Alex se sienta del todo y yo lo hago encima de él. Apoyo la espalda en su pecho y me encuentro de nuevo con su excitación mientras él tira de mis pezones y me besa el cuello. Levanto la cabeza para darle más espacio y no dejo de moverme. Oh, Dios.

El mundo vuelve a desaparecer y ya solo existen las respiraciones entrecortadas, el dulce sudor de su piel que aún huele a cloro y los gemidos que llenan la habitación. Alex se las apaña para desprenderse de sus pantalones lo justo para penetrarme. Y nos movemos y hacemos el amor sentados, con mi cuerpo pegado al suyo y sin que él deje de besarme ni de acariciarme el pecho con pasión.

—Alex... —gimoteo cuando estoy a punto—. Oh, Dios, Alex.

—Pris, ¿has dejado la píldora ya?

—Sí.

—¿Quieres que acabe dentro?

—¡Sí!

Y entonces siento el calor de su orgasmo y yo me precipito al mío sin dejar de gritar su nombre. ¡Dios!

Alex cae de espaldas en el colchón y yo encima de él. Volvemos a reírnos, satisfechos, y no nos movemos hasta que recuperamos las respiraciones. Hasta que me doy la vuelta y cierro los ojos con medio cuerpo encima del suyo.

—Me ha encantado —susurro justo antes de quedarme dormida.

—Tú me encantas a mí.

Por la mañana, cuando me despierto, veo a Alex sentado en la cama, con el teléfono en la mano.

—Hola —le digo, aún adormilada.

—Hola.

—¿Ya has tomado una decisión?

—Sí.

—Te brillan los ojos.

—¿En serio?

—Sí. Hazlo. Llama.

—*¿Alex?* —responden en el otro lado de la línea.

—¿Me darían un silbato en caso de que aceptara?

—¡Siente debilidad por los silbatos! —grito yo entre risas. Alex intenta callarme con su mano.

—Shhh —pronuncia sin emitir sonido. Y sin dejar de reírse.

—*Claro que te daríamos un silbato, St. Claire.*

—Bien. Acepto.

—*Bienvenido de nuevo al club, Alex. Estamos encantados de tenerte de vuelta.*

—Gracias por esta oportunidad.

—*Gracias a ti.*

—Vuelvo a la piscina, Pris —me dice al colgar.

—Estoy muy orgullosa de ti. Y te quiero. Para siempre.

—Para siempre.

Diez años después

ALEX

—¡Vamos, al agua! —les digo a todos con seriedad—. A ver de lo que están hechos.

Hoy es su primer día en el centro y andan alborotados. Ni ellos mismos se imaginan lo que los entiendo, pero tengo que poner un poco de orden. Hacerme respetar.

Les hago nadar arriba y abajo sin parar y me muevo por el largo de la piscina junto a ellos. Mantengo el semblante serio, pero en el fondo estoy sonriendo. Los primeros días de los recién llegados son mis favoritos. Porque su emoción es la mía. Su emoción fue la mía. Y se palpa en el ambiente. Nunca sabes si las decisiones que tomas son buenas o malas hasta tiempo después de haberlas tomado, a veces transcurren incluso años, pero yo supe desde mi primera semana aquí que había tomado la decisión correcta.

La piscina es mi pasión, eso siempre lo he tenido claro, lo que no sabía era que entrenar iba a satisfacerme casi tanto como nadar.

—¡Bien, bien! Muy bien, chicos —los felicito cuando hemos acabado—. Pueden salir de la piscina.

—¿Ya está? —me pregunta uno de ellos.

—Llevas una hora en el agua. ¿Se te ha hecho corto o qué?

—La verdad es que sí.

—¡A mí también!

—¡Y a mí!

—Eso es bueno, pero no se confíen, que hoy solo es el primer día y los estaba probando. Venga, a las duchas.

Me obedecen todos de inmediato y comienzan a abandonar la piscina, pero yo me acerco a uno de ellos, al más alto (porque es el más alto), al que se llama Álvaro, y le hablo al oído.

—Te espero en la calle.

—Sí, entrenador —me responde él.

—No tardes.

—No, entrenador.

—Lo has hecho muy bien.

—Gracias, entrenador.

Sonrío y me alejo de camino a la salida, henchido de orgullo.

—¿Papá? —me llama él entonces.

Me giro.

—¿Sí?

—Te quiero.

—Y yo a ti, cariño. Ve, dúchate y vamos a buscar a mamá. Nos está esperando fuera.

—¡Voy!

Supongo que soy un sentimental, pero llevo todo el día con la euforia en el estómago de ver a mi hijo aquí. El corazón no ha dejado de hacerme bum, como a mi Reina del Desierto.

La vida me sonríe.

"Pero qué guapos están mis chicos en bañador. Son lo más precioso que he visto en la vida".

Pristy, la ardilla. Mascota orgullosa de su familia.

Epílogo 2

Dos años después

Esta historia comenzó con un acontecimiento importante: en aquella ocasión fue una mudanza desde Londres hasta un pueblo alicantino, propiciada por la decisión de los propietarios de un periódico en la Costa Blanca. Y termina de la misma manera: con otro acontecimiento que tiene que ver con ese periódico. En esta ocasión, una jubilación.

El padre de Alexander St. Claire acaba de jubilarse. Sí, es un hecho. Abandona el diario vespertino a sus setenta y dos años. Casi nada.

Deja la dirección del periódico en manos de sus dos únicos hijos, John y Alex; el mayor se encargará *in situ* y el pequeño lo hará a través de su mujer, Priscila Cabana, que años atrás rescindió su contrato con *The Boston Global* para unirse al diario familiar.

Priscila lo hizo con una condición de su marido, o, más bien, un único deseo nacido de lo más profundo del alma del vecino de la casa de enfrente: que el diario no ocupara todo su tiempo, que supiera decir "hasta aquí", que trabajara con mesura y que las tardes y el tiempo con sus hijos fuese sagrado.

Priscila ni siquiera lo dudó. Conocía demasiado bien los anhelos de Alex y cómo había sido su infancia, no lo haría pasar por lo mismo de nuevo. Y tampoco a sus hijos. Todo era cuestión de equilibrio, y ella lo encontró.

Varias noches a la semana, Priscila se sentaba en la cama, junto a su marido, con el portátil sobre las piernas y adelantaba trabajo o se ponía al día; Alex la observaba con adoración y le daba su opinión sobre las aventuras de Pristy, antes de hacerle el amor.

Porque Pristy dejó Boston, al igual que Priscila; la ardilla era propiedad intelectual de la chica y, a pesar de la renuencia inicial de los estadounidenses a dejarlas escapar a las dos, al final tuvieron que hacerlo; no les quedó más remedio, aunque solían colaborar a menudo.

Y volviendo al tema de la jubilación: para celebrarlo, la familia al completo se ha apelotonado en la vivienda de los St. Claire para comer y brindar por la buena nueva. Y la palabra "familia" hace muchos años que se ha extendido hasta los escandalosos vecinos: los Cabana al completo.

Acuden los padres Cabana, Francisco y María, con sus cinco hijos, River, Marcos, Hugo, Adrián y Priscila, de mayor a menor.

Comen todos juntos en el jardín de los padres de Alex, porque a pesar de que están en noviembre, el tiempo acompaña. Brindan, se carcajean, juegan a las cartas, corren por el jardín, disfrutan del día.

En realidad, es como un domingo más. Un domingo en familia. Solo hay una diferencia, y es que, como buenos y orgullosos habitantes del pueblo alicantino que son, deciden finalizar la celebración subiendo todos, o casi todos, al Peñón.

Los padres de Alex, los más longevos, se quedan cuidando de los más pequeños, de los que aún no tienen edad para subir al Peñón. El resto se prepara con ropa cómoda en la casa de enfrente, llenan mochilas con más comida y bebida, y se pone en marcha. Alex y Priscila lo hacen de la mano de su hijo mayor, Álvaro, de once años.

Siguen el recorrido entre risas y recuerdos y, una vez arriba, disfrutan de las vistas y de la sensación de libertad absoluta.

—Oye, enano —le pregunta Marcos a su sobrino—, ¿cuándo me vas a dejar ir a verte nadar al club?

—Nunca, tío Marcos.

—¿Por qué?

—Porque sé que vas a avergonzarme.

—¿Quién? ¿Yo? No será verdad.

—Pero qué listo es mi niño mayor —lo anima su tío Adrián, palmeándole la espalda—. Dale duro a Marquitos, di que sí.

—Sí, tú, que nos conocemos, tío Marcos —le dice el niño—. No me olvido de la noche de San Juan.

Esa noche, Álvaro estaba en un corro en la playa, con sus amigos —bajo la vigilancia constante de toda la familia—, cuando Marcos irrumpió e intentó hacerse el tío cool, mostrando camaradería con su sobrino por sentarse junto a la chica más guapa del pueblo. Fue un desastre para el niño, y muy vergonzoso.

—¿Qué te puedo decir? Te vi ahí, tan igualito a tu padre, seduciendo a esa niña como él hizo con tu madre, y…

—¡No la estaba seduciendo! —se queja el niño.

—Vamos, Alvarito…

—¿Cómo va a seducir a alguien con once años? —pregunta su madre.

—Ay, Priscila, pero qué inocente eres. ¡Alex! ¿A que el niño intentaba seducir?

—Yo no digo nada… —le contesta el cuñado, conteniendo una sonrisa.

—Baboso…

—¡María! —escuchan todos de repente.

Se giran hacia la voz y se encuentran con la tía de Priscila y toda su prole. Porque si el padre de Priscila tuvo cuatro hijos y una hija, su hermano pequeño tuvo cuatro hijas y un hijo: Paula, Eva, Carlota, Ariadna y Tomás, de mayor a menor.

Los nuevos se acercan al grupo de los Cabana y comienzan a repartirse besos a diestro y siniestro entre las familias. Suelen verse a menudo, aunque no todos juntos, pero los besos nunca faltan.

Se mezclan entre sí y comentan la casualidad de encontrarse todos allí arriba. María le explica a la mujer de su cuñado que vienen de celebrar la jubilación del padre de Alex. La mujer del cuñado, a su vez, le señala que han aprovechado que Ariadna ha venido de Edimburgo por su cumpleaños para subir.

—¿Quién es el moreno con pinta de roquero perdonavidas que está con Ariadna? —pregunta Adrián a sus hermanos. Nunca le pasa nada desapercibido.

—Un "algo" de tu prima —responde su madre, a quien le ha dado tiempo hasta de cotillear un poco con la madre de su sobrina.

—Pues vamos a que nos lo presente —propone Marcos.

—Sí, vamos.

Marcos y River nunca pierden oportunidad de molestar a sus primas; antes lo hacían con su hermana, pero desde que es feliz con el vecino de la casa de enfrente, nada ha vuelto a ser lo mismo. Y allí se baten en duelo, aunque la verdad es que el roquero se come con patatas al geo. Se separan de nuevo para comer algo, y Francisco y María comienzan a sacar las bebidas y los bocadillos de las mochilas mientras miran a sus hijos con orgullo.

A River, que está levantado, con los brazos cruzados y un pie encima de una roca, todavía riéndose de Marcos por el pulso perdido con el roquero.

A Marcos, sentado en el suelo, en el centro del gentío, que se tapa los oídos con las manos en un intento de ignorar las peleas de sus hermanos.

A Hugo, sentado en la roca, con el pie de River al lado; se parte de la risa y secunda todo lo que dicen sus hermanos en contra de Marcos.

A Adrián, sentado cerca de Marcos, tratando de dar un sorbo a la botella de agua que tiene en las manos, cosa que no consigue porque no deja de reír y de hablar.

A Priscila, tumbada en la hierba con los ojos cerrados, con su hijo mayor apoyado en ella. No habla, pero disfruta solo con escuchar las voces de su familia. Y con los colores. Los colores que hace tiempo han vuelto a su vida.

Y a Alexander St. Claire, el vecino de la casa de enfrente, que cierra el grupo y toca con sus pies los de su mujer mientras observa a los Cabana con una sonrisa perenne en el rostro. Con una sonrisa que no ha desaparecido en doce años. Y sin miedo a la oscuridad, que sí desapareció un año después de volver a vivir con su mujer.

Después, Francisco y María se miran entre sí, comunicándose en silencio.

"Lo hemos hecho bien".

"Sí. Lo hemos hecho muy bien".

"Ya lo creo que lo han hecho bien. Los quiero para siempre".

Pristy, la ardilla. Llorando.

Agradecimientos

Alex y Priscila no fueron fáciles.

No sé si tuvo que ver con que ellos, como personajes, exigían más de mí de lo que ningún otro había hecho antes, o que yo, como escritora, me encontraba en pleno punto de inflexión.

Pero lo cierto es que Alex y Priscila no fueron fáciles.

Tenía claro lo que quería contar y cómo lo quería contar, pero encontré baches en el camino. Y tropecé. Una y mil veces. No me importa tropezar, forma parte del aprendizaje de la vida. Sin embargo, tropezar sola es duro. Yo he tenido la gran suerte de contar con muchísimas personas que me tendieron la mano (las mil veces) y me ayudaron a levantarme con energía, al igual que yo hice con mis hijos cuando caían una vez que aprendieron a andar. Una de esas manos fue vital para mí. Gracias, Alejandra Beneyto. Y gracias también al resto de compañeras que estuvieron ahí conmigo: Abril, Lorena, Andrea, May y Érika. Sin ustedes nada habría sido lo mismo.

Gracias Virginia por ayudarme a enamorarme de nuevo de ellos. Por los consejos, por el apoyo, por el cariño incondicional. Por todo. Porque los Cabana también son tuyos. Y lo sabes.

Albert, esto se va a convertir en una costumbre que escribir aquí, pero es que es tan cierto como el aire que respiro: sin ti no soy nada. Sin ti y sin nuestros hijos. Sin ustedes no sería la misma escritora. Ni la misma persona. Gracias.

Gracias, Raquel y Vanessa, por estar en mi día a día. Por ser mi familia y por apoyarme en cada historia que les propongo, por loca que parezca. Por recorrer conmigo las calles por las que Alex, Pris, Marcos y compañía transitan a diario. Por darme tanto. Los quiero.

Gracias VR por enamorarse de los Cabana y darles la oportunidad de que un mundo mucho más grande los conozca, y gracias en especial a ti, María, mi editora. Ha sido un gustazo volver a ellos contigo.

Gracias a Editabundo por el cariño y por acompañarme en el camino. Gracias por sus consejos y por tomarme de la mano.

Y gracias a ti, lector, por darle la oportunidad a esta historia. Hoy termino por el principio: Alex y Priscila no fueron fáciles. No lo fueron, pero estoy tan orgullosa de ellos, de mis chicos mediterráneos… Ojalá los disfruten.

ROMA

El amor como nunca lo has visto

SERENDIPITY -
Marissa Meyer

¿Y si el cazador se enamora de la presa?

FIRELIGHT -
Sophie Jordan

A veces debes animarte a desafiar el destino...

NO TE ENAMORES
DE ROSA SANTOS -
Nina Moreno

Súmale un poquito de k-pop

COMO EN UNA
CANCIÓN DE AMOR -
Maurene Goo

VIVIRÁS -
Anna K. Franco

NCE...

¡El romance más tierno del mundo!

HEARTSTOPPER - *Alice Oseman*

El amor te hace humano

REINO DE PAPEL - *Victoria Resco*

Contra todos los prejuicios...

EL ÚLTIMO VERANO - *Anna K. Franco*

¿Podrá el amor eludir al karma?

KARMA AL INSTANTE - *Marissa Meyer*

¡QUEREMOS SABER QUÉ TE PARECIÓ LA NOVELA!

Nos puedes escribir a **vrya@vreditoras.com**
con el título de este libro en el asunto.

Encuéntranos en

 facebook.com/VRYA México

 instagram.com/vryamexico

 twitter.com/vreditorasya

COMPARTE
tu experiencia con
este libro con el hashtag

#SerieCabana